中国社会科学院外国文学研究所东方古典文学重点学科基金资助

"把手指放在伤口上"：
阅读希伯来文学与文化

钟志清　著

全国百佳出版社
中央编译出版社
Central Compilation & Translation Press

目　录

奥兹的世界

问学与求真

前　言

　　无论是接受记者采访，还是接受普通朋友问询，我都无法回避这样一个问题，你为什么会走上从事希伯来文学研究的道路？

　　姑且称之为奇妙的巧合吧。1994 年，以色列特拉维夫大学校长丁斯坦教授（Prof. Yoram Dinstein）率代表团初访中国社会科学院，与常务副院长汝信研究员签下学术交流协议。我当时在社科院外文所《世界文学》做编辑，有中国文学和东方文学背景，因此所领导便推荐我参加该项目的选拔，而前来面试的特拉维夫大学历史系兼东亚系主任、如今的特拉维夫大学主管教学的校长、中英比较史专家谢爱伦教授（Prof. Aron Shai）教授竟挑中了我，于是我便带着志在填补国内学术空白的"无畏"梦想，于 1995 年 10 月只身飞往陌生的以色列。在特拉维夫大学边协助东亚系教古代汉语，边在海外留学生学院主攻希伯来语言和文学。

　　当时主管中文教学的夏维明博士（Prof. Meir Shahar）对我说，"希伯来语是能够与上帝对话的惟一语言"，而我则叹息这"上帝"离我们中国人太遥远。我依旧清楚地记得最初在"乌勒潘"（希伯来语语言学校）同新移民一起学习希伯来语的情景，从基本的字母、单词到简单的句型、句法，酷似婴儿学语。上课第一天，老师教给我们 22 个希伯来语字母，我回学校后请当时在那里攻读博士学位的张平先生为我录音，尔后按照在国内学英文的习惯背起了字母表，可谁知第二天老师并没有检查字母，而是借助于手势与形体灌输了许多句子。新移民虽来自不同国家，但许多人自幼便唱诵《托拉》和赞美诗，可以说无师自通。而对从零起步的我，美若天

I

籁之音的希伯来语仿佛谶语，难以理解和记忆。每天五个小时新课，每天都在挑战着记忆极限。

数月后，我考入特拉维夫大学的希伯来语三级班，学院教育似乎比较适合于我，令我逐渐对这门语言发生了兴趣。但是3天一小考，5天一大考的考试制度仍令我感到压力重重，尤其一些华人学子在一级级淘汰考中的失利更令我忧心忡忡。也就是从那时起，在特拉维夫这座终年绿荫叠翠、姹紫嫣红开遍的海滨城市，我这个从15岁开始便跻身于中文系殿堂的人才真正领悟到何为"感时花溅泪，恨别鸟惊心"，何为思乡伤怀。夜晚，挑灯夜战自不必说，偶尔，独自伫立空旷的楼顶平台，聆听地中海阵阵涛声，远眺天涯深处故乡之所在，不免心中怅然，慊慊思归。

也许是由于方法不当，我在学习希伯来语的最初两年似乎从来就没有产生过成就感，一向引为骄傲的记忆力似乎也失去了作用，一向敢于表达的我总是不敢开口用希伯来语说话。曾在特拉维夫大学执教、人称语言天才的美国普林斯顿大学浦安迪教授（Prof. Andrew Plaks）用经验告诉我学语言的目的在于运用，"学希伯来语集中学几个月就够了，以后在工作中慢慢学，不必老去过那个级。"话虽这么说，可拿什么去证明自己的水平呢？在特拉维夫大学，经常可以看到来自世界各地的优秀学者，有时他们也不免会问起，"你这么年轻，为什么不读博士学位。"也许是由于思维局限，也许是由于眼光短浅，我"执拗地"认为能够向社科院证实我不辱使命的最好方式就是拿下希伯来语六级。在这种信念的驱使下，我把大部分时间花在学语言上，此外心无旁骛，甚至梦中都在背单词，终于在2007年9月回国的前一天通过了希伯来语六级考试。今天看来，虽不能说当时的做法是错误的，但是，如果自己改变一下思维方式，也许就会重写人生。

我在尝试用希伯来语阅读的过程中，选择了阿摩司·奥兹（Amos Oz）的《我的米海尔》，并试着将其翻译成中文，使我有机会得遇近年来最富影响力的希伯来语作家奥兹，并开始了我与奥兹和译林出版社的长期而愉快的合作与友谊，我曾在其他文章中提到这种经历。1998 年，《我的米海尔》在中国大陆问世，第二年获得中国第四届外国文学图书奖，2004 年又被台湾皇冠出版社重新出版。可以说围绕着翻译《我的米海尔》的种种工作，我才步入了真正的希伯来文学世界。

　　2001 年，我申请到国家留学基金委和以色列高教委的合作项目，成为 17 名候选人中惟一得到录取通知的博士生候选人，到以色列本 – 古里安大学希伯来文学系跟随施瓦茨教授（Prof. Yigal Schwartz）攻读博士学位。施瓦茨称得上年轻有为又有些桀骜不逊，在不惑之年便当上了耶路撒冷希伯来大学希伯来文学系主任，成为以色列现代希伯来文学研究领域中的领军人物。出自对施瓦茨的钦佩和对希伯来大学的崇敬，我投到他的门下。但他忽然突发其想，接受了位于南方沙漠的本 – 古里安大学校长的聘请，到那里创办希伯来、以色列文化与文学研究中心，于是我进希伯来大学的梦想也就破灭了，来到了南方小城，在巴以战患期倒也算是找到了一片净土。施瓦茨多年来在本 – 古里安大学身兼研究中心与希伯来文学系主任二职，声称每天有二百件事情要做。跟上这个号称"只关心我的好选题和学术未来"的导师，我不得为各种事务性事宜跑遍主管项目的校长办公室、研究生院以及宿舍管理部门，有时为节省时间连系秘书的事都要越俎代庖。

　　在学术上，施瓦茨的要求非常严格，希望我对希伯来文学有一个总体把握，而不是仅仅完成一个博士论文。根据本 – 古里安大学要求，凡是不在以色列拿到硕士学位的文科博士生候选人，第一学年都要修课，有点像读预科。施瓦茨规定我在希伯来文学的里程碑、犹太文学与犹太历史、大屠杀记忆与大屠杀文学等领域主修五门课，并继续选修希伯来语。记得开学第一个星期，施瓦茨布置我读四部希伯来文学史，要求每一部写四页提要。我按时复命，而他只把他认为最好的一部文学史的提要读了，说写得好，其余几篇就被束之高阁了。第二学期，他要求写论文第一章，而且明白地告诉我，正常情况下这一章要到最后写，他之所以这样要求是因为他自己对中国的文化背景不熟。读完我提交的草稿后，他说喜欢我的论文题目与设想，我可以继续。第二学年，我主要准备博士论文开题报告，又选了学术论文写作和英文系的犹太大屠杀文学等课程。施瓦茨读完我论文的开题报告初稿，要求修改，要求说服他和其他评委为什么要做中国文学和希伯来文学比较，建议我读安德森的《想象的共同体》。我以该书为基点，一口气读了二十几本书，就两种文学的可比性进行强化论证，他看了之后说，"我对修改表示满意。你知道，过去两年我对你管理较少，并非我没有时间，我是要让我的学生在初级阶段自己去认知这个世界。自己跳到海里游泳。今后我们要多交流。"

认可了开题报告后，施瓦茨马上提出找一位中国文学专家联合指导我。他说，"假如我是答辩委员会成员，我肯定不会赞同你的开题报告。""为什么？"他很风趣，"因为伊戈尔·施瓦茨一点中文都不懂。即便凭我的影响力帮你拿到了博士学位，那么一旦有人问，你做的什么题目？导师是谁？人家肯定会提出质疑，你的导师一点中文都不懂，有什么权利指导你做希伯来文学与中国文学比较的论文？你的学术前途就会被断送，所以一定要找个中国文学专家和我联合指导你。"为此，他专门请教了谢爱伦教授，最后决定请在希伯来大学执教的美国普林斯顿大学东亚系和比较文学系浦安迪教授联袂指导我。

浦安迪教授是一位令人敬重的汉学家，学识非常渊博，在汉学与犹太学领域造诣都十分深厚，曾把《中庸》和《大学》翻译成英文和希伯文，一向平易近人。但做了他学生后的第一面却不同寻常。他在肯定我开题报告的同时，一针见血地指出我在论题设计上的一些缺陷，要我缩小题目，这样才能防守严密。他说以色列读学位很难，评审委员会对开题报告要求严格，要是在美国相对就轻松多了。当然，他是在激励我。最后，他又毫不留情地说，"我还要再说一句。一定要多读希伯来语原文，你的希伯来语学了这么多年了，应该有这个能力，尽管读得慢一些……"。八年过去了，那次会面还是让我难以忘怀。

说实话，那四年，我可以说是本科、硕士、博士一起读，虽然辛苦，但时常会感受到思想的升华，真正体会到了治学的乐趣。诚然，由于我去以色列之前便已经在国内大学的中文系接受过系统的中外文学教育，又在社科院外文所《世界文学》工作多年，故而在阅读希伯来文学时能够呈现出和以色列人不同的视角，即导师们所倡导的独特见解。因此，在撰写论文时，我虽然也像其他同学一样经历了从"山重水复"到"柳暗花明"的心灵炼狱过程，甚至陷入痴迷，走在大街上自言自语，但相对说来比较顺利，第一稿便得到了两位导师的一致认可，剩下的只有编辑加工了。

我博士论文的题目是《希伯来文学与中国文学反映二战灾难比较研究》，主要探讨以色列和新中国成立后描写二战期间民族苦难的创伤文学与民族建设、社会语境、政治话语的关系，并由此问津中国文学与犹太文学叙事传统，受到国际学界的关注。导师本希望我在完成博士论文后，继续在国外从事博士后研究，修正并完善博士论文的观点与论证，将其用英文出版，逐渐在国际希伯来文学研究领域奠定学术地位。但由于我和国家留学基金委及外文所签有协议，于是在2005年4月提交论文之后便立即回国，到社科院外文所东方文学研究室工作，同年完成了以前延宕下来的国家人事部择优资助项目"当代以色列作家研究"。2006年，我申请到国家社科基金项目"变革中的20世纪希伯来文学"。在承担项目的过程中，我考虑到国内学术界和外文所实际工作的需要，完成了奥兹的小说《爱与黑暗的故事》和谢克德的学术著作《现代希伯来小说史》的翻译。而对自己潜心数年磨砺出来的博士论文，我只从中抽取部分内容，发表在中文刊物上，并借2008年访问英国学术院之际，应邀在剑桥大学做了一次学术讲座。每每听到导师催问论文出版事宜，我难免怅然若失。人的一天只有24小时，我虽然全力以赴，但还是深感力不从心。

问学犹如行路。在问学过程中不断充盈自己的审美眼光、政治敏感度和人文关怀意识，力求不断接近真实，寻找真谛（我不敢在此妄言真理），是我努力的目标。收入本自选集中的近40篇学术随笔与论文乃是我过去15年间阅读与研习希伯来文学的心得与体会、我与作家的对谈，以及我所见证的作家与作家对谈、作家演讲实录等，散见于国内各种报刊，记载着我在不同阶段不同领域的学术轨迹。

　　书名"把手指放在伤口上"，出自大卫·格罗斯曼随笔集《黄风》的英文版序言，我喜欢其中的张力与内涵。在此谨向格罗斯曼表示谢意与敬意。

　　感谢中国社会科学院外国文学研究所东方古典文学学科基金的资助，使我可以将这些文字汇总起来，与感兴趣的同道切磋。感谢社科院外文所东方文学研究室主任穆宏燕研究员、北京师范大学何乃英和王向远教授、南京大学宗教哲学系犹太所宋立宏教授在本书出版过程中的真诚帮助与中肯建议，感谢中央编译出版社总编助理谭洁女士和责任编辑邓彤女士行之有效的劳动。

鸟　瞰

希伯来文学是世界文学中一个十分独特而有趣的文化现象。希伯来文学，指各个历史时期用希伯来语创作的文学。而如何在中国从事希伯来文学研究，换句话说，如何从事具有中国特色的希伯来文学研究，则是我涉猎这个领域十几年来一直苦苦思索的一个问题。

"鸟瞰"篇中的文章意在向大家勾勒出古今希伯来文学的发展脉络及其独特的女性文学传统，并呈现我本人对中国语境下希伯来文学的界定与学科建设的思考。

古代希伯来文学与《希伯来圣经》

希伯来文学指用希伯来语创作的文学作品。古代希伯来文学是人类社会出现最早的文学之一，约发韧于公元前11世纪。与其他古老民族的文学一样，最初以口头形式相传，后逐渐用文字加以记载。古代希伯来文学保存下来的最早文学样式为诗歌，约在公元前9世纪便有了书面文字记载。古代希伯来文学主要反映居住在巴勒斯坦地区犹太民族的日常生活、社会生活和宗教信仰，并在发展进程中相继受到非利士文化、巴比伦文化、波斯文化、希腊罗马文化的影响，主要文学成就有《希伯来圣经》、《次经》、《伪经》和《死海古卷》等。《次经》、《伪经》和《死海古卷》均为希伯来古典文学的重要组成部分，作品成书年代晚于《希伯来圣经》，乃《希伯来圣经》文学的补充和发展，在反映公元前后犹太民族历史、生活、思想、宗教和传统的同时，还反映了希腊文化对犹太民族的巨大影响。①

《希伯来圣经》，堪称古代希伯来文学中的最高成就，由24卷书组成，经过长时间编纂结集而成，作者迄今不可考。《希伯来圣经》主要用古希伯来语写成，并夹杂有少量阿拉米语，乃犹太教经典，后来被基督教接受，成为基督教《圣经》（《新旧约全书》）的前半部分，在基督教传统中被称为《旧约》，以别于公元1世纪后基督教时代所产生的《新约》。

"希伯来圣经"的希伯来文说法为"塔纳赫"（Tanakh），即《希伯

---

① 关于《次经》、《伪经》与《死海古卷》的详细介绍，请参见徐新、凌继尧主编《犹太百科全书》，上海人民出版社，1993年版，第319页。

来圣经》三部分内容《托拉》（Torah）、《奈维姆》（Nevi'im）、《凯图维姆》（Ketuvim）的缩写。

《托拉》指《摩西五经》。按照希伯来传统，《托拉》是上帝通过摩西向犹太人宣布的律法，所以又称之为《摩西律法书》或《摩西五经》，包括《创世记》、《出埃及记》、《利未记》、《民数记》和《申命记》。《律法书》在《希伯来圣经》中成书最早，其正典约完成于公元前400年左右，在《希伯来圣经》中最具有权威性。《创世记》记述了上帝创造世界、上帝创造人类的传说，记述了古代希伯来民族的起源和亚伯拉罕、以撒、雅各和约瑟等希伯来先人的故事，并且记述了上帝与希伯来先祖立约，以及上帝与以色列人的特殊关系。《出埃及记》记述了以色列人在埃及遭到法老迫害、摩西率领以色列人逃离埃及、摩西在西奈山接受十诫、摩西传十诫、律法以及各类礼仪条例的规定。《利未记》乃各种宗教条例汇集。《民数记》记述以色列人出埃及后在西奈旷野的经历。《申命记》记述以色列人到达摩押后，摩西在约旦河东岸向以色列人发表的三次讲话。

《奈维姆》，即《先知书》，约成书于公元前750年至公元前200年。包括《约书亚记》、《士师记》、《撒姆耳记》（上、下）和《列王纪》（上、下）、《以赛亚书》、《耶利米书》、《以西结书》和十二小先知书，包括《何西阿书》、《约珥书》、《阿摩司书》、《俄巴底亚书》、《约拿书》、《弥迦书》、《那鸿书》、《哈巴谷书》、《西番亚书》、《哈该书》、《撒迦利亚书》、《玛拉基书》。《先知书》主要记述摩西死后，以色列人在约书亚的带领下进入迦南（今巴勒斯坦）、士师时期、列王时期的历史，以及王国分裂和灭亡后先知们的活动记录。其中《约书亚记》、《士师记》、《撒姆耳记》（上、下）和《列王纪》（上、下）亦被称作《前先知书》，或《历史书》。《以赛亚书》、《耶利米书》、《以西结书》和十二小先知书亦被称作《后先知书》。

《凯图维姆》，即《文集》（或称《圣著》），指约公元前400年到约公元90年之间书写并编入《希伯来圣经》中的文稿，包括《诗篇》、《箴言》、《约伯记》、《雅歌》、《路得记》、《耶利米哀歌》、《传道书》、

《以斯帖记》、《但以理书》、《以斯拉记》、《尼希米记》、《历代志》（上、下）。

《希伯来圣经》在公元前 2 世纪前后由"七十子"翻译成希腊文时，把 12 小先知书分为 12 卷，《列王记》等书的上下卷也各分为两卷，因此整部正经被分成 39 卷。《七十子译本》为早期基督徒所使用，基督教《旧约圣经》因而也沿袭了这一传统，分为 39 卷。在排列顺序上，《希伯来圣经》与基督教《旧约圣经》也不尽相同。① 天主教《圣经》除包括新教的 39 卷书外。还收入称为"第二正典书卷"的一些篇目，即新教称之为"次经"的书卷，包括《多必传》、《犹滴传》、《所罗门智训》、《便西拉智训》、《巴录书与耶利米书信》、《以斯帖记补编》、《但以理书附录》，即《苏撒拿传》、《三童歌》、《彼勒与大龙》，此外还有《马喀比传上卷》和《马喀比传下卷》。东正教的《圣经》亦与此相同。

《希伯来圣经》和《旧约圣经》不仅成为犹太教和基督教传统的宗教经典，而且是人类最早的文学作品之一，不仅是狭义的犹太文明、文化与文学的源头，而且也是广义上的西方文明、文化与文学的源头之一。

国内东方文学教学体系通常从文学体裁上把圣经文学大致可以划分为神话、历史叙事、英雄传说、诗歌、小说、戏剧等。

一、神　话

神话主要见于《圣经·创世记》前 11 章，包括上帝创造天地、上帝创造人类、大洪水神话等。上帝创造世界与人类的大致过程是：

起初，上帝创造天地，水天混沌，暗淡迷蒙。上帝说，"要有光"，就有了光。上帝看光是好的，就把光暗分开了。上帝称光为昼，称暗为夜。有晚上，有早晨，这是头一日。第二日，上帝在诸水之间创造了空气，称空气为天。第三日，上帝让天下的水聚在一起，露出旱地。称旱

---

① 关于不同教派在《希伯来圣经》和《圣经·旧约》内容和排列顺序上的区别，若想了解，参见《希伯来圣经——来自考古和文本资料的信息》，陈贻绎著，昆仑出版社，2006 年版，第 376－378 页。

地为地，称水聚处为海，并让大地长出青草、菜蔬和果木。第四日，上帝创造太阳、月亮和众星，各司其职，确定岁月节令。第五日，上帝创造了大鱼、各种水中游物和鸟雀，令其或在水中游弋，或在天空中飞翔。第六日，上帝创造了牲畜、昆虫、野兽，各从其类，并按照自己的形象造男造女，让其掌管所有生灵。第七日，天地万物都已经造齐，上帝歇工，称第七日为安息日。

正如马克思的经典论断："神话是在人民幻想中经过不自觉艺术方式所加工过的自然界和社会形态"。上帝创造世界的神话揭示出天地万物的起源，表现出古代希伯来人对自然、社会和人生的独特理解与解释。众所周知，希伯来创世神话与苏美尔巴比伦的一首长诗《埃努玛·埃利什》中描写的创世神话非常相似，但是在巴比伦神话中，创世过程由主神和其他的神共同完成。而在希伯来创世神话里，人们看到的是，只有上帝一个主神完成了第一天到第七天的创世过程，上帝成为世界万物的创造者和主宰，主管天与地、光明与黑暗、空气、海洋、陆地、日月、星辰、万物、岁月时令等，进而奠定了古代希伯来人信仰中的一神论基础。

希伯来神话中的上帝不仅创造了世界，而且创造了人类，并且赋予人类以生命。《创世记》中有过这样的记载：

上帝用地上的尘土造人，将生气吹在他鼻孔里，他就成了有灵的活人，名叫亚当。上帝造伊甸园让亚当看守，吩咐他不许吃善恶树上的果子，否则必死无疑。又从他身上取下一根肋骨造一个女人，取名夏娃，于是便有了女人乃男人骨中之骨、肉中之肉的说法。二人虽赤身裸体，但并不觉得羞耻。后来，夏娃受到蛇的诱惑，摘取乐善恶树上的果实吃了，又给丈夫吃了善恶树上的果实。二人于是眼睛明亮，知道自己赤身裸体。上帝得知亚当和夏娃偷吃禁果后，便发出诅咒，对蛇说：你必用肚子行走，终身吃土。又对女人说：我必多多增加你怀胎的苦楚，你生产儿女时必多受苦楚。你必恋慕你丈夫，你丈夫必管辖你。又对亚当说：你必汗流满面才得糊口，直到你归了土，因为你是从泥土中来。你本是尘土，还要归于尘土。上帝得知人已经能够分辨善恶，便将其逐出了伊甸园。

人类始祖违背上帝意愿、偷食智慧树上的禁果、最后被逐出伊甸园这一神话可以从不同角度加以理解和解释。一方面，上帝具有绝对的权威性，不允许人类违背自己的意愿，否则将会遭到惩罚；另一方面，人具有追求智慧与光明、试图分辨善恶的品性，为此不惜违背上帝的禁命。天神设想与设想的无法实现、神力与人的自由意志和难以驾御的人性、罪与罚等相互关联的模式由是而来，成为日后希伯来文学创作乃至整个西方文学创作中的原型。

　　著名圣经文学研究大家罗伯特·阿尔塔在《圣经叙事艺术》中曾经谈到，在整个《创世记》中，亚当、夏娃并非一成不变的传说或神话中的人物，而是通过作者简洁而富有启迪色彩的对话，通过作者在描述他们不朽的行动中所运用的各种表现方式，而具备某种展现作家非凡想象的特征。此乃虚构类文学创作的开端。①

　　接下来的大洪水神话显然依旧表现出上帝的无限权威及罪与罚主题。

　　亚当和夏娃的子孙不断繁衍，上帝看见人在地上罪恶很大，就后悔造人，心中忧伤，于是上帝决定使洪水泛滥，毁灭所有的人及生灵，只留义人挪亚及其家人。挪亚秉承上帝的旨意，营造一只巨大的方舟，同家人进入方舟，洁净的畜类和不洁净的畜类，都是一对一对的，有公有母地也进入方舟。七天后，即二月十七日，挪亚六百岁那天，接连下了四十昼夜的瓢泼大雨，水势浩大，在地上共一百五十天，上帝念及挪亚以及方舟里的生灵，叫风吹地，水势渐落。到十月初一，山顶都现出来了。过了四十天，挪亚打开窗户，放出一只乌鸦。那乌鸦飞来飞去，找不到干地。他又放出一只鸽子，鸽子找不到落脚之地，就回到方舟。他又等了七天，再把鸽子从方舟放出去。到了晚上，鸽子回到他那里，嘴里叼着一片新拧下来的橄榄叶，挪亚就知道地上的水退了。到了挪亚六百零一岁二月二十七日那天，地面干了，挪亚奉上帝之命，和家人与各种生灵一起走出方舟，挪亚为上帝筑祭坛，献洁净的生灵为燔祭。上帝与挪亚立约，"凡有血肉的，不再被洪水灭绝，也不再有洪水毁灭地了。"

---

① Robert Alter, *The Art of Biblical Narrative*, New York：Basic Books, 1981, pp. 34 – 35.

并以彩虹为记。

洪水泛滥是古代人经常遭遇的可怕自然灾害之一，洪水方舟神话表现出古人对自然灾害的恐惧，以及对战胜洪水、过上安定正常生活的向往。洪水方舟的故事并非古代希伯来神话独有。学界一向认为，希伯来神话受到先于《创世记》一千多年前诞生于两河流域的《吉尔伽美什》中巴比伦大洪水神话的影响。但不同的是，巴比伦神话中的神出于任性与狂暴便决定毁灭人类，缺乏理性。而希伯来神话中的上帝决定毁灭人类，原因在于人类罪愆，并把是否行义当成能否存活的标准，显现出理性与道德感，表现出古代希伯来人既重视上帝权威又注重约束个人行为规范的朴素观念。而维护这种观念的最好表现方式是与上帝立约：希伯来人要遵从上帝命令，上帝赐其生养众多，不再伤害生灵。进而凸显出古代希伯来人的宗教观。

二、历史叙事

从第 12 章开始到《创世记》结束的第 50 章，一向被学者们视为描写以色列先人的历史。它围绕犹太民族四大先祖亚伯拉罕、以撒、雅各和约瑟的经历展开叙述，表现出古代氏族社会解体时期犹太家族的内部关系、生活习俗、宗教信仰以及与周边世界的关系。

根据《创世记》记载：亚伯拉罕为挪亚之子闪的后代，原名亚伯兰。上帝在亚伯兰九十九岁时，向他显现，与他立约，许诺他要做多国的父。将其名字从亚伯兰易为亚伯拉罕。承诺做亚伯拉罕及其后裔的神，亚伯拉罕及其后裔要事事代代接受割礼。亚伯拉罕的两个儿子分别为撒拉所生的以撒，以及撒拉使女所生的以实玛力，相传以撒和以实玛利便是犹太民族与阿拉伯民族的两大祖先。

雅各是以撒和利百加所生孪生兄弟中的次子，他用红豆汤换取了哥哥以扫的长子继承权。并在母亲的帮助下，骗取父亲以撒的祝福，用诡计窃取了哥哥的福分。为逃避哥哥因怨恨可能给自己带来的杀身之祸，雅各按照父亲的嘱咐，逃往舅父拉班家，先后娶拉班的女儿利亚和拉结为妻，后来遭到拉班儿子们的嫉恨，又见拉班气色不如从前，便决定逃往故乡。路上，他在夜晚与一人摔跤，那人便是上帝，上帝赐雅各名为以色列。

约瑟是雅各与自己所爱的拉结所生，在雅各的十二个孩子中最得父亲宠爱。因此遭到哥哥们嫉恨，被卖到埃及。成为埃及官员波提乏的仆人，后来遭到波提乏妻子的勾引，因拒绝之而遭诬陷入狱，后在狱中因释梦得名，得到法老宠幸。后来与逃荒到埃及的兄弟们相认。

在四大先祖的故事中，"以撒受缚"（Binding of Issac）主要反映的是上帝意在考验亚伯拉罕是否忠诚，考验他是否对上帝的意志表现出虔诚与恭顺。依照《创世记》记载，上帝要对亚伯拉罕进行考验，便命令亚伯拉罕将他的儿子以撒献为燔祭。亚伯拉罕捆绑了以撒，放在坛的柴上。亚伯拉罕就伸手拿刀，要杀他的儿子。耶和华的使者从天上呼叫他说："亚伯拉罕，亚伯拉罕！"他说："我在这里。"天使说："你不可在这童子身上下手，一点不可害他！现在我知道你是敬畏神的了，因为你没有将你的儿子，你的独生儿子，留下不给我。"（《创》：22：11－13）

亚伯拉罕于是用羊代替儿子，作为燔祭。而献祭羔羊的出现早在亚伯拉罕捆绑以撒之前便已经在行文中有所暗示。以撒问：

> "请看，火与柴都有了，但燔祭的羊羔在哪里呢？"亚伯拉罕说："我儿，神必自己预备做燔祭的羊羔。"（《创》：22：7－8）

当然，这里也并不排除燔祭羊羔即是以撒的含义。《密德拉希》在对圣经进行诠释与理解时又加进了新的内容，写以撒死在祭坛上而后又得以复活。信仰者们总是将以撒受缚与犹太人对人神关系的理解联系起来。上帝曾经与亚伯拉罕立约，许诺亚伯拉罕要做多国的父，亚伯拉罕及其子孙要受割礼，亚伯拉罕要做"无暇的人"，或者说"完人"（希伯来文原文是"塔米姆"）。将以撒作为燔祭也是亚伯拉罕在履行与神的契约关系中所应该履行的一种义务，而上帝最后命令用羊代替以撒则体现出上帝的慈悲情怀，表现出上帝对与其有着契约关系的"选民"的一种关爱。

后世的犹太人除在晨祷或节期唱诵"以撒受缚"外，还要在新年的第二天唱诵它。而此时人们所吹的羊角则与顶替以撒的献祭羔羊建立了某种象征性的联系，令人联想到自由的可贵。在传统犹太思想中，以撒走向祭坛往往被视作犹太人朝着殉难目标行进的朝觐过程。

在圣经文学中，对上帝是顺从还是背叛总被看作是一种重大选择。而后代作家在进行艺术再现的过程中，把具有神圣色彩的传统宗教母题推向新的层面。按照以色列耶路撒冷希伯来大学露特·卡通 – 布鲁姆教授的说法，上帝与人的关系在人们理解"以撒受缚"中后来逐渐失去了优势，代替它的是人（或者是一个民族）与其社会历史存在的关系，以及后来人与自身、生存与命运的关系。①

三、诗歌与其他文体

诗歌创作在《希伯来圣经》中占据着重要位置，《诗篇》、《箴言》、《雅歌》、《耶利米哀歌》等诗歌书卷约占全书的五分之一。如果加上散见各卷的诗歌，其总量基本超过全书的四分之一。这些诗歌约创作于公元前12世纪至公元1世纪，既有祈祷诗、赞美诗、爱情诗、劳动歌谣，又有悼亡诗和哀歌等，形式丰富多样。

《诗篇》是整个《希伯来圣经》中内容最为丰富的诗歌集，共包括150首诗。相传《诗篇》出自大卫王之手，在150篇作品中，有七十多篇标有"大卫的诗"字样，但据学者考证，有些诗歌乃为晋献给大卫王的作品。《诗篇》中有一首感人至深、历来为中国学者写入高校东方文学教材的诗是137篇：

> 我们曾在巴比伦的河边坐下。
> 一追想锡安就哭了
> 我们把琴挂在那里的柳树上

---

① Ruth Kartun-Blum, "The Binding of Isaac in Modern Hebrew Poetry", *Prooftexts* 8 (1988)：p. 294.

因为在那里，掳掠我们的要我们歌唱：

抢夺我们的要我们作乐，说：

"给我们唱一首锡安歌吧！"

"我们怎能在外邦唱耶和华的歌呢？"

耶路撒冷啊，我若忘记你，

情愿我的右手忘记技巧。

我若不记念你，

若不看耶路撒冷过于我最喜乐的

情愿我的舌头贴于上膛……

　　显然，这首诗写于犹太人国破家亡、沦为"巴比伦之囚"以后。全诗语言凄切，抒发犹太人满怀哀怨的亡国之音和遏制不住的思乡之情，痛切地表达出流亡异乡的犹太人的心声。

　　亡国之恨、乱离之苦，也在《哀歌》（又称《耶利米哀歌》）中得到深切的表达。《哀歌》一般被视为公元前6世纪的先知耶利米所作，但无确切考证。耶利米所生存的年代正值犹太国家日渐衰微、强敌巴比伦压境之际，他具有强烈的忧患意识，预见国之将亡，警示当权者应引起注意。《哀歌》共五章，描写的是公元前新巴比伦王攻占耶路撒冷，民众流离失所的悲惨情景：

峥嵘繁华之城兮，今何凄楚！

列国之佼佼者兮，萎如寡妇，

诸城中之帝后兮，降为奴仆。

彼痛哭于中夜兮，涕泪纵横，

亲友中不见人兮，向彼慰问。

知心亦怀鬼胎兮，视若敌人。

犹大遭受放逐兮，苦役酸辛，

窜居异国流浪兮，举目无亲，
迫害者乘人危兮，狭路相寻。

锡安朝圣无人兮，道路凄凉，
城门冷落寂寥兮，祭司长叹；
圣女遭受苦待兮，悲惨异常。

笔者此处转引的《古希伯来文学史》中朱维之先生的骚体译文，确实能够唤起悲怆唏嘘的张力。[1] 诗人把遭到毁弃的耶路撒冷，比作枯萎的寡妇，追想其往日的繁华之势与众王国中的翘楚之位和今不如昔的命运，这种拟人与对比的手法，营造出强烈的悲凉哀恸气息。尤其是第四首诗的前十节，使用两两相对的句子，对比今昔，哀悼废墟上的城市，堪称希伯来文学中的千古绝唱。

从诗歌形式上看，《哀歌》使用了希伯来语诗歌中特有的贯顶法和气纳体。简而言之，贯顶法指诗歌每一节的第一个字母需按照希伯来语22个字母的顺序排列。比如，《哀歌》的第一、二章，均有22节，每节三行，第一个字母分别为"阿莱夫"（希伯来语字母表中第一个字母）、"贝特"（希伯来语字母表中第二个字母），依次类推。气纳在希伯来语中有哀悼之意，气纳诗的诗歌三长两短，中间有小停顿，犹如哭泣时哽咽之声，悲怆效果强烈。

而被称做"歌中之歌"的《雅歌》则是一种别样的风格，全诗共八章，主要表现男女情爱，约成书于公元前3世纪。

《希伯来圣经》中的《路得记》、《以斯帖记》等作品，已经具备了小说的特征。《路得记》一向被视为最早的一篇小说，写的是摩押女子路得在丈夫死后与婆婆相依为命，后来跟随婆婆回到婆家的故乡，在那里赢得另一青年的爱慕、结婚生子的故事，反映出士师时期寡妇再嫁和异族通婚的习俗，歌颂了家庭和睦、友爱、互助等美德。

---

① 朱维之主编《古希伯来文学史》，高等教育出版社，2001年版，第155页。

《约伯记》是《希伯来圣经》中一篇重要的作品，用诗剧形式写成，主要讲述了义人约伯连续遭到丧失财产、丧失儿女等厄运，自己也从头到脚遭受毒疮、恶疾的折磨，三个朋友赶来慰问，大家就苦难与因果报应等问题展开讨论，约伯一直坚信自己的无辜，最后从苦难中解脱。《约伯记》揭示出为什么好人不得好报这一带有悖论色彩的哲学问题，在整个犹太文化思想史上占据重要的位置。

　　此外，《希伯来圣经》中叙述了许多英雄故事，如收集在《撒母耳记》、《列王记》中的扫罗的故事，大卫的故事，所罗门的故事等，故事中所描写的英雄集真实性与传奇性于一身，形象鲜明，栩栩如生，对后世影响很大。

　　总之，以《希伯来圣经》为首的古希伯来语文学生动地反映了古代希伯来氏族社会和奴隶制时期的社会生活与风俗人情，表现出古代希伯来人一神论的宗教观。在艺术表现手法上，也做了多种尝试，表现出丰富的想象力和强烈的感染力。圣经文学的词语、修辞、风格、人物、题材、主题、母题等因素对后世文学产生了重大而深远的影响。但是需要特别提起注意的是，圣经文学的影响途径不是单一的，是在不同的文化模式与传统中进行的。《希伯来圣经》的影响范围主要集中在犹太作家与犹太文学上，主要沿袭的是犹太教和希伯来文化传统。而《希伯来圣经》成为基督教《圣经》的组成部分——《旧约》后，随着宗教传播进入欧洲，对整个欧洲和西方文学与文化产生了重大影响，成为西方文化的一个源头。

近现代希伯来文学掠影

近现代希伯来文学是世界文学中的一个独特现象。其文学中心并非像其他民族的文学那样，固定在某一地理疆域，而是随犹太民族的流亡而不断辗转。由于犹太人自公元 2 世纪以来便散居世界各地，希伯来语故而逐渐失去了作为日常交际语言的功能，只用于宗教圣殿与祈祷等神圣活动中，文学创作从属于宗教观念。到 18 世纪中后期，欧洲的犹太知识分子"马斯基里姆"受到欧洲启蒙运动的影响，响应德国思想家门德尔松及其门生的倡导，首先在德国发起了犹太启蒙运动，即希伯来语所说的"哈斯卡拉"，亦称为希伯来启蒙运动。

多少年来，因禁在"隔都"内部的犹太孩子们接受清一色的传统希伯来书面文化教育，用意第绪语进行口头交流。而在倡导启蒙时期，则首先需要进行自我启蒙，让犹太学生在研习宗教文化之际，接受一些世俗文化与科学教育，甚至学一些欧洲语言，以便使犹太人走出"隔都"，适应现代文明社会。教育的目的集中在启蒙思想上：用知识战胜愚昧，用理性战胜迷信，用现代文明之光驱走中世纪的黑暗。① 但是，究竟用何种语言向犹太人进行启蒙教育，确实是个非常严峻的问题。借用希伯来文学史家克劳斯纳的话说：用希伯来语在犹太人中兴起一场新的运动是必须的，也是可能的。因为对启蒙运动倡导者来说，毕竟希伯来语是他们唯一可以支配的文字或者说文学语言。② 而"马斯基里姆"所要实现

---

① David Patterson, *A Phoenix in Fetters*: *Studies in Nineteenth and Early Twentieth Century Hebrew Fiction*, Maryland: Rowman & Littlefield Publishers, INC, 1990, p. 4.

② 约瑟夫·克劳斯纳，《近代希伯来文学简史》，陆培勇译，上海三联书店，1991 年版，第 3 页。

的自我启蒙愿望，就要求把大量的哲学、科学、地理、历史等书籍翻译成希伯来语。在这种背景下，启蒙倡导者呼吁用先知语言来振兴文化。采用希伯来语进行创作从某种意义上说不仅是一项审美活动，而且是意识形态的需求。一种表达新型犹太生活的新文学也因此应运而生。

一般说来，学术界把 18 世纪 80 年代初视作现代希伯来文学的一个起点。1782 年，在德国用希伯来语进行创作的纳弗特利·赫茨·威塞利为奥地利犹太人撰写现代犹太教育理论，后被意大利犹太社区采纳。此后，希伯来文学在奥地利、加利西亚、意大利、俄国等地复兴并发展起来。

大体上看，从 18 世纪 80 年代到 19 世纪 80 年代的 100 年间，可以称作现代希伯来文学的启蒙时期。这时期的希伯来语文学相继表现出支持启蒙主张，向往犹太世俗生活，并在传统与现实世界之间、在固守民族信仰和同化其他文明之间徘徊不定的复杂心态。1881 年发生在俄国的集体屠犹事件、犹太复国主义的兴起、两次世界大战期间反犹主义声浪的高涨，再到后来的大屠杀，这一切在犹太社区内部引起种种反响，犹太知识分子在启蒙时期所抱的同化幻想逐渐破灭，有些对希伯来文学创作产生了巨大影响。[1] 从 1882 年第一次阿利亚（犹太移民运动）开始，犹太人不断地较有规模地向巴勒斯坦移民，希伯来文学创作中心也逐渐从欧洲转移到巴勒斯坦，从此在巴勒斯坦的土地上衍生，有了固定的栖居地。但当时活跃在文坛的主要是移民作家，他们笔下的希伯来语主要是一种深受经典文献束缚的规范的文学语言。

1948 年以色列建国后的文学可以被称为当代以色列文学。由于以色列是个多民族的国家，其文学构成也表现出强烈的多元色彩。换句话说，在以色列国内用不同语言创作的文学成果均应属于当代以色列文学的范畴。但是，也由于以色列是个以犹太人为主体的国家，占国家人口约百分之八十的犹太人无疑操纵着意识形态领域的霸权话语。希伯来语不仅是以色列的官方语言，而且是以色列缔造者在建国前后塑造民族身份的一个重要手段，绝大多数犹太作家当然要采用自己的民族语言进行创作。

---

[1]　戈尔绍恩·谢克德，《现代希伯来小说史》，钟志清译，商务印书馆，2009 年版，第 1 页。

因此，希伯来语文学显然是以色列文学的主体，代表着以色列文学的成就与水准。

活跃在当代文坛上土生土长的以色列作家主要有三代。第一代作家通常被称作"本土作家"，他们多在二十世纪二十年代前后出生在当时的巴勒斯坦地区，或自幼随家人移居巴勒斯坦，[①] 多在三四十年代登上文坛。这批作家人生体验中的历史性标志是大屠杀、以色列建国和1948年"独立战争"，其作品背景多置于巴勒斯坦地区，显示出鲜明的地域特征与本土以色列人意识。更为重要的，在"本土作家"时代，希伯来语成为真正的自然的表达工具，作家们在作品中大量使用时下俚语和日常用语，形成典型的以色列话语特征。同时，"本土作家"也注重借鉴希伯来犹太文化传统中的叙事话语与叙事技巧，在主题、内容等领域拓宽了当代希伯来文学的视野。此外，为适应现实生活的需要与挑战，"本土作家"多采用现实主义创作手法，但有些作家也尝试运用超现实主义和自然主义文学的表现方式。

第一批本土作家的代表人物有撒麦赫·伊兹哈尔（S. Yizhar, 1916 – 2006）、摩西·沙米尔（Moshe Shamir, 1921 – 2004）、阿哈隆·麦吉德（Aharon Megged, 1926 – ）、哈努赫·巴托夫（Hanoch Bartov, 1926 – ），诗人海姆·古里（Haim Guori, 1923 – ）等。伊兹哈尔的长篇小说《在洗革拉的日子》被批评家谢克德称作"最后一部伟大的英雄作品"，它从虚构文类角度对犹太复国主义事业进行研究，一举夺得"布伦纳奖"和1959年的"以色列奖"。并在2001年被收入"现代犹太文学百部杰作"中。这部作品虽然长达一千多页，却不像某些西欧文学、俄苏文学史诗性作品那样将人物命运置于广阔的社会历史背景中，它的情节比较单纯，描写的是1948年夏天，一群以色列士兵攻打小山上一个具有某种战略要地性质的阿拉伯人哨所，坚持了六天六夜，最后终于获得成功。这部作品最早发表于以色列"独立战争"结束十年之后的1958年，是第一部公开描写战争残酷、毁坏阿拉伯村庄的希伯来文小说。年轻的士兵

---

① 关于何谓"本土作家"的问题，参见笔者《解构犹太复国主义神话》一篇论文。

们开始对父辈所崇尚的人道主义、社会主义理想发出质疑。小说的相当一部分篇幅由年轻战士们的内心独白构成，他们开始对自己攻击阿拉伯人哨所的行为和结果表示怀疑。

哨所坐落在洗革拉，这个名字出自《圣经·撒母耳记》。据《圣经》记载，当年大卫为免遭扫罗王迫害，逃到迦特，请迦特王亚吉在京外城邑中赐自己居所，"当日亚吉将洗革拉赐给他，因此洗革拉属大卫王，直至今日。"从这个意义上说，洗革拉与大卫人生中不走运的低谷时期联系在一起，他不仅脱离了自己的百姓，脱离了自己的使命，而且残暴地击杀亚玛力人，从而使得洗革拉本身失去了历史的辉煌与英雄主义韵光。小说巧妙地将现在与圣经隐喻所代表的过去并置在一起，具有强烈的反讽色彩。但是，作为犹太作家，伊兹哈尔在表现出年轻一代在"独立战争"时期所产生的疑惑、焦虑、恐惧、失落的同时，也讴歌了在民族黎明、为自由而战的高昂热情。

奠定沙米尔希伯来语经典作家地位的是他以1948年"独立战争"为背景的长篇历史小说，其目的在于叙述以色列当代历史，叙述战后一代土生土长犹太人在以色列的生存状况，悲悼他们必然要经历的残酷命运。代表作《用自己的双手》，悼念阵亡沙场的弟弟，以色列大学的文学课上一般将它作为"本土作家"的代表性文本进行讲解与分析。小说背景发生在1947年以色列独立前夕，开篇写道"埃里克出生于大海。"在当时的社会语境下，使用这句话起码具有双关意义，一是说明埃里克并非以普通方式出生在普通家庭的普通人，其身世具有一种神秘感；二是说明他同自然环境具有一种割舍不掉的关系。在庆祝1947年联合国宣布巴勒斯坦分制协议、犹太人即将建立自己的国家时，他预感到"我们将为此付出代价，"预感到自己的死亡。

死亡意识对那一代青年人来说，司空见惯。埃里克不仅是一个单纯的个体存在物，而是群体中的一名成员，在他身上，反映出一种普遍的情绪：战争，杀戮，在艰苦的环境中寻求生存，在某种程度上，概括出20世纪四五十年代"本土人"的生存状况。

第一代以色列"本土作家"，或者说第一代希伯来语作家表现出浓郁的地域文化特征。尽管他们为新兴国家的文化构成做出了重要贡献，但由于从事创作的生涯相对来说比较短暂，又在履行"文以载道"的社会使命，其作品的审美内涵具有很大局限。与之同期活动在以色列文坛上的移民作家中，虽拥有阿格农（Shmuel Yosef Agnon，1888－1970）等世界级大作家，但他们并非在以色列的土壤上成长起来，孕育他们的往往是犹太文化，而不是以色列文化。而且，多数人在以色列建国之前便已经达到创作顶峰。从这个意义上说，当时的以色列文学在整个世界文学版图上，还只是一种区域文学，地方文学，行省文学，处于一种新文学的开端时期。

到了六七十年代，以色列人在建国前所表现的那种高涨的英雄主义情绪已经减退。对于许多以色列人，尤其是对开明的犹太知识分子来说，1956 年的"西奈战争"不同于 1948 年的"独立战争"。如果说在"独立战争"中，以色列人为争取生存权利进行一场别无选择的战争的话，那么"西奈战争"则是人为的选择，也正是在这场战争中，全副武装的以色列士兵曾经无情地杀害手无寸铁的阿拉伯村民，震惊整个犹太社区。[①]战争所导致的心理矛盾为小说创作的内容与形式带来了变化。出现了第二代以色列作家，即学术界所命名的"新浪潮"作家。这批作家在表现以色列人生存境况的同时，偏重探索人的心灵世界与内在生活空间，挑战传统的现实主义文学创作方式，借鉴西方现代主义文学表现手法，把以色列文学推向高峰，出现了世界级的大作家。

这时期的主要代表作家有新浪潮作家"三杰"，即阿摩司·奥兹（Amos Oz，1939－）、素有"以色列的福克纳"之称的亚伯拉罕·B. 约书亚（A. B. Yehoshua，1936－）和优秀的希伯来语大屠杀作家阿哈龙·阿佩费尔德（Aharon Appelfeld，1934－）；其他著名作家有雅可夫·沙伯泰（Yaakov Shabtai，1934－1981）、约书亚·凯纳兹（Yehoshua Kenaz，1937－）、约拉姆·康尼尤克（Yoram Kaniuk，1930－）、女作家阿玛利亚·卡哈娜·卡蒙（Amalia Kahana-Carmon，1926－）、露丝·阿尔莫格

---

① 《现代希伯来小说史》，钟志清译，商务印书馆，2009 年版，第 231 页。

（Ruth Almog，1936 - ），以及 20 世纪最优秀的大诗人之一耶胡达·阿米亥（Yehuda Amichai，1924 - 2000）、获得以色列国家奖的女诗人（Dahli-a Ravikovitch，1936 - 2005）等。

第三代以色列作家即八九十年代出现在文坛的年轻一代作家，该时期的文学创作呈现出多元倾向，并且出现了大批优秀的女作家，改变了一向以男性为中心的希伯来文学传统。在文学表现手法上，也实现了一场革新文学传统的革命。作家们不只像以前那样，专注于创造与民族命运息息相关的严肃文学，而且还在文学体裁上进行多方尝试，用希伯来语创作侦探小说、恐怖小说和浪漫传奇，并大量借鉴西方现代主义文学思潮中的各式表现手法。本时期的优秀作家有大卫·格罗斯曼（David Grossman，1954 - ）、梅厄·沙莱夫（Meir Shalev，1948 - ），以及萨维扬·利比莱赫特（Savyon Liebrecht，1948 - ）、奥莉·卡斯特尔 - 布鲁姆（Orly Castel-Bloom，1960 - ）、利亚·艾尼（Leah Aini，1960 - ）、茨鲁娅·沙莱夫（Zeruya Shalev，1957 - ）、娜娃·塞梅尔（Nava Semel，1954 - ）、加布里埃拉·阿维古尔 - 罗泰姆（Gabriela Avigur-Rotem，1946）、耶胡迪特·卡茨尔（Yehudit Katzil，1963 - ）等一批女作家。

简论希伯来女性文学传统

自20世纪80年代以来，以色列的希伯来语女作家开始兴起，在希伯来文学中占据了至关重要的位置。若要对女作家崛起这一文化现象的意义具有清晰的认知，则有必要回顾希伯来文化传统。古代希伯来文化传统是以父权制为基础的文化传统，男子主要从事宗教信仰的学习，女子被排斥在接受犹太经典教育的大门之外，主要承担家庭生活的责任。犹太人从公元2世纪巴尔·科赫巴起义到公元20世纪初期这近1800年的流亡中，希伯来语逐渐在日常生活中失去了交际功能，失去了以母语为希伯来语的族群，主要用于宗教祈祷与研习宗教经典。犹太男子尽管不讲希伯来语，但是可以熟练地用它进行祈祷，研习宗教经典，甚至进行必要的诗歌和书信创作；可不能接受传统宗教教育的犹太女子则很少能够用希伯来语进行阅读与写作。她们只能使用犹太人在流亡中创立的意第绪语，或者是某一居住国家的语言。

犹太民族主义者和犹太复国主义者在19世纪末期和20世纪初期所倡导的复兴希伯来语口语的运动改变了犹太女子在希伯来文化史和希伯来文学史上的命运。为使希伯来语成为日常交流用语，犹太女子需要学习这门语言，与自己的孩子乃至外界人士用这门语言进行交流。复兴希伯来语口语的先驱者本－耶胡达甚至鼓励女子参与文学创作，为希伯来语这门古老的语言带来活力与生机。

20世纪初期的一些希伯来女作家的先驱者有些出生于拉比之家，其中许多家庭受到犹太启蒙思想的影响，已经允许自己的女儿们接受犹太传统的教育，因此有些犹太女子有机会学习犹太经典，并具备了从事文学创作的能力，如现代希伯来文学史上第一位希伯来语女作家黛沃拉·

巴伦。但是相当一部分犹太女性仍然不熟悉犹太经典，而这些经典文本又是 19 世纪末期到 20 世纪初期从事文学创作的先决条件。因此，对于她们来说，即使掌握了希伯来语口语，也仍然难以具备用书面语创作出符合男性文学批评标准的文学作品的能力。何况，犹太复国主义话语归根到底还是强调男性中心论，女作家似乎游离于民族体验之外。就像以色列特拉维夫大学学者拉托克教授在中国社会科学院外文所的一次研讨会中所强调的那样，"犹太复国主义理念中'新犹太人'的理想反映了'男性革命'的梦想，犹太人从软弱被动转变为强大而积极进取的行动主义。战斗着的本土以色列人的神话，堪称伴随着在巴勒斯坦定居、尤其是以色列建国而进行的军事行动的副产品，也导致了女性的边缘化。"这样一来，在以色列建国之前乃至建国之后的 50 年代，男性作家一直居于主导地位，他们在某种程度上成了世俗先知，承担起社会活动家与社会批判者的使命。相形之下，女作家在文学神殿中一直处于从属地位，堪称男性主流文学的点缀。

20 世纪六七十年代，希伯来文学创作逐渐从战争、复国、重建家园等重大背景中烘托人物性格向探索人的心灵世界和内在空间转换，边缘人和个人主义者逐渐取代了集体主义英雄，成为文学作品的主人公。女作家逐渐找到了可以表达的主题，虽然这一时期只有阿玛利亚·卡哈娜－卡蒙、露丝·阿尔莫格、达莉亚·拉比考维茨、约娜·瓦莱赫等五六位女作家和诗人活跃在文坛上，但其作品的数量和质量却不容忽视。卡蒙的创作深受英国女作家弗吉尼亚·吴尔夫的影响，强调人物的心理分析，擅长描写人物的内心独白，尤其对女性主人公的描写十分细腻、传神。她大量借用《圣经》和《塔木德》和祈祷书中的古语，语言简洁，富有节奏和音韵美，并使用大量的比喻，显示出希伯来语的文体特征，风格庄严而典雅，当之无愧地在希伯来文坛上与男作家分庭抗礼，为希伯来女性文学赢得了一席之地。女诗人拉比考维茨的诗歌善于从历史、宗教、神话中攫取诗歌意象，并注入了强烈的个人体验，传达出孤独、失落与精神崩溃等情绪处于极端状态下的人类体验，将诗歌、爱情与信仰的迷茫一并展示在读者面前，尤其是淋漓尽致地表现出在强烈的创作冲动与静默柔弱性格特征间挣扎的女性体验，被当时的以色列读者广泛接受。瓦莱赫的诗歌受到荣格心理学的影响，又融进了街巷俚语的诸多文化成分，表现出女性强烈的性意识与灵魂深处的苦痛和呐喊，给希伯来女性诗歌带来了强烈的文化冲击。

自 20 世纪 80 年代到现在，以色列文坛上一个令人瞩目的现象便是女作家的崛起，几乎每月都有女作家的新作荣登畅销书榜，女性文学从边缘走向核心，堪称现代希伯来文学创作领域的一场变革。1992 年，以色列希伯来文学翻译学院首次出版的《以色列女作家目录》，只有 12 位作家榜上有名；1994 年增至 14 名；而到了 1998 年，上目录的女作家竟有 36 名之多。

从题材上说，她们当中的许多人致力于描写个人世界，浪漫故事，婚姻生活和单亲家庭。还有的致力于描写知识女性在个人意志与权利义务之间的苦苦挣扎。在表现手法上，与前代作家多层面反映现实的手法相比，女作家的作品显得比较单薄。同富有社会参与意识的男性作家相比，女作家的创作比较远离政治，偏重自我内省，感于哀乐，缘情而发，对阿拉伯人、犹太人、东方人、女人等形形色色的人寄予了同情。她们不再专注于希伯来文学传统中父子冲突这一模式，第一次将笔触伸向母子关系、母女关系、母性、女人对为人母的态度等女性所关注的问题。她们打破了传统的叙事方式，大胆进行语言实践与革新。较之男作家所乐于采用的那充满圣经修辞与民族隐喻的整齐典雅的希伯来语，女作家的语言则显得不那么过于精雕细刻，比较富有强烈的个人色彩与创新意识。即使同以卡蒙为代表的六七十年代女作家前辈相比，这批女作家也表现出不同寻常的独到之处。

在这批女作家中，比较突出的有奥莉·卡斯特尔－布鲁姆、利亚·艾尼、利亚·阿亚隆、茨鲁娅·沙莱夫、娜娃·塞梅尔、萨维扬·利比莱赫特、埃莉奥诺拉·莱夫、利利·佩里、米拉·玛根、努里特·扎黑、加布里埃拉·阿维古尔－罗泰姆、耶胡迪特·卡茨尔、米哈尔·高夫林、多利特·拉宾彦等。其中，利比莱赫特等人受阿玛利亚等老一代作家创作的影响，比较接近以文载道的文学传统，而以布鲁姆为代表的一批作家则表现出大胆的创新意识，可以说是改变了希伯来文学的风貌。

布鲁姆是希伯来后现代主义小说创作的先驱者之一，她的作品比较接近希伯来文学中的荒诞主义文学传统，而不是她的前辈女作家的创作。布鲁姆的第一部长篇小说《我在哪儿》（1990 年）是 20 世纪 90 年代出现在希伯来语文坛上的十分独特之作。作家从以色列的现代化城市特拉维夫的现实生活，从当地的报纸和大学校园里撷取素材，创造出一个充满荒诞与虚空的文本世界，那里面有电脑、报纸、政治、想象中的丈夫，以及想象中的缺乏激情体验的爱。小说主人公乃一位 40 岁左右的离婚女子，生活富有。既缺乏一技之长，又没有进取目标，终日生活在虚空之中，用她自己的话说："我既讨厌别人又让别人讨厌。"由于一个偶然事件的发生，她决定不再伤害自己的第二任丈夫，开始以打字谋生，人也变得充满了活力。小说中的许多事件缺乏内在的连续性，荒诞色彩很浓，具有强烈的反讽意味。女主人公生存的虚妄，恰恰正是现代以色列人，尤其是现代都市特拉维夫人的生存写照。

类似的荒诞、自嘲笔调在记者出身的女作家塔玛·吉尔伯茨的《折叠》（2006 年）中也体现得非常明显。女主人公是住在特拉维夫北部的一位中产阶级女性，衣食无忧。但是某天，与她一起生活了 20 年的丈夫宣布"我不幸福"，一段婚姻于是走到了尽头。作家对女主人公的思想与行动做了细致入微的描写，这些描写让人领略到以色列社会生活的一个画面，同时，作家把婚姻崩溃这一带有普遍色彩的主题转化为对生存状况所进行的充满滑稽、苦涩与讽刺意味的描述。

虽然说许多女作家不注重语言锤炼，但女作家中也不乏在语言文字上颇具造诣之人。加布里埃拉·阿维古尔－罗泰姆就是一个特例。罗泰姆出生在 20 世纪 40 年代，但直到 20 世纪 80 年代才发表第一部诗集，1992 年才发表第一部长篇小说《莫扎特不是犹太人》。2001 年，罗泰姆完成了又一部长篇力作《热浪与疯鸟》。希伯来大学谢克德教授称其是过去 20 年间以色列作家创作的最好作品。而本－古里安大学犹太、以色列文化与文学研究中心主任、本书文学编辑施瓦茨教授认为小说作者罗泰姆是位"惊人的作家"，是唯一"使他一遍遍查希伯来文字典的人"，拥有高度的文学修养，熟谙文学世界与文学传统。

小说主人公劳娅·卡普兰是个空姐，在飞机上工作了25年，没有结婚，没有子女。她接受过很好的教育，能讲一口流利的拉丁语，在考古学、神话学、历史学研究等领域造诣很深，并且拥有很好的艺术鉴赏力。母亲在她年幼时死去，也许是失踪了，她则由身为学者的父亲、父亲的朋友古玩修复者达维迪抚养成人。她一心希望摆脱承担各种义务，摆脱各种人际关系的纷扰。小说开始，写劳娅回到以色列中部的一个小村庄。她必须去往那里，因为父亲的朋友在遗嘱中交代房产由她继承。这是一次回归过去的旅行，在旅行中她发现了自己出生的秘密，知道了母亲的故事，以及达维迪及其儿子（后者在服兵役时丧生）的真实身份。

作品带有以色列记忆小说的特点。主人公对于自己过去私生活的追叙，她所拥有的独特心理特征，爱情上失败的经历，等等，导致了她日后在与友人交往过程中态度消极，情感生活缺乏生气。在某种程度上，这也是以色列内部世界的旅程，代表着在四十年代中期出生的一代人的特殊经历与感受。它对犹太复国主义者们的乌托邦理想进行了重新审视，透视出以色列人对大屠杀的集体记忆。

大屠杀一向是以色列社会政治中比较沉重的一个话题，二十世纪八十年代以来，许多女作家也在不同程度上涉猎了这一主题，但是她们比较倾向于从个人经历与感受出发来描写大屠杀记忆给以色列人，尤其是给大屠杀幸存者的子女们的心灵深处所蒙上的阴影。这些女作家，如娜娃·塞梅尔、萨维扬·利比莱赫特、米哈尔·高夫林、莉莉·佩里等都是大屠杀幸存者的后裔，或者说大屠杀"第二代"。她们擅长写自己怎样在弥漫着大屠杀阴影的家庭中成长起来，感觉细腻，表现出幸存者及其子女之间的冲突。高夫林的长篇小说《名字》发表于1995年，主人公阿玛利亚是大屠杀幸存者的后代，父亲给她取这个名字为的是纪念父亲的前妻———一位死于纳粹集中营里的钢琴师。阿玛利亚的整个童年均为父亲前妻的集中营遭遇所困扰。高夫林的另一部小说《快照》（2002年）集中描绘了左翼知识分子试图创造一个较为带有普救论者色彩的范式来对抗犹太复国主义理念，评论家福斯腾伯格认为，高夫林含蓄隽永的语言与带有象征性的思考有些接近奥兹和约书亚等作家的敏感性，而不是当代女作家的叙事话语。也许，这也正是世纪之交的希伯来语女作家在叙事中开始关注社会重大话题的先兆。

以色列一向重视文化传播与褒扬，文学奖种类很多。其中，"伯恩施坦奖"宗旨独特，要奖给当年最富独创性的希伯来文小说，许多杰出作家摘取了此奖桂冠。埃莉奥诺拉·莱夫以1996年的长篇小说《天堂里的第一个早晨》一举成为荣膺此奖的唯一女性，小说也被评委誉为"出自杰出天才作家之手的非凡之作"。小说用女性特有的优美生动、睿智活泼、幽默嘲讽的笔触，写一孕妇同腹中即将出生的胎儿说话，讲述自己的生活秘密：不幸的童年，专横的父母，失落的爱，展示出一幅丰富多彩的以色列生活画面，尤其是兵营女兵同男友在享有一夕之欢后信誓旦旦，而对方竟在空难中丧生的经历，令人唏嘘不已。女作家之所以选择女人在妊娠期间这一特殊过程中的特殊活动与感受进行创作，是想冲破以男性为中心的"战争"、"爱情"等主题窠臼。在希伯来文中，"伊甸园"与"天堂"是同一个词。犹太人重返巴勒斯坦，去寻找"伊甸园"式的宁和、静谧、风景如画的人间"天堂"，乃犹太复国主义的崇高理想，作品中的许多地方都流露出明显的犹太复国主义倾向。小说曾在数月内再版六次，长时间荣膺畅销书榜。

由以色列希伯来文学翻译研究所编辑的第四期现代希伯来文学集刊女性文学专号《语词中的女人》（Toby Press，2007）在编选时透视出一种新意：它不仅遴选了反映女性世界、表达女性心声的女作家的创作；同时，还遴选了两位男作家的作品，通过男作家的眼睛来观察女性人物。这种选择方式透视出，希伯来女性文学的概念已经在以色列的学术界悄然发生着变化：从注重创作主体的性别属性，即女作家写女性，或者女作家写男性，转向注重文本本身的建构和特征，即文本中所体现出的女性意识。而本篇文章把题目定为"希伯来女性文字传统"，意在因循希伯来文学传统意义上对女性文学的界定，关注的是出自女作家之手的文学作品。

普通读者对希伯来女作家的创作也非常关注。以色列的希伯来语读者总共不过只有四百多万，但自上世纪 90 年代中期以来，一批获得以色列出版协会畅销小说奖的作品销量竟然高达几万册。这些畅销书许多出自女作家之手，茨鲁娅·沙莱夫是其中的佼佼者。目前，中国图书出版界也注意到了这批女作家。布鲁姆的《米娜·莉萨》、利比莱赫特的《沙漠苹果》、罗泰姆的《莫扎特不是犹太人》、沙莱夫的《爱情生活》、耶胡迪特·卡茨尔的《灯塔》等十几部作品都有了中文译本。

中国的犹太文学译介与研究

一、何谓"犹太文学"?

在就犹太文学在中国的译介与研究情况进行论述之前, 有必要对何谓犹太文学这一命题做简要讨论。应该承认, 犹太人是个以民族为核心的概念。犹太文学, 也许最简单也最令人能够接受的定义就是"犹太人所创作的文学"。① 但需要指出的是, 在界定犹太文学这一概念时, 犹太学界普遍存在着困惑, 难以达成共识。这一论争甚至可以追溯到 18 世纪犹太启蒙运动时期, 当时犹太身份问题已经引起人们的关注。犹太人使用希伯来语、意第绪语以及客居国语言, 以标示自己的文化和文学传统。犹太人是否能够跨越语言与民族界限创作出代表民族传统的民族文学这一问题, 引起了学者的思考和发问, 甚至有人提出: 是不是把犹太文学限定在用某种特定语言如希伯来语、意第绪语、拉迪诺语所创作的文学? 抑或是皈依犹太教的人所创作的文学? 抑或是拥有所谓犹太性的共同主题?②

部分犹太裔学者和作家认为不应该有犹太文学、犹太作家之类命题的说法, 尤其不应该从民族归属角度划分出犹太文学类型。美国犹太作家、诺贝尔文学奖得主辛格 (Isaac Bashevis Singer) 曾经在答记者问时指

① Hana Wirth-Nesher, "Defining the Indefinable: What is Jewish Literature", In *What is Jewish Literature*? ed. Hana Wirth-Nesher, Philadephia and Jerusalem: the Jewish Publication Society, 1994, p. 3.

② 参见 *What is Jewish Literature*? 同上。pp. 3 - 12。

27

出，"世界上只有意第绪语作家，希伯来语作家，英语作家，西班牙语作家。有关犹太作家或天主教作家的整个想法在我看来是有点牵强附会的。当然，假如你逼着我承认有犹太作家这回事，我只好说，犹太作家必须是真正充满了犹太人习性、懂得希伯来语、意第绪语、犹太教法典、犹太法学博士的圣经注释总集、虔敬派文学、希伯来神秘哲学以及诸如此类东西的人。此外，假如他写的是犹太人和犹太人的生活，也许我们可以称之为犹太作家。"① 辛格在这里显然强调犹太作家作品中所反映的犹太特征，却淡化了犹太作家本人的民族属性。以色列著名学者佐哈尔（Itamar Even-Zohar）甚至声称，只有民族主义的犹太研究，或种族主义的反犹主义者才会采用犹太文学及以作家血统为基础的概念。②

中国在绝大多数世人心目中，没有出现过反犹主义，因此大家在使用犹太民族等概念时，一向不太敏感，一般强调的是犹太文化中的智慧、受难等因素，很少把犹太属性、犹太血缘等词语与种族主义、甚至反犹主义联系在一起。早在 1921 年，茅盾先生在《小说月报》上便以《新犹太文学概观》为题，论及十九世纪下半叶以来的犹太文学创作及其特征。茅盾先生认为："新犹太文学的勃兴是十九世纪后半叶的事，或竟可说是1882 年以后的事；"③ 它用犹太人说的土语（Yiddish）进行著作。茅盾先生这里无疑强调的是犹太文学创作所使用的犹太民族语言形式，并关涉"哈斯卡拉"（犹太启蒙运动）前期希伯来语与意第绪语相互竞争的历史进程。同时，他也顾及到犹太民族本身所具有的文化历史特征与犹太文学的内在民族神韵。他说："犹太民族是世界古老民族之一，也是现代唯一的无祖国的民族；他们散处于全世界，在各国政府的治下，因为人种与宗教的不同，常受到极残酷的待遇。他们虽处众强之间，仍旧保持自

---

① 宋兆霖选编《诺贝尔文学奖获奖作家访谈录》，浙江文艺出版社，2005 年版，第 185 - 186 页。

② Itamar Even-Zohar, "Israeli Hebrew Literature: A Model", *Papers in Historical Poetics* (Tel Aviv: The Porter Institute for Poetics and Semiotics, 1978)。又见 "Aspects of the Hebrew-Yiddish Polysystem." *Poetics Today*, 11 (Spring 1990): pp. 121 - 131。

③ 沈雁冰，《新犹太文学概观》，《小说月报》第 12 卷 10 - 12（1921），书目文献出版社，1981 年版，第 60 页。

己的信仰，自己的风格，自己的东方式的思想。"① 在他的心目中，犹太民族显然属于被损害的民族之列，与该期《小说月报》的办刊宗旨相吻合。而他所主要谈及的意第绪语作家，无疑均拥有犹太人身份。

上世纪九十年代，中国学者曾经直接就何谓犹太文学的问题展开探讨。徐新主编的《犹太百科全书》犹太文学条目为犹太文学所下的定义是，"犹太民族使用犹太语言创作的文学作品……在这些语言中，使用最为普通的是阿拉米语。犹太人被罗马人征服后，开始散居世界各地，他们的语言因居住地的不同而有所不同，历史上出现过的其他犹太语言有：犹太－阿拉伯语、犹太－贝尔伯语、犹太－波斯语、犹太－希腊语、犹太－意大利语、犹太－葡萄牙语、犹太－普罗旺斯语、犹太－法语、犹太－西班牙语（即拉迪诺语）以及意第绪语等。有什么样的语言，就有以该语言为媒介的文学。"② 犹太人使用犹太语言创作的文学属于犹太文学范畴，确实是个不争的事实。但是，这样的界定方式也会给我们带来一个疑问：即未被包容在这个界定范围内的作家，如美国的埃利·维塞尔、索尔·贝娄，意大利的普里姆·列维，德国的卡夫卡、保罗·策兰，瑞典的奈利·萨克丝等该如何在犹太文学领域里找到自己的位置？刘洪一在《美国犹太文学的文化研究》中提出："要界定犹太文学的构成阈限，简单地以其语言或种族身份为唯一标尺是难以解决的。任何一种文学归根到底都是特定文化的表征，对于犹太文学而言则尤为需要从犹太文化的历史机制中把握其基本的结构特征。"他同时又认定：文学中的犹太性既是犹太文学的基本标识，又是一个颇为模糊的属性存在，并讨论了犹太文学界定中的语言问题。③ 他在界定文学犹太性问题上所持的模糊说，再次证明中国学者若想接受挑战给犹太文学做明确定义的艰难。

通过上述讨论我们可以看出，对于犹太文学的界定依然问题重重，所有的定义均受到具体时空限制以及下定义者的体验与学养的制约。笔

---

① 沈雁冰，《新犹太文学概观》，《小说月报》第 12 卷 10－12（1921），书目文献出版社，1981 年版，第 60 页。

② 徐新、凌继尧主编《犹太百科全书》，上海人民出版社，1993 年版，第 345 页。

③ 刘洪一，《美国犹太文学的文化研究》，江苏文艺出版社，1995 年版，第 11－20 页。

者在这里无意将各种学说面呈读者，那将是一篇大篇幅的论文，甚至专著。笔者只想把问题提出，建议有兴趣的读者去阅读《什么是犹太文学一书》①，收入其中的十几篇精彩论文均从不同视角讨论何谓犹太文学问题。笔者在以色列接受犹太文学教育时，曾跟随以色列著名学者、希伯来大学资深教授谢克德（Gershon Shaked）学习犹太文学这门课，而谢克德又是笔者的博士导师、当今以色列少壮派学者旗手施瓦茨（Yigal Schwartz）教授的博士导师，因此本人在学术传承上较多受他的影响。谢克德认为，犹太文学包括在不同时代用不同语言创作的所有作品——这些作品的创作者知道他们是犹太人。② 既然作家深知自己是犹太人，那么他们当然会对因为持有犹太身份而带来的诸多后果具有某种特别的体验，这种特别的犹太体验势必影响到其创作，因此在犹太文学中，至少有两个内容不可忽视，即作家的犹太身份和犹太体验，后者或许也可以用犹太性、犹太特征等词语来替代。犹太人使用希伯来语、意第绪语等犹太语言创作的作品，无疑属于犹太文学范畴。而犹太人使用各种非犹太民族独有的语言，如英语、法语、俄语创作的作品，当然也属于犹太文学创作。因此，笔者试从使用犹太民族语言创作的犹太文学和使用非犹太民族语言创作的犹太文学两方面考察犹太文学在中国的译介与研究情况，不再就某些犹太族语，如希伯来语、意第绪语等的产生渊源予以说明。

二、犹太民族语言创作文学的译介和研究

（1）希伯来语文学译介和研究

大体上看，希伯来文学研究在我国的译介与研究成果可以划分为古代圣经文学和现当代文学两部分。

圣经文学主要以《希伯来圣经》为主，并包括《次经》、《伪经》、

---

① *What Is Jewish Literature*, ed. Hana Wirth-Nesher, Philadephia, Jerusalem：The Jewish Publication Society，1994.

② Gershon Shaked, "Shadows of Identity：A Comparative Study of German Jewish and American Jewish Literature", In *What Is Jewish Literature*, ed. Hana Wirth-Nesher, Philadephia, Jerusalem：The Jewish Publication Society，1994，p. 169.

《死海古卷》等古希伯来作品。尽管《希伯来圣经》尚无直接译自希伯来原文的中译，但是随着中西文化的交流，尤其是天主教和基督教在中国的传播，圣经文学通过希腊文、拉丁文等第三国文字翻译成中文，成为国人从事普通阅读、研究、从事宗教活动时使用的文本。目前国内较为通行的《圣经》版本有中国基督教协会出版的《新旧约全书》（1980年）、香港圣经工会出版的《现代中文译本圣经》（1979年）以及旧版的《合和本圣经》（1919年）等。中华圣公会出版的《次经全书》（1920年），商务印书馆出版的《圣经后典》"① 也成为人们阅读的主要文本。

中国学者在圣经文学研究领域拥有一支实力雄厚的研究队伍，并且取得了令人瞩目的成就。早在"五四"时期，鲁迅、闻一多等新文化运动的先驱便在著述中论及希伯来文学，但称不上系统的研究。南开大学已故朱维之教授堪称我国圣经文学研究领域的开拓者。20世纪80年代初期，他就发表了《希伯来文学简介——向〈旧约全书〉文学探险》② 继之，许鼎新、牛庸懋等前辈先后发表了《希伯来诗歌简介》③、《漫谈圣经文学》④，揭开了新时期希伯来文学研究的序幕。朱维之先生后来的《圣经文学十二讲》⑤ 系统详尽地介绍了圣经文学的有关情况，包括希伯来民族历史及其文学对东西方的影响，《圣经》、《次经》、《伪经》、《死海古卷》的来历和内容等。他主编的《古希伯来文学史》⑥ 是国内编撰的第一部希伯来文学史，囊括了以《希伯来圣经》为主要成就的希伯来古典文学和犹太民族大流散早期的《塔木德文学》，达到了使一部古代希伯来文学的发展史趋于完整的创作初衷。他与韩可胜合作撰写的《古犹太文化史》⑦ 从古代犹太文化模式入手，论及上古、氏族社会文化、王国及前后、囚虏之后等不同历史时期的犹太文化与文学发展脉络与主

---

① 《圣经后典》，张久宣译，商务印书馆，1996年版。
② 参见《外国文学研究》，1980年第2期。
③ 参见《宗教》，1982年第1期。
④ 参见《外国文学研究集刊》第4辑。
⑤ 朱维之，《圣经文字十二讲》，人民文学出版社，1989年版。
⑥ 朱维之，《古希伯来文学史》，高等教育出版版，2001年版。
⑦ 朱维之，韩可胜，《古犹太文化史》，经济日报出版社，1997年版。

要特征，填补了国内研究空白。

徐新主编的《犹太百科全书》① 中，列入了圣经文学、希伯来圣经等条目，清晰阐明了《希伯来圣经》与《新旧约全书》的关系。梁工早期出版的《圣经文学导读》② 和《圣经指南》③ 对《旧约》、《新约》、《伪经》等进行详尽介绍与评析，虽然书中许多内容与基督教传统有关，但所涉猎的希伯来文学方面的内容也给读者以知识与启迪。梁工所完成的国家社科基金项目成果《凤凰的再生：希腊化时期的犹太文学研究》④以翔实的资料论证了希腊化时期犹太文学的基本主题、形式特征、美学风格、精神特质等，并且把犹太教传统与基督教传统加以比较与对照。

除对整个希伯来古典文学或某一特定历史时期希伯来文学的总体把握外，学者们还展开了对某一特定文学类型或叙事艺术的研究。王立新的论文《特质、文本与主题：希伯来神话研究三题》⑤ 对古代希伯来神话特征进行了专门探讨。陈贻绎的《希伯来语圣经－来自考古和文本资料的信息》⑥ 对希伯来语圣经中和以色列历史相关的部分进行了比较全面和综合性的言说，着重点落在希伯来语圣经文本和巴勒斯坦地区文字和实物考古发现，同时对创世神话等希伯来文文本进行专门解读，并与美索不达米亚地区的神话进行类比。刘意青的《圣经的文学阐释——理论与实践》⑦、《圣经的阐释与西方对待希伯来传统的态度》⑧，梁工的《西方圣经批评引论》⑨ 等著述则对西方圣经文学批评理论与方法进行探讨。一些从事基督教文化研究的学者在研究《圣经》时取得的成果，也

① 徐新、凌继尧主编《犹太百科全书》，上海人民出版社，1992 年版。
② 梁工，《圣经文学导读》，漓江出版社，1990 年版。
③ 梁工，《圣经指南》，辽宁人民出版社，1993 年版。
④ 梁工，《凤凰的再生：希腊化时期的犹太文学研究》，商务印书馆，2000 年版。
⑤ 参见《外国文学评论》，2003 年第 2 期。
⑥ 陈贻绎，《希伯来语圣经——来自考古和文本资料的信息》，昆仑出版社，2006 年版。
⑦ 刘意青，《圣经的文学阐释——理论与实践》，北京大学出版社，2004 年版。
⑧ 参见《外国文学评论》，2003 年第 1 期。
⑨ 梁工，《西方圣经批评引论》，商务印书馆，2006 年版。

给我们开拓了新的视野。① 另外，《外国文学简编》（亚非部分）② 等高校教材也包括了圣经文学的内容。圣经文学已成为我国高校外国文学课程的组成部分。

现代希伯来文学的翻译在二十世纪二十年代便有所尝试，如赤城翻译了《现代的希伯来诗》。到二十世纪八十年代，阿格农的短篇小说也被翻译出版，如《逾越节的求爱》③。不过，希伯来文学翻译真正形成一种令人瞩目的态势则是在 1992 年中以建交之后。1992 年，三部希伯来文学译作在中国问世，即《现代希伯来小说选》④，《耶路撒冷之歌：耶胡达·阿米亥诗选》⑤，以及克劳斯纳的《近代希伯来文学简史》⑥。按照以色列希伯来文学翻译研究所的统计数字，1986 年到 1996 年共有 12 部希伯来文学作品被翻译成中文。但之后十年便有 48 部作品在中国问世。从1986 年迄今，共有 70 余部希伯来小说被译成中文出版，还有十几部正在翻译过程中。

笔者在《现代希伯来文学在中国》一文中，曾从文学史、小说、诗歌翻译以及研究概况等几个方面切入，对数十年来，尤其是近十几年来现代希伯来文学在中国的译介与研究情况进行了扼要梳理与评析。大致情况是：到目前为止，两部现代希伯来文学史翻译成了中文；小说翻译在国内现代希伯来文学翻译中成果最为斐然；与小说创作相比，现代希伯来诗歌的译介势头似乎有些薄弱，但也不乏出色的译作。笔者认为，在我国，学术界一向推重以《圣经》为代表的古代希伯来文学对人类文明和文化所产生的深远影响，但对现代希伯来文学尚未引起足够的关注与重视，还没有高校开设现代希伯来文学这门课，我国对现代希伯来文

---

① 限于篇幅，笔者对国内圣经文学的研究只能点到为止，推荐大家阅读梁工《中国希伯来文学研究启示录》，见于王邦维、王向远主编《东方文学学科：建设与发展》，北岳文艺出版社，2007 年版。

② 朱维之主编《外国文学简编》（亚非部分），中国人民大学出版社，1983 年版。

③ 阿格农，《逾越节的求爱》，钱鸿嘉译，福建人民出版社，1981 年版。

④ 徐新主编《现代希伯来小说选》，漓江出版社，1992 年版。

⑤ 《耶路撒冷之歌：耶胡达·阿米亥诗选》，傅浩译，中国社会出版社，1992 年版。

⑥ 克劳斯纳，《近代希伯来文学简史》，陆培勇译，上海三联书店，1992 年版。

学的研究仍处于起步阶段，有待深入。①

这里还想补充说明，近年推出的丛书类作品，如上海译文出版社的当代以色列小说译丛、百花洲的以色列文学丛书、安徽文艺出版社的希伯来当代小说名著译丛、译林出版社的奥兹小说系列、人民文学出版社推出的希伯来文诗歌和小说选等都取得了相对较好的市场效应和读者反馈。奥兹的长篇小说《我的米海尔》② 在 1999 年获得中国第四届外国文学图书奖，成为第一部在中国获奖的以色列文学作品。之后，《我的米海尔》与《了解女人》③ 得以再次印刷，并在几年后由台湾皇冠出版公司再版。高秋福为百花洲主编的以色列文学丛书首版于 2000 年，收入凯纳兹的《节日之后》④、比尔斯坦的《收藏家》、⑤ 康尼尤克的《墓园之花》⑥、西万的《阿多尼斯》⑦。这套丛书也得以再版，并且在 2001 年获得中国第五届外国文学图书奖。奥兹的另一部长篇小说《爱与黑暗的故事》⑧ 的中文版在奥兹应中国社会科学院邀请访华时面世，在新闻界、文学界、学术界引起广泛关注。中国社会科学院外国文学研究所于 2007 年 9 月初专门主办了阿摩司·奥兹作品研讨会。

国内对现代希伯来文学的译介与研究相辅相成。希伯来文学作品中译本的导言往往就是中国学者的研究成果，在一定程度上反映了中国学者对希伯来文学的独特理解。这方面的主要文章有徐新为漓江版《现代希伯来小说选》和《婚礼华盖》所作序言，高秋福为百花洲版以色列文学丛书和人文版《焦灼的土地》所作序言、傅浩为中国社会出版社《耶路撒冷之歌》所作序言、林骧华为安徽文艺版希伯来当代小说名著译丛所作序言、钟志清为译林版五卷本奥兹选集和《爱与黑暗的故事》所作

---

① 钟志清，《现代希伯来文学研究在中国》，《苏州科技大学学报》2007 年第 2 期；又见《跨文化对话》22 期，江苏人民出版社，2007 年版。

② 奥兹，《我的米海尔》，钟志清译，译林出版社，1998 年版。

③ 奥兹，《了解女人》，傅浩、柯彦玢译，译林出版社，1999 年版。

④ 凯纳兹，《节日之后》，钟志清译，百花洲文艺出版社，2000 年版。

⑤ 比尔斯坦，《收藏家》，隋丽君译，百花洲文艺出版社，2000 年版。

⑥ 康尼尤克，《墓园之花》，沈志红、高穗译，百花洲文艺出版社，2000 年版。

⑦ 西万，《阿多尼斯》，戴惠坤、肖黛译，百花洲文艺出版社，2000 年版。

⑧ 奥兹，《爱与黑暗的故事》，钟志清译，译林出版社，2007 年版。

序言等。还有一些论文和著述也是值得一提的。徐新的《现代希伯来文学一瞥》①、《现代希伯来文学论述》②、《以色列文学 40 年》③、《论以色列女性文学》④ 等论文向中国读者展示了现代希伯来文学的总体风貌，对该研究领域的一些问题提出了自己的独到见解。钟志清的《当代以色列作家研究》⑤ 是国内第一部比较系统地考察当代希伯来文学的著述。在考察以色列希伯来文学的同时，作者也注意到以色列某些作家采用双语从事文学创作的现象，对用阿拉伯语写作的犹太作家和用希伯来语写作的阿拉伯作家做了一些评析。

总体来看，国内对现代希伯来文学的研究处于起步阶段，还有许多空白点，对某些重要的作家，如诺贝尔文学奖得主阿格农等均关注得很不够。

（2）意第绪语文学译介和研究

鉴于国内尚无任何学者和翻译家具备使用直接从意第绪语翻译文学作品的能力，因此目前我们所见到的意第绪语文学中译本均从俄语、英语等文字转译而来。早在二十世纪二十年代，茅盾、胡愈之等文学前辈已将肖洛姆·阿莱汉姆（Sholem Aleichem）的意第绪语作品翻译成中文。上世纪三十年代，唐旭之先生从英文翻译了阿胥（Sholom Asch）用意第绪语写的《复仇神》。肖洛姆·阿莱汉姆是一位伟大的现实主义作家，他所描写的"小人物"的悲惨命运更能够赢得中国读者的青睐和中国社会的接受。到二十世纪五十年代，阿莱汉姆在中国的见报率很高。姚以恩翻译的《莫吐儿传奇》初版于 1957 年，曾经受到曹靖华、丰子恺、钱锺书、肖干等名家的称赞。肖干称这部不到一百页的作品，对他却像"浓缩了的狄更斯或马克·吐温，也那么幽默、真实、感人……"⑥，进入八

---

① 参见《外国文学评论》，1992 年第 2 期。
② 参见《当代外国文学》，1992 年第 2 期。
③ 同上。
④ 参见《国外文学》，1994 年第 3 期。
⑤ 钟志清，《当代以色列作家研究》，人民文学出版社，2006 年版。
⑥ 转引自姚以恩译《莫吐儿传奇》，少年儿童出版社，1998 年版，第 3 页。

十年代，江西人民出版社出版了阿莱汉姆的《门纳汉·门德尔》①，以色列米特欧罗巴犹太研究所和云南大学西南亚研究所合作出版了阿莱汉姆的短篇小说集《泰卫的故事》②。

另一位在中国译介较多的意第绪语作家是1978年诺贝尔文学奖得主、美国作家辛格。当时，中国文坛已经开始解冻，因此这位诺贝尔奖得主立即引起了国内外国文学界许多大家们的关注。《译林》、《世界文学》等外国文学杂志在1979年初相继选译了辛格的短篇小说《重逢》（沉香译）、《市场街的斯宾诺莎》（董乐山译）、《皮包》（宋云译），以及《奥勒和特露法——两片树叶的故事》（裴克安译）等。上海译文出版社也于同年出版了辛格的长篇小说《卢布林的魔术师》。八十年代，外国文学出版社出版了《辛格短篇小说集》（李文俊、冯亦代等译），山东人民出版社出版了《庄园》（陈冠商译），江西人民出版社出版了《冤家：一个爱情故事》。到九十年代，漓江出版社又在诺贝尔作家丛书中收入了《魔术师·原野王》。与此同时，辛格的一些作品出现了重译，如《童爱》（Shosha）后来又被翻译为《漂泊的爱》和《萧莎》。2006年，人民文学出版社出版了辛格短篇小说集《傻瓜吉姆佩尔》。

正如前文所述，早在二十年代茅盾先生等就已经开始发表关于论述意第绪文学的文章，当时甚至出现一阵意第绪语文学热。南京大学钱林森教授主持的"中希文化交流史项目"专门论及这个问题③。同现代希伯来文学译介过程中的某些现象类似，意第绪语文学中文版的前言也成为读者了解意第绪语作家与文学现象的窗口，反映了一些学者在这个领域的研究和探索。比如鹿金和陆煜泰为其译本撰写的序言，对辛格其人及其作品做了研究，有助于读者更好地了解辛格的生平与创作。陆建德为人文版短篇小说集撰写的序言，也提出了独到的见解："辛格一方面谴

① 阿莱汉姆，《门纳汉·门德尔》，戴骢译，江西人民出版社，1980年版。
② 阿莱汉姆，《泰卫的故事》，陈开明等译，以色列米特欧罗巴犹太研究所和云南大学西南亚研究所，1998年版。
③ 钱林森为南京大学比较文学与比较文化研究所所长、国际双语刊物《跨文化对话》执行主编、比较文学与法国文学博士生导师，现负责国家社科基金项目、19卷本的《中外文化交流史》丛书，"中希文化交流史"为其中的一个部分。

责纳粹暴行，一方面又拒绝煽集体悲情，拒绝把犹太民族在二战时的不幸遭遇当作取之不尽、用之不竭的政治的、道德的资本"。①

可喜的是，中国大陆和台湾已经出现了研究意第绪文学的学位论文。如毕青的硕士论文《犹太民族精神的载体?：论辛格小说中的矩阵结构模式》，傅晓微的博士论文《艾·巴·辛格创作思想及其对中国文坛的影响》，张守慧的博士论文《意第绪文学在中国》等。傅晓微在博士论文基础上出版的专著《上帝是谁：辛格创作及其对中国文坛的影响》介绍了当今国内外关于辛格的研究动向，并从辛格的文化背景着手分析了辛格上帝观的形成与演变，在此基础上提出了"民族忧煎情结"的新概念。② 台湾的张守慧获得了德国特里尔大学意第绪文学博士学位，她的博士学位论文"意第绪文学在中国"获得广泛好评。她现任台湾文藻外语学院德文系主任。在他（她）们身上，我们看到了中国意第绪文学研究的未来和希望。

三、非犹太民族语言创作文学的译介和研究

谢克德教授在谈到使用非犹太民族语言，抑或称之为非犹太族语创作的犹太文学时指出，这种文学的根本点在于其创作者认为自己拥有双重身份。③ 也就是说，其创作既属于犹太民族，又属于孕育出他所使用的语言的那个国家。在当今全球化的时代，某些离开故土的犹太作家也许会具有三重乃至多重身份。使用非犹太族语进行创作的作家身份的多元性造成其创作本身具有至少双重以上的身份。如美国犹太文学应该既是犹太文学，又是美国文学。但是，目前在中国学术界，"纯"犹太文学研究与隶属于各国别文学的犹太文学研究之间的界限似乎过于分明。中国

---

① 见《傻瓜吉姆佩尔》译本序，人民文学出版社，2006 年版。
② 陆建德语，见傅晓微《上帝是谁：辛格创作及其对中国文坛的影响》，人民文学出版社，2006 年版，第 1 页。
③ Gershon Shaked, "Shadows of Identity: A Comparative Study of German Jewish and American Jewish Literature", In *What Is Jewish Literature*, ed. Hana Wirth-Nesher, Philadelphia, Jerusalem: The Jewish Publication Society, 1994, p. 167.

的犹太学界近年来当然一直在努力包容文学研究，在许多学术活动中均给从事犹太文学研究的学者发出声音的机会，笔者个人便是受益者之一。但是，绝大多数从事国别文学中的犹太文学研究的学者与中国犹太学界缺乏交流，甚至不相往来。而从事各国犹太文学研究的学者又顽强地恪守自己的国别范围，基本上采取不逾矩的态度。中国外国文学研究会麾下云集着英语文学、法语文学、西班牙语文学、阿拉伯语文学、印度文学、美国文学、英国文学、东方文学等分会，但没有一个专门从事犹太文学研究的机构或组织。

刘洪一是少数拥有双重身份的学者之一。他所从事的美国犹太文学研究无疑为两大阵营的学者所接受。他的《美国犹太文学的文化研究》在国内首次提出了美国犹太文学研究的理论框架问题，力图将美国犹太文学纳入犹太移民与美国社会的文化接触这一特定的框架内。他结合玛丽·安汀、迈耶·莱文、索尔·贝娄、艾·巴·辛格、伯纳德·马拉默德、菲力浦·罗斯等著名犹太裔作家的创作实践，深入地分析了美国犹太文学的文化内涵和品性意义。在该书基础上钻研而成的《走向文化诗学：美国犹太小说研究》又以美国犹太小说为切入点，用文化诗学的理论做导引，力图突破传统的文学研究方法，对美国犹太小说的文化价值和诗学价值进行系统的梳理与解说，并对小说与文化的一般规则和文化诗学的若干普遍原理进行探讨和诠释。他所编纂的《犹太名人传》评介了数十位有重要影响的犹太裔作家，其中某些选文比较重视作家的犹太人身份，如关于卡夫卡、阿格农、辛格、爱伦堡的文章；但是也有一些选文只提出了作家拥有犹太血缘，却未曾重视血缘、身份与创作的关联。因此可以看出，国内的一些学者在从事研究时对犹太作家的身份问题不是很敏感。

用非犹太族语创作的犹太文学确实是个非常宽泛的研究领域。时至目前，已经有十二位犹太裔作家荣膺诺贝尔文学奖，除以色列作家阿格农、美国作家辛格外，其余十位，包括法国的伯格森、前苏联的帕斯捷尔纳克、瑞典的奈莉·萨克斯、爱尔兰的贝克特、美国的索尔·贝娄和约瑟夫·布罗斯基、英国的埃利亚斯·卡奈蒂和哈罗德·品特、匈牙利的卡尔泰斯·伊姆雷、南非的纳丁·戈迪默等均使用非犹太语言进行创作。中国学界对这些作家做了大量的译介与研究，尤其是伴随着诺贝尔奖效应，他们对中国文坛和学术界的影响越来越大，对这些作家的关注热情方兴未艾。由于中国学者译介与研究他们作品的成果浩如烟海，难以一一列举、进行面面俱到的评析，只能蜻蜓点水、草草勾勒其概貌。对于在文学史上已经获得定评的犹太裔经典作家的代表作乃至文集，学界和出版界均给予了大量关注。如人民文学出版社出版了《海涅文集》、《卡夫卡小说全集》、《里尔克诗选》、巴别尔的《骑兵军》、《敖德萨故事》等；译林出版社出版了普鲁斯特的《追忆逝水年华》、约瑟夫·海勒《第二十二条军规》等；上海译文出版社近几年出版了系列米兰·昆德拉的作品；河北教育出版社出版了卡夫卡全集等；人民文学、漓江、湖南人民、外语教学与研究等几家出版社都出版了帕斯捷尔纳克的《日瓦格医生》。又如乌兰汗翻译了帕斯捷尔纳克的《人与事》，刘文飞翻译了帕斯捷尔纳克、里尔克、布罗斯基的诗歌，李永平翻译了里尔克作品精选等，叶廷芳主编了《卡夫卡全集》，著有《卡夫卡传》，编著了《论卡夫卡》，涂卫群致力于普鲁斯特研究等。这些学者和翻译家当然分别来自德语文学、法语文学、英语文学、俄语文学研究领域，在人们的心目中，他们是德语文学、法语文学、俄语文学专家，而不是犹太文学专家。

近年来，相当一部份硕士或博士生选择犹太作家做学位论文，出现了一批有质量的成果。如魏啸飞的"美国犹太小说中的犹太精神"、曾艳钰的《走向后现代文化多元主义：从罗思和里德看美国犹太、黑人文学的新趋向》、周南翼的《追寻一个新的理想国：索尔·贝娄、伯纳德·马拉默德与辛西娅·奥芝克小说研究》、杨卫东的《身份的虚构性：菲利普·罗思的朱克曼系列作品中的'对立人生'》、等，这些年轻一代学子能否真正融入中国犹太文学研究的行列，还是依旧隶属于自己的国别文学范畴，还要仰仗于各方面条件与环境。

关于中国现代希伯来文学研究的思考^①

在我国，学术界一向推崇以《圣经》为代表的古代希伯来文学对人类文明和文化所产生的绵长而深远的影响，但是由于多种原因，对现代希伯来文学尚未引起足够的关注与重视，尚未有高校专门开设现代希伯来文学或当代以色列文学课程，而外国文学教学也鲜少涉及现当代希伯来文学内容。目前国内已经出版的外国文学史和高校外国文学教材里，只有为数不多的几部囊括进现当代希伯来文学内容，专门探讨现当代希伯来文学问题的学术论文与专著屈指可数。从这个意义上说，中国的现代希伯来文学科研与教学委实是一块有待开垦的处女地。我这里主要想谈两个问题。

一、东方，还是西方？ 中国语境下希伯来文学的定位

从地理位置上看，《希伯来圣经》的发祥地属于东方，在这个问题上大家恐怕能够达成共识。而且当时东西方的概念并不像吉卜林后来所说的"东方就是东方，西方就是西方，二者决不交汇"，处于绝对的"二元对立"。希伯来－基督教传统是很久以后才形成的说法，并带有后人不断的阐释，于是希伯来文明就成了西方文明的源头之一。而我在以色列读博士时，那里的几所综合性大学均设有专门的希伯来文学系、犹太文明系、圣经系、中东政治系等，你在选择专业时不太会涉及希伯来文学属于东方还是属于西方的困惑。英国的剑桥和牛津大学把希伯来研究放

---

① 本文原为《关于中国现代希伯来文学研究与教学的思考》，见《东方文学研究集刊》第3辑，这里只保留了关于中国现代希伯来研究问题的讨论。

在东方学研究之内，与中国研究、日本研究、阿拉伯研究、波斯研究等并列。不过，目前剑桥大学的东方学系已经改作亚洲和中东系。美国的哈佛、普林斯顿等大学则把希伯来研究放在近东研究系，当然希伯来研究再度与阿拉伯、波斯等国研究并置。

但是，现代希伯来文学是非常独特的文化现象。近两千年的流亡岁月确实使希伯来文学离开东方土地，到欧洲大陆漂泊，直到 20 世纪 20 年代，巴勒斯坦才成为创作与出版希伯来语文学的中心。其后的希伯来语文学应该属于东方还是属于西方恐怕也是一个不争的事实，无需论证。至于近两千年的流亡文学归属何方，我想这个问题极其复杂：早在第二圣殿时期，埃及就已经成为犹太人在以色列地之外的一个重要活动场所，《圣经》最早的希腊文本——《七十子译本》堪称公元前 2－3 世纪亚历山大城犹太社区最重要的文化贡献之一，该译本后为早期说希腊语的基督徒选中，成为《新约》和其他基督教圣典的重要来源。生活在埃及的犹太人斐洛的哲学思想为后来的基督教哲学奠定了基础。① 东西方文化两条平行线就这样开始汇聚。

曾生活在西班牙的犹太人，即塞法尔迪犹太人（Sephardic Jews），其后裔又与生存在欧洲的阿什肯纳兹犹太人（Ashkenazi Jews）的后裔，以及始终生活在中东地区的东方犹太人（Oriental Jews）的后裔在十几个世纪后回返先祖生存过的土地，与巴勒斯坦阿拉伯人、库尔德人、德鲁兹人、贝督因人等共同构成当代以色列国民。这种你中有我、我中有你的关系确实"剪不断，理还乱"，难以用东方还是西方的方式加以划分。何况，学界目前日渐意识到，民族是一种"想象的共同体"，或文化共同体；而国家则更多地被贴上政治共同体的标签，而任何共同体的塑造更多地取决于主观标准。② 在相当程度上，希伯来文学是东西方文化交汇的例证，而按照目前中国学界的学科分类，将其归于东方文学麾下，确实有其不完善之处，忽略了其 1800 多年的流亡传统。不过，充满悖论的

---

① 参见徐新，《犹太文化史》，北京大学出版社，2000 年版，第 38－40 页。
② 参见本尼迪克特·安德森，《想象的共同体：民族主义的起源与散布》，吴叡人译，上海人民出版社，2005 年版。

是，将希伯来文学划归在东方文学领域，则能凸显出这门学科的相对独立性。相对来说比较客观的做法是，讨论希伯来文学应以语言为聚合标准；讨论犹太文学则是以民族概念为标准；讨论以色列文学则是以国别概念为标准。①

二、小国文学、小语种文学：
中国希伯来文学研究者面临的挑战

国内学界流行的大语种、小语种、大国文学、小国文学之说带有多层面含义，甚至令人困惑、难以释解。且不说这种说法是否带有"区域歧视"色彩，光是就如何给小国文学、小语种下个明确而清晰的定义，往往令人莫衷一是，悖谬迭出。英语可能是目前人们心目中最大的语种，但讲英语的国家并非都是大国家。这些国家中除英国稳坐文学大国之位外，其他国家均无法保证。即使美国，有些学者（如 Prof. Dolnald Stone）也曾提出，整个 19 世纪，除亨利·詹姆斯外，无人能有同时代伟大的英国作家相比。讲阿拉伯语、西班牙语的人数不少，但是按照中国学界的习惯，将这些语言称作小语种。俄语曾经一度被人们视为大语种，19 世纪的俄罗斯文学蔚为大观，对世界文学产生了不可估量的影响，没有人怀疑其文学霸主的地位。但是现在，时过境迁，俄罗斯失去了往日雄风，便殃及其语言身份，于是便有了俄语究竟是大语种，还是小语种的问题。

东方文学研究的对象大多被列为小国文学、小语种文学，而其中许多小国往往辉煌的文明传统。于是大家不平则鸣，喜欢用"……为文明古国""有悠久的传统"等句子。我本人也一度对这些词句乐此不疲，但继而思之，如果改变一下方式，在研究中多一些实证，少一些口号，证明小语种文学的内在魅力，岂不更能以理服人？在这方面，以色列已故希伯来文学批评家谢克德教授的《现代希伯来小说史》为我们提供了可供借鉴的参照。

---

① 关于希伯来文学、以色列文学和犹太文学的界定，参见笔者在《中国的犹太学译介与研究》、《近现代希伯来文学》中的相关论述。

　　《现代希伯来小说史》是谢克德在二十余年的研究成果、五卷本希伯来版《现代希伯来文学》①的基础上缩写并而成，中译本已经问世。这部被 2000 年 12 月 1 日英国《泰晤士报文学增刊》誉为"反映复杂主题，充满神韵与分析力度的厚重之作"，共包括 12 章，追溯了自 19 世纪 80 年代到 20 世纪 90 年代现代希伯来小说的起源和发展。要对一百多年浩如烟海的小说发展趋向和作家作品进行系统考察，绝非轻而易举之事。因为，对某一正在发展的文学，难以做出较恰当把握的客观因素，即使对功底深厚的研究者来说，"今天所做的任何归纳均可能在明天遭到淘汰"。

　　早在 20 世纪 70 年代谢克德发表希伯来文版《现代希伯来文学》第一卷《在流亡中，1880 – 1970》时，美国加州大学洛杉机分校阿诺尔德·班德（Arnold Band）教授便在方法论上表示疑问，提出在按照文学特征进行作家研究时如何摆脱历时——共时问题的困扰，当多种"创作传统并存"时该如何处理。尽管任何文学传统中都会出现这种情况，但由于在 20 世纪初年，几代希伯来语作家散居在不同国家，此现象尤为明显。不知是意成还是巧合，20 年后，年逾古稀的谢克德在他的英文前言中强调，"对现代希伯来小说所作的历史性考察并非运用的是某种特定的文学理论"；而"采用的是几种理论"。"在对多位在不同国家、不同时代精神和社会语境下进行创作的不同作家所作的理解把握中"，"要尽量展现所讨论作品的多样化特征"，"需谨慎从事"，为几代希伯来文学研究者做出了示范。

　　美国另一位著名的希伯来文学批评家阿兰·民茨（Alan Mintz）指出，谢克德的批评实践乃以 20 世纪某些主要的文学批评理论为依据。谢克德的新批评背景使之尤为关注希伯来小说中的各类叙述人、叙事技巧和塑造人物形象的方式。而在类型理论（genre theory）方面的造诣又促使他将作家作品置于浪漫主义、现实主义、自然主义、现代主义等文学

---

① Hasiporet Ha'ivrit 1880 – 1980, Vol. 1 – 5, Jerusalem：Keter/Tel Aviv：Hakibbutz Hameuchad, 1977 – 1999.

思潮、流派和模式的传统中进行探讨。对文学风格的兴趣亦让他津津乐道地讨论建构希伯来叙事话语的方式。此外，卢卡契的历史与文学批评理论令谢克德深受启发，把虚构的人物形象视为社会势力与阶级意识的复杂代表。最后，运用读者反应批评理论解释文学作品如何得到了当代读者的认同。

英文版《现代希伯来小说史》的编者前言，认为谢克德接受了文学史家所面临的双重挑战，既必须呈现具有独创性和审美完整性的作品，又要展示产生作品的历史文化语境，进而创造出我们所说的文学史。通过对特定作品所做的详细分析与阐释，谢克德从风格和主题着手捕捉到令文本产生魅力的魔法；又通过作家生平概述、历史考察、社会文化与政治分析，阐明了占有同等重要地位的、在希伯来文学发展进程中进行作品创作的条件。用这种方式，谢克德探究并阐明了希伯来小说审美与社会、政治、文化和历史背景的关系。他审视了终极交互文本：文学与人生的相互作用。

尤为重要的是，谢克德还做了一项通常不需要文学史家、至少不要求那些撰写伟大西方传统的文学史家所做的工作：他传达出现代希伯来小说经典所具有的特征，证明它有资格进入当代文化与文学研究的舞台。与之同等重要的是，他提供了一些方法，学习其他文学传统的人可以借助这些方法开始考虑希伯来文学创作中的重要例子。进而阐发了希伯来文学传统的启迪力量。

谢克德作为犹太裔学者高屋建瓴，证明希伯来文学有资格进入当代文化与研究舞台，但从另一个角度来说，也对读者提出了较高要求：最好具有现代希伯来和犹太文化功底，起码也要具备一定的文学素养，这样才能读懂他著作中大量的专有名词和术语。相形之下，当下中国学者在中国文化语境下面临的挑战，来自内外两个方面，对内要让对希伯来文学感兴趣的读者读懂你的著述，给人以知识和启蒙，因为中国希伯来文学学者最初所走的路与数十年前英美文学、俄苏文学和东方其他各国文学研究者最初所走的道路有着近似之处；对外则能够展示中国读者的独特视角，对世界范围内的希伯来文学研究贡献一种新的阐释与理解。但是，要在一部专著，甚至论文中将二者有机地结合起来，绝非易事。

在撰写《当代以色列作家研究》时，我曾经设想通过分编的方式解决这一问题。在前四章按时间顺序探讨当代以色列文学发展史和作家、作品，目的在于让读者对过去 50 余年的以色列文学有一个总体把握。在后四章进行专题研究，考察国家建设语境下的大屠杀文学、希伯来文学中的阿拉伯形象、文学与宗教、文学如何承担塑造民族身份的使命并接受外来文化影响等问题。希望该书能够在希伯来作家作品和文学史料方面提供一些翔实的第一手材料，从文学现象、社会话语和文化传承等角度提出一些国内学术界尚未关注的见解和思想，通过力求严谨的论证在展现中国学者的独特视角等方面作一些先行性工作。这样，它也许能够对从事这一领域研究的同行与后辈，以及对当代以色列文学与社会感兴趣的学友有一些借鉴与启发。

但在撰写过程中，难度在于如何在撰写第上编时适可而止，为下编打下伏笔；而撰写下编时要与前文照应，还要避免重复。著作杀青后，我面对的是不同读者：普通读者、中国学界同仁和以色列、甚至英美学者。普通读者想从书中获得以色列文学的信息，以色列和英美学者要你看到他们看不到的东西，而中国学界则要求你站在比外国学者更高的高度去认知问题，三把令箭，委实让人感喟蜀道之难。

当然，在中国从事希伯来文学研究的学术条件和环境与以色列不同。在以色列，希伯来文学研究就像我国的中国文学研究，属于国学研究，任何资料都唾手可得。而在中国，希伯来文学研究则处于边缘地带，这方面的情况同英国有些相似。我在访问牛津大学时，曾就学科边缘化问题与英国著名的希伯来文学学者格兰达·阿布拉姆森教授达成共识。区别在于，英国的希伯来文学研究比较成熟，牛津大学、剑桥大学、伦敦大学学院等大学都拥有较为丰富的犹太文学藏书，学者们还可以充分利用大英图书馆的资源。在我国，希伯来文学研究则处于方兴未艾的阶段。尤其在现代希伯来文学领域，国内迄今只有一部专著、两部学术译著和 60 多部翻译作品问世，国家图书馆和各大学图书馆缺乏这方面的藏书，

网上资源同国外相比也略显不足。因此，只能通过国外的师友与合作单位的帮助来解决这一问题，并利用每次出访机会到图书馆收集资料。

此乃一个新学科在起步阶段所面临的境况与挑战。

走近作家

中国和以色列位于亚洲大陆两极，我们之间的了解也像隔着崇山峻岭。

"走近作家"篇收集了我自1995年初次踏上以色列的土地与初识希伯来语作家以来的12篇文章，包括作家故居访踏、作家访谈、作家写真与文本阅读、文学现象的追踪等等。同这些作家或其亲属的近距离接触与交流，也许能够给读者更为直观的感受，以把握希伯来文学的某些真谛。

昔人已乘黄鹤去

——访诺贝尔文学奖得主阿格农故居

诺贝尔文学奖与犹太裔作家确实缘分匪浅。自 1901 年首届颁奖至今，已经有 12 位作家榜上有名。但是，唯一用希伯来文进行创作而荣膺此奖的以色列籍作家却只有阿格农一人。即使今天诺贝尔文学奖已经失去了权威性，阿格农也堪称经得起时间与历史的考验。我在以色列走访的十几位当今以色列一流作家，几乎不约而同，把阿格农奉为希伯来文学创作的典范。大学讲坛上，老师们无论长幼，均可背诵援引阿格农的作品，精彩之至令年轻的学子们拍案叫绝。正是带着对阿格农现象的谜团，我叩开了位于耶路撒冷特勒皮由特区的阿格农故居之门。

这是座带有花园、造型纤巧的双层小楼。据接待我的阿格农女儿（亦是阿格农专家）埃蒙娜介绍，该住宅建于 1931 年，半个多世纪的风风雨雨已使它显得有几分陈旧。以前用作客厅及起居室的房间，现已凿通，改作展厅，游人们可通过墙上许多珍贵的照片，一睹这位造诣深厚的大文豪在不同时期的风采。此外，展厅里还保留了阿格农在世时房间里的简朴陈设，书橱里陈列着阿格农的作品，墙角放着投影机，几个小学生正在观看阿格农生平与创作展览。

最使人感兴趣的是二楼阿格农的书房及办公室。里面陈列着阿格农昔日用过的纸笔、打字机以及各类勋章、证书，最引人瞩目的当推 1966 年瑞典皇家学院颁发的诺贝尔文学奖证书。阿格农不仅是位大学问家，而且是位大收藏家，经常到古书店去寻觅他的奇珍异宝，并把他的万卷图书分门别类：圣经类、塔木德类、后塔木德文学、各类祈祷书、中世纪诗歌、塔木德诠释、犹太律法学家对犹太律法做的释疑解答、布道文、哈西德派、民间文学、哲学、历史、文艺复兴与启蒙运动、百科全书、犹太复国主义、希伯来文学、意第绪文学、非犹太文学及德国文学、期刊杂志等等。其中比较显眼的是犹太神秘主义教派"喀巴拉"的经典《光辉之书》。这就是启迪过阿格农心智令其展开奇思妙想的源头活水。

阿格农生于波兰，即原奥匈帝国加利西亚地区布克扎克兹城，原名施穆埃尔·约瑟夫·查兹克斯。从宗教及血缘关系上看，他出生在 19 世纪一个典型的犹太人之家，母亲家族属于闪米特纳盖德教派，即犹太教中坚持传统教义、反对 18 世纪中叶东欧的哈西德派教义；而父亲家族则同 18 世纪兴起于波兰、主张虔修与神秘主义的哈西德教派有着千丝万缕的联系。阿格农的父亲是一位德高望重的拉比，这使得阿格农有机会在家中实践东欧主流宗教生活。阿格农在犹太会堂接受传统教育，跟随父亲及私人教师学习《托拉》（即《摩西五经》）、《塔木德》等犹太经典以及犹太启蒙文学，广采博览，通晓《塔木德》及其评注，熟谙犹太法学家、哲学家、科学家迈蒙尼德的著作以及犹太启蒙主义者的著述。同时又学习了德文，通过德文阅读东欧文学，为其日后创作中所蕴涵的神秘悠远的宗教文化意蕴打下了坚实的基础。

1907 年，19 岁的阿格农离开故乡小镇，踏上了远赴巴勒斯坦的征程。在巴勒斯坦，他与第二代新移民的拓荒者们相遇，那些人居住在简陋的帐篷里，忍受着疟疾蛇蝎的困扰，在荒地上开垦耕作，对圣地的新生活充满了希望。这种精神使阿格农深受感染，他虽然未亲身投入到劳动者阵营之中，但却深爱巴勒斯坦这一犹太民族古老的发祥地。当时，他住在位于地中海岸边美丽的雅法老城，并且谋到了一份教职，为文学刊物做编辑助理，用阿格农这一笔名，发表了第一个短篇小说《阿古诺特》。小说以老式叙述口吻"据说"开头，描写了一个爱情悲剧故事，实际上是通过女主人公的不幸探讨人的灵魂与上帝救赎、上帝与以色列的关系。小说的篇名"阿古诺"与作家笔名"阿格农"在希伯来文中是同一个词根，它的问世，不仅标志着作家阿格农的诞生，而且也展示出阿格农同犹太世界的独特关系。与此同时，阿格农继续攻读欧洲文学，他抛弃了正统派犹太教的服饰与礼仪，经常去耶路撒冷朝拜。在这一时期，著名希伯来文作家约瑟夫·哈伊姆·布伦纳对他在巴勒斯坦创作的早期小说创作产生了巨大影响。

但当时，阿格农对上帝脚下这片土地的态度仍旧十分困惑、迷茫，遂于1913年离开他心目中的应许之地去了柏林，其真正原因至今仍令学术界迷惑不解。从1913年到1924年，阿格农一直在德国各地迁徙，漂泊。在这期间，他结识了著名的犹太神秘主义运动学者格肖姆·G. 肖勒姆和犹太商、大收藏家萨尔曼·绍尔肯。与绍尔肯的邂逅相遇已经成为希伯来文学界的一段佳话。1915年，他们同去听柏林的哲学讲座，绍尔肯为小有名气的阿格农的渊博学识所吸引，阿格农又为绍尔肯熟谙德国和欧洲文学感到惊诧。在日后的交往中，慧眼识才的绍尔肯意识到阿格农这个才华横溢的年轻人定会前程远大，于是在大名鼎鼎的绍尔肯出版公司尚未开设之时，便夸下海口，许诺说日后阿格农的任何作品均可以找绍尔肯发表。也许他们都没有想到，阿格农会在半个世纪之后一举摘下诺贝尔文学奖的桂冠。绍尔肯和阿格农所签订的出版契约使阿格农今生能够专注于艺术创作，不至于流俗为出版奔波。但是也致使他丧失了所有的著作版权，注定他一世清贫。在20世纪20年代《致妻子的信》中，阿格农曾幽默地声称自己每写一段故事都在算计能换取多少报酬。即使获得了诺贝尔文学奖，他也一样是个"吝啬的小老头"，未给子女留下丰厚的遗产，相反绍尔肯出版公司倒把阿格农的作品当成一个用之不竭的开源库。

德国期间的另一件大事是阿格农的父亲不幸去世，可阿格农却延误了奔丧，未能亲眼看到父亲下葬，这对笃信宗教的阿格农无疑产生很大震撼，乃至在他日后的创作中经常出现因延宕而错失良机的情结。此外，他与出身于学者及社会活动家家庭的漂亮淑女埃斯特结婚，安家汉堡，生一子一女。除置身犹太学研究外，还同著名诗人比阿里克及犹太复国主义者阿哈德·哈阿姆过从甚密，出席犹太复国主义代表大会。不幸的是1924年，阿格农家中失火，将所有书籍及一部未竟的小说手稿焚毁。他的许多作品从此便蕴涵着毁灭与失落这一主题。

火灾过后，阿格农重返巴勒斯坦，定居耶路撒冷，一年后家眷随其而至。虽生存环境艰苦，但圣城耶路撒冷像道灵光赋予他温暖、力量及汩汩的创作文思。他重新恪守正统派犹太教，在精神上非常旷达超然，把家中失火解释成上帝对他的惩罚，原因在于他竟然忘记了以色列故乡。1929 年，阿拉伯人发动大规模的反对犹太人定居巴勒斯坦运动，阿格农的住房、图书、手稿又一次被毁于一旦，他于是在耶路撒冷特勒皮特区建起一座新宅，一直住到去世。而今，这座住宅已经有偿向公众开放。不到两个小时，我便碰到一组学生及一个参观团。看来阿格农虽然离去，但人们并未忘记他给现代希伯来文学带来的光环。

由于数千年间，犹太人颠沛流离，命运乖舛多艰，希伯来语在流失中几近消亡，现代希伯来文学从启蒙到复兴不过才有两百余年的历史。毋庸置疑，从 18 世纪下半叶到 20 世纪初，希伯来文学史上涌现出一系列伟大的人物：亚伯拉罕·玛普、佩雷斯·斯默伦斯金、哈伊姆·纳赫曼·比阿里克、约瑟夫·哈伊姆·布伦纳、纳坦·阿尔特曼、尤里·兹维·格林伯格等，但无论他们作品中所表现出的孤愤意识还是信仰上的危机，均无法与同代欧洲最伟大的文学家相比。直到阿格农，才以史诗般的艺术、深邃的犹太文化意蕴、精湛的技巧、睿智幽默的表现手法来反映东欧犹太人以及以色列犹太人的物质世界与人文精神，反映出犹太人国破家亡"哀人生之多艰"的苦难、信仰沦落后的迷惘与痛苦的个性体验，而且超越了这些表面主题的限制，探讨在现代文化中占主导地位的普遍性问题，使希伯来文学得到了世界范围的认同。

阿格农在第二次移居巴勒斯坦（而今的以色列）后，之所以只用希伯来语进行创作，是因为每当他读到《托拉》、《先知书》等用希伯来文写就的犹太经典文字时，不禁想起古代宝贵的民族财富多次被毁，犹太民族苦难深重，内心于是充满了悲痛，这悲痛之情使得他的心在颤抖。他在颤抖之中提笔写作，就像一个流放中的王子，栖息在自己搭的小棚子中，用上帝能够听懂的唯一语言，诉说祖述前贤的辉煌，慨叹今不如昔的命运。在长达半个多世纪的创作生涯中，他给我们留下了长篇小说《婚礼华盖》（1931 年）、《一个简单的故事》（1935 年）、《宿夜的客人》（1939 年）、只是昨天（1945 年）、《希拉》（阿格农死后由其女儿埃蒙娜整理出版，1971 年）；中、短篇小说集《大海深处》（1935 年）、《两个传说》（1966 年）、《二十一个短篇小说》（1970 年）、《失去的书及其他短篇》（1995 年）等；拉比训诫集《敬畏的日子》以及诸多散文和书信。综观这些作品，其背景多置于东欧，还有一部分背景置于在以色列，但即使是背景在以色列的作品，所表达的亦是颇具普遍性的犹太特征，而不是像以色列"本土作家"所体现的以色列特征。

记得九十年代中期在特拉维夫大学现代希伯来文学课上，老师十分推崇阿格农在耶路撒冷创作的短篇力作《黛拉》，国内目前能够见到的只有徐进夫的译本《黛拉婆婆》。《黛拉》写的是一位名叫黛拉的耶路撒冷老妇，已是百岁高龄，丈夫和儿子均已过世，她本人是一位虔诚的圣徒，她的家就像一个祈祷所。阿格农在她身上融进了自己的审美理想。在他笔下，这位高寿妇女正直聪慧，仁慈谦和，眼中流露着慈悲怜悯的神色，就连脸上的道道皱纹也显示着福慧安详的光彩；平日里，她不是去探视病患，就是去安慰穷人，是人们心目中的圣徒。她恪守传统的道德规范，不惜历经漫长的磨难，静默地等待救世主的来临。显然，黛拉已不是一个动人而又令人好奇的人物形象，而是那业已逝去世界的最后一个代表人物。文中不时暗示出过去的伟大和现在的缺憾，这种暗示诚然带有某种狭隘的民族复古主义成分，但也折射出特定历史时期内犹太民族的文化心理，小说结尾，"黛拉丢下我们走了"，她的世界也已经远去。《黛拉》堪称阿格农的一个短篇力作。既勾勒出一位圣徒似的妇人画像，也是为传统的犹太人生活之道吟诵的一曲哀歌。作品发表之际，耶路撒冷老城在 1948 年阿拉伯和以色列人的交战中毁坏，黛拉的命运与犹太人的宗教、文化以及民族意识结合在一起，作品技巧娴熟，颇富震撼力。

纵观整个现代希伯来文学发展的历史，相当一批希伯来语作家所致力探讨的不是"作为一个人的意义如何？"而是"作为犹太人的意义如何？"从某种程度上，他们的创作不仅是作家个性的表现，同时也是嵌在某种文化环境中集体人格的表现。阿格农是一位杰出的希伯来语作家，他用含蓄优美、意味深长的希伯来语表现悲剧与死亡、宗教与世俗、传统与现代等诸多主题，反映出犹太世界经历的种种巨变。尽管他从 20 世纪20年代就回到巴勒斯坦，并在1966年以以色列籍身份获得诺贝尔文学奖。但是，他还不是严格意义上的、典型的以色列作家，而是一个典型的犹太作家，一个在创作中蕴积了欧洲文化与犹太文化精髓的世界性作家。

阿格农是第一位获诺贝尔文学奖的希伯来语作家。一般说来，现代希伯来语的源头主要是圣经语言，现代文学史上第一位希伯来小说家玛普的长篇小说《锡安之恋》试图尝试运用古体语言按照圣经精神与传说创作出超越时代的作品，但作家未曾生活在希伯来语语境中，所以语言上缺乏栩栩如生的神采；斯默伦斯金《人生路上的徘徊者》力图反映当代犹太人的生活，但是其语言构成比较错综复杂，虽然华丽但缺乏穿透力。直到比阿里克和阿格农时代，这种情形才发生改变：在他们成熟的创作中，语言形式不太引人注目，因为作家懂得如何利用语言来包容新的产品。我们知道，阿格农的语言传统主要来自圣经文学和拉比文学，还有德国浪漫派等文学传统，他的希伯来语不仅含蓄优美、意味深长，而且睿智幽默、妙趣横生，夹杂着大量的外来语，反讽意味很强，但在理解与翻译上难度很大，包括以色列文学系的学生有时都未免对阿格农望之却步。

阿格农是个现代人，他一方面渴慕和缅怀犹太人苦难的历史，同时又勇敢地面对各种价值互相冲突的20世纪。他的创作承前启后，上承圣经文学、拉比文学、启蒙文学与欧洲文学，下启以色列几代优秀的小说家，影响极其深远。继阿格农之后，我们不可否认，以色列出现了许许多多优秀作家。无论是以色列建国之初以摩西·沙米尔为代表的"本土作家"，还是"新浪潮"以来一领风骚、享有世界声誉的奥兹、约书亚、阿米亥、阿佩费尔德等人，乃至八九十年代以来活跃在文坛的大卫·格罗斯曼、梅厄·沙莱夫，均可谓各具优长。但是均不像阿格农那样在作品中博大精深地囊括进丰富的犹太学。也许将来，以色列作家会再度走向诺贝尔文学奖颁奖台，但阿格农却是"黄鹤一去不复返"，他的离去当然不仅仅是人去楼空，而且标志着现代希伯来文学创作中一个曾经有过的世界性现象的结束。

诗人，耶路撒冷人

　　2000 年 9 月 22 日晨，以色列著名诗人耶胡达·阿米亥因患癌症在耶路撒冷病逝，享年 76 岁。阿米亥从 40 年代开始诗歌创作，先后发表了《现在和其他日子》等 20 余部诗集，以及长篇和短篇小说，戏剧和儿童文学作品。他的创作不仅在以色列深受欢迎，而且已被翻译成 36 种文字，拥有广泛的国际影响，被称为 20 世纪优秀诗人。

　　9 月 24 日，阿米亥的遗体被安放在耶路撒冷市政厅广场的平台上，来自以色列政界、军界、学术界、创作界的数百名代表来到这里向他们心目中的优秀民族诗人致以敬意，向阿米亥的夫人和子女表示慰问。他们当中有当时的以色列总理卡察夫、总理巴拉克、议会发言人亚伯拉罕·伯格、内阁部长西蒙·佩雷斯、达扬将军，以及诗人纳坦·扎赫、达利亚·拉比考维茨、作家伊兹哈尔、约书亚、格罗斯曼、沙莱夫和文学批评家谢克德。率先发言的伯格称耶胡达·阿米亥是"以色列的奠基人"，那些信仰宗教的人通过他找到了通向上帝的途径。达扬将军和前内阁成员萨利德则选择军事意象评价阿米亥，萨利德把阿米亥当作解放希伯来文学战争中的一位重要人士，达扬则说阿米亥是位人道主义者，他了解这个国家最本质的三角关系，即"土地、鲜血和人"。巴拉克总理认为阿米亥"给我们在这片土地上的生存注入了新的意义"，他是"一位民族诗人"。作家梅厄·沙莱夫在结语中指出，阿米亥"让生活中的希伯来语言在诗歌的殿堂上行走"。阿米亥的女儿伊曼纽埃拉诵毕他的《身体是爱之本源》一诗后满怀深情地说："你是一位杰出的父亲，也是一个杰出的人。一个真实的人。你将永远活在我们中间。"纪念仪式完毕后，阿米亥被安葬在耶路撒冷的桑海德里亚墓地。一代伟大诗人将伴着他的城市耶路撒冷长眠。

我和阿米亥曾在耶路撒冷有过一面之交。

那是1997年前8月的一个下午，我从经常遭到封锁的希伯伦旅行归来，风尘仆仆赶到耶路撒冷的"宁静之居"（Mishkenot Shananim），应约同耶胡达·阿米亥见面。"宁静之居"位于耶路撒冷的中心地带，周围绿荫环绕，花香阵阵袭来，在蓝天游云的映衬下，仿佛令人走入画境，文人墨客多会于此，艺术氛围十分浓郁。由于希伯伦旅途中的幕幕险景令我惊魂未定，找到"宁静之居"后已比约定的时间晚了半小时。工作人员告诉我，阿米亥在那里足足等了我20分钟后才离去。我打电话致歉，问他是否可以再给我一次访谈的机会。阿米亥没有正面回答我，反问道："你可以在那里等我20分钟吗？"我说："我能。"

"是真的吗？""是真的。""那好，你等着，我就来。"谁知刚刚过了5分钟，他便站在了我面前。那一刻，我感到我们之间的距离近了。

做访谈固然无法排除许多程式化的东西，尤其是开始时的谈话难免拘泥于套路。可当我用"物色之动，心亦摇焉"为引子切入"灵感"话题时，他突然谈兴大发，将录音机挪到近旁："灵感嘛，就好比你已经在心中存有某种东西，但是需要外界刺激你才会产生奇想。你看到了某种意象，它能够将其他的东西带到你眼前。就像我诗中所写的，成千上万的人都见过苹果落地，但只有牛顿将其上升为哲学（与科学高度），发现了万有引力定律。"接着他又讲起诗歌是一种非专业化的东西，从事戏剧、表演都需要学习，但人人都有可能成为诗人。

在谈到他的创作所遵循的文学传统与外来影响时，阿米亥一如既往，强调他对《圣经》、《祈祷书》、《密德拉希》、《塔木德》中语言的借用，并让日常生活中的希伯来语在文学的神殿上行走。至于他所接受的外来影响，当然主要来自奥登和艾略特。我问他是否喜欢30年代以写哀怨感伤诗歌闻名的女诗人拉亥尔，他不由自主地称拉亥尔是现代希伯来文学史上最出色的诗人，并想知道我是否学过拉亥尔的诗。我说我学过，她的诗确实写得好，就是命运太不幸了，阿米亥接过我的话茬儿说："那是另一回事，倘若没有生活的艰辛，就没有诗人了。"是啊，也许正是犹太人的特殊命运造就了阿米亥，令他创作出大量动人心魄的宗教诗、爱情诗、具有人道主义色彩的反战诗，等等。

阿米亥出生于德国，自幼随父母移居巴勒斯坦地区，后长期居住在耶路撒冷。他著有大量的耶路撒冷诗歌，但他对于这座城市的态度却非常复杂。他毫不隐晦地说两千年来在这座城市里充满了恐怖与暴力，可人们为什么到此？这种行动真是既疯狂，又神秘。最近，他所安息的这块土地纷争四起，倘若阿米亥地下有知，会有何感受呢？阿米亥的确真实、坦诚，很富有人情味，他告诉我他的第二次婚姻非常成功，女儿19岁，儿子22岁，前妻所生的儿子已经36岁了，还有了可爱的小孙孙，那副陶醉的样子令人深受感染。

访谈结束后，他执意将我送至车站。直到如今，那渐渐远去的背影仍然依稀可寻，那和蔼平易的声音依旧在我耳畔萦回……

倘若没有人生的艰辛，则没有诗人

耶胡达·阿米亥1924年生于德国一个正统派犹太教家庭。1934年随家人移居当时的巴勒斯坦，先住在佩塔提克瓦，后迁至耶路撒冷。二次大战期间，他参加英国军队到埃及服役，后来加入"帕尔马赫"先锋队，走私武器，将非法移民运入巴勒斯坦。与此同时，开始阅读现代英语诗歌，奥登和艾略特的创作使之深受启发，他开始尝试用希伯来语做载体表达其战后情感。阿米亥早年曾在希伯来大学攻读文学与圣经研究。边写诗边在中学任教，并在希伯来大学和纽约大学授课。1990年获希伯来大学名誉博士学位。

阿米亥是以色列最受欢迎的一位诗人，令其在世界文坛占据重要位置的首先是他的诗歌创作成就。自20世纪50年代以来，他相继发表《现在和其它日子》（1955年）、《两个希望之遥》（1958年）、《铃声与火车》（1968年）、《并非为了记忆》（1971年）、《时间》（1977年）、《巨大的宁静》（1980年）、《你本是人，当归于人》（1985年）、《睁开眼睛的土地》（1992年）、《打开的关闭的打开的》（1998年）等二十余部诗集，《并非此时，并非此地》（1968年）等长篇小说，短篇小说集《在可怕的风中》（1961年）以及戏剧和儿童文学作品。他的艺术信仰、叙述方式、反讽手段，数十年来被几代希伯来诗人所模仿，"几乎成为文学传统"。迄今，他的诗歌已经被翻译成三十余种文字，拥有广泛的世界影响。

阿米亥自幼接受的是一种规范式的宗教教育，到青少年时代，虽然不再严格恪守宗教仪式，但是宗教思想与精神却渗透到他的灵魂与血脉之中。出自阿米亥之手的宗教诗首先表现出在形式上套用模仿希伯来古典文献，而后融入自己的宗教思想的特点；许多诗在结构与布局上与古代圣诗一脉相承，可以说是一种旧瓶装新酒的改写。在《诗》第156首中，阿米亥写道："我的右边是一门外国语言。我的左边，风儿吹过空落落的椅子。我的前面，是一条遗忘在桌子上的围巾。我的身后，一个发问的男人。在我的头顶是上帝显现。"这首诗模仿的就是犹太人就寝时的祈祷词。在耶胡达·阿米亥的心目中，上帝具有至高无上的辉煌与力量，人类沐浴在上帝赐予的神恩之中，沐浴在上帝施与的爱的雨露中，人对上帝的感情永远交织着依恋与敬畏："我的上帝，你赐给我的灵魂/是烟——发自爱的记忆/永无止息的燃烧。从降生的一刻起/我们都开始燃烧/如是不已。"（《我的上帝，灵魂》）可是，上帝对人的怜悯与恩泽有时又令阿米亥感到困惑，有时甚至被他所挚爱的上帝抛弃并且遗忘，这种求之不得的期待经常令诗人泪流满面，痛苦不已。

爱情诗在阿米亥的诗歌中占据着重要位置，他将爱情置于战争、忆旧、宗教等不同的语境中，表现男女间的性爱、情爱等等诸多内容。批评家们一致指出，他的诗歌带有强烈的自传色彩，是他本人经历与体验的重要载体。阿米亥本人经历过一场婚变，与第一个妻子不成功的感情纠葛同与第二个妻子相濡以沫的婚姻生活使得他拥有一笔宝贵的情感财富，令他能够以高超的手法把握男女之爱与两性关系。他笔下的爱情诗首先是感官的，肉体的，充满焦虑与痛苦，以残缺与不完美构成其爱情诗的主体旋律："当我们远离大海，当融进我们体内的语词和盐/叹息着/分离你的身体不再现出/可怕的征兆……夜晚，世界已经冷却，你的身体就那样像海/长久地留住温暖。（《你的秀发终于干了》）"① "在我的时间里，在你的空间里/我们在一起。你献出空间，我献出时间。静静地，你的肉身等候着季节变迁。（《在我的时间里》）② 他的许多诗作直接描写女性身体，向着人的生命本真切近，表现出处于生存困境又囿于传统束缚的以色列人在时时渴望精神与肉体、灵与肉的结合。

---

① Yehuda Amichai, *Shiri Ahava*, Schocken Publishing House, 1986, p. 98.

② 同上。p. 30。

阿米亥的诗歌是 20 世纪 50 年代以来以色列新诗创作的雄辩代表，同以色列的历史和政治进程具有鲜明的一致感。以色列当今社会生活中一个无法忽视与摆脱的主导性政治因素就是战争，阿米亥也从未停止过对这一主题的关注。但需要指出的是，他并非从国家命运与民族兴趣出发来歌颂战争，并非从民族主义和复国主义角度出发描写战争的胜利者与失败者，而是从人道主义立场出发，注重剖析战争的无情以及被战争损坏的个人。这些人，往往不是叱咤风云的英雄，而是普普通通的死者和伤者。同时他也将笔墨投向普通战士离开家人与挚爱匆匆奔向沙场的感人场面："最初的战役/以几乎致命的亲吻/拔起可怕的爱之花/像炮弹那样。士兵小伙子们/被装载在我们城市漂亮的公共汽车里——12 路、8 路和 5 路到前线去"。活生生一幅兵车辚辚、"爷娘妻子走相送"的景象。①

阿米亥还是一位耶路撒冷诗人，他创作了许多以古城耶路撒冷为题材的诗歌，这些诗不仅是描摹耶路撒冷漂亮的风景与圣地风光图，而且也融入了深厚的民族感情与集体信仰，成为犹太人多年来多遭乱离、命数不定的见证，成为诗人心目中连接上帝与人的一个纽带。直至到两千年"耶路撒冷纪念日"，人们还在吟颂他创作的四首耶路撒冷诗歌，以呼唤人们对这座古老城市的无尽情思："回到耶路撒冷的人/感到那一块块痛苦的地方已经不再痛苦。/但微弱的警告保存在所有的事物中/就像一条亮晶晶的围巾在飘动：一种警告。"②

曾以诗人身份摘取诺贝尔文学奖桂冠的奥·帕斯在谈到耶胡达·阿米亥的诗歌创作时说："一旦你读了他的诗歌，就无法忘却——十六行诗句中竟容入如此众多的人生与真理。他是一位大师。"阿米亥的超人之处在于他用简朴的语言，借助犹太经典文献中的意象，表达深邃而带有普遍性的思想真谛与人生体验。这种思想与体验植根于他的个人经历，犹太民族的独特际遇，以及国家、文化世界与象征，接近当代以色列神话之谜。确如他自己所言："倘若没有人生的艰辛，则没有诗人。"③

---

① 文中诗歌引文见于《耶路撒冷之歌》，傅浩译，中国社会出版社，1992 年版。

② 同上。

③ 同上。

头白鸳鸯失伴飞

——访雅可夫·沙伯泰的遗孀

在谈到继诺贝尔文学奖获得者阿格农之后，谁为最伟大的希伯来语小说家时，许多人会情不自禁地提起雅可夫·沙伯泰。如此评价的原因之一当然不乏沙伯泰这位天才作家在四十七岁时便被心脏病夺去了生命，人们为逝者定评时会显得大度与宽容；但主要还是他在世时出版的长篇小说《往事绵绵》以非凡的表现技巧和丰富的内在神韵在现代希伯来文学史上别立一宗。沙伯泰临终之际，曾留下一部长篇小说手稿，其妻埃德娜强忍悲痛，在哭泣和泪水中，将丈夫的手稿编辑整理，出版了又一部轰动以色列文坛之作《往事终结》。

我第一次见到这位未亡人，是在 1997 年一个平静的夏夜，距特拉维夫海滨不远的埃德娜家中。屋子宽敞明亮，色彩和谐。埃德娜虽已年逾六旬，但风韵犹存。她说她不太习惯录音访谈，要我最好写下她的话，这样让她有思考和修正的机会。

雅可夫·沙伯泰 1934 年生于特拉维夫。50 年代初，他服完兵役之后便到了基布兹①。他为人宽厚随和，喜欢和大家共同过集体生活，同时又个性很强，非常强调自我，酷爱文学创作。他的第一个短篇小说《国土》发表后不久便获当年的文学艺术奖。沙伯泰在基布兹期间，与年轻漂亮的少女埃德娜一见钟情后结为伉俪。埃德娜是一位自我意识极强的女性，向往自由自在的生活方式，而基布兹只强调集体，要求大家有统一的思

---

① 基布兹（Kibbutz），其希伯来语词根有"聚集"、"团体"之意，指以色列所特有的一种集体农庄，人们在那里一起劳动，财产公有。基布兹成立于 20 世纪初期，在以色列国家建设中起了重要作用，而今逐渐衰微。

想，与她的性格格格不入，于是她执意要求丈夫离开基布兹，1967 年，沙伯泰携妻子和两个女儿搬到颇具现代文明色彩的特拉维夫生活。

特拉维夫是沙伯泰深爱并向往的故乡，但是由于长期生活在基布兹，当他重返特拉维夫后，已经不太理解特拉维夫人的生存观念与人生追求，这对他既是一个震动，也是一个挑战。在他的短篇小说、戏剧、诗歌中或多或少地流露出一种怀旧情绪。短篇小说集《佩雷斯伯伯开始行动》里的 13 个短篇小说中，有 11 个以特拉维夫为背景。37 岁那年，沙伯泰得知自己患了心脏病。他突然意识到人生易老，死亡将近，人在命运面前无能为力。正是从这一时期起，他开始创作自己的第一部长篇小说《往事绵绵》。

《往事绵绵》一书的希伯来文名原本具有两层意义，一是指记住往事，另一层是指犹太学文献。沙伯泰试图在作品中囊括过去的一切，试图扼住死亡的脚步，但又感到这是一种徒劳。

小说中的三个主要人物，以不同的方式反映出作家本人的人生观。第一个人物绰号恺撒，无人知道他的真名。恺撒充满活力，他衣着入时，蓄着胡子，抽最考究的香烟，暴饮暴食，见女人便追，将人生视做无意义的失败，或者是变化莫测的玩笑。恺撒不知疲倦、不加选择地征服女人。每征服一个女人，哪怕是最没价值的，也会使他满足与自豪，同时刺激他去做更进一步的征服。为此，他付出了大量时间、金钱、努力和想象。在困难面前，他不会轻易放弃，不会浅尝辄止，因为他不允许自己失败……

第二个人物是恺撒的好友、律师戈德曼。戈德曼住在特拉维夫父母家中，娶一漂亮女人为妻，几个月后又突然离婚。令他心醉神迷的女人是母亲情人的女儿。他很难对女人从一而终，一直在思考着人生的意义，思考着生存与创造的意义，可他自己的生活却充满了虚空。他曾多次希望笃信宗教，结果徒劳无功，他否定了理性主义信条与社会主义理论，最后绝望自杀。

第三个人物是伊埃兹拉尔，他的理想是做一名音乐大师，结果半途而废。他拥有一位年轻、纯真、聪明的女子，名叫埃拉，像童贞女玛利亚。可埃拉在肉体上却不是童贞女，他总是不断地盘问埃拉如何失身，直至埃拉忍无可忍，在怀孕后离家出走，去往耶路撒冷。在小说结尾，伊埃兹拉尔幡然悔悟，认识到自己生活中的阳光乃是对埃拉的爱，于是前去找她。埃拉在医院里生下他们的孩子。小说的最后一幅画面是脸色苍白的埃拉躺在病房里，他朝她招手，想走近她的床边，可她却没有反应，对孩子也无动于衷。她不想同他说话，请求他离去，一切陷于绝望之中。

这三个人从不同层面折射出沙伯泰痛苦的心路历程。在恺撒身上，主要体现出一种试图拥抱全部生活、积极向上的人生追求；伊埃兹拉尔力图追求完美的人生与爱情，但求之不得；戈德曼苦苦思考与寻觅，在绝望中了却一生。

这部作品以戈德曼自杀开头，又以一个婴儿的悲剧诞生作结。沉重与萧杀的死亡气息冲淡了新生儿诞生的喜庆。书中人物对死亡的恐惧感带有作家心灵的投影，是沙伯泰依恋人生、试图与死亡抗衡的艺术化体现。

沙伯泰对人生的阐释十分复杂，充满了矛盾色彩。他一方面在哲学思想上接受《圣经·传道书》的影响，《传道书》借传道者之口，对人生做如此阐释："虚空的虚空，虚空的虚空，凡事都是虚空。人一切的劳碌，就是他在光天化日下的劳碌，有什么益处呢?"。这种观念一直束缚着沙伯泰的思想，尤其是他生命的最后十年，沙伯泰的生活中始终笼罩着死亡的阴影，他对人生意义的寻找也蒙上了一层虚无色彩。但另一方面，他又主张靠劳动、创造而赢取的积极人生观念。他不把金钱、权力、名誉当做价值，而是崇尚努力工作，诚实待人，积极进取，为社会奉献。由于现代文明的冲击，传统的价值观念已经解体，他希望一切回归到过去，回归到"六日战争"之前，所以他希望记住过去。

沙伯泰在受到死亡阴影侵袭的同时，一直流露出对强尽生命力的张扬与追求。作品中的许多人物都怀揣着美好的人生梦想，梦想的难以实现尽管成了痛苦与怨恨的根源，可他们依旧执著而不放弃。特别是同三位男主人公有亲源关系的一些女性在作品晦暗的主体基调内加进了奋进的亮色。她们大多是富有才智与独立人格的女性，对生活怀有美好的期待，意中人的不忠和伤害曾经一度令她们失望、烦恼、焦虑，甚至心力交瘁，惧怕人生易老；但是她们在自尊中抹去屈辱，抚平伤痛，超越禁忌，重新奋起。

《往事绵绵》是沙伯泰在有生之年发表的唯一一部长篇小说，它以独特的风格和富有张力的语言表达出作家对生与死、现世与来生、传统与现代、理想与现实、无常与永恒等诸多命题的深沉思索，通过丈夫、妻子、情人、父母、子女、亲友、家庭伦理与婚外情等多重复杂关系的描摹，切近家庭内核与人的心灵深处，追逐生机勃勃的生命之光，展现出无与伦比的才华，对日后的希伯来文学创作产生了绵长的影响。你一旦走入沙伯泰的世界，就会情不自禁地沉浸其中。

1981 年，沙伯泰猝然死于心脏病，留下了 1200 多页手稿。面对亡夫的未竟之作，埃德娜寝食不安。她在日记中写道："你是我生命的全部，没有你我无法生存，但此书至关重要。它必须出版。"令人感到奇妙的一个巧合是，沙伯泰在去世前两个星期，曾经同妻子讲过，他在《传道书》的最后找到"往事终结"（Sof davar）一词，甚至说出小说应该以"好漂亮的孩子"作结。izei Yeled Yafei, what a beautiful child，当埃德娜一字一顿地说出这几个字时，我突然意识到希伯来文简洁、优美的神韵。

三年后，雅可夫·沙伯泰的长篇小说《往事终结》在其妻埃德娜和耶路撒冷希伯来大学教授丹·米兰的编辑整理下终于问世，该作的中心情节是主人公发现死亡将近，幻想着健康过去的重现，盼望着以漂亮的婴儿身份重新出现在这个世界上。作品获得了极大的成功。据埃德娜回忆说，她在书店，站在《往事终结》前，一位陌生的卖书人走过来，推荐道："这是部非常好的书"，埃德娜问卖书人是否读过此书，并满怀感激地说："你的话让我从心底里感到骄傲，"卖书人则回答："这本书也让我从心底里感到骄傲。"

之后，埃德娜又继续提笔写作《爱如死般强烈》，书名取自《雅歌》，该书采取传统叙述手法，从雅可夫·沙伯泰的葬礼写起，描绘自己的生活及叙写丈夫未竟之作的经历，直至在耶路撒冷获得阿格农文学奖

时结束，颇富自传色彩。

"梧桐半死青霜后，头白鸳鸯失伴飞。"贺铸的两句悼亡诗从见到埃德娜的第一瞬间便在我的脑海中萦回。可以想见，从雅可夫·沙伯泰死后，埃德娜整理亡夫书稿时的那份艰难，她向我坦言当时几乎无法将这一工作继续下去，整天伴随她的就是哭泣与泪水，那是她一生中最艰难、最痛苦、最难以自持的一段岁月。我急忙用手势止住她说话，伴着空调噪声写下了这段文字。星汉西流，月光如水。

访谈中另一件令我无法忘怀之事是，埃德娜拿出希伯来文、英文、中文等几个版本的《往事绵绵》，要我帮助对照一下，看看中文版《往事绵绵》是否为全译本。她不懂中文，之所以产生疑问，是因为《往事绵绵》的英文及希伯来文版均近400页，而中文版只有240页。我粗粗对了一下，不禁愕然。以1985年英文版为参照，中文版只将该书的232页译出，另外167页则不知去向。我知道，万事皆有因，也许是我国出版社同以方出版商有出版协议；也许另有缘由。但无论如何，只将"半壁江山图"呈现给遥远的中国读者，对于作者及其家人，将是一种莫大的遗憾。

阿佩费尔德与大屠杀文学

大屠杀文学在整个希伯来文学创作中占有重要地位。据不完全统计，从二战结束到二十世纪九十年代中期，已有数百名作家描写过大屠杀题材的作品，其中长篇小说就有三百余部，此外还有中、短篇小说，诗歌，戏剧，报告文学等等。大屠杀文学的作家群主要有三部分：一是战前即从欧洲移据以色列的作家，这批作家主要描写童年记忆与家庭的失落；二是亲身经历过大屠杀惨烈事实的作家，带着无法愈合的创伤与尚未消失的恐惧感，描写罹致迫害的人生体验以及到以色列后生存的艰辛；三是出生于以色列的作家，通过同幸存者的交往，或是战后访问欧洲的见闻，拉开距离审视大屠杀给整个犹太民族心理带来的伤害。

大屠杀不仅是历史学的概念，代表着二战史上残酷凶狠、触目惊心的一幕；而且又是一个文化学上的概念，大屠杀是西方排犹主义走向极端的必然结果，也对日后整个犹太民族心理定势的形成产生了不可估量的影响。与之相关的大屠杀文学现象历来在国际上备受关注，涌现出许多具有国际性影响的作家，以色列作家阿哈龙·阿佩菲尔德便是一位杰出的代表。

1997年8月，我在耶路撒冷见到了这位饱经沧桑的老人，听他述说他的人生，他的创作，他对犹太教及上帝的虔诚与笃信，他对犹太文化历史的探索与执著，他对大屠杀文学的独特见解。老人极其慈祥、平易、谦和，说话总是慢声细语，面带微笑。但是，他的某些举动还是让我感到有些异样，尤其是眼神中的某种东西令我脑海里浮现出在凄风苦雨中踽踽独行的犹太人。

阿佩费尔德是一个大屠杀幸存者，1932年生于罗马尼亚切尔诺维茨一个富足的犹太人之家。他也同普通犹太孩子一样，拥有无忧无虑、幸福快乐的童年，但无形的现实很快便粉碎了他金色的梦。八岁时，母亲被纳粹杀害，他和父亲分别被送进集中营，小阿佩费尔德同妇女和孩子关在一起，终日面对的是恐惧和死亡。就在一个漆黑的夜晚，他铤而走险，爬过带刺的铁丝网，在黑暗中漂泊。一个犯罪团伙将他搭救，他便跟着这群人到处流浪。三年后，阿佩费尔德加入红军，四处辗转，足迹遍及大半个欧洲，十四岁来到巴勒斯坦。先是到基布兹劳动，学习语言，继之服兵役，进大学攻读哲学和文学，而后到国外深造，开始从事文学创作，著述甚丰，迄今已发表过三十余部作品，包括长篇小说、随笔和文论，其作品在整个欧洲世界反响很大，曾获以色列奖。自七十年代起，阿佩费尔德便在本－古里安大学任教，并经常到美国讲学。

初到以色列之际，他没有父母，没有亲人，没有语言（指不懂希伯来语），整个世界在他眼中成了一个巨大的难民营，而以色列则像一个位移了的儿童难民营。这种经历与感受在1980年面世的带有自传色彩的长篇小说《灼热之光》中得到艺术化的体现。《灼热之光》以第一人称形式，讲述一群失去双亲的少年幸存者到以色列后的故事。小说一开始，写这些少年幸存者从意大利乘船去往以色列，在某种程度上，象征着与过去割断联系，走向新生。但是，这些少年由于在战争期间经历了肉体与心灵磨难，丧失了乐观的人生态度与信仰。他们到以色列不是个人选择，而是迫不得已。与犹太复国主义先驱者相反，少年幸存者没有与以色列土地以及那里的百姓融为一体的愿望。他们拒绝接受犹太复国主义理想。对他们来说，在农场劳动这一象征着与土地建立联系的行动本身成了某种负担。巴勒斯坦，这片先驱者们所梦幻的土地，被他们歪曲为"某种集中营"。集中营情结成为他们融入以色列社会的障碍。他们酗酒，打架，互相伤害。

与此同时，本土以色列人和以色列社会对少年幸存者也表现出鄙视、厌恶与排斥。当本土以色列人最初见到这些少年幸存者时，便显示出二者之间在价值观念上的冲突，"我们在这里是劳动者。我们从土地上生产面包。不劳动的人都要被赶走。"随着情节的发展，这种冲突进一步激化。这一点我们通过少年幸存者与其监护人、一个按照犹太复国主义理想模式塑造起来的新型犹太人之间的对话可以清晰地看到：

> "卡车把我们从艾麦克带到此地。他们是答应我们坐轿车的。我们不是去干农活的"。
>
> "干农活怎么了？"监护人问。"是谁使沙漠生长鲜花？又是谁从土地里出产面包？是谁？我们又要做寄生虫了。"
>
> "我们不是农民。"
>
> "一个人要是愿意做什么，就可以学会。我也不是生在这块土地上。但我学会了热爱她。要是你愿意，要是你坚持，即使沙漠也会结出果实。你们懂吗？"
>
> "我们讨厌植物。"

以色列的犹太复国主义者和政治领袖提倡通过肢体的简单劳作与土地建立肌肤相亲的联系，而不是通过研修祈祷等精神活动。少年幸存者拒绝与土地建立密切联系在很大程度上拉大了他们同以色列社会的距离。用幸存者后裔、施瓦茨教授的话说，这是阿佩费尔德唯一提到以色列社会与意识形态背景的小说，在这种社会与意识形态背景下，大屠杀幸存者的道德水准和社会地位比本土以色列人低劣，被称作"人类尘埃"。①

作为大屠杀幸存者，他没有同自己多灾多难的同胞同生共死，因而具有一种强烈的负疚感，促使他无法像普通人那样去生活。于是他把写作当成一种自我探索，试图在写作中寻找家园和自我："我是谁？我是什么？我冒着酷热在陌生人当中正做些什么。"60年代，阿佩费尔德相继出版了《烟》（1962年）、《在富饶的谷地》（1963年）、《大地严霜》（1965年）、《在地上》（1968年）等短篇小说集。在这些短篇作品中，他主要写出欧洲难民在战后漂泊不定的生存状态以及到以色列后的痛苦

---

① "人类尘埃"一词，取自 Oz Almog, *The Sabra：The Creation of the New Jew*, University of California Press, 2000, p. 88

体验。继之又去写父辈，写已经在欧洲被欧洲文明同化了的犹太人，这些人否认自身，憎恨自身，原因在于他们具有犹太人身份，他们体内流着犹太人的血；而后又向纵深发展，写祖母一代人，他们一方面恪守古老的犹太文化传统，同时在漫长的流亡生涯中接受他者文明的熏陶与同化。文学是深层次了解自身的一种尝试，阿佩费尔德的作品实际上是在不同层面暴露着自己，同时也展示出犹太人的思想感情、犹太精神与犹太特性，以及这种精神与特性在物换星移、岁月荏苒中的变异与发展。

阿佩费尔德的主要作品，均以大屠杀这一历史事实作背景参照，叙述世间多乱离的历史事实，表达"哀人生之多艰"的个人心理体验，反映出欧洲犹太人的共同命运。阿佩费尔德的出生地虽然是罗马尼亚，但母亲讲德语，他的第一母语也是德语，他首先接受的是德国文明的熏陶。德国文学，尤其是卡夫卡的作品对阿佩费尔德影响很大。他从50年代便开始阅读卡夫卡的作品，卡夫卡笔下的荒诞世界、卡夫卡高超的艺术表现力及其优美的希伯来文书法，在阿佩费尔德的心灵深处产生了强烈的共鸣。阿佩费尔德在同好友、美国作家菲利普·罗思的一次谈话中曾经指出，卡夫卡出自一个内在世界，并且欲抓住现实生活中的东西；而阿佩费尔德则出自一个现实世界，那就是集中营与森林。但他们同系犹太人，所以卡夫卡的创作让阿佩费尔德产生了一种奇妙的亲近感。

70年代，阿佩费尔德创作了长篇小说《漂泊岁月》，在学术界得到很高的评价。该作描写的是战争前夕一奥地利犹太家庭的故事，叙述人巴鲁诺只有13岁，其父是位大名鼎鼎的作家，崇拜卡夫卡，与茨维格过从甚密。但在一片反犹排犹声浪中，他对周围的一切不闻不问，像被同化的犹太人一样，憎恨自己的犹太身份，致使其作品招致骂名。最后，他变得没有信仰，没有朋友，没有尊严，不得不离家出走。30年后，小主人公已经长大成人，从耶路撒冷重返童年时期生活过的奥地利，一种无尽的失落感从心中油然而升，他为父亲的罪孽乞求救赎。作品中的许多细节与卡夫卡笔下的《审判》有着异曲同工之妙。

阿佩费尔德称自己倾注全部心血去了解古老的犹太民族历史和传统。他笃信宗教，守安息日，在逾越节、住棚节、五旬节、赎罪日等传统节日来临之际举行仪式，但不去教堂做礼拜，而是有选择地接受宗教戒律。他相信上帝是存在的，但是并不是想同上帝说话，也不想同上帝见面，而是想了解上帝，探索上帝之于犹太人的特殊意义。在他看来，任何宗教均以两大情感为基础：首先是人按照上帝的样子创造出来；其次是人终将化作尘土。这两种情感使得每一位犹太人既骄傲又谦卑。在他在 20 世纪 90 年代发表的三部长篇小说《改宗》（1993 年）、《莱什》（1994 年）、《直至晨光》（1995 年）中，表现出明显的要皈依上帝的宗教情绪。在多数情况下，阿佩费尔德所创造的人物对犹太人文传统采取呼应态度。同时，背离犹太文化传统的主人公多数会遭到毁灭与失落。然而，那些试图重新寻找犹太文化之根的人们则需解决复杂的身份问题。

《改宗》叙述的是欧洲犹太人改变信仰、皈依基督教的故事，通过不同主人公的不同命运着力表现出犹太文化与基督教文化的冲突。作品开篇，教堂里正在为市政府秘书卡尔举行皈依基督教的仪式，前来参加仪式的客人多是他的同窗旧友。其中许多人在近年中皈依了基督教，他们有的征得了父母的同意，有的则是出于自己的意愿。在他们看来，恪守传统的犹太教意识令人厌倦。他们喜欢美妙的音乐，而拥挤不堪的犹太会堂却总是令人大汗淋漓。对于卡尔本人来说，他在年幼上学时期，经常遭受基督教徒孩子们的欺凌，他一方面感到恐惧，另一方面也在试图表现出犹太人不甘忍受、会用拳头回击的一面，但从内心深处则难以想象犹太人是忠于信仰的。他的朋友马丁也非常支持卡尔的选择，认为他做得对，值得庆贺。但他们的共同朋友维多利亚则主张：犹太人应该做犹太人。他不应该改变。倘若改变则会非常丑陋。会损害我们大家。作品最后，卡尔和他自己所爱的女子为逃避各种流言蜚语和伤害来到乡间，他们的住房被当地农民点燃。意味着这对相依为命的伴侣要被活活烧死，借此预示犹太人想通过改变信仰而改善生存境况的努力是徒劳的。故事发生在大屠杀历史事件的前夕，所以主人公的被害便融入了带有象征色彩的、新的历史内涵，同整个犹太民族遭受迫害的命运联系在了一起。

《直至晨光》背景置于一次大战前夕哈布斯堡王朝统治下的奥匈帝国。犹太人从身份上虽然属于知识阶层和中产阶级阶层，但同时又受这两个阶层的排挤。年轻而富有才华的姑娘布兰卡出身于已经被同化了的犹太家庭，她爱上一位基督徒，为能够和对方结婚，便皈依了基督教。但后来这位名叫阿道尔弗的基督徒表现出对犹太人，尤其是对自己妻子的无比痛恨。他对布兰卡横加毒打，强迫她将父母抛弃，出去工作，挣钱供自己酗酒，对她生的孩子也漠不关心，并且和乡下女仆私通。布兰卡对丈夫的粗暴与欺凌忍无可忍，用斧子将他劈死后逃走。

与此同时，姑娘心灵深处的传统犹太信仰开始复苏，她放火焚烧了几座基督教堂，到警察局自首，准备接受惩罚。小说中充满了施虐与受虐描写，许多地名和人名均具有象征意蕴。阿道尔弗象征着阿道夫·希特勒，他对妻子的虐待则影射希特勒对犹太人的迫害。阿佩费尔德试图证明，人无法摆脱自己的身份。犹太人被异域文明同化丢失了固有的宗教信仰必然要招致惩罚，但不断加剧的迫害与无休止的暴力定会导致牺牲者皈依上帝。女主人公只有在犹太传统意识萌醒后，才会想证明自己的犹太人身份与生存权利，为生存斗争。也只有在她不再像羔羊一样任人宰割时，才能自己掌握自己的命运，得到精神上的拯救。无论是在奥匈帝国时期，大屠杀时代，还是我们所处的时代都是如此。

《莱什》描写的是一群朝觐者到耶路撒冷朝圣，他们当中有许多人是在大屠杀中幸存下来的孤儿寡母。鼓动大家前去圣城耶路撒冷救赎的拉比很快便撒手人寰，朝觐者失去了精神领袖。虔诚的长者仍旧继续祈祷，但商人们则毫不放弃易货赚钱的机会，后来竟然身揣黄金返回。朝觐者中有个15岁的孤儿莱什，他从一位奄奄一息的长老手中接过纪念日志，成为时间、地点与死亡的新记录人。他在学者的指点下，攻读前人圣著，可商人却将他带进妓院，接受另一种人生体验。这些人经历千辛万苦，人数折损近半，终于达到目的地。但耶路撒冷的布道并未给他们留下什么铭心刻骨的印象，由于没钱买返程船票，他们便去偷窃。朝觐者是否真正能够找到赎救的方式？莱什的命运又将如何？此类问题纷纷摆在了读者面前。

作为大屠杀幸存者，阿佩费尔德已经跳出对大屠杀事件本身及个人经历与体验进行纯然叙述的写作模式，正像他自己所说："我看到过过多的死亡与残酷，促使我去期望。"他在作品中，通过象征讽喻等手法，探讨犹太人同上帝的关系，探索犹太人的命运与出路，旨在表明，只有真正皈依上帝，才能得到救赎。

从二十世纪七八十年代以来，大屠杀文学创作本身也发生了很大变化。许多未经历这场浩劫的年轻作家也开始关注这一主题，这些青年作家同历史无疑具有一种距离感，但正是这种距离使之能够打破前辈们的许多禁忌，更深入地触及到集体无意识与民族文化心理生成机制等问题。评论界将其称为大屠杀文学中的"第二代现象"。但阿佩费尔德对"第二代现象"的创作持保留态度，当笔者提出此问题时，他反问道："一个有过爱情经历的人写爱情与一个没有爱情经历的人写爱情，你更喜欢哪一个？"他虽未正面回答我的问话，但其意已不言而喻了。

暗夜中的一颗孤星：读李文俊老师译《鸟雀街上的孤岛》

    1995 年，当我在以色列耶路撒冷第一次参观大屠杀纪念馆时，印象最深的就是儿童馆。馆中央是巨大的蜡烛，闪烁的烛光通过立体棱柱反射到黑黝黝的屋顶，像无数的小星星在夜空中闪烁，四周一片漆黑，一个低沉的声音伴着低回的音乐念着遇难的犹太儿童姓名。此情此景，令人想起二战期间那一百万惨遭恐吓、凌辱、监禁、枪杀、毒气熏乃焚尸灭迹的 100 万犹太孩子。那些幼小的生命，就像一颗颗明亮的小星星在黑暗中悠然流逝。轻轻地来，悄悄地去，未见青史功名垂，唯有天地恢恢。

    由《世界文学》老主编李文俊先生翻译的《鸟雀街上的孤岛》描写的就是发生在二战时期的一段故事。小主人公亚历克斯就生活在那个血雨腥风的岁月，生活在波兰华沙的一个"格托"内。

    "格托"是 Ghetto 一词的音译，又译作"隔都"，意思是隔离区。最早的"格托"出现在 16 世纪 20 年代的意大利，指当时在意大利某铸造厂旁边建立的一个著名的犹太人居住区，因此后来"格托"便成了犹太人居住区的代名词。建立"格托"的目的是为了将犹太人同周围的世界隔离起来，在社会、政治、文化等角度割断犹太世界与非犹太世界的联系。

    到了第二次世界大战爆发前夕的 1938 年，纳粹分子叫嚣要重建中世纪式的"格托"，以便对犹太人进行更为集中的管理和迫害。波兰的首都华沙是犹太人非常集中的地区，但那里的大"格托"直到 1940 年才由华沙总督费歇尔建立起来。"格托"内拥挤不堪，条件恶劣，犹太人被迫在德国人开的工厂中从事艰苦的劳作，遭受到人格侮辱与肉体折磨。尤其是从 1941 年初开始，华沙"格托"的境况越来越恶化，饥饿、寒冷、瘟疫造成犹太人成批成批地死去。1942 年 7 月，纳粹头目希姆莱下达了清除华沙犹太人的密令。几天以后，"格托"里的犹太人开始遭到抓捕和枪杀，最令人发指的一幕是一批吓得战战兢兢的孤儿哭泣着被送进毒气室。纳粹分子的暴虐无道激起了犹太人的反抗意识，"格托"里的犹太人成立起战斗组织。他们设法弄来枪支、手榴弹等武器，但是困难重重，而且十分危险。手里有枪的波兰人故意抬高枪的价格，赖帐，有些人甚至拿到钱后又向德国人告密。好在波兰共产党支援了他们为数不多的一些枪支和子弹。1943 年 4 月 19 日，正是犹太人的宗教节日——逾越节，纳粹发动了彻底铲除"格托"的行动，出动了两千余名受过训练的德国正规士兵，并调集坦克、装甲车、大炮等重型武器；而犹太人只有一千多名自卫队员，以及少量的枪支和子弹。双方实力相差悬殊，但这场较量持续到 5 月 16 日才结束，十六名德国士兵被打死，九十余名德国士兵被击伤，这就是著名的"华沙格托"起义。

小亚历克斯所生活的"格托"当然并不一定就是华沙的大"格托"，但是他所面临的生存环境、所经历的不幸遭遇却在当时欧洲的犹太孩子中带有普遍性。他的妈妈到另一个"格托"去拜访朋友，再也没有回来，显然妈妈遭遇到了什么不测。胸中燃烧着仇恨火焰的爸爸整天擦拭手枪，发誓要杀德国人，并且教会了小亚历克斯如何射击。离家不远的地方有一家为德国军队制造绳子的工厂，爸爸每天到工厂干活，小亚历克斯则每天东躲西藏，不断听到犹太人在集中营内惨遭杀戮的消息。突然有一天，德国人、波兰人、犹太警察包围了造绳厂，爸爸被抓走了，小亚历克斯在父亲好友博罗契的舍身救助下，逃到鸟雀街 78 号藏了起来。鸟雀街 78 号是座被炸毁了的大楼，曾是亚历克斯和小伙伴们一起嬉戏的地方，而今则成了他的避难所。他需要在这里默默地等待，等待父亲来找他的那一天。孤独，饥饿，以及各种难以想见的苦难出现在眼前，但小亚历克斯咬牙坚持，顽强地活了下来。他富有同情心和正义感，临危不惧，用爸爸留下的那把手枪击毙了德国鬼子，救下自己的同胞兄弟。

他同波兰区内小女孩之间的交往则犹如黑暗深海中的一线韵光，给他以温暖和希望。最后，爸爸终于回来找他，父子俩含着激动的热泪拥抱。

《鸟雀街上的孤岛》通过 12 岁的小亚历克斯所见、所闻、所亲身经历的一切，向我们展示出二战期间华沙犹太人的悲剧命运。情节有奇有险，扣人心弦。该部小说的作者尤里·奥莱夫本人就是一位大屠杀幸存者。奥莱夫 1931 年生于华沙，第二次世界大战爆发后，父亲被苏联人所抓，母亲带着他和弟弟在"格托"里生活了约有两年。后来，母亲被纳粹杀害，他和弟弟幸免于难，战后回到巴勒斯坦，在基布兹接受教育，现住在耶路撒冷。奥莱夫将"格托"时期的生活经历作为创作素材，反映出大屠杀背景下犹太人的生存状况。主要作品有《最后一个暑假》（1967 年）、《鸟雀街上的孤岛》（1981 年）、《大哥》（1983 年）、《戴帽子的女士》（1990 年）、《莱迪亚，巴勒斯坦女王》（1991 年）等；此外作有大量儿童文学作品。他笔下的主人公虽深陷囹圄，但保持着善良的天性，富有很强的感染力。

读罢《鸟雀街上的孤岛》，掩卷眺望星光灿烂的夜空，我仿佛看到了鸟雀街，曾经有多少鲜活的生命在这里含恨化为幽灵鬼影；仿佛看到一个幼小的身影在 78 号那座孤岛，挣扎、抗争。如果将那些逝去的生灵比作流星，那么小主人公亚历克斯则像一颗孤星，在黑暗的夜空下眨动着，奋力欲拼出云层。我深信，李文俊老师那优美晓畅、娓娓动人的译文将会在广大读者的心目中唤起无尽的遐思与回味。

以色列的福克纳：约书亚及其作品

　　"以色列的福克纳"是美国《纽约时报书评》对以色列当代著名作家亚伯拉罕·巴·约书亚做出的评价。它应该包含两方面的意思：其一是在约书亚的小说和创作中，赤裸裸地表现出以色列中产阶级的思想、行动、软弱及偶尔显示出来的力量、困惑与矛盾、紧张的人与人关系、焦灼与困境、疏离与徒劳之感；其二是指这些形形色色的现实内容借用了西方现代主义的象征、梦幻、意识流等手法进行表述。在六十年代登上文坛的以色列作家中，约书亚是受西方现代主义思潮影响最大的一位。

　　约书亚1936年出生，是其家族在耶路撒冷的第五代人。父亲属于西班牙裔犹太人，多年致力于东方学研究，是20世纪初年巴勒斯坦出版界的一位权威人士。在逝世前的17年间有12本书问世，反映旧耶路撒冷问题、西班牙裔犹太人的世界，及其与阿拉伯世界的关系。约书亚的父亲还通晓阿拉伯语，有许多阿拉伯朋友，在"六日战争"前一直同阿拉伯人保持密切的往来，称约书亚不懂得阿拉伯人的精神世界。约书亚的母亲1932年从摩洛哥移民到巴勒斯坦，这是一位向往西方犹太人生活的东方犹太人。在日常生活中，她有意识地让自己的孩子去仿效他们的生存方式与高雅的举止，在某种程度上，可以说约书亚是被同化了的西班牙裔犹太人。

　　约书亚早年就学于希伯来大学，攻读文学与哲学，1961年获学士学位，后就学于师范学院并在中学任教。1963年至1967年随到法国攻读博士学位的妻子一起住在巴黎，接受全面的西方文化的熏陶和影响。后回国在海法大学任教，现为比较文学教授。约书亚的创作始于短篇小说，自 1957 年始，相继发表了短篇小说集《老人之死》（1962 年）、《面对森林》（1968 年）、《1970 年初夏》（1972 年）、《三天和一个孩子》（1975 年），70 年代开始发表长篇小说《情人》（1979 年）、《迟到的离婚》（1982 年）、《五季》（1987 年）、《曼尼先生》（1990 年）、《从印度归来》（1994 年）、《通向世纪之末的漫长旅行》（1997 年）、《自由新娘》（2001 年）等以及剧本和随笔。作为一名工党成员，约书亚还发表许多政治随笔，论及犹太复国主义和犹太教，其中一些收入反映阿以冲突的随笔集《在权利与权利之间》（1981 年）。

约书亚的小说世界本身就是一个紧张而独特的以色列世界，但是这个世界又同西方现代主义文学传统密切相关。他最初以短篇小说创作登上文坛，最早的短篇小说《老人之死》讲述的是一位老犹太人的故事，他活在这个世界上已成为邻里们的一个负担，于是邻居们便接受了一个老太太的建议，宣称他已经死去，并将其活埋。该小说开创了贯穿约书亚全部创作的两大主题先河：一是新老之间的冲突，新老两代人不能沟通并理解，新一代人对老一代人没有耐性，对他们的许多行为不能忍受。二是当代以色列人，要想在当代社会求生存，必须同过去切断联系，认为在犹太史上有着至关重要地位的《圣经》和犹太复国主义已经成为一种沉重的负担。后者在以色列引起了一种强烈的反响，尽管约书亚对他的国家如此忠诚，但还是时时会遭到非议。约书亚在这篇小说中，已开始使用象征与荒诞等现代主义表现技巧，老人象征着犹太人的过去，尽管它很辉煌，但现代以色列人体会到的只有它给当代世界造成的危险。将老人活埋这一事件本身极具荒诞色彩，显示出人性本身所具有的毁灭性冲动。

在后来发表的《一个诗人的持续沉默》的主要情节由是诗人的意识活动构成。作品开篇，父亲被晚归的儿子吵醒，难以再回到老年人那动辄即醒、模模糊糊的睡眠之中，闯入耳际的是雨声、流水声和大海的呜咽声。凌晨，父亲在朦胧中似乎梦见儿子站在眼前，儿子的房间传出微弱的鼾声，父亲再也无法入睡，任思绪东奔西走。当年，父亲在出版了五本诗集之后，意识到自己江郎才尽，对青年诗人在创作中所表现的革新与挑战无能为力，决心"从现在开始保持沉默"。接下来是妻子那"不期而至的怀孕"，让他们无颜面对亲朋好友和两个女儿，晚育使妻子过早地离开人间，留下这个六岁的男孩。他沉重，笨拙，离群索居，"完全是个低能儿"，女儿们将他视为奇耻大辱。后来女儿们均已出嫁，父子二人相依为命，尽管"我喜欢那孩子无言的目光"，但"我们之间的沉默是巨大的"。儿子在上学、社交上总是表现得弱智与低能，但对父亲却非常崇拜，总是以执著的固执，试图引诱父亲再度提笔作诗，父亲无法忍受儿子的怪异行径所带来的种种羞辱，决定再度逃避尴尬的生活，外出远游。可就在他即将离开儿子之际，却意外地发现儿子用他的名字在报上发表了一首诗，它"古怪，不讲格律，扭曲，毫无必要的分行，令人困惑的重复，武断的标点"，但父亲的心灵显然受到了震撼。作家通过低能儿的种种努力，淋漓尽致地展示出他们渴望得到认同的心理特征，显示出高超的心理写实技巧。

约书亚的文学创作得力于以色列诺贝尔文学奖得主阿格农、德国作家卡夫卡、美国作家福克纳等人的影响。正如他自己所说，"福克纳对我非常重要，他教会我全面地、多角度地审视这个世界，他对于神话与独白的驾驭方式，以及特殊的幽默感对我影响很大。"他在创作中实践地运用了乔伊斯、福克纳等人的意识流手法，尤其是他在20世纪70年代末和80年代初创作的两部长篇小说《情人》和《迟到的离婚》与出自福克纳之手的《我弥留之际》和《喧哗与骚动》有着异曲同工之妙。

约书亚的第一部长篇小说《情人》的背景置于1973年"赎罪日战争"后的城市海法，年届中年的汽车修理厂主人亚当为其妻阿斯亚寻觅到年轻的情人加布里埃尔。此人于战前几个月从巴黎来到以色列，参加祖母维杜契亚的葬礼，继承遗产。维杜契亚昏迷了已有一年，但迟迟不死。加布里埃尔盗用了她那辆1947年产的莫里斯，请亚当帮忙使之运转。亚当被这辆老式汽车深深地吸引，并试图通过让加布里埃尔同阿斯亚的交往给自己僵死的婚姻注入新鲜的活力。阿斯亚终日生活在一个梦幻世界里，她同亚当的婚姻在多年前痛失幼子之际即已崩溃。小说中充满了大量的人物内心独白，着重描写人处于失眠、昏迷、梦游状态下的无意识活动。

这些创作技巧得益于约书亚多年来对福克纳的阅读与研究。福克纳《我弥留之际》中，小学教员出身的农妇艾迪·本杰伦躺在病榻之上，人们为她即将到来的死亡做各种准备，各种潜意识活动构成了小说的大量篇幅。其中第四十节是艾迪独白，此时她已经去世几天，用我国资深翻译家李文俊先生的话说，"读这段文字犹如深夜听一个怨魂在喁喁私语"。

约书亚的《情人》在结构上亦是用人物名称划分章节，通过人物的独白来推进情节的发展。其中几章由维杜契亚的下意识活动构成。这些无声的病中絮语，为我们勾勒出一位高龄老妪不规则的心路历程，从耶路撒冷老城的声、光、气味，到病榻前医护人员的种种活动、孙儿加布里埃尔令人费解地急匆匆返回巴勒斯坦，以及她的莫里斯轿车、阿拉伯形象，等等，一股脑儿地展现在读者面前。所不同的是，《我弥留之际》是将艾迪之死及下葬为中心情节，而《情人》中维杜契亚之死只是描述亚当家庭生活画面之外的一个陪衬。《情人》的发表标志着约书亚创作的一个突破，在以色列赢得了广泛的读者。

在约书亚的心目中，《喧哗与骚动》是福克纳最优秀的一部作品。与《喧哗与骚动》一样，约书亚的第二部长篇小说《迟到的离婚》亦以令人费解的形式开端，而且引用的即是福克纳《喧哗与骚动》中的话："大姆娣死的时候班吉是知道的。他哭了。"在每章的标题设置上亦模仿福克纳：福克纳按照时间，将《喧哗与骚动》分为"1928 年 4 月 7 日、1910 年 6 月 2 日、1928 年 4 月 6 日、1928 年 4 月 8 日"四章，外加康普生家族年谱，小说结束时正值复活节星期天；约书亚也按照时间将《迟到的离婚》分为"星期天、星期一、星期二、星期三、星期四夜、星期五下午四至五点、星期六、逾越节家宴那一天、逾越节第一天"，小说结束时亦赶上犹太教的三大传统节日之一逾越节。

同福克纳相比，约书亚的情节相对来说比较明晰。64 岁的犹太人耶胡达·卡敏卡从生活多年的美国明尼阿波利斯回到故乡以色列，同结发妻子办理离婚手续，为的是和已经怀上他孩子的美国犹太女友结婚。其妻内奥米患有精神病，三个孩子业已长大成人，对父亲充满敌意。直到耶胡达放弃平分房权的想法，才获得了婚姻自由。耶胡达是流亡中犹太人的一个代表，他一方面要同前妻离婚，在美国定居，同时又希望继承一部分房产，维系同"应许之地"的最后一丝联系。而他的妻子内奥米则同以色列故乡从根本上连在了一起，耶胡达离开内奥米，即表明他离开了以色列。家庭危机本身此时已经上升到一个新的高度，折射出民族性格在历史发展过程中的某些本质性特征。

如果说福克纳通过"约克纳帕塔法世系"对两百年来美国的南方社会作了写照；那么约书亚则是通过以色列中产阶级的生活反映出躁动不安的以色列社会时尚、政治变迁及历史演绎进程中的某些关键性问题，如流亡问题、复国问题、阿以关系问题等，因而有"以色列的福克纳"之称。流亡问题在整个犹太历史上占据着重要地位，它也一直困扰着约书亚。他经过长期的研究，十分震惊地意识到，犹太人的"流亡不是一种强制性的行动，而是一种自愿的行动。这种情况可追溯到巴比伦流亡时期，当居鲁士将犹太囚房释放之后，许多犹太人并没有返回故乡。第二圣殿时期，已有一半的人散居到世界各地。而且，罗马人也并没有强迫犹太人去流亡。提图斯把犹太头领和其他一些人带到罗马，但依旧有许多犹太人留了下来。几个世纪以来，数不尽的犹太人自己选择了流亡这条路"①"对我来说，大流散是犹太人的一个重大失败；我把大屠杀当作大流散的结果。我们为此付出了重大代价。我们注定要失去越来越多的人。人们不断地说'我想回以色列'，'明年耶路撒冷'，但他们却不回犹太人的故乡。这不是因为钱的问题，也不是应为以色列有危险；而且是一种病态的疏离，我断定其原因在于大流散当中的犹太人害怕自己被禁锢在一个完完全全的犹太人环境中。"②

约书亚是一位积极的社会活动家，在当今的以色列，无休止的政治与军事冲突促使作家们对他本人与土地、与过去、与犹太教及其遗产、与阿拉伯人和以色列人的诸多关系进行重新定位。毋庸置疑，现代以色

---

① 1985 年 3 月 7 日约书亚在接受访谈时的讲话，资料由希伯来文学翻译研究所提供。

② 同上。

列生活中的一个重要话题是阿以关系问题，而出自约书亚的《面对森林》则一向被视为描写当代以色列阿以关系问题的经典之作。

《面对森林》的背景置于六十年代的以色列，主人公乃耶路撒冷希伯来大学一年届而立之年的大学生，他已经修完全部课程，正在撰写有关十字军东征问题的论文，但没有丝毫进展，终日百无聊赖。朋友帮他谋到去偏远之地的一座森林当防火护林员的工作，同他一起护林的还有一个上了年纪的阿拉伯哑巴，他的舌头在战争中被割断。主人公逐渐意识到这座森林建立于阿拉伯村庄的废墟之上，他并非出于政治动机，而是出于一种愚蠢的好奇，煽动起阿拉伯人的愤怒意识与颠覆倾向。就在护林员结束任务的前夜，阿拉伯人切断电话线，纵火烧了他们一起防护的森林。第二天早晨当局赶来，对主人公严加盘问，直至他得出阿拉伯人可能就是纵火犯嫌疑犯的结论。前者回耶路撒冷，后者则锒铛入狱。小说可从不同角度、不同层面进行解读，既描绘出反对破坏以色列国土的活动，同时创造出一个失败了的阿以关系的精细比喻。阿拉伯人与以色列人的对话与交流成为一个中心主题，哑阿拉伯人喻指阿拉伯人的声音在以色列趋于沉默的状况。

不过，随着中东地区和平进程的不断深入，文学作品中的阿拉伯形象与阿以关系问题也在发生着变化。例如，在约书亚发表于1987年的长篇小说《情人》中，犹太汽修厂厂长亚当的女儿达菲狂热地爱上了为父亲打工的阿拉伯少年纳伊姆，姑娘问"你非常恨我们吗?"阿拉伯少年反问道："恨谁?"姑娘说："恨我们，以色列人。"阿拉伯少年回答："我们也是以色列人"姑娘又说："……我是说犹太人，"阿拉伯少年说："现在不太恨了。"小说以二人疯狂的做爱作结。批评家们把达菲和纳伊姆的交往视为作家对未来阿以关系所持有的乐观态度。

就约书亚本人来说，他曾经多次申明，"在以色列写作本身是一种理想，一种职业，一种社会责任，一种生活目的。"同时，在谈到纳伊姆这一人物在作品中的作用时，约书亚指出纳伊姆首先是个十几岁的少年，有思想，希望，情感和问题，和达菲没有什么区别。只是因为他碰巧是个阿拉伯人，所以就带上了其他一些属性。因此，并不排除约书亚用自己作品中的人物命运对未来民族命运进行隐喻式解说的可能性。但是，阿拉伯少男和犹太少女之间的关系缺少罗曼蒂克式的爱情，温柔和关心。这又在相当程度上表明约书亚对未来阿以关系所持的不确定态度，也可见想象在以色列实现阿拉伯人和犹太人长久和平共存的道路之艰辛。

与其他许多以色列作家不同，约书亚并不掩饰他对自己作品的臧否态度。在约书亚的全部创作中，他最推崇问世于 1990 年的第四部长篇小说《曼尼先生》。这是一部极具历史感的家族史诗，描写了从 1982 到 1848 这 134 年间西班牙裔犹太人曼尼家族中的几个主要人物的命运，中间夹杂着犹太历史上的一系列重大事件：黎巴嫩战争、纳粹德国对克里特岛的征服、1917 年的《贝尔福宣言》、第三次犹太复国主义大会、1848 年革命、阿拉伯人同犹太人的关系、巴勒斯坦的老犹太人居民点同现代犹太复国主义的关系，等等。小说的杰出之处在于其结构上的独创性，全书共五章，每章有一个叙述人，他们分别是以色列内盖夫的基布兹姑娘、二战期间占领克里特岛的德国士兵、1918 年耶路撒冷的犹太裔英国外交官、世纪之初的波兰犹太医生、以及 1948 年生活在雅典的一位曼尼先生。不同历史时期下、不同的曼尼先生就这样一个个栩栩如生地从他们的口中脱颖而出。从读者反应批评角度来看，由于叙述人只重个人表述，没有交流，这样便赋予读者更大的空间去填充文本，创造文本。

1997 年，约书亚的又一部长篇历史小说《通向世纪之末的漫长旅行》问世，在以色列文坛产生很大反响。该作的背景置于中世纪，描写东方犹太人与欧洲犹太人两大犹太支系的交汇，以探讨犹太文明的起源。有趣的是，约书亚曾称这部小说的创作动机最初产生于他 1994 年的中国之行，他说，"在中国，我印象最深的就是中国人具有很强的历史感，总是说这是某朝某代的历史遗迹。同中国相比，我们比较年轻，只有三千多年的历史，但是我们也有古老的文明，我们有责任记住过去。我挖掘历史的目的是想以史为镜，找出我们现在所面临的现实问题。"

格罗斯曼的忧思

1997 年夏天，我第一次在特拉维夫哈雅康河畔美丽的绿色角对第一位登上英国图书排行榜的以色列作家大卫·格罗斯曼进行了访谈，由于技术操作有误，我几乎抹去录音机中他谈话的全部内容。任何人都无法想到我当时有多么遗憾，我只能默默地坐在绿影婆娑的池塘边凭记忆写下了他谈话的片断。这样一来，关于大卫·格罗斯曼的《犹太作家：把手指放在伤口上》一文延宕了三年多之后，才在《环球时报》编辑的敦促下成文并发表（见《环球时报》2000 年 11 月 30 日第二十版）。

我也没有想到，2001 年自己竟然有机会重返以色列攻读希伯来文学博士学位，又在 2001 年夏天有机会与大卫·格罗斯曼在绿色角再度见面。他比四年前显得有些苍老。俗话说，忧能伤人。的确，作为一个以色列人，一个用希伯来语写作的作家，一个有着良知与正义感的人来说，终日生活在恐怖事件迭起、周边烽火连天的国家里，是无法摆脱其沉重的忧思之情的。我们的谈话首先延续着四年前的主题，那时，格罗斯曼对我说，他们只生活在现在时中，不知道明天将会发生什么，也无法为子孙许诺一个光明的未来，可谓朝不保夕，每写下一句话都认为是自己留在世界上的最后文字。

而今，在巴以冲突愈来愈烈、无人能够预测未来的情形下，格罗斯曼更加忧心忡忡。他的长子依照以色列兵役法，正在服兵役，当坦克手，危险性很大。格罗斯曼和妻子终日为长子的命运牵挂，同时为一对正在学校读书的年幼子女的安全担心。两个孩子虽然在同一个学校读书，但是格罗斯曼夫妇从来不让他们乘坐同一辆公共汽车上学。中国的父母马上想到这是在培养孩子的独立意识，而对于以色列人来说，情况则截然不同，这是以防万一。万一孩子们乘坐在同一辆车上遭到恐怖分子的袭击，后果将不堪设想。每天，格罗斯曼最关心的就是新闻广播，想了解是否有什么新的意外发生。一向文思敏捷的他竟然将按计划3周内完成的小说拖了4个月。用他自己的话说，"写作目前很困难。我们不是生活，而是活着。我周围的人没有人能够愉快地生活。对动荡的现实你不可能闭上眼睛袖手旁观。要听新闻，要了解犹太朋友和阿拉伯朋友是否遭遇到什么危险。要同政治家们会谈，要写政治文章，生活所具有的意义本来不止这些。"但作为人，作为犹太人，作为儿子，作为父亲，他别无选择。

在他看来，多数以色列人想和平，但不愿意做出让步，这就使得和平的道路举步维艰。如果和平的道路过于艰苦，如果双方互不信任，如果找不到切实可行的方式，有时人们甚至希望爆发战争，所以从现实向理想的过渡中间不知会经历多么漫长的岁月，需要付出多么惨痛的代价。不久前，他同奥兹、约书亚等著名以色列作家在拉马拉附近会见了一些巴勒斯坦知识界人士，这如同他去约旦河西岸巴勒斯坦难民营采访一样，同样是需要勇气的。

作家的职责是把手指放在伤口上

提起当今最为著名的以色列希伯来语作家，人们习惯上把阿摩司·奥兹、亚伯拉罕·巴·约书亚和大卫·格罗斯曼视为三巨头。他们不仅在文学创作上拥有广泛的国际影响，而且在巴以问题上能够超越民族界限，给弱者以关怀。2010 年 3 月，大卫·格罗斯曼应"书虫国际文学节"邀请，第一次踏上了中国的土地。

一、早慧型的希伯来语作家

大卫·格罗斯曼 1954 年生于耶路撒冷，父亲于 1936 年从波兰移居巴勒斯坦，母亲是本土以色列人。格罗斯曼从 8 岁起，便开始阅读犹太作家肖洛姆·阿莱汉姆的《莫吐尔历险记》和其他作品，开始了解迷人的东欧犹太世界，那里有领唱人，犹太学校，媒婆，小贩和非犹太人。格罗斯曼是个早慧型的孩子，从 9 岁起就为以色列广播电台做少年记者，多年为以色列电台做编辑和新闻评论员，1988 年辞职。他曾在耶路撒冷希伯来大学攻读哲学和戏剧，2008 年获意大利佛罗伦萨大学荣誉博士学位。

格罗斯曼从 80 年代开始文学创作。在他看来，约有四千年历史的希伯来语是他唯一可以自由表达自我感受的语言。希伯来语是一门在日常生活中死而复生的语言，从历史上看，自公元前 586 年"巴比伦之囚"事件后，犹太人开始流亡异乡，希伯来语日渐衰微。公元 135 年，巴尔·科赫巴领导的犹太人反对罗马人统治的武装起义被最后镇压下去，犹太人从此散居世界各地。在漫长的流亡中，犹太人日渐采用居住国的语言，并从 10 世纪开始，创立了以希伯来语、德语、波兰语和斯拉夫语为基础的意第绪语，用于犹太人之间的日常生活交流。希伯来语只被用来研习《圣经》、《塔木德》等古代经典，举行宗教仪式，从事诗歌和书信创作等活动，逐渐失去了口头交际功能，没有词语可以表达爱情，表达孩子玩耍，表达军旅生活。19 世纪下半叶以来倡导的希伯来语复兴运动逐渐把圣经希伯来语重新用于现实生活，并加进了充满活力的现代词语、俚语和外来语，在传统与现代之间假设了一座桥梁。用格罗斯曼的话说，如果犹太先祖亚伯拉罕来到当代青年人中间，可以听懂一半的话。

格罗斯曼主要作有长篇小说《羔羊的微笑》（1983 年）、《证之丁：爱》（1986 年）、《内在语法书》（1991 年）、《一起奔跑的人》（2000 年）、《我的身体明白》（2002 年）、《躲避消息的女人》（2008 年）等。随笔集《黄风》（1987 年）、《在火线上沉睡》（1992 年）、《死亡作为生活的一种方式》（2003 年）、《狮子蜜》（2005 年）、《在黑暗中写作》（2008 年），以及短篇小说、木偶剧和儿童文学作品。其作品被翻译成 25 种文字，拥有广泛的国际影响，曾在以、意、奥、英、德、法、美等国家获多种文学奖，同时获有国际新闻奖，并被诺奖提名。

二、大屠杀小说：一代人的集体记忆

在大卫·格罗斯曼初具记忆的 50 年代，有数十万大屠杀幸存者和经历了二战的犹太难民从欧洲来到以色列。格罗斯曼本人虽然没有经历过大屠杀，也不是"第二代"，但是他的亲戚中有许多人在战时中丧生，他的邻居中有许多人是幸存者，周围的人在谈到大屠杀时不说大屠杀，而是说"那边发生的事"。大人们常说"纳粹野兽"，但不告诉他那是什么意思。他们那一代人，生活在浓重的集体沉默中。格罗斯曼 7 岁那年，纳粹头目之一艾赫曼在耶路撒冷接受审判，那是以色列立法机构确立以来实施的唯一一例死刑，也是以色列国家记忆历史上第一次直接面对犹太人在大屠杀期间所承受的苦难，以色列人每天在晚饭时分收听收音机里播放的关于恐怖的描述，开始较为宽容地接纳大屠杀幸存者。

格罗斯曼逐渐意识到，大屠杀镌刻在以色列人的记忆深处，只有当他描写未曾经历过的在"那边"，在大屠杀中的生活，他才会真正理解自己身为以色列人、犹太人、男人、父亲和作家在以色列的生活。而儿时读过的阿莱汉姆的作品有助于他理解"那边"的世界。他主张，人们应该用更为人性化的方式来面对大屠杀，因为大屠杀并非只是犹太作家要探讨的问题，它留给人们很大的道德悖论，每个人都应该问自己两个问题：身为刽子手或身为受难者时，你该怎么办。

1986年，大卫·格罗斯曼发表长篇小说《证之于：爱》，《纽约时报书评》立即将其同福克纳的《喧哗与骚动》、格拉斯的《铁皮鼓》等经典作品相提并论。《证之于：爱》使用了几条高度交叉的情节线索，把现实、想象、神话、隐喻、荒诞有机地结合在一起，打破了只有大屠杀幸存者才能描写大屠杀、描写集中营生活的禁区，在主题意义与创作技巧方面均有本质性的创新。小说包括"莫米克"、"布鲁诺"、"瓦泽曼"和"卡兹克生平之百科全书"四部分。第一部分源于作家童年记忆，后第三部分源于作家对大屠杀的探索与理解。

"莫米克"的背景置于20世纪50年代的以色列，年仅9岁的莫米克是大屠杀幸存者的后裔，他虽然在学校里接受的是以色列教育，热爱并崇拜英雄，希望像其他本土以色列孩子那样学好希伯来语，做一名英勇的犹太战士。但同时，他又负载着父母的痛苦体验。父亲当年在集中营被迫把尸体从毒气室运进焚尸炉，他从来也不碰自己的儿子，因为他认为自己手上沾满了鲜血。父母承受着记忆的痛苦和环境压力，为使子女不受伤害，他们只能保持沉默。沉重的精神负担，用奈丽·萨克斯的话说就是"密封起来的痛苦"，使得以莫米克为代表的幸存者子女的精神世界为创伤、恐怖和耻辱等密码左右。他们不但无法与父母沟通，也难以与同龄孩子交流。格罗斯曼称在写"莫米克"一章时，采用的是现实主义手法，里面的人物堪称以色列现实中人物的翻版。小说中曾经提及，许多孩子和莫米克一样，像他一样多年做着内省。这意味着莫米克同"纳粹野兽"搏斗并非个体现象，而是一代人的体验。我在以色列的博士导师、大屠杀"第二代"施瓦茨教授也曾证实，身为格罗斯曼的同龄人，他承认格罗斯曼恰如其分地表现出他们的共同经历。

三、正视巴以问题：在写作中超越自身

格罗斯曼的许多作品，显示出与奥兹、约书亚等作家一样的社会参与意识。他十分关心以色列社会和政治，将笔触探及到当代以色列社会中的某些敏感话题，比如占领地问题、巴以关系的问题等。

《羔羊的微笑》是格罗斯曼的第一部长篇小说，首版于 1983 年问世，这是以色列文学史上率先涉猎约旦河西岸问题并将巴勒斯坦阿拉伯人作为主人公的长篇小说，其中心内容是由内心独白构成的三个故事：一是心理医生绍什、绍什的丈夫尤里和尤里最好的朋友卡特兹曼之间的三角恋；二是尤里与巴勒斯坦阿拉伯人希尔米二人之间互为依傍的关系；三是绍什和一位年轻病人之间的暧昧关系。每个故事中都有一种悬念。绍什同丈夫分手，投入卡特兹曼的怀抱。通过绍什对死去病人的述说，我们逐渐发现她曾用自己的身体引诱过一个十五岁的少年。小说的中心冲突并非巴以冲突，而是人物性格冲突，只是人物的个人命运与政治现实密切相关。

1987 年，格罗斯曼到约旦河西岸巴勒斯坦难民营采风，深受震撼，完成随笔集《黄风》，如实描绘出民营贫困破败的生存状况。该书发表后，舆论界哗然，以色列读者受到强烈震撼。美国《洛杉矶图书评论》称之为"一个以色列作家所做的最诚实的灵魂探索。"以色列右翼势力攻击格罗斯曼忽视了以色列人所面临的生存危险，格罗斯曼回应说，他是作家，不是政治家，作家的职责是把手指放在伤口上，提醒人们勿忘人性与道义等至关重要的问题。他的另一部随笔集《在火线上沉睡》将视角投向以色列境内的巴勒斯坦居民区，提出巴勒斯坦人的生存状况在犹太国家内遭到忽略的问题。在巴以关系问题上，大卫·格罗斯曼始终是个理想主义者。即使在约旦河西岸、加沙地带，包括以色列境内冲突不断、流血不断、事件频繁的今天，他也希望和邻居们和平共处，认为以色列人需要给巴勒斯坦人和平与平等的权力，而巴勒斯坦人也要认清以

色列人的存在，他希望巴以两个民族求同存异，有国界，而没有战争。

在《羔羊的微笑》发表后的相当一段时期里，格罗斯曼与手握两支笔的奥兹相似，试图通过政论、文章和访谈来理解以色列充满冲突的现实。他参加了许多抗议活动和国际和平倡议。然而，他在文学作品中几乎从不涉及这些灾难地带。但几年前次子乌锐要服兵役时，他再也不能维持原状。他从那时起便开始直接描写身边的现实，描述外部局势的残酷如何干扰一个家庭，最后将其毁灭。2006 年 8 月第二次黎巴嫩战争期间，就在格罗斯曼与奥兹、约书亚呼吁停火两天后，乌锐竟在停火前夕死于真主党的炮火中。丧子之痛影响着格罗斯曼人生中的方方面面。然而写作为他创造了某种空间，一种他以前从未了解的情感空间。在这个空间里，死亡不再是与生命截然对立的同义语。

四、与中国作家对话

格罗斯曼在京期间，以色列驻华大使安泰毅先生专门在 3 月 11 日设晚宴，邀请中国作家协会主席铁凝，作家莫言、徐小斌、王斌，新华社前副社长高秋福和从事希伯来文学研究与翻译的我与格罗斯曼见面，在座的还有中国作家协会外联部的张涛、胡伟，以色列驻华公使莫意铎、新闻官柯楷仪、文化官丫丫等。

席间，格罗斯曼谈及他没有亲历大屠杀却从事大屠杀创作时所面临的创作技巧上的挑战，莫言深有同感，指出自己在创作刚刚杀青的《蛙》时面临同样的技术问题，自己不是女性，没有进过产房，因此在写作时只能扬长避短。铁凝主席则认为世界上一些最著名、最有光彩的女性文学形象恰恰出自男作家之手，如托尔斯泰笔下的安娜·卡列尼娜（格罗斯曼补充说福楼拜的包法利夫人）、以色列作家奥兹《我的米海尔》中的汉娜都塑造得非常细腻，表达出一种难以言说的惆怅。徐小斌提起莫言的《蛙》在中国读者中引起的反响。而后，大家就古希伯来语与现代希伯来语、古代汉语与现代汉语、中国古代的诗歌总集《诗经》与希伯来文化典籍《圣经》等话题各抒己见。莫言说影响当代中国人进行古汉语阅读的主要原因不是文字，而是语法；王斌借助《诗经》中丰富的文学描述，述及中国文学传统；格罗斯曼则表明古代希伯来语与现代希伯来语的差异既体现在词汇上，又体现在语法上，他们这一代人恐怕是最后一代不借助评注而直接阅读《圣经》的最后一代人。在他看来，《圣经》是一部伟大的文学作品，一部非常密集、高度凝练的文本，他尽管不信宗教，但他作为犹太人，每星期都要读《希伯来圣经》，每次重读，都感到里面会出现新现实，新面孔。

铁凝主席大方得体，以独特的视角，回忆起 1998 年访问以色列时的难忘经历，以色列对文化、教育、艺术和文学的尊重令她感受很深。作家之间惺惺相惜的交流感染了安泰毅大使，他谈起自己读过的《红高粱》，觉得莫言既是好作家，又是好画家，读莫言的书，令他眼前浮现出阳光下随风飘动的红高粱。格罗斯曼则表示回国后一定要好好拜读铁凝、莫言等人的作品，表情中流露出一如既往的诚恳与真实。

写作是了解人生的一种方式：
大卫·格罗斯曼访谈

采访时间：2010年3月10日。地点：北京瑜舍酒店。

问：这是你第一次来中国，首先请谈谈你对中国的了解、关注与阅读，你想象中的中国与你所看到的中国有什么差异？

格罗斯曼：我所了解的中国无法和我所看到的、所体验到的中国相提并论。我对中国的了解在以色列知识分子当中也就一般水平吧。我知道中国正在国际上迅速崛起。知道中国在二战期间营救了大量的犹太人。作为犹太人，这对我意义重大。我也关注中国当下的一些问题，如西藏问题等。我也阅读中国文学作品，如阿城的《棋王》，那是一部了不起的作品，还有《许三观卖血记》（余华著），以及美国华裔作家的创作。近年来，我对翻译成希伯来文的中国文学作品非常感兴趣，我不是因为听说自己要到中国访问才关注中国文学的，而是想了解这里的文学，了解这里的人。而了解另一个民族的最好方式就是阅读其文学作品。到这里一个星期后，我感到你如果不到中国来，看到这样一个庞大的、巨大的、宏大的民族，就无法成为时代的一分子。我领略到中国从过去到现在的变迁。人们的精神面貌、各种各样的面部表情都令我着迷。我在这个国家就像一个充满好奇心的孩子，任何东西都想吸收。也许，许多东西只有以后才可以慢慢了解。在这里看到的确实是一种活生生的现实。

我问自己，如果你身属这样一个巨大的民族，你会有怎样一种感觉？我是说，会如何在世界上界定你自己的位置，作为个人也是这样，如果你属于这样一个巨大的、占有支配地位的集体之中，你将拥有一种怎样的自信？也许几千年来，中国人一直生活得很有安全感，但作为以色列人我们没有这种安全感，我们感到非常脆弱，易受影响，总有生存的危机意识，这种生存的危机感中国人是无法感觉，甚至无法理解的，所以做中国人是什么样的感觉，这一问题令我着迷。

问：到目前为止，中国大陆主要出版了你的《证之于：爱》和《黄风》中的一些随笔。《证之于：爱》是一部包含多种叙述类型、象征与隐喻的复杂之作，对于有些不太熟悉以色列大屠杀集体记忆方式的中国读者来说，要完全理解你的作品可能有些难度。你能给中国读者谈谈为什么把"参见：爱"（希伯来文题目"Ayien Erech Ahava"原义）作为书名吗？

格罗斯曼：你实际上问了不止一个问题。首先是读者和读者不一样。一些读者会觉得我的书难以理解，另一些读者却觉得可以接受。我想在中国也应该是这样。

我1954年出生在耶路撒冷，小时候，周围的人在谈到大屠杀时不说大屠杀，而是说"那边发生的事"。我经常听大人们说"纳粹野兽"这个词，我问他们"野兽"是什么意思，他们不告诉我，说有些事不应该让小孩子知道。我们那一代人，生活在浓重的集体沉默中。在我们那个居民区，人们夜里在噩梦中尖叫。不止一次，当大人们谈论战争，我们走进房间时，谈话立即戛然而止。

我的长子三岁那年，在幼儿园听说了大屠杀，满怀困惑与惊恐地回到家里问我："爸爸，纳粹是什么？他们做了什么？他们为什么那么做？"我不想告诉他。我，一个在沉默和窃窃私语中长大并由此产生许多恐惧与梦魇的人，刹那间理解了父母和朋友的父母为什么会选择了沉默。我觉得如果我告诉了他，即使我非常小心地提到"那边"发生的事情，我三岁儿子心中某种纯洁的东西也会被污染；从此，他那纯洁无辜的意识中便会产生某种残酷，他永远不再会是同一个孩子。他永远不再是孩子。

自从知道我会成为一个作家后，我知道我会写大屠杀。也许是因为我从小就知道，我所读过的关于大屠杀的书没有回答一些简单而基本的问题。我必须要提出这些问题，必须用自己的话语加以解答。后来，我越来越意识到，直到我描写自己未曾经历过的在"那边"，在大屠杀中的生活，我才会真正理解自己身为以色列人、犹太人、男人、父亲和作家在以色列的生活。我问自己两个问题。如果我身为纳粹统治下的犹太人，一个身在集中营或死亡营中的犹太人，那么在一种人们不仅被剥光了衣服而且被剥夺了名字，变成他人眼中胳膊上符号的现实中，我会以何种方式来挽救我本人，挽救我的人格？在注定要遭到毁灭的现实中，我怎样保存自己人性的火花？其次，如果我身为德国人，像多数纳粹及其支持者那样，变成了集体屠杀的工具，我必须在自己心中保留什么，我该怎样的麻木，压抑，才可以最终和杀人者同流合污？我必须在心中扼杀什么，才可以屠杀他人或其他民族，才想毁灭其他民族？

小说的题目有多种解释。其中一种解释是，我在写这本书时，使用了四种不同的叙事方式。这是因为在写大屠杀时，你必须重新创造一种新的叙事方式。

最后一种叙事方式是百科全书。小说中的主人公莫米克就是百科全书的作者。莫米克是一个大屠杀幸存者的后代。他在大屠杀之后经历着痛苦，就像我们这代人一样。他们时刻准备着会发生另一场大屠杀，他们的生活于是就被降到了最低点。一旦你遭受了创伤，你总是预想创伤会不断重现。莫米克似乎没有真的活过，就像一个握紧的拳头。对于他来说，充满生命与爱的生活降低到了原始的基本的本能冲动，就像多数大屠杀幸存者一样，爱就是性，性就是爱，别的什么都不相信。但我在写这本书时，我想晓谕读者，当他读过百科全书后，知道生活是如此地丰富，充实，充满了激情，充满了爱。

问：小说第一章的背景置于50年代的耶路撒冷，而莫米克这个人物身上负载着20世纪50年代以色列人对大屠杀的集体记忆。你对此有何看法？

格罗斯曼：莫米克生长在大屠杀幸存者居住区，他从人们的窃窃私语和传言中了解了大屠杀，因为大屠杀幸存者不愿意提到屈辱的过去，另一些人甚至为自己失去了亲人而独自活下来感到耻辱。当时的以色列社会也成问题，以色列试图从废墟中再创造自己，试图变得强大，拥有一个光明的未来，而这些不幸的幸存者令他们想起耻辱、痛苦的过去。

许多以色列人不禁发问，为什么会发生这种事？以色列的军队呢？为什么不去营救？我们的武器呢？莫米克那时就像我自己小时候一样，把欧洲犹太人的生活当成以色列人生活的一部分。莫米克这个孩子试图用以色列人的想法、术语和概念来理解犹太人流亡的生活。这是当时以色列儿童生存的组成部分。他们甚至想以色列英雄要去抓住希特勒把他杀了。当他逐渐理解了犹太人在大屠杀中是多么无助，多么脆弱时，先是感到吃惊，无法忍受这种耻辱，而后感到了恐惧。这是因为他突然在以色列人身上看到了大流散犹太人的脆弱，我想大流散犹太人与以色列人之间的微妙关系极大地影响了以色列人的心理。

问：这本书的第二部分写的是波兰犹太作家布鲁诺·舒尔茨，他的《鳄鱼街》已经翻译成中文出版。你为什么把这位作家当作《证之于：爱》的一个描写对象？你是否受到舒尔茨的影响？

格罗斯曼：布鲁诺·舒尔茨是一位非常复杂的作家。我非常喜欢他。一个陌生人在读完《羔羊的微笑》后给我打电话，说我深受布鲁诺·舒尔茨的影响，那是我第一次听说舒尔茨这个人。实际上，经常有知识渊博的读者告诉我某位作家对我产生了影响，读过舒尔茨这些短篇小说后，我认为评论家说得对。

舒尔茨相信并希望我们的日常生活只是一连串富有传奇式的事件、古老的雕刻形象碎片、破碎神话的碎屑。他把人类语言比做原始的蛇，很久以前就被切割成上千碎段，这些碎段就是明显失去其原始生命力、而今作为交流工具的语词，然而，它们继续"在黑暗中相互寻找"。在舒尔茨书中的每一页，大家都可以感受到这种不安的寻找，对不同的原始整体的渴望。他的故事中充满了当语词在黑暗中相互寻找时突然初次接触的瞬间。这是当读者脑海里出现某种电火花，意识到他或她已经听过并读过上千次的语词而今瞬间展示其名称的时候。

我在阅读《鳄鱼街》一书时尚对舒尔茨一无所知，后来从后记中了解到舒尔茨的故事。在隔都（犹太人居住区）里，舒尔茨有一个雇主和保护人，这个人是纳粹军官兰道，舒尔茨为兰道的家和马厩画壁画。军官有一个对手，一个叫君特的纳粹军官，他和兰道打牌时输了。君特在街角看到舒尔茨，开枪把他打死，以此伤害他的主人。后来两个军官见面时，杀人者说，"我杀了你的犹太人。"另一个人则回答说："很好。现在我要杀你的犹太人。"

看到这一叙述后，我感到自己不希望生活在说出如此畸形语言的世上。但是现在我有了表达自己感觉的方式。我想写一本书向读者讲述舒尔茨。这就是我写《证之于：爱》的原因。

问：你本人没有经历过大屠杀，而在以色列有这样一个禁区，没有直接大屠杀体验的人不能写大屠杀，就像没有恋爱经历的人不能写恋爱，你是如何打破这一禁区的？

格罗斯曼：也许经历过大屠杀的人必须描写那边发生的事实，因为他们深受记忆的困扰。我这样的人没有直接的大屠杀体验，但我整个童年、整个人生都被打上了大屠杀体验的痕迹。其他的人写事实，我则寻找使自己能够身临其境的方式。《证之于：爱》的第一章是现实主义写法，记载着我的童年。后面几章是虚构的。我们应该用更为人性化的方式来面对大屠杀，大屠杀并非只是犹太作家要探讨的问题，因为大屠杀留给了我们很大的道德悖论，每个人都应该问自己两个问题：身为刽子手或身为受难者时，你该怎么办。

问：如何看待以色列用大屠杀教育年轻一代人的方式？

格罗斯曼：方式很多。这是一个非常棘手的问题。老师们起到了很大作用。我小时候他们根本不知道如何教育。后来慢慢地有了更多的资料。现在，大屠杀教育在很大程度上取决于老师。有的老师非常富有操纵性，可以用大屠杀故事使以色列学生认为他们是受难者，认为整个世界都在和他们作对，别人对我们怎么样，我们就对别人怎么样。这是非常错误的。我认为，应该教育孩子了解事实真相。即使在最黑暗的岁月，也有人在帮助犹太人，冒险在营救犹太人。他们应该知道，在大屠杀结束后，你既可以怀疑一切，惧怕生活，为了生存而不择手段，甚至不惜伤害别人；但是你也可以竭尽全力不让这样的事重现，就像有人所说，我要选择生活，把孩子带到人世上，教育他们去爱别人。所以教育孩子是一件非常困难的事。

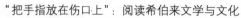

问：你怎么看待否定大屠杀这一观点？

格罗斯曼：对此我不知道该说什么。我父亲的同父异母兄弟一家人都消失了。另一位亲戚家的 16 口人也不见了。我还认识许多人，他们曾经亲历"那边"的生活，他们也失去了亲人。这方面的例子很多。我确实无法理解持这种观点人的心境。如果不承认别人的苦难，那么就说明你的良知泯灭了。

问：你写了大量反映巴以问题的作品，包括小说《羔羊的微笑》，随笔集《黄风》、《在火线上沉睡》、《死亡作为生命的一种方式》等，你认为"作家的职责是把手指放在伤口上，提醒人们不要忘记人性与道义问题依旧至关重要"？

格罗斯曼：对，我非常赞同自己的话。我不敢说这是所有作家的责任，但却是我自己写作的方式。我一直在描写个人创伤、集体创伤，有些主题虽然危险而令人生畏，但可以产生好的文学。

问：我非常了解你对巴勒斯坦人始终如一的人道主义关怀和笃信和平的信仰，2006 年乌锐（格罗斯曼的次子）在黎巴嫩战争中的遇难让我非常难过（这里我很抱歉重新提及格罗斯曼家的悲剧），我想知道从那以后你的观点改变了吗？

格罗斯曼：我生活中的许多东西都发生了变化。

但我还是相信以色列必须与巴勒斯坦实现和平。和平既是对以色列人也是对巴勒斯坦人最重要的解决问题的方式，此外别无选择。越不实现和平，越会有更多的年轻人丧生。越会有更多的家庭遭受不幸。不过，这个问题对我来说还是很尖锐。

问：你觉得在中东有可能实现和平吗？

格罗斯曼：有可能。但是越来越艰难。时不我待。大多数人理解该做什么，但是出于恐惧或者疑虑而不去做。许多巴勒斯坦人和以色列人仇恨对方，怀疑对方。他们情愿自己像对方一样忍受痛苦。这是一种由暴力引起的扭曲了的逻辑。如果以色列和巴勒斯坦的领袖们富有勇气，那么我们可能就会在近期看到和平。这当然不是充满玫瑰、鲜花与爱的和平，但却是一种相互理解的和平。可以结束恐怖和暴力，让人们过上正常的生活。目前的处境确实非常危险，人们只是为了生存而活着。

问：你在 2008 年拉宾纪念日上曾经批评当时的奥尔默特政府，你觉得现任总理内塔尼亚胡能比前任做得好吗？

格罗斯曼：他可以做得更好。他的政府很强，又得到人们强有力的支持，但他基本上什么也不做。只是耍嘴皮子。巴勒斯坦人有权建立自己的国家。我希望奥巴马能给以色列和巴勒斯坦施加压力，使双方能够坐下来进行直接对话。但我刚从 CNN 上看到以色列和巴勒斯坦将进行间接对话，这件事很荒诞。我的一个朋友是政治家，决定放弃政治。他说间接对话就像结婚三十年的一对伴侣在婚姻中出现了问题，便去找媒婆。以色列已经建国六十三年了，需要和巴勒斯坦人进行直接对话。长期生活在战乱之中，会使人心胸狭隘，精神萎靡，不相信自己有未来。也许人们认为以色列人像拳头，实际并非如此，以色列人自己觉得很脆弱，没有自信。但以色列毕竟和巴勒斯坦不一样，相比而言，以色列比较强大，有更多的控制余地。希望以色列政府能够启动和平进程，不需要中介人。只有和平，才有未来，才能从历史和旧日创伤中平复。

问：你为什么要当作家？

格罗斯曼：写作是我理解人生的一种好方式。只有写作，我才能理解人生。通过写作来理解自己和家人所经历的不幸。通过写作正确地了解生存境况。在写作时，很多事情变得清晰了，越写越觉得写作确实是应对失落、毁灭与生存的最好方式。

不过，最重要的是我喜欢讲故事。在讲故事的框架中，安排经常处于混乱和不可理解的现实，寻找以特殊含义负载着各种事件的语境，有的可以看见，有的却看不见。对某些成为作家的人来说，讲故事是一种本能，这种本能与其他本能一样有力和原始。幸运的是，它总是能找到自己的另一半，即听故事的本能。人们需要听故事，许多东西令人感动。有时我坐在台上给读者朗诵我的作品。这样的活动经常晚上举行，许多听众，尤其是年轻人刚刚下班，他们的人生并非一帆风顺。但有时我会看到一种奇妙的景象：这些人有时脸上流露出疲倦、艰难、伤感，有时流露出苦涩、抱怨和焦虑，有时流露出某种柔和或忘却。在那一刻，你可以感受到，甚至看到，他们童年时代的样子。也许在讲故事的冲动中，有某种童稚——是童稚不是幼稚、原始的东西，在听故事时这种冲动也不会少。

使人成为作家的其他品质还有，通过故事，解释世界以及居住在世界内部之人的愿望。还有作家了解自身的愿望，表达在他内心深处涌动的所有东西。一个没有这些愿望和原始冲动的人，不可能——即便他愿意——投入创作所需要的大量情感努力。还有就是希望剥去把我包裹起来的那层外衣，驱除阻隔我和他人之间的障碍。毫不设防地把自己暴露给个体和他人。但要实现这些愿望是有阻碍的。我们人类，对家人、朋友和社区持有温情与关怀的社会存在物，不光在保护自己免遭敌人的伤害，也在保护自己免遭其他人的伤害。萨特说："他人就是地狱"，也许正是因为对地狱的恐惧，使得包裹我们、并将我们同他人分开的一层薄皮有时像防御墙或边界那样牢不可破。我们经常为他人内心深处在想些什么而焦虑不安，即使有时那个他人是我们所爱的人。

因此写作的冲动本来源于作家发明并讲述故事、了解自身的愿望。但是越写越感觉到另一个冲动，即了解他人内心的冲动。感受做另一个人的含义。触摸，哪怕是瞬间触摸另一个人内心深处燃烧的火焰。所有的人都令我着迷。如果能为今天在故宫附近看到的清洁工写一本书，能够进入他的脑海，他的生活天地，他的情感生活，那么我认为我就做了作家该做的事。

问：你在许多作品中，都把孩子作为主人公，为什么？你童年时代的最深刻记忆是什么？

格罗斯曼：许多作家都写孩子。我喜欢写孩子，也喜欢给孩子写东西。我写孩子是因为我有回归童年的通道。可以自由自在地回到童年。我小时候是个精力充沛的孩子，对一切充满了好奇，母亲说我不愿意睡觉，生怕在睡觉时错过了什么。不到四岁时，有一次家里举行聚会，我看着大家，突然觉得大家都会死掉。我非常害怕。不敢和母亲说。也许从那时开始，我就试图理解死亡与生活是如此地接近。孩子总是在努力破解家庭、社会和语言密码，破解世界的密码，这些小而基本的问题大家都要面对。有一年冬至，我把三岁的长子放进被窝，告诉他这是一年中最长的一夜。第二天早晨天刚破晓，他汗流浃背地闯进父母房间叫道："爸爸，妈妈，结束了！"你脚下的土地总是在颤抖，一切都让人想去捕捉。

问：最后请谈谈以色列现实生活对作家的影响？

格罗斯曼：你知道，许多以色列作家不写政治形势和现实冲突，但依然是好作家。奥兹、约书亚和我天生喜欢关注周围的现实。以色列目前的形势可能会让许多普通人感到无法在那里生活，但对于作家来说却是天堂。那里有许多实实在在的问题，有许多生存的悖论。一切都大于生活，一切都是故事。生活虽然有时让人感到无法忍受，但能用希伯来语写下这种现实，传达许多代人的记忆与传统，确实是个恩赐。

近年来，我试图通过政论、文章和访谈来理解以色列这种充满冲突的现实。我参加了许多抗议活动和国际和平倡议。每当巴以双方有对话机会时，我便同我的邻居们见面。然而，我在文学作品中几乎从不涉及这些灾难地带。

这是因为我想写其他的东西，也很重要的东西，难以花费时间、情感和悉心关注的东西。我写丈夫过于猜忌妻子，写耶路撒冷大街上无家可归的孩子，写沉浸在爱情白日梦中的男男女女，写圣经人物参孙的孤独，写母女之间微妙而混乱的关系，孩子和父母之间的关系。但几年前我的次子乌锐要服兵役时，我再也不能维持原状。我从那时起便开始直接描写身边的现实，描述外部局势的残酷如何干扰一个家庭，最后将其毁灭。乌锐在第二次黎巴嫩战争中死去后萌生的灾难意识影响着我的人生。记忆的力量确实巨大而沉重。然而，写作为我创造了某种空间，一种我以前从未了解的情感空间。在这个空间里，死亡不再是与生命截然对立的同义语。在写作时，我感到自己不再处在"受难者"与"侵略者"之间、没有更为人道的第三种选择的二元对立中。在写作时，我是一个完整的人，在我的各个器官之间具有自然的通道，有些器官在不放弃我自己身份的情况下更为亲近苦难，亲近以色列敌对方所持有的正义主张。

梅厄·沙莱夫剪影

梅厄·沙莱夫是当代希伯来作家中的一位佼佼者。他于 1948 年生在以色列，在农业合作社和基布兹长大。后在耶路撒冷的希伯来大学攻读心理学，在电视台做过讽刺节目的主持人及报纸的专栏作家，撰写文论、随笔、讽刺故事及儿童文学作品。梅厄的祖辈是农民，本世纪初从俄国移民到以色列，由于家庭影响，梅厄自幼便熟悉农民的生活习俗和喜怒哀乐。从长辈那里，他听到许多古老的神话传说及生动有趣的民间故事。尤其是上个世纪初叶，拓荒者们在犹太复国主义思想的感召下，重返"应许之地"，在恶劣的自然环境中生存、奋斗、重建家园的经历，在他的脑海里留下了深刻的印象，也成为他日后几部长篇小说的创作根基。

梅厄从事纯文学创作的起步较晚，约始于 20 世纪 80 年代后期。1988 年，他发表了第一部长篇小说《蓝山》，立即在以色列引起轰动，连续数年在以色列位于畅销书榜，在欧美世界亦反响很大，有的批评家甚至将其称作"以色列最好的长篇小说"。以色列希伯来文学评论界权威人士谢克德教授认为，梅厄是当今希伯来文学中文化积淀最为深厚丰富的作家之一，可与奥兹、约书亚等希伯来经典作家比肩。其后，他又创作了长篇小说《以扫》（1991 年）、《恰如几天》（1994 年）及《沙漠中的人》（1998 年）《冯泰耐拉》（2002 年）、《耶路撒冷之歌》（2006 年）以及《我的俄国祖母和她的美式真空吸尘器》等（2009 年）。

首先应该向大家交待的是，中文版《蓝山》一书的书名是根据英文翻译而成。此书的希伯来文题目为"Roman Russi"（A Russian Novel，建议译作《俄罗斯人的浪漫曲》）。顾名思义，它反映的是二十世纪初第二代新移民从俄罗斯来到巴勒斯坦（即今天的以色列），在那块贫瘠的土地上奋斗、生存、繁衍的历程。小说的叙述人"我"在作品开端只是一个15岁的少年，他自幼失去父母，由外公抚养。外公是当地最优秀的农民，他给"我"讲述了祖辈、父辈在这块土地上的经历，有的令人伤感；有的又妙趣横生，充满了神奇色彩。千百年来，散居世界各地的犹太人一直把巴勒斯坦当作精神上的家园，当作灵魂的故乡，直到犹太复国主义时期，才强调在肉体上把犹太人同土地联系在一起，号召犹太人重返巴勒斯坦，在那里建立家园、物质和文化庇护所以及民族身份。

如果说希伯来语书名侧重历史感，那么英文译名则更加富有地域特征。"蓝山"指坐落在以色列中北部的卡麦尔山，俯瞰犹太拓荒者最早的定居地之———耶斯列平原，将一望无际的地中海与农垦区分割开来。在阳光下的映衬下，确实有几分蓝黛飘然的味道。俄罗斯移民来到此地，在那里清淤排沼，劳作耕耘，将其建造为那个国家最富足的农区之一。"我"的外公和他的朋友们便属于这样一代开拓者。梅厄采用超现实的表现手法，使用大量的神话、传说、典故，将许多生活断面天衣无缝地拼合在一起，使过去与现在、历史与现实在同一个层面上重现，淋漓尽致地展现出开拓者们充沛、激烈的俄罗斯式情感特征和坚忍不拔的奋斗经历，具有史诗之风。沙莱夫的创作笔法谐趣幽默，富有感染力。他笔下的人物鲜活生动，既有英雄主义豪气，又有反英雄特征；既对未来充满憧憬，又无法适应恶劣的自然环境，甚至抛弃复国主义梦想，远遁他乡。并且，展示出不同代人之间的冲突。

梅厄在谈到自己所接受的文化影响时曾指出，在他所读过的文学作品中，最为钟爱者乃为卷帙浩繁、内容丰富的恢弘巨著。他酷爱托马斯·曼、纳博科夫、梅尔维尔、狄更斯、果戈理等文学大家的作品，但不喜欢日本诗歌，认为它比较单薄。这种情趣使之在注重描写主人公个人命运的同时，又大处落墨，烘托历史的主脉流向。在这个意义上，《蓝山》不失为一个成功之例。

笔者在1997年夏秋之交对梅厄·沙莱夫进行访谈时，他曾直言不讳，认定在早期的几部作品中，《恰如几天》在技巧上非常纯熟。小说描述的依旧是发生在小村庄里的拓荒者们的故事，叙述人是一个名叫蔡德的男孩儿，这个名字在意第绪语中意为祖父。母亲耶胡迪特给他取这个名字为的是使他逃避死神的魔爪，"倘若死神来抓他，一旦看见了蔡德的男孩儿，就会明白自己弄错了，弃他而去。"耶胡迪特很怕失去这个孩子。当年，第一个丈夫从美国回来后，发现多年生活在孤独中的耶胡迪特有了一个情人，并且怀孕，丈夫盛怒之下带着他们的女儿重返美国。耶胡迪特从此再也没有与女儿见面，怀着的孩子也是一个死胎。孤苦伶仃的耶胡迪特到农场主、鳏夫拉宾诺维奇家中干活，并替他照看他的两个孩子。有三个男人同时爱上了耶胡迪特：一是拉宾诺维奇本人；二是从农民手中买牲口再倒卖给屠夫的肉贩子、既粗俗又狡诈的伯劳格曼，他玩世不恭，看准了耶胡迪特的弱点，每星期都送她酒和糖果；最后是富有浪漫主义色彩的梦幻主义者雅可夫·欣费尔德，他用尽毕生心血来追求耶胡迪特，因而失去了结发妻子——村里以前的美人。三个情人的故事，与乡村风俗人情及对生活的思索构成了小说的主题框架。蔡德把自己当成这三个男人的共同孩子，脑海里经常浮现出母亲同他们睡在一起的情形，他似乎拥有三个男人的外在特征与情感属性，只是不能继承他们的财产。雅可夫很像《圣经》中的雅各——雅各为了心爱的拉结为人整整劳作了七年，而这漫长的七年在他看来仿若"几天"，小说由是得名。与《蓝山》一样，《恰如几天》同样也采用了大量的传说与典故，表现出犹太人独特的宗教信仰以及对土地的依恋情怀。

但在文学批评家戈尔绍恩·谢克德看来，在早期的《蓝山》、《恰如几天》和《以扫》三部长篇小说中，《以扫》无论从哪方面来说都最为重要。作品采用互文手法，以《圣经》中以扫和亚伯的故事为原型，描写一个家庭烘烤作坊的命运，时间从第一次世界大战前夕延续到20世纪70年代。小说的叙述人是以扫，他有一个同胞兄弟亚伯。他们的父亲亚伯拉罕娶了皈依犹太教的撒拉。两兄弟都爱上了一个名叫利亚的女人。亚伯娶了利亚，留在国内，继续从事家族生意。而以扫则离开自己的国家，不再做生意，到美国撰写关于烹饪烘烤问题的书籍。但他仍旧把自己当成一个烤面包师。作家将圣经故事、象征、隐喻、典故、寓言、仪式、幻觉与生活舞曲结合在一起，创作出带有怀旧色彩的感人之作。[①]

创作于 1998 年的《沙漠中的人》一经问世，便长时间在以色列和荷兰的畅销书榜上提名。《沙漠中的人》一书中的主人公是一个五十二岁的男子，出生在耶路撒冷的一个大家庭，这个家庭中的男人均英年早逝，女人却能尽其天年，寿终正寝。但是，我们的主人公却是个例外，他已活到知天命之年，成为整个家族中寿命最长的男子。而今他住在沙漠，为一家自来水公司工作，每天检查水罐、汽泵装置。小说通过主人公对耶路撒冷童年生活的回忆，通过对祖母、母亲、两位姑母、姐姐等诸多女人之间关系的描写，以探讨婚姻和爱情主题，生动地描绘出人们为生存奋争的生活情形，唤起了人们对人间真情挚爱的神往。在这部小说中，作者对女性倾注了大量的同情，认为女性趋于完美，集力量与才干于一身，而男人却耽于逸乐，醉生梦死。需要指出的是，《沙漠中的人》不仅是一部家庭生活回忆录，不仅停留在对男人女人间恩怨短长的表层解析上，它同梅厄·沙莱夫以往的长篇小说一样，充满了大胆的想象与丰富的神话传说，体现出梅厄·沙莱夫作品中那种不同寻常的厚重与深邃。

梅厄在当今以色列人气很旺，读者往往为他作品中所体现的睿智与幽默忍俊不禁。他的译文在海外许多国家备受关注，尤其是在荷兰获得了极大成功。同时，他还是一位备受欢迎的儿童文学作者。

梅厄在茫茫人海中委实显得普通。他个子不高，算不上英俊，不善修饰，上下班喜欢开辆半旧的小型卡车。车身离地面很高，乘客得拉住顶棚的扶手攀缘才能进去，家里人也开着它去沙漠旅行。这一点倒是显示出以色列人非常现实的一面，他们注重实用，不会因为有了名气和社会地位去追求浮华。记得 2001 年夏天，梅厄夫妇邀请我到家中做客，他曾半开玩笑半认真地说，"你知道我和以色列作家们的最大区别是什么吗？""是什么？""就是我夏天穿短裤。"一句话，道出他简约随意的生活方式。

---

① 关于《以扫》的详述，参见格尔绍恩·谢克德《现代希伯来小说史》，钟志清译，商务印书馆，2009 年版，第 287－288 页。

梅厄·沙莱夫的家倒是舒适而别具一格。房子坐落在耶路撒冷城南一个优美、静谧的居民区内，凭窗极目远眺，是冲突连绵的希伯伦，1948年之前那里曾经是伊拉克驻巴勒斯坦使馆的办事处。沙莱夫夫妇在上世纪七十年代中期搬到这里，开始只有一套住房，后来有了一定的经济实力，又将毗邻的住房买进，把两套房子打通。整套住宅显得很宽大，但几乎每个房间都有一面墙壁摆满了书，而各种获奖证书则被作家放到了厕所里。那是以色列一个典型的知识分子家庭，梅厄的父亲是一个画家兼诗人，叔叔是个散文家，堂妹则是《爱情生活》的作者、目前在文坛大红大紫的茨鲁娅·沙莱夫，妹妹也是一个文学编辑，是梅厄每部作品的第一位读者与评论人。夫人瑞娜在以色列航空公司工作，她热情好客，那开朗活泼的个性使人一见如故。

梅厄·沙莱夫的家庭还体现出许多以色列之家的共同特点，注重家族传统与子女教育。客厅里摆放着梅厄和瑞娜祖父母、父母的照片和他们本人幼时的留影。家中最好的房间以前给女儿居住，女儿搬出后又转让给儿子。儿子最初勤工俭学时，前三天学徒期按照规定得不到工资，性格有些稚气的他不免有些失望。梅厄却决定自己为儿子支付三天的工资，目的是想培养他作为男子汉所应有的自信与成就感。梅厄夫妇在业余时间喜欢看电影，包括中国电影，他说在看中国电影时的强烈感受就是，人性是相通的，不管地域相隔有多么遥远。他们对中国文化，表现出浓厚的兴趣与尊崇。梅厄到中国时，喜欢独自逛食品街。他一句中文也不懂，但通过掌上画图的方式，竟然能够同人们交流。多年后谈到这种经历，他还会喜不自胜。2002年冬季，他应邀到本－古里安大学做讲座，我当时正在那里的希伯来文学系读博士。他和夫人以及另一个朋友竟然特意安排出近两个小时，到我住的学生宿舍品尝中国饺子。

梅厄·沙莱夫尽管不喜欢同以色列当权派与政治家交友，曾写文章讽刺揶揄以色列现总统卡察夫在文学与艺术关系问题上所发表的见解，但在以色列读者心目中，他仍是一位有优秀见地的作家和新闻工作者。他本人曾经参加过1967年的"六日战争"，中飞弹受伤。作为犹太人，他说不同意某些人回归1948年之前的说法，那样则意味着以色列国家的终结。但是他一直主张以色列应归还"六日战争"时占领的巴勒斯坦领土，让巴勒斯坦人拥有自己的国家与土地。他说尽管许多人不情愿这样做，但确实别无选择，因为希伯来语中有类似"鱼和熊掌不可兼得"的比喻。在他看来，阿以之争是一个极其历史和传统的问题，它最早源于同一个家庭中的两兄弟之争，两兄弟中的一个被抛弃，另一个成为上帝的选民。这种冲突迄今依然存在，其原因有二：一是土地冲突，一是宗教冲突。在以色列和阿拉伯人中间，他所寻找的不是爱，而是邻里间的一种和睦相处。也许有朝一日，阿拉伯人和犹太人会成为朋友，但沙莱夫认为在他这一代人身上是无法实现的，阿以双方都有着愚蠢之徒。早在"六日战争"结束后，沙莱夫便说，应该将土地归还以换取一种和平，但这种思想却为许多人所鄙夷不屑，例如他那位持右翼观点的父亲听完此话后，便对他动了雷霆之怒。

对于圣城耶路撒冷，他亦语出惊人：这座城市本身似乎比城中的百姓更为重要，死人比活人更为重要，因为他们决定着我们的政治。我们想的不是现在和未来，而是过去；我们想的是穆罕默德、大卫王、十字军，而不是自己和子女。在耶路撒冷，任何一个地方都极其神圣并意义重大，你连一块石头都不能移动，这里的任何地方都与历史密不可分。这座城市也很虚伪，因为人们总说耶路撒冷是一座和平的城市，但她从未真正和平过，古往今来，总是充满着战争、格斗与厮杀，某些神圣的历史遗迹能够供游人参观、警示后人足矣，人们还应生活在普通之中。耶路撒冷是世界上三大宗教的发源地，而我们犹太人只有一个上帝，上帝是孤独的，孤独得近乎发疯，也使我们发疯。

从茨鲁娅·沙莱夫走红的现象谈起

对于只有六百万人口的以色列国，每本书的标准印刷数量平均为两千册。但近年来，一批获以色列图书出版协会畅销小说奖的作品一般销售量竟然高达几万册，甚至十万册。茨鲁娅·沙莱夫的长篇小说《爱情生活》便是其中的一部。

作品描写年轻的希伯来大学学生兼助教、已婚女子伊埃拉与父亲旧友、比她年长一辈的阿耶厄之间的情爱故事。小说开篇，伊埃拉在父母家与父亲30多年前的同窗好友阿耶厄不期而遇，此时的阿耶厄刚刚从法国归来，到以色列给奄奄一息的妻子治病。他那低沉撩人的声音、修长的深褐色手指、忧郁而黯淡的目光、傲慢的欧式举止，令伊埃拉似乎有些难以自持，一段病态的情爱关系就这样拉开了帷幕。

阿耶厄的名字在希伯来文中意为"狮子"，他的姓氏阿文意为"石头"，他之所以吸引伊埃拉并非因为具有什么人格魅力，而是因为他身上带有某种独特的酷似动物本能的东西。他作恶多端，非常自私、冷酷。伊埃拉和阿耶厄在追求感官快乐的瞬间往往产生屈辱与自轻自贱的感觉。他们第一次性接触缺乏任何真情与温存，与伊埃拉最初和丈夫约尼在一起时的感觉迥然不同。这种体验令伊埃拉感到屈辱，于是想用新的性体验、甚至三人交媾来抹去这种不快和屈辱。但往往事与愿违，直到她的脑海里经常重现"圣殿被毁"的意象。"圣殿毁灭"在某种程度上预示着她试图与阿耶厄建立真正恋情的失败，并在失败中毁灭自身。对这桩病态恋情产生影响的潜在原因之一是伊埃拉的母亲过去曾与阿耶厄有染，母亲旧日恋情显然影响到女儿而今的感情关系。

作品打破了所有禁区，毫不掩饰地进行赤裸裸的性描写，并且加进了许多《圣经》典故，剖析人物的心灵深处，可谓是成功借用《圣经》笔法的现代小说，茨鲁娅·沙莱夫因而赢得了"90年代新女性文学浪潮中最富有天才的小说女作家之一"的声誉。《爱情生活》自发表以来获得了极大的成功，已经翻译成20多种文字，畅销以色列、德国、意大利、法国等许多国家，并且获得各种文学奖，即使在中国，首版8千册也已售罄。

我于2001年春季到以色列本－古里安大学希伯来文学系攻读博士学位，导师施瓦茨教授恰恰是所谓发现茨鲁娅的伯乐。也就是说，当年正是由于施瓦茨这个著名希伯来文学评论家的力荐，《爱情生活》才得以在凯塔尔出版社出版，它不仅连续16周占据畅销书榜首的位置，而且在评论界也引起轰动，茨鲁娅·沙莱夫一举成名。

当时刚刚放弃耶路撒冷希伯来大学文学系主任职位、到本－古里安大学创立以色列和犹太文化与文学研究中心的施瓦茨，在为研究生开设的现代希伯来文学里程碑一课上组织大家讨论《爱情生活》。有人说茨鲁娅具有超常的文学天赋；有人说她小说中的性描写超乎寻常，不算文学；而施瓦茨则告诫大家在阅读时不要忽略隐藏在情节之下的潜文本，气氛热烈而有趣。需要特别指出的是，作品虽然充满大量的性描写，但不能把它看作一部性爱小说，就像施瓦茨所说，茨鲁娅是在"用一种截然不同的方式阐释希伯来文化"。女主人公在与父母、丈夫、情人的关系中完成自我形象的塑造，这一模式在希伯来文学中并非首创，但是伊埃拉的新奇之处在于她没有去反驳男性霸权和男性社会政治话语，而是在描写两性关系中展现出女性意识的觉醒。

茨鲁娅·沙莱夫1959年生于以色列的一个基布兹，出身于文学世家。家族中的许多人，如父亲、兄长、公公、婆婆和丈夫均从事文学创作或文学批评。堂兄是著名的梅厄·沙莱夫，公公是第一代以色列作家的代表人物之一阿哈隆·麦吉德。茨鲁娅本人曾攻读圣经学并获得硕士学位，现住在耶路撒冷，是著名出版社凯塔尔的文学编辑。1989年出版第一部诗集，1993年出版第一部长篇小说《跳舞，站立》，但没有在文坛上引起什么反响。1997年面世的《爱情生活》使她跻身于畅销作家之列，此后她又出版了长篇小说《夫妻》（2000 年）、《逝去的家庭》（2005 年），均产生了"一石击破水中天"的效果。总体上看，这三部长篇小说可以被概括为"爱情、婚姻、家庭"生活三部曲。如果说，给茨鲁娅带来世界声誉的《爱情生活》集中描写的是爱情生活，或者说是情爱生活，那么《夫妻》则侧重描写的是婚姻生活，《逝去的家庭》则以家庭生活为中心。

《夫妻》问世后，再度连续 16 周名列以色列畅销书榜首，不到一年，便售出了 4 万余册。截至到 2005 年 4 月，翻译成近 20 种文字，并在法国获奖，还被评为法国十年二百本最佳图书之一。《夫妻》是一部典型的婚姻小说，女主人公娜伊阿玛·纽曼某天早晨醒来后不得不面对意想不到的现实，一向健康活跃、做导游工作的丈夫竟然宣布说自己起不了床了，迫使娜伊阿玛设法去处理他们的婚姻危机。作家有意选用独特而有吸引力的情节，揭示出现代社会中机械而缺乏生气的情感生活如何使夫妻形同陌路，触动了众多面临各种各样生存压力的以色列读者的心弦。

在 2005 年付梓的《逝去的家庭》中，茨鲁娅对女人的心理活动、潜意识进行了细致入微的描摹。小说的中心人物埃拉·米勒是一位 36 岁的考古学工作者，与著名的考古学家阿默农结婚十年，生有一个六岁的男孩。埃拉不堪忍受婚姻生活的束缚，向往没有丈夫时的岁月，于是决定弃夫而去。等待她的是孤独、负疚、以及难以想象的失落与痛苦。后来她和欧戴德交往，试图组建新的家庭。但充满悖论的是，她以前与第一个丈夫在一起的生活总出现在她的幻觉与期待中。

茨鲁娅以创作性爱与家庭小说而走红并非当今以色列文坛的特殊现象。记得上世纪九十年代末期，就在《爱情生活》在文坛大红大紫之时，有关人士在对以色列图书排行榜进行抽样调查时发现这样一个事实，榜上有名的作品中，有一半涉及不正常的或是复杂的两性关系的描写。而且，侦探小说、流行小说等文学样式也赢得了众多读者。读者在陶醉文本细节的同时不禁发问，希伯来文学怎么啦？

大家知道，古希伯来文学是《圣经》、《塔木德》等犹太学经典的组成部分，庄严而神圣。现代希伯来文学在流散地复兴，记载了犹太人流亡异乡、魂系耶路撒冷的心路历程；移民作家在旧巴勒斯坦时期饱含深情讴歌拓荒者在贫瘠土地上的奋斗与抗争。以色列建国后，本土作家第一次以希伯来语做母语，表现出社会转型时期以色列人所面临的新的冲突与挑战，强调集体主义精神；新浪潮作家在不忘社会责任感的同时开始注重到个人的生存价值。曾令无数读者手不释卷的阿摩司·奥兹的《我的米海尔》、约书亚的《情人》，在平铺直叙中展示出绝妙而有节奏的简约之美与令人"肠一日而九回"的哲学深意，这类作品在今天的以色列文学创作中比较少见。

造成这种变化的原因来自文化、社会、心理、道德观念的变迁和文学内部规律的变化，就像施瓦茨教授所说，"一部得到广泛与热情接受的作品通常反应出在某一特定时代占据中心位置的文化需求"。1999年7月23日以色列《新消息报》上的一篇文章中谈到，中学生在做电影脚本作业时，有三分之一的人选用年轻作家埃德加·凯里特的小说为蓝本。而凯里特在接受笔者采访时，曾说以色列大学的创作课上学生们比较偏好他那简洁、诙谐、幽默的语言。而他们的父辈模仿的却是新浪潮作家的杰出代表阿摩司·奥兹，祖辈模仿的是现代著名作家阿尔特曼，这在相当程度上反映出不同时代的审美时尚与叙事话语的更新。记得当时耶路撒冷一家文学沙龙的负责人曾将文学中的这种新倾向归结为：他们是在"逃离"以色列这片动乱的土地。"假如我们是在美国，没有战争，没有恐怖，我们像常人一样。我父辈一代关心个人对国家的职责；我们关心'自己'"。一句话，道出当今以色列人的生存处境与无法回避的危机感。他们对战争与大是大非的厌倦，对生存与未来命运的焦灼，恐怕是我们这些生活在和平世界中的人永远也无法体味的。因此以色列作家试图在作品中追求平民风格与普通人的生活本真。茨鲁娅在谈到自己的创作生涯时曾说，经常有外国记者这样问她，一个住在以色列的人为什么只写爱情、母性、性爱、家庭，而不关注社会与政治情势？她的回答则是，她渴望发掘灵魂、本我与心灵深处的情感世界，她情愿躲开报纸上连篇累牍的暴力与喧嚣。

以色列政治文化批评家诺佳·塔诺波尔斯基认为，"文学中的这种松弛现象乃是伴随着书面语的松弛现象而至。"追溯四十年代，一批将希伯来文从流失中挽救过来的移民作家与以希伯来语为母语的本土作家在文坛上分庭抗礼，希伯来语在表达情感时所拥有的语词颇为丰富。茨鲁娅的堂兄梅厄·沙莱夫曾经说道："我们有十个词来表达死亡，我们也有十个词表达愚蠢与智慧。倘若你阅读《圣经》，你就会发现这不只是一种神圣的语言，它来自生活的方方面面，来自简单的人类习性。是雅各在深夜里向拉结讲的语言——我热爱这种语言。它美就美在将新与旧结合在一起。"

塔诺波尔斯基进一步阐述道，一百多年前，多数犹太复国主义者假定将"文明的"德语和"犹太人"的意第绪语作为未来以色列国家的用语。然而一些执着的理想主义者将希伯来语从几近消亡中加以挽救并复兴，而今语言上表现出的这种松弛正是其优长所在，在希伯来语中，挑选任何三个辅音，你便可以组成一个新的词汇。换句话说，希伯来语一经变成日常生活的语言，它的文学也已经成为普通文学。这大概会使犹太复国主义先驱赫茨尔的心中涌起阵阵暖流，因为他曾憧憬不同背景下的犹太人操同一种语言。

以色列建国以来，文学创作曾一度与国家命运与时代精神息息相关，成为观念的产物。而今的以色列文学和以色列作品中的人物已经摆脱了理想与价值的束缚，摆脱了历史的负担，走向个体生活与社会时尚，拥有平民意识，为街巷读者喜闻乐见。

奥兹的世界

　　也许冥冥之中有一种力量，左右着人生与机缘。我第一次在以色列求学之际，选择了奥兹的《我的米海尔》，从此认识了奥兹，并踏上真正翻译与研究希伯来文学之路。徜徉并探索奥兹的生活与文学世界，不但使我在学术上渐有长进，而且经常经历心智的锤炼与思想的拷问。

　　"奥兹的世界"中的十四篇随笔与论文，既有我自己在过去十几年间对奥兹的认知与解读，采访与追问，也有我目睹聆听奥兹与其他学者或作家之间心心相印的交流与碰撞。尤其是对2007年奥兹访华时系列事件和语词的记载，或许可使普通读者和研究者获取感知奥兹的第一手资料。

奥兹其人

　　阿摩司·奥兹 1939 年生于耶路撒冷，父母分别来自前苏联的敖德萨（而今属于乌克兰）和波兰的罗夫诺。奥兹自幼受家庭影响，接受了大量欧洲文化和希伯来传统文化的熏陶，而后又接受了以色列本土文化的教育，文化底蕴深厚。奥兹 12 岁那年，母亲因对现实生活极度失望，自杀身亡，对奥兹的心灵产生了极度震撼，也对他整个人生和创作均产生了不可估量的影响。14 岁那年，奥兹反叛家庭，到胡尔达基布兹居住并务农，后来受基布兹派遣，到耶路撒冷希伯来大学攻读哲学与文学，获得学士学位，而后回到基布兹任教，并开始了从事文学创作生涯。

　　自二十世纪六十年代以来，奥兹发表了《何去何从》（1966 年）、《我的米海尔》（1968 年）、《黑匣子》（1987 年）、《了解女人》（1989 年）、《莫称之为夜晚》（1994 年）、《一样的海》（1998 年）、《爱与黑暗的故事》（2002 年）、《咏叹生死》（2007 年）等 13 部长篇小说，《胡狼嗥叫的地方》（1965 年）、《乡村图景》（2009 年）等四个中短篇小说集，《在以色列国土上》（1983 年）、《以色列、巴勒斯坦与和平》（1994 年）等多部政论、随笔集和儿童文学作品。他的作品被翻译成 40 多种文字，曾获多种文学奖，包括法国"费米娜奖"，德国"歌德文化奖"，"以色列国家文学奖"、西语世界最有影响的"阿斯图里亚斯亲王奖"，并多次被提名角逐诺贝尔文学奖等，是目前最有国际影响的希伯来语作家。

　　奥兹一向主张，对于作家来说，"你身在哪里，哪里就是世界中心"。作为二十世纪六十年代崛起于以色列文坛的"新浪潮"作家的杰出代表，奥兹把笔锋伸进玄妙莫测、富有神秘色彩的家庭生活，善于从日常生活里捕捉意义，引导读者一步步向以色列家庭生活内核切近。又以家庭为窥视口，展示以色列人特有的社会风貌与世俗人情，揭示当代以色列生活的本真和犹太人所面临的诸多现实问题和生存挑战。其文本背景多置于富有历史感的古城耶路撒冷和风格独特的基布兹，形成典型而突出的以色列特色。此外，奥兹某些小说的叙事背景还扩展到中世纪十字军东征和希特勒统治时期的欧洲，描绘犹太民族的历史体验，以及犹太人对欧洲那种求之不得的爱恋。他善于对主人公内在的心灵世界进行哲学意义上的思考，展示个人与社会、性欲与政治、梦幻与现实、善良与邪恶的冲突。

奥兹是一位集希伯来传统文化与欧美现代文化于一身的作家，尤其受俄国作家契诃夫、以色列诺贝尔文学奖得主阿格农和现代希伯来浪漫派小说家别尔季切夫斯基的影响。契诃夫让他认识到日常生活琐事的伟大意义，教会他如何含笑运笔，描写人生的悲怆。诺贝尔奖得主阿格农教会他如何运用反讽艺术手法，用戏谑的方式描写严肃的生活事件。别尔季切夫斯基教会他挖掘人性深处，包括人性中的黑暗面。奥兹酷爱《希伯来圣经》中优美、简洁、凝练、具有很强张力的语词，并一直试图在创作中保留住这一传统。他在许多作品中，使用《圣经》中的暗示与隐喻，使用简明短促的句式，形成强烈的抒情色彩。尤其在发表于1998年的《一样的海》中，奥兹大胆进行文体实验，运用韵文与散文相互杂糅的句式，显示出浓郁的诗意与强烈的叙事力量。

奥兹是一位非常富有社会参与意识的作家，素有"以色列的良知"之称。他在2007年8月27日外文所举办的新闻发布会上，向媒体坦言，自己有两只笔，一支笔写故事，另一支笔写政论，针砭时弊。作为一个人文主义者，奥兹一贯支持巴勒斯坦建国、主张巴以双方通过妥协实现和解，是以色列"现在就和平"组织的主要奠基人。奥兹作品中的许多人物，自觉或不自觉地负载着作家的政治理想与见解，表现出作家强烈的道德感与忍让宽容的人生态度。纵观奥兹的全部作品，也可以看到作家在不同人生阶段、不同历史时期的心灵探索轨迹。但需要说明的是，奥兹是个讲故事的高手，在驾驭人物上游刃有余，并善于借助幽默、反讽等手法对某些犹太复国主义理念的卫道士、犹太民族主义者进行揶揄，使得他笔下的人物鲜活饱满，鲜有"传声筒"痕迹。

奥兹的三个世界

2009 年 5 月 4 日，以色列作家阿摩司·奥兹迎来了他的 70 岁寿辰。人生七十古来稀，奥兹已经到了退休的年龄，但仍然应邀给本－古里安大学的学生开设希伯来文学课。本－古里安大学为庆祝奥兹的七十华诞，专门在 2009 年 5 月中旬举办了阿摩司·奥兹国际研讨会，来自以色列本土、欧洲和亚洲的作家和学者们聚集一堂，探讨奥兹在希伯来文学链条上的传承与影响、奥兹作品的文本世界、奥兹创作技巧的革新、奥兹作品的翻译等问题。而在这之前，以色列政府在阿拉德举办了为期三天的庆祝活动，以色列总统西蒙·佩雷斯亲自到那里表示祝贺，众多音乐家、艺术家和文化界人士参加了不同形式的活动。纵观奥兹 70 年间的生活与创作，有三个世界至关重要。

一、第一个世界：耶路撒冷

阿摩司·奥兹原名叫阿摩司·克劳斯纳，1939 年 5 月 4 日生于耶路撒冷。耶路撒冷是奥兹人生中的第一个世界。那个世界丰富多彩，有许多爱，许多黑暗，悲喜交加，欢乐与渴望相间。奥兹在那里接触到来自欧洲的形形色色的犹太人，既包括为希伯来语的复兴而创造过系列新词的犹太历史学家约瑟夫·克劳斯纳伯祖、现代希伯来文学著名诗人车尔尼霍夫斯基等文化名人，也包括身心受到损害的大屠杀幸存者。在那里受到犹太民族主义思想的浸染，对耶路撒冷之外的拓荒者生活充满向往。在那里目睹了以色列国家的建立和阿拉伯世界的坍塌。在那里见证了父母不快乐的生活和婚姻，经历了刻骨铭心的丧母之痛。

奥兹出生时，以色列国家尚未存在，耶路撒冷还属于英国托管时期的巴勒斯坦。奥兹的父亲阿利耶·克劳斯纳与母亲范尼娅·穆斯曼都不是土生土长的巴勒斯坦人。阿利耶出生在乌克兰的文化之乡敖德萨，母亲范尼娅出生在波兰的一个家境殷实的磨坊主之家。他们在 20 世纪 30 年代移居巴勒斯坦，虽在某种程度上可说是受到了犹太复国主义思想的影响，但他们并非坚定的犹太复国主义者。与许多欧洲犹太人一样，他们的移居主要是因为欧洲，尤其是东欧的排犹声浪日益兴起。

1917 年俄国十月革命后，阿利耶的父母，也就是奥兹的祖父母，并没有马上移居巴勒斯坦，而是带着阿利耶和他的哥哥去了立陶宛。尽管在阿利耶父亲的诗歌中，跳动着犹太复国主义的激情，但是巴勒斯坦那片土地在他们眼里太亚洲化，太原始，太落后，缺乏起码的卫生保障和基本文化，即使到了排犹主义声浪高涨的三十年代，他们也希望能在欧洲找一块比暗无天日的立陶宛更为欧洲化的新家园，他们尝试着申请法国、瑞士、美国、斯堪的纳维亚和英国的签证，但是都遭到了拒绝，几乎是在不太情愿的情况下移居到了巴勒斯坦。奥兹的母亲范尼娅也是在家族生意发生了危机，不得不中断学业后才来到了巴勒斯坦。

奥兹的父母在耶路撒冷相识并结婚，他们都具有很高的文化修养，能用许多门欧洲语言进行交流。他们和自己的父辈以及身边许多犹太人一样都是热诚的亲欧人士，欧洲对这些人来说是一片禁止入内的应许之地，是大家所向往的地方，有钟楼，有用古石板铺设的广场，有电车轨道，有桥梁、教堂尖顶、遥远的村庄、矿泉疗养地、一片片森林、皑皑白雪和牧场。而在耶路撒冷，这些人不得不居住在阴暗潮湿的公寓里，其中多数人都生活在社会底层。现实与梦想中所期冀的世界相去甚远，甚至与他们曾经在欧洲所过的生活也相去甚远。也就是在耶路撒冷，范尼娅终日把自己囚禁在家里，在生活中经历着贫穷，在精神上忍受着孤独的熬煎，夫妻之间形同陌路，生命之花在一片片凋零，就连他唯一的儿子也唤不起她对生命的热情，最后选择用自杀的方式结束了自己年轻的生命。

母亲是奥兹生命中的第一个女人，令他深深依恋、爱戴、心痛、试图安慰与保护、怨艾、数十年无法释怀的女人。母亲不仅漂亮优雅，而且具有出色的文学天赋，是讲故事的高手，她给孩子讲各种扑朔迷离的爱情故事，启迪了孩子的奇思妙想，构筑了孩子想象中五色斑斓的世界，这也许就是奥兹从事文学创作的一个动因。就像奥兹自己在《爱与黑暗的故事》中所说："我没有兄弟姐妹，我父母几乎给我买不起玩具和游戏，电视机和电脑还没有出现。我在耶路撒冷的凯里姆亚伯拉罕度过了整个童年，但我没有生活在那里，我真正生活的地方，是妈妈故事中讲到的或是床头柜上那一摞图画书中描述的森林边，茅屋旁，平原，草地，冰雪上：我身在东方，但却心系遥远的西方。或者是"遥远的北方"，就像那些书中所描绘的那样。我在想象中的森林中，在语词的森林中，在语词的茅屋里，在语词的草地上头晕目眩地行走。语词现实延伸到令人窒息的后院，石屋顶上铺着的瓦楞铁，堆放脸盆并拉满洗衣绳的阳台。没有清点我的周围都有什么。所有清点到的都由语词构成。"

母亲的自杀给年仅 12 岁的奥兹的心灵深处带来无法治愈的伤痛，但奥兹在过去的几十年里一直把这种痛埋藏在心灵的坟墓中。他从未向任何人提起过自己的母亲，包括自己的至亲好友，包括自己的妻子儿女。我们只是在《鬼使山庄》中那位来自华沙、总是抱怨生活、抛弃丈夫与幼子、与射香猎艳老手瑟阿兰将军一起私奔的漂亮太太身上依稀看到她的背影，在《我的米海尔》中漂亮而不切实际、最后歇斯底里的汉娜身上隐约捕捉到她的性格；当然我们更可以在《爱与黑暗的故事》中详细地了解她的经历，包括生活中的哀愁与喜悦，习惯与动作。也正是在《爱与黑暗的故事》中，奥兹在母亲自杀五十年后才首次毫不掩饰地把泣血的心灵创伤赤裸裸地呈现在读者面前：

　　在妈妈去世后的几周，或者是几个月，我一刻也没有想到过她的痛。对她身后犹存的那听不见的求救呐喊，也许那呐喊就悬浮在我们房子的空气里，我则充耳不闻。我没有一丝一毫的怜悯。一点也不想她。我并不为母亲死去而伤心：我委屈气愤到了极点，我的内心再没有任何地方可以容纳别的情感。比如说，她死后几个星期，我注意到她的方格围裙依然挂在厨房门后的挂钩上，我气愤不已，仿佛往伤口上撒了盐。卫生间绿架子上妈妈的梳妆用品，她的粉盒，头刷把我伤害，仿佛它们留在那里是为了愚弄我。她读过的书。她那没有人穿的鞋子。每一次我打开'妈妈半边'衣柜，妈妈的气味会不断地飘送到我的脸上。这一切让我直冒干火。好像她的套头衫，不知怎么钻进了我的套头衫堆里，正幸灾乐祸朝我不怀好意地呲牙咧嘴。

我生她的气，因为她不辞而别，没有拥抱，没有片言解释：毕竟，即使对完完全全陌生的人、送货人、或是门口的小贩，我妈妈不可能不送上一杯水，一个微笑，一个小小的歉意，三两个温馨的词语，就擅自离去。在我整个童年，她从未将我一个人丢在杂货店，或是丢在一个陌生的院落，一个公园。她怎么能这样呢？我生她的气，也代表爸爸，他的妻子就这样羞辱了他，将其暴露在大庭广众之下，像喜剧电影里的一个女人突然和陌生人私奔。在我整个童年，要是他们一两个小时不见我的踪影，就会朝我大喊大叫，甚至惩罚我：这规矩已成固定，谁要是出去总要说一声他去了哪里，过多久后回来。或至少在固定的地方，花瓶底下，留张字条。

我们都这样。

话只说了一半就这样粗鲁地离去？然而，她自己总是主张乖巧，礼貌，善解人意的举止，努力不去伤害他人，关注他人感受，感觉细腻！她怎么能这样呢？

我恨她。

几星期后，愤怒消失了。与之相随，我似乎失去了某种保护层，某种铅壳，它们在最初的日子里保护我度过震惊与痛苦。从现在开始，我被暴露出来。

我在停止恨妈妈时，又开始恨自己。

我在心灵角落尚不能容纳妈妈的痛苦，孤独，以及周围裹胁着她的窒息气氛，离开人世前那些夜晚的可怕绝望。我正在度过我自己的危机，而不是她的危机。然而我不再生她的气，而是相反，我憎恨自己：如果我是个更好更忠心耿耿的儿子，如果我不把衣服丢的满地全是，如果我不纠缠她，跟她唠唠叨叨，按时完成作业，如果我每天晚上愿意把垃圾拿出去，不是非遭到呵斥才做，如果我不惹人生厌，不发出噪音，不忘记关灯，不穿着撕破了的衣服回家，不在厨房踩了一地泥脚印。如果我对她的偏头疼倍加体谅。或至少，她让我做什么我都尽量去做，别那么虚弱苍白，她做什么，还是往我盘子里放什么，我都把它们吃光，不要那么难为她，如果为了她，我做一个比较开朗的孩子，别那么不合群，别那么瘦骨嶙峋，稍微晒得黝黑一点，稍微强壮一些，像她让我做的那样，就好了！

或者截然相反？要是我更加孱弱，患慢性病，坐在轮椅上，得了肺痨，甚至天生失明？她善良慷慨的天性，当然不允许她抛弃这样一个残疾儿，抛下可怜的他，只顾自己消失？要是我是个没有双腿的瘸孩子，要是还有时间，我会跑到一辆奔驰的汽车底下，挨撞，截肢，也许我妈妈会充满怜悯？不会离开我？会留下来照顾我？

要是妈妈就那样离开我，没回头看上我一眼，当然暗示出她从来就一点也没爱过我：要是你爱一个人，她这样教我，那么除了背叛，你可以宽恕他的一切，你甚至宽恕他唠唠叨叨，宽恕他丢了帽子，宽恕他把山珍海味丢在盘子里。

抛弃就是背叛。她——抛弃了我二人，爸爸和我。尽管她偏头疼，尽管现在方知她从来没有爱过我，我永远不会离她而去，尽管她长时间沉默寡言，把自己关闭在黑暗的房间，情绪失控，我永远不会那样离她而去。我有时会发脾气，也许甚至会一两天不和她说话，但是永远也不会抛弃她，永远不会。

这撕心裂肺的心灵呼唤，令许多读者不免为之泪下，为之动容。在年幼的奥兹看来，母亲弃他而去，是对他，也是对他父亲的一次背叛。爱与背叛，是奥兹许多作品曾经涉猎的一个主题。如《鬼使山庄》中医生的太太抛弃了丈夫和孩子，投入英国军官的怀抱；《何去何从》中的移民诗人鲁文之妻伊娃抛弃丈夫和一双儿女，与到基布兹度假旅行的堂兄弟私奔德国;《我的米海尔》的结尾似乎暗示着米海尔要抛弃第二次怀孕的妻子汉娜;《地下室中的黑豹》中,十二岁的少年普罗菲超越了民族感情界限喜欢一个与自己换课的英国军官,小伙伴们把这种"爱敌人"的态度称做一种背叛。

据以色列的一些朋友们讲,奥兹母亲去世时,确实在社会上引起一些猜测,乃至风言风语。有人认为这位风姿绰约的波兰女子与著名犹太历史学家克劳斯纳或某位英国军官关系暧昧。剑桥大学的德朗士教授也曾告诉我奥兹在与他的一次深谈中曾经说起过此事,她大概就是《鬼使山庄》中与英国军官私奔的那位母亲的原型。但是,我自己没有亲自向奥兹进行过求证,那样做等于向伤者的伤口撒盐,等于在滥用朋友间的情谊。在奥兹的自传体长篇小说《爱与黑暗的故事》中确实暗示着某种红杏出墙,但肇事者似乎不应该是母亲,母亲只悄悄出去过一次,似乎是要给某人寄信,但是踟蹰而返。相反,在奥兹的笔下,父亲阿利耶喜欢结交女友,喜欢靠打趣来博得红颜一笑,甚至与女友相约咖啡馆中并亲吻对方的手,尤其是在奥兹母亲病情加重的当口,父亲因为母亲生病怕光,家里不能开灯,经常深夜不归,情绪变得有些反常,母亲的一位好友暗示他"出去采摘玫瑰花蕊"。《爱与黑暗的故事》中曾经有过这样的描写:

> 至于父亲,这些天突然显得兴高采烈,原因并不明显,对此他竭力加以掩饰。他独自哼着小曲,没来由地咯咯直笑,一次,趁他不备,我看见他在院子里又蹦又跳,像突然被什么叮咬了似的。他晚上经常出去,等我睡着了以后才回来。"
>
> ……
>
> 妈妈突然放声大笑对他说:
>
> "去吧去吧,到外面玩儿会儿吧。"
>
> 她加了一句:
>
> "只是要多加小心。什么人都有。不是所有的人都像你那样善良、直率。"

"你在说什么呢?! 父亲生气了"你疯了吗？孩子在呢!!"

在那个黑暗的世界里，生活中处处充满着背叛，而奥兹心目中唯一忠贞不渝的朋友就是书。《爱与黑暗的故事》的读者大概不会忘记，里面的小主人公曾萌生长成一本书的愿望。当然这个想法最初源于恐惧。这是因为在奥兹的童年时期，耶路撒冷由英国托管，宵禁、搜查、逮捕、爆炸、交战、各种各样的传闻接连不断：听说没到以色列来的亲人均遭到德国人杀害，隆美尔的坦克就要开进以色列土地，意大利飞机在战争中轰炸了特拉维夫和海法两座城市，天晓得英国人在离开之前会做些什么。他们卷铺盖之后，也许会有成千上万穆斯林在几天之内把犹太人全部杀光，等等。尽管大人们尽量不当着孩子的面谈论这些恐惧，不管怎么样也不用希伯来语说。但有时会说漏了嘴，或者有人在睡梦中大叫。晚上熄灯以后，奥兹听到大人们在厨房里面对着茶点嘀嘀咕咕，听到海乌姆诺集中营、纳粹、维尔纳、游击队员、行动、死亡营、死亡列车、死于欧洲的大卫伯伯和玛尔卡婶婶以及与之年龄相仿的小堂弟大卫。不知何故，恐惧侵袭了这个敏感孩子的心灵。他已经可以猜想得出，杀人是多么的轻而易举。

的确，烧书也不难，但要是长大后成为一本书，至少有良机可单独生存下来，如果不是在这里，那么则在其他某个国家，在某一座城市，在某个偏远的图书馆，在某个被上帝遗弃了的书架的角落。

同样，书还可以教他知识，成为他忠实的朋友。就像母亲教导他的那样：书与人一样可以随时间而变化，但有一点不同，当人不再能够从你那里得到好处、快乐、利益或者至少不能从你那里得到好的感觉时，总是会对你置之不理，而书永远也不会抛弃你。自然，你有时会将书弃之不顾，或许几年，或许永远。而书呢，即使你背信弃义，也从来不会背弃你：它们会在书架上默默地谦卑地将你等候。它们会等上十年。它们不会抱怨。直至一天深夜，当你突然需要一本书，即便时已凌晨三点，即便那是你已经抛弃并从心上抹去了多年的一本书，它也不会令你失望，它会从架子上下来，在你需要它的那一刻陪伴你。它不会伺机报复，不会寻找借口，不会问自己这样做是否值得，你是否配得上，你们是否依旧互相适应，而是召之即来。书永远也不会背叛你。

二、第二个世界：基布兹

1954年，奥兹把自己的姓氏从克劳斯纳改为奥兹，表明与耶路撒冷和父亲的家庭彻底断绝联系，加入到耶路撒冷附近的胡尔达基布兹。从1954年到1985年，奥兹住在基布兹。基布兹是以色列当代社会的一个特殊产物，二十世纪初期由新移民先驱者创建。在基布兹，人人平等，财产公有，颇有原始共产主义色彩。

基布兹是奥兹人生中的第二个世界，最初是他为摆脱思恋母亲的痛苦、反叛再婚的父亲而寻找的一片栖身之地。二十世纪五十年代，以色列年轻人反叛家长压迫的极致便是去往基布兹。早在母亲尚在人世时，父母不睦的家庭生活，父亲因人生不称意产生的压力，母亲的伤痛与失败，令奥兹倍感压抑，他想逃避这一切，想像基布兹人那样生活。在他看来，基布兹人是一个吃苦耐劳的新型拓荒者阶层，他们强壮，执着但并不复杂，说话简洁，能够保守秘密，既能在疯狂的舞蹈中忘乎所以，也能独处，沉思，适应田野劳作，睡帐篷：坚强的青年男女，准备迎接任何艰难困苦，然而却具有丰富多彩的文化与精神生活，情绪敏感而从容。他愿意像他们那样，而不愿意像父母或者充满整个耶路撒冷的那些忧郁苦闷的逃难学者。但这种想法遭到父亲的强烈反对。

母亲去世后一年，父亲再婚，奥兹的学习成绩一落千丈，这也是他发动的一场战争。去基布兹的想法首先得到了姨妈们的认同，"当然可以。你应该和他们拉开点距离。在基布兹，你会长得又高又壮，你会慢慢地过上比较健康的生活。"父亲最后被迫答应了他。

基布兹是赋予奥兹创作灵感，启迪他一步步走向文学道路的地方。犹太民族是一个读书的民族。在基布兹，即使是最地道的农业劳动者也在夜晚读书，终日探讨书。即使在劳动时也在争论着托尔斯泰、普列汉诺夫和巴古宁，争论着各种各样的价值冲突，争论着现代艺术，这些劳动者甚至发表文章，抨击时政。奥兹也不例外，他在基布兹贪婪阅读卡夫卡、加缪、雷马克、托尔斯泰、屠格涅夫、契诃夫、托马斯·曼、海明威、福克纳等世界级作家的作品，也读莫辛松、沙米尔、布伦纳、戈尔德伯格等希伯来语作家的著作，并尝试着进行文学创作。

创作需要生活。而奥兹最初对生活与创作的理解显然受到了阅读的局限。在他看来，基布兹的生活捉襟见肘，只有鸡圈、牛棚、儿童之家，这里的人们非常迟钝。即使他以前生活过的耶路撒冷，似乎也没有什么值得写入文学作品之中。而要像雷马克或海明威那样写作，就确实要离开基布兹，投身到真正的大世界，去往男人犹如拳头般强劲有力、女人宛若夜晚般柔情似水的地方，在那里，桥梁横跨宽阔的河流，夜晚酒吧灯光摇曳，真正的生活真正开始。人若是缺乏那个世界的体验，就得不到写短篇小说或长篇小说的半点临时许可。如果他想像那些作家那样写作，首先就得去伦敦或米兰。但是，对于一个在基布兹劳动的普通农民来说，难得有这样的机会。

舍伍德·安德森的《小镇畸人》改变了他的创作观念。《小镇畸人》中的故事都围绕日常生活展开，曾经被奥兹认为有损于文学尊严、被拒之文学门外的人与事，占据了舞台中心。是舍伍德·安德森把他童年时代的生活，耶路撒冷的人与事呼唤到他的眼前；是舍伍德·安德森让他睁开双眼，描写周围的事，使之猛然意识到，写作的世界并非依赖米兰或伦敦，而是始终围绕着正在写作的那只手，这只手就在你写作的地方，你身在哪里，哪里就是世界中心。

奥兹就这样在基布兹写起了小说。在基布兹期间，他发表了短篇小说集《胡狼嗥叫的地方》、《直至死亡》、《鬼使山庄》（一译《恶意之山》），长篇小说《何去何从》、《我的米海尔》、《触摸水，触摸风》、《沙海无澜》（一译《完美的和平》）等。

这一时期，奥兹的许多小说，均以基布兹为背景。处女作《胡狼嗥叫的地方》中的多数作品均围绕基布兹中的人与事展开叙述。其中，短篇小说《胡狼嗥叫的地方》中的达姆科夫便是第二次世界大战后来到基布兹的保加利亚移民，他和后来的流亡者一样，对基布兹创始人"那种燃烧着的渴望和那种诗人热血沸腾的献身根本就一无所知"。所以达姆科夫即使身居基布兹中，却始终是个局外人，是多余的人。长篇小说《沙海无澜》中的阿扎赖亚是一个从俄罗斯来到基布兹的青年，他笃信斯宾诺莎思想。他经常到出生在基布兹的本土以色列青年约拿单家做客，约拿单的父亲约里克是前任内阁成员、工党领袖、基布兹书记，专横跋扈而热衷于政治。约拿单的母亲哈娃盛气凌人。阿扎赖亚似乎永远不能成为他们真正的一员。

这种多余的人的思想实际上折射出奥兹自己初到基布兹的真实感受。约里克身上有当年胡尔达基布兹的校长奥伊扎尔·胡尔戴的影子，那是一位坚决不妥协的硬汉，好斗，飞扬跋扈，甚至暴虐无道。但对来自耶路撒冷的奥兹非常关照。奥兹到他家做客时，看到胡尔戴家的三个男孩就像一个来自东欧犹太村庄的克莱兹默小组，此时，唱片中那绵长、徘徊不去的乐音在晚间的空中飘扬，产生一种惬意的渴望，还有一阵令人心痛的哀愁，为自己无足轻重，为自己是他者，为世界上任何曝晒也不能把我变成他们当中真正的一员，他在他们餐桌旁永远只是乞丐，一个外来人，一个从耶路撒冷来的不安分的小人。

但是不可否认的是，在基布兹，人与人之间的关系非常默契，奥兹这个来自外部世界的孩子在那里承受着人们的呵护与关怀。也是在基布兹，奥兹找到了自己一生中的挚爱——尼莉。那是一个美丽、善良、开朗、快乐但有些任性的女子。正是因为遇到了尼莉，奥兹重新找到了家。尼莉的父母照顾他，尼莉朝夕陪伴她，从此奥兹不再孤独。其后，他们的三个孩子相继在基布兹出生，奥兹获基布兹派遣到希伯来大学攻读文学和哲学，后来又回基布兹任教，并在任教与劳动之余致力于文学创作，凭借自己的勤奋、才华与生活积淀，逐渐声名鹊起，令基布兹引以为荣。

在基布兹生活多年的奥兹，对基布兹充满了一种矛盾心态。他一方面对基布兹充满了感情，认为基布兹是以色列先驱者们的出色想法；另一方面又意识到梦想与梦想者之间的距离，意识到改变世界的理想与人的自私心理的矛盾，故而经常对基布兹持批评态度。

三、第三个世界：从阿拉德到本－古里安大学校园

阿拉德，是以色列南部的一个小镇，位于内盖夫和犹地亚沙漠的分界线上，离世界的最低点——死海约有二十五公里之遥。阿摩司·奥兹自1986年便携家人到那里居住，这次搬迁的原因是他们唯一的儿子丹尼爱拉患上了哮喘病，医生说沙漠的干燥气候和新鲜空气有助于儿子痊愈，于是奥兹便在妻子尼莉的一再劝说下，下定决心，离开了生活三十多年的基布兹胡尔达，在阿拉德这座偏远的沙漠小镇一住就是二十多年，边创作，边在本－古里安大学教授文学创作或文学欣赏。而今，儿子的哮喘病已经痊愈，住到了特拉维夫。奥兹夫妇周末经常驱车到特拉维夫与儿子和两个女儿以及他们的孩子们相聚，共享天伦之乐。

离开基布兹对奥兹夫妇来说在情感上固然非常艰难，但走出基布兹的奥兹确实领略到大世界的丰富、美丽与多彩。奥兹搬到阿拉德不久，就接受了本－古里安大学的聘请，到那里的希伯来文学系任教，谋到了父亲终生向往却始终没有得到的位置，像他的伯祖约瑟夫·克劳斯纳那样成为一名大学教授。在本－古里安大学，奥兹一边教课，一边埋头创作，并应邀到世界各地讲学，做驻校作家。在这期间，他相继完成了《黑匣子》、《了解女人》、《费玛》、《莫称之为夜晚》、《地下室中的黑豹》、《一样的海》、《爱与黑暗的故事》、《咏叹生死》等长篇小说和短篇小说集《乡村图景》，以及大量评论文章和随笔。

奥兹非常注重文学技巧与文学类型的实践与更新。掐指算来，《我的米海尔》是一部超乎爱情小说的爱情小说，《黑匣子》是一部书信体小说，《了解女人》以摩萨德工作人员为描写对象，《莫称之为夜晚》背景置于排斥在现代生活之外的沙漠小镇，《一样的海》把诗歌与散文组合在一起，《地下室中的黑豹》以英国托管巴勒斯坦的最后时期为背景、以一个孩子的视角来看待世界，《爱与黑暗的故事》既是家族故事又是民族叙事，《咏叹生死》集中描写作家心态以及对生死的认知，短篇小说集《乡村图景》读来感觉有些像卡夫卡的作品，与早期以基布兹为背景的短

篇小说集《胡狼嗥叫的地方》以及由三个凄美动人、相互关联的故事组成的《鬼使山庄》的表现手法大相径庭。这种创新无疑喻示着作家艺术生命之树的长青，但对评论家与各国译者无疑是一种挑战。

熟悉奥兹的中国读者都知道，奥兹不仅是一个出色的作家，而且还是一个活跃的政治家。关于奥兹的政治主张，尤其是关于巴以问题的看法，在他2007年应中国社会科学院外国文学研究所之邀访华时，已经得到国内众多媒体的报道，这里不再赘述。我想说明的是，奥兹在本－古里安大学除任教外，还主管着阿格农研究中心，写有许多学术文章。

阿格农是迄今为止唯一获得诺贝尔文学奖的以色列作家和希伯来语作家，阿格农别具一格的叙事技巧和语言风格，尤其是他的幽默与反讽艺术对奥兹和当下众多希伯来语作家具有重大影响。奥兹在《爱与黑暗的故事》中曾经描写阿格农与犹太历史学家克劳斯纳的矛盾，写自己在父母的引领下与这位文化伟人的接触，写自己在希伯来大学读书期间对这位大师的拜访，以及他对自己的永远影响："有那么几年，我努力从阿格农的阴影中摆脱出来。我挣扎着把我的创作和他的影响，他那密集、装饰性的有时平庸的语言，他有节奏的韵律，某种密德拉希式的自鸣得意，铿锵作响的意第绪语格调，哈西迪传说那生动有趣的轻柔之音，拉开距离。我努力摆脱他的影响，摆脱他的讽刺与睿智，他巴罗克式的象征主义，他神秘迷宫般的游戏，他的双重语义以及他复杂而渊博的技巧。尽管我为摆脱他的影响而做出了巨大努力，但是我从阿格农那里所学到的东西，无疑仍在我的创作中回响。"

在奥兹看来，阿格农本人是个严守宗教戒律的犹太人，他守安息日，戴无檐小帽，是惧怕上帝的人。在希伯来语中，"害怕"和"信仰"是同义词。奥兹认为，在阿格农的小说中，有些角落采用了非直截了当的高超掩饰方式，害怕上帝被描绘成敬畏上帝：阿格农相信上帝，害怕上帝，但却不爱上帝。阿格农的长篇小说《宿夜的客人》中的主人公丹尼尔·巴赫说，"我不相信全能的上帝想要他的子民好。"此乃一个充满悖论、悲剧性的甚至绝望的神学立场，对此，阿格农从来没有进行推理性的表达，但是允许作品中的次要人物进行吐露，通过降临在主人公身上的遭际加以暗示。奥兹在撰写论阿格农的著作《天国的沉默：阿格农害怕上帝》（1993 年）时探讨了这一主题，之后数十位犹太教徒，多数来自极端正统派派别，其中包括年轻人和妇女，甚至宗教教师和公务员，写私信给他。有些信属名副其实的告白。他们用各种各样的方式对他说，他们在自己的灵魂深处看到了奥兹在阿格农身上所看到的东西。

曾经聆听过奥兹演讲的中国听众往往会赞叹奥兹的演说才能。不难想象，奥兹在以色列大学的讲课也吸引了众多的听众。除正式注册的学生外，以色列一些上年纪的人们也经常去听奥兹的课。那磁性的声音，行云流水般的语言，蕴含着智慧的讲述，比起纯学者讲课时那干巴巴的说教，更容易扣动读者的心弦。听众中当然不乏粉丝。希伯来大学戈尔肖恩·谢克德教授曾经对我说过奥兹是个美男子，许多女性都喜欢他。据特拉维夫大学女性文学专家托娃·罗森教授回忆，托娃的一位女友曾经在大学里给奥兹做助手，单恋奥兹，那种情感十分执着，但是奥兹对他的夫人和家庭非常忠诚，托娃的女友曾为此伤心不已。也许正是从父母不幸的婚姻中曾经感受到背叛会给所爱之人和爱己之人带来无尽的伤害，奥兹虽然能够得到女人的爱慕，但不为婚姻之外的女人之爱而迷失自己。奥兹虽然一直在写女人，甚至在《我的米海尔》等作品中，通过角色转换的方式，用女性的视角来观察世界与人生；但是没有像血液中涌动着俄国人鲜血的祖父那样喜欢追逐女人，沉湎于男女之间的风流韵事，也没有像父亲那样喜欢对女人大献殷勤，而是忠诚于自己的家庭，与妻子从一而终。

而今，奥兹的三个孩子都已经长大成人，离家开始独立的生活。大女儿范尼娅在牛津大学获得博士学位，目前执教于海法大学历史系，已经是一位颇具名气的历史学家了，曾在澳大利亚某大学做客座教授，今秋将到普林斯顿大学讲学。二女儿伽莉亚是一位小有名气的儿童文学作家，作为家中的第二个孩子，她曾为自己未像姐姐那样因是家中长女而得到父母的珍爱，未像弟弟那样因身体不好而得到父母的精心呵护感到失落，甚至对父母心存芥蒂，但毕竟血浓于水，而今的她已经与父母冰释前嫌。儿子丹尼爱拉是一位音乐家，与女友住在特拉维夫，喜爱动物，虽然年届而立却保持着孩童的稚气，甚至经常为养猫之事求助母亲。

　　奥兹和妻子尼莉依然大部分时间住在沙漠小镇阿拉德，有时沙漠深处的静谧难免让他们感到过于安静，但是更多时候，他们是在享受远离尘嚣的孤独。保守地说，奥兹每星期都会收到来自世界各地和以色列境内的邀请，但他们无法一一做出承诺。也许只有在沙漠深处，奥兹才能摆脱纷繁世事与人事的侵扰，沉浸于创作这一孤独的精神活动之中。

我与奥兹

　　第一次接触奥兹的作品，是在 20 世纪 90 年代初期到《世界文学》编辑部工作不久。依稀记得有天下午，河南一位先生拿着一摞厚厚的以色列短篇小说译稿来到编辑部，寻找发表机会。因为我在研究生期间读的是东方文学专业，所以领导们便分派我阅读这些短篇，看是否合用。后来，《世界文学》出于各种考虑，没有选登这部分文稿。但到了 1993 年，河南人民出版社把这些短篇小说结集出版，这就是《以色列的瑰宝——神秘国度的人间奇迹："基布兹"（Kibbutz）短篇小说选》，这部短篇小说集的原文编辑者正是阿摩司·奥兹，且里面收入了他的短篇小说《风之路》。第二次接触奥兹的作品，是在 1994 年，还是在《世界文学》杂志，做短篇小说《胡狼嗥叫的地方》的责任编辑，那充满异域色彩的基布兹风情，激起了我对另一个神秘世界的遐思。

　　也许冥冥之中真的有一种力量，左右着人生与机缘，1995 年，我竟然以中国社会科学院访问学者的身份，来到奥兹生活着的以色列。最初与奥兹见面，是在 1996 年冬天，在美丽的以色列海滨城市特拉维夫，当时我受中国社会科学院外国文学研究所的派遣到特拉维夫大学，边协助东亚系教汉语，边开始攻读希伯来语言和文学，并应译林出版社顾爱彬先生之邀致力于奥兹代表作之一《我的米海尔》的翻译工作；而奥兹当时应邀到特拉维夫大学讲学，听众们为聆听这位著名的以色列作家优美流畅的演讲，往往提前一个小时就赶到特拉维夫大学里一个容纳五百人的报告厅门口，排队等候。那次，他不仅给我讲述了自幼受父母影响，对遥远的中国大陆无限神往，还谦和地为我斧正希伯来文的某些读法。其中一句就是《我的米海尔》开篇第一段中的最后一句话："我不想

死"。尽管过去了十年，那幕场景依然历历在目。

后来，我成了奥兹的一名忠实读者与翻译：《我的米海尔》中那短促、优美而充满张力的语言，《黑匣子》中那满蕴智慧的争论，曾经令我如醉如痴，重新找回了少年时代读中国古典诗赋、词曲的那种感觉。而作品那奇巧的构思、鲜活的人物、丰富的场景、幽深的寓意则更让我体会到文学的妙处。比其他奥兹译者幸运的是，我因为各种巧合，在2001年来到他执教的以色列本-古里安大学攻读博士学位，同奥兹的接触也便多了起来，在生活上也曾经承蒙过他的关照，而这些关照对于在以色列举目无亲的我来说，意义难以描摹。尤其是在翻译《黑匣子》时，他曾多次抽出上午授课前的一小时，在办公室里为我解决翻译中的难点，我也曾应邀到奥兹家中做客。但那时，尽管我觉得奥兹和蔼可亲，是一位令人敬重的师长，甚至可以说是朋友，但确实觉得他深奥莫测。

真正在思想上走近他、聆听他的心灵之音，是翻译奥兹的自传体长篇小说《爱与黑暗的故事》。我在该书的《译后记》中写道：已故以色列著名文学批评家谢克德教授讲过，奥兹对现代希伯来文学的最大贡献之一在于充满诗意与张力的语言。正因为这种诗意与张力，造成翻译的极大难度。尽管笔者在翻译过程中曾经抱定一个信念：依赖希伯来文，力求表意精当；借助英文，力求理解准确；得力于中文，力求传达或切近原作之辞彩与精神。但不时感受到驾驭奥兹在年愈花甲之际完成的这部恢宏之作的艰难，无论在文字上还是在思想上，均不同于以前翻译奥兹《我的米海尔》和《黑匣子》时的体验。我不禁感叹，任何一部伟大的作品，均是作家经历、智慧、学养、思想等诸多因素的结晶，而我已经过了"无知者无畏"的年龄，已经可以坦然面对自己与奥兹之间的差距了。

这种坦白与自嘲，并不意味着放弃。在不断咀嚼揣摩、追问思索的翻译过程中，我感到他在一步步向我走近。向我，并通过我，向中国读者倾诉心声。尤其是2007年8月26日至9月8日奥兹访华时，我作为邀请方中国社会科学院外国文学研究所的一名科研人员，一直担任陪同和翻译，这无疑为我创造了更好地对奥兹进行感性了解和叩开奥兹心灵之门的机会。

奥兹是位善于描写家庭生活的作家，善于从日常生活里捕捉意义，他曾在《爱与黑暗的故事》中写道，对于作家来说，自己身在哪里，哪里就是世界中心。但是，身为负载着深厚历史积淀的犹太人，身处干戈不断的中东，奥兹严峻的目光从家庭投向社会，投向世界，又投向历史。既是在写家庭故事，又是在描写民族历史、现状与未来，以深邃思想家的笔触和人道主义者的情怀，既描述了犹太民族多灾多难的历史及家园之于犹太人的意义，又对其他民族、尤其是巴勒斯坦阿拉伯人的苦境予以关怀。正是由于奥兹自己经历了苦难，深切地了解自己民族的苦难，才会深切地理解另一个民族的苦难。

生活中的奥兹非常平和、和蔼、亲切、旷达，在奥兹访华的两周里，每逢和奥兹在一起，都能使我忘记疲倦，让我感受到思想的升华与心灵的纯化。

奥兹的"米海尔"

1996 年春季，我在以色列特拉维夫大学留学生中心读书时，选修了现代希伯来文学这门课。讲现代希伯来文学，就不可能不把奥兹的作品当作精读对象进行分析与解读。考比博士指定我们阅读尼古拉斯·德朗士翻译的《我的米海尔》的英译本 My Michael，考比对德朗士的译文大加赞赏，认为它在某种程度上比原文更加纯熟；但希伯来大学的谢克德教授却持有异议，称奥兹的语言非常激越，具有音韵美，而德朗士在翻译过程中丢失了许多东西，英文本的节奏要平缓得多。做学生的自认没有发言权，只能将先生的见解谙熟于心。后考比又率大家看配有英文字幕的希伯来文电影，把我们从文本世界带入视觉空间，并组织"从耶路撒冷到好莱坞"的讨论，我忙不迭地去寻找各种各样的背景材料，一时间成了奥兹迷。

当我尝试用希伯来语进行文本阅读时选定了要译这本书。"我之所以写下这些是因为我爱的人已经死了。我之所以写下这些是因为我在年轻时浑身充满着爱的力量，而今那爱的力量正在死去。我不想死。"小说开篇这段简约优美的文字深深将我吸引，让我领略到一种久违了的阅读快感。于是我边读边试着将其译成中文。当然，有过《世界文学》几年编辑经历的我决定翻译一本书还会考虑到它在文学史上的地位、创作者的社会影响以及我国读者的认同心理。也许正是由于这个原因，使我在遥远的地中海彼岸与译林出版社不谋而合。

我最初接触希伯来文文本，只是把它当作结识真正意义上的希伯来文学的一种手段，需要借助英文这根拐杖。它促使我在翻译过程中，将 1968 年特拉维夫阿姆·奥维德《我的米海尔》希伯来文版与 1976 年纽约矮脚鸡图书英文版逐字逐句进行对照。这种对比让我不得不连连称叹，英文版确实十分精彩，在文法结构及用词上总体上保留了原作风貌，只是个别章节有增译、漏译及句式变通的现象。至于谢克德教授所说的语言风格问题，译者们实乃无力回天。奥兹小说中的许多词语，本来在希伯来文中有意义，如男主人公名字"戈嫩"在希伯来文中意为"保护人"，"汉娜"的第一个字母与"戈嫩"的第一个字母拼在一起为"Hag"，意为"节日"、"快乐"，这种神韵无论用英文还是用中文均无法直接传达出来。德朗士说《我的米海尔》一书的"创作精华在于语言神韵"，我深有同感。阅读奥兹的语言，犹如倾听那天籁之音。十几年前坐在特拉维夫大学图书馆的一个角落，为书中人物鲜活有趣的话语忍俊不禁情景，迄今依稀可见。尤其当我踏着皎洁的月光，从寂静的校园走回宿舍，星汉西流，回味书中令人一唱三叹的妙处，不免为如此人生感到几多陶醉。

《我的米海尔》是奠定奥兹国际地位的一部长篇小说，首版问世于1968年。小说采用女性话语，丰富地表达出女性意识和女性心理特征，在现代希伯来文学史上具有开创意义。小说用第一人称形式写成，通过女主人公汉娜的眼光观察世界，感受人生。女主人公汉娜是一个充满浪漫幻想的新女性，自幼想嫁给一个举世闻名的学者。在一见钟情的情况下，同希伯来大学地质系大学生米海尔结为伉俪。米海尔虽称不上才华盖世，但勤勉用功，注定会在所从事的专业领域有所作为。由于生活压力、性格差异、对家庭幸福概念的不同理解、汉娜本人的心理障碍与性格弱点等诸多原因使这对年轻人之间逐渐产生裂痕，汉娜不禁失望，痛苦，歇斯底里，终日沉湎于对旧事的追忆，在遐想的孤独世界里尽情宣泄着自己被压抑的期待和欲望。到小说结尾，已明显暗示出汉娜会自杀。传统的希伯来主流文学多注重表现男性的社会兴趣、社会行动与社会价值，女性则显得被动与沉默，只能通过婚姻中的性角色和生儿育女的作用来证明自己。从这个意义上，汉娜身上所体现出的独立意识则显得难能可贵。《我的米海尔》所开创的"婚姻悲剧"或者说"家庭悲剧"模式在奥兹日后创作的《黑匣子》、《了解女人》、《莫称之为夜晚》等几部长篇小说中得以沿袭并创新，在以色列文坛别立一宗。

　　小说中有多处梦境描写，这些梦同诱奸、凌辱与暴力密切相关。根据弗洛伊德《梦的解析》中"孩提时期经验形成梦的来源"观点，我们则不难看出童年经历对汉娜心态的影响。汉娜自幼希望自己能够长成一个男孩，与邻居家的一对双胞胎青梅竹马，他们任由汉娜摆布，能够满足其肆虐与强权意识。十二岁那年，汉娜爱上了他们二人，但家父的忠告又使她对男人始终持防范心理。独立战争后，这对双胞胎及其家人则不知去向。婚礼前两天，汉娜梦见自己被双胞胎凌辱，为婚姻生活蒙上一层阴影，也是她日后意识趋于癫狂的一个诱因。

　　《我的米海尔》虽属于爱情小说模式，但不仅仅局限于描写婚姻与家庭，为我们展现出五十年代耶路撒冷纷繁复杂的社会生活场景……

奥兹的中国梦

在整个生活与思维空间被撰写博士论文占满之际，为即将付梓的《莫称之为夜晚》和《鬼使山庄》两卷本阿摩司·奥兹作品集作序让我有些感到不堪重负，这主要是因为身为博士候选人，在最难获文科博士学位国家之一的以色列的希伯来文学系读书，难免感受到一种沉重的压力，但是，出于对辛苦筹备世界作家大会的中国社会科学院外国文学研究所同仁和译者履行承诺的义务，我又无法推却，于是提笔与读者共话日渐为中国读者所接受、所喜爱的以色列优秀作家阿摩司·奥兹及其创作，结果，竟在暗夜行路中感受到某种愉悦。

《莫称之为夜晚》的中心人物西奥和诺娅是没有结婚但长期生活在一起的一对情侣。诺娅比西奥年轻 15 岁，他们在富有异国情调的中美大陆相识，西奥放弃了当时一份比较重要的工作，追随自己的梦中情人诺娅来到令他神往的以色列，住在沙漠边缘的一座小城泰勒凯达尔。年逾花甲的西奥在自己的国家从事小镇规划工作，不缺乏荣誉，但缺乏工作意义。诺娅则在中学教英语文学。同奥兹以往的家庭小说相比，西奥与诺娅似乎显得更加不满于现状。造成二人心灵隔阂与关系淡漠的原因不在于年龄差距，而在于生活志趣与人生价值取向的不同和生活环境的逼仄。居住在尚处于发展过程中的沙漠小镇，缺乏娱乐与消闲机会，这种没有距离没有新意的生活让长期厮守的情侣互相产生不满与厌倦。曾经身为战争英雄的西奥在只有风卷沙尘但没有激情火花的生存境况中感到失望，性格变得谨小慎微，诚惶诚恐，苟且顺从。这种消极的人生态度使得精力充沛、积极进取、不屈不挠的诺娅心生怨愤，进而加剧了自己对没有孩子的夫妻生活产生不满，有时竟然借和同事发生性关系来弥补心灵的空虚，后来逐渐将兴趣转移到帮助从俄罗斯移民到以色列的音乐家开拓事业上。

按照奥兹的创作习惯，他不会像当今年轻作家那样仅将笔锋滞留在情侣二人世界空间内，作品所展示的意义远远超过情爱悲剧本身。小说中透视出二十世纪九十年代以色列社会所面临的新与旧、传统与现代、边缘话语与主体意识、欧洲、非洲、中东文化碰撞的冲突与悖论，而这一切，则借助于沙漠边缘小镇这一空间场景象征性地体现出来。

此外，小说的语言富有诗意美，掩卷之后，星光灿烂、寂寞凄清的沙漠之夜和情人间没有硝烟的战场依旧会徘徊在你的脑海，令人唏嘘慨叹。这大概就是奥兹作品的内在魅力之所在吧。

《鬼使山庄》由三个凄美动人、相互关联的短篇小说组成，曾在以色列获"比阿里克奖"。三个短篇小说的背景均置于耶路撒冷古城的郊区，第一个短篇小说《鬼使山庄》采用的是第三人称叙述方式，主要人物"父亲"汉斯在二十世纪三十年代初移民巴勒斯坦，对生活充满了美好的希望与幻想，岁月荏苒，他在巴勒斯坦娶妻生子。小说开卷，正值英国在巴勒斯坦统治即将结束的前夜，从医的"父亲"在看电影时抢救了英国高级官员那突然昏厥的嫂子，故而收到一张带有感激色彩的烫金请柬，携家眷出席在高级官员官邸举行的五月舞会。不料，这次富有戏剧性的舞会竟然悲剧性地改变了他的人生。他那位来自华沙、总是抱怨生活的漂亮太太在舞会上沉醉于一向有射香猎艳老手之称的瑟阿兰将军的怀抱，从此一去不归。他孤零零地一个人回家去与幼子希勒尔共度余生。小说中的"父亲"和同辈人虽然怀有复国梦想，但在现实中却没有创立辉煌的业绩，甚至没有意识到国家即将独立这一富有重大历史意义的事件在悄然逼近。

希勒尔在第二个短篇小说《列维先生》中显然更名为尤里，成为小说的叙述人。邻居是位来自立陶宛的老诗人内哈姆金，终日参照《圣经》的描述和其他资料，用废火柴建构圣殿模型。"这个工程已经进行多年了，什么时候能够建成却遥遥无期"。内哈姆金的儿子暗中从事犹太复国主义运动和地下抗英活动，尤里的父母以及到小说末尾才出现的列维先生似乎均与这一活动有牵连，至少知晓其中奥妙。但他们却在瞒着小主人公，小主人公便在观望成人世界中享受童年的快乐，在不断的自我认知中走向成熟。

第三个短篇小说题为《思念》，采用的是类似长篇小说《黑匣子》的书信体布局方式。叙述主人公伊曼纽尔－纳斯博姆医生身患绝症，在平静与绝望中开始"生命的最后冲刺"。并连续给弃他而去远赴美国的妻子一封接一封地写信。透过人在生命尽头发自内心深处的情感写真，我们所了解的并非限于家庭生活与夫妻情感，更有二十世纪四十年代末期以色列建国前夕巴勒斯坦地区动荡不定的社会环境和因欧洲难民涌人而日渐复杂的生活场景。纳斯博姆与妻子米娜两人有着相似的教育背景，然而纳斯博姆性格犹豫不决，即使他想做一件事，也总要怀疑自己的动机，他的微笑中常常带着困惑。而妻子米娜则尖刻、果断，几乎视罕有的妥协为生死攸关的大事。《我的米海尔》所探及的"误会结恨"、"失败婚姻"这一带有某种永恒色彩的主题模式再次出现。与《我的米海尔》不同的是，男主人公在弥留之际依旧怀恋旧日温情，流露出对妻子的强烈爱恋。同时，对巴勒斯坦土地上的犹太拓荒者那"默默奉献的英雄主义精神"表现出无限的崇敬。

文如心声，作为一个目睹以色列建立并同她一起成长的希伯来语作家，奥兹不仅借主人公之口抒发出自己强烈的爱国之志，同时也表达出以色列左翼作家对和平的强烈渴望。用主人公的话说，即使能够赢得胜利，战争也仍然是种可怕的事。我们要设法避免战争。主人公在某种意义上是以色列知识阶层的形象的化身，渗透着作家的政治理想。数十年后的今天咀嚼奥兹作品，反观以色列现实，仍然会令读者产生无尽的回味与思考。

之所以将序言题目拟为《中国梦与翘首期盼的中国行》实际上是在记载一段真实而感人的经历或者说故事。早在1996年，我在特拉维夫大学首次与奥兹见面并交谈时，他向我讲述了他的家学，尽管他的父亲能讲十几门语言，却始终没有攻克中文这道难关，于是滋生起对坐落在亚洲大陆另一端的遥远中国和中国文化的神往。奥兹本人也像他的父亲一样，渴望认知与了解中国，在他看来，中文和希伯来文都存在了数千年之久，两种语言都留下了世界文学中最伟大的创作，双方有许多地方需要学习，有许多地方需要互相了解。他曾经将自己作品被翻译成中文这一普通事件诗意化，称之为"从亚洲最西部的一个小国到坐落于同一大陆上的东方大国去旅行"，"架设世界上两个最古老文明之间的心灵之桥"，"在两种文化间进行私人交谈"。并且，试图求得与中国读者心灵上的贴近与沟通，他说，"现代中国和以色列之间尽管差别很大，但我相信，我们在家庭生活的组合、家庭生活的温情、家庭生活的深处等方面有共同之处：传统与现代、价值观念与情感通常带有普遍性。我不但希望我的小说在富有人情味上让中国读者觉得亲切，而且要在战争与和平、古老身份与全方位变化、深邃的精神传统以及变革与重建文化的强烈愿望方面唤起人们对现代以色列状况的特殊兴趣。"

他曾将自己的中国心结比做"中国梦"。但由于创作累身，教务繁忙，加上以色列大学严格的规章制度，奥兹不得不多次婉拒以色列外交部和作家协会等部门向他发出的访问中国的邀请，他的"中国梦"在长时间没有化作现实。为实现这一梦想，奥兹曾于 2002 年接受了中国社会科学院外国文学研究所的邀请，准备到北京参加外文所主办的世界文学论坛大会，并为此特意推迟了自己的欧洲之行。遗憾的是，会议两度延期，奥兹的中国行亦在翘首殷殷期盼之中。

奥兹的中国行

应中国社会科学院外国文学研究所邀请，阿摩司·奥兹偕夫人尼莉于2007年8月26日下午三时许抵达中国北京的首都机场，开始了为期两周的访华旅程。外文所所长陈众议、外事秘书焦莉君、从事希伯来文学翻译与研究工作的我，以及以色列驻华使馆文化处爱伟山等一行前去机场迎接。

这是自幼便对中国充满神往的奥兹第一次踏上中国的土地。车子驶出机场，刚刚沐浴过第一场秋雨的北京，天高云淡，碧空如洗，给机场路两旁的树木平添了几多生机，为城中鳞次栉比的高楼揭开了灰蒙蒙的面纱。火辣辣的骄阳不见了踪影，秋风吹来阵阵凉意，仿佛给远方的客人送来温馨与关怀。一切都显得那么澄澈、透明，奥兹不尽赞叹，北京真是太奇妙了，以前他曾在梦中多次来到中国，而此时的他不知是梦是醒。当然，一路上我们简要谈到奥兹来华的主要日程，谈到他日前正在阅读的沈从文和莫言。

车子抵达国际饭店，刚刚走马上任的以色列驻华大使安泰毅先生已在大厅等候。接下来便是办理入住手续，不料，精神处于亢奋状态下的奥兹夫人此时发现自己丢失了护照。但用陈所长的话说，以色列驻华大使就在眼前，签发另一本护照易如反掌，所以大家并没有过于焦虑。后来，以色列使馆和机场取得联系，找到了她那本失落的护照。

晚上，外文所和使馆的两拨人马均已经散去，我陪同奥兹夫妇一起到夜上海就餐。在以色列读书时，经常和老师、同学们谈起奥兹，有人说他"善良"，有人说他"不幸"，有人说他"深邃"，有人说他"难以接近"，有人说他代表着"以色列的良知"，有人说他是"以色列的叛徒"。而我，与奥兹相识十多年，与他同在一个系同事四年，又相继翻译了奥兹的《我的米海尔》、《黑匣子》、《爱与黑暗的故事》等几部长篇，前后与之交谈大概几十次，相互之间也以好友相称，但在内心深处，我一向觉得奥兹尽管亲切和蔼，但确实深奥莫测。尤其那慈爱但不乏犀利的目光，能够将我的心灵一览无余，可我却难以说出他究竟有多深，有多远，在他妙语连珠的背后隐藏着多少欢乐、苦难与无奈。最近一次见到奥兹，是在 2005 年春在以色列本 - 古里安大学希伯来文学系完成博士论文、即将回国前夕，距今相隔两年半之久。而我在这期间，翻译了他的自传体长篇小说《爱与黑暗的故事》，为他笔下的人物欢笑，思考，流泪，慢慢地走近他，叩击他的心灵之门。

要说的话很多。我首先提出演讲稿问题。奥兹是个天才的演说家，但从来不肯提前提交讲稿，也许有朝一日他对诺奖评委也来这招，天晓得！他习惯上为自己草拟一个提纲，而后做即兴演说，常常博得满堂喝彩。奥兹来华之前，我曾应所里要求，向其索要演讲稿，但总被他彬彬有礼地拒绝。于是，从 8 月 27 日起，我便开始在没有讲稿的情况下在许多场合为奥兹做交传，第一场翻译下来之后，就不那么紧张了。

本来，我们已经为在社科院举办的奥兹作品研讨会和大讲座均请了同声传译，但是奥兹从京抵沪后就开始要求我为他做同传，我一再推脱，但他一再坚持，最后竟然说，"只要你不是太为难，我还是希望你做。我讲的都是我书中写的东西，你应该不陌生"。大家知道，同声传译不仅要求翻译者具有足够的背景知识，而且还要有专门的口译经验和技巧，而我没有受过这方面的训练，不免感到一种莫大的压力。而此时，所里的预算也开始亮了红灯，因此我更难以启齿推辞，只好应承下来。幸亏陆建德副所长鼎立相助，亲自上阵，凭着他深厚的英文功底和广博的学识，与我一同把这场没有演说辞的同声翻译硬撑了下来。

我还提到为《中华读书报》做专访的事，奥兹说他从来就没有笔答过任何采访，能够简短回答我提出的十个问题，已经算破例了。好在他答应晚饭后立即做来中国后的第一场专访，让我能够鏖战到凌晨三点后如期交稿，没有对朋友食言。说实话，奥兹此次来华，确实很配合新闻宣传工作。掐指细算，他在上海接受了《南方人物周刊》、《文汇读书周报》、《东方早报》、《外滩画报》、《第一财经日报》等6家媒体专访，在北京接受了《人民日报》、《南方周末》、《国际先驱导报》、《环球时报》、《新京报》、《北京青年报》、《三联生活周刊》、《广州日报》等8家报刊专访，这还不包括我替《中华读书报》做的专访和新华社、国际台在以色列做的专访。不善拒绝的天性，使奥兹在华期间承受了巨大的工作压力，见到同仁在网上感叹"可怜的奥兹"，我心里不免感到内疚。但是，从另一方面来说，正是因为奥兹和广大新闻界朋友的肝胆相照，这次奥兹访华活动的媒体覆盖面空前成功，新华社、国际台、《人民日报》、《光明日报》、《环球时报》、《北京日报》、《中国青年报》、《北京青年报》、《中华读书报》、《新京报》、《文学报》、《南方周末》、《南方人物周刊》、《文汇报》、《文汇读书周报》、《文学报》、《中国图书商报》等三十几家主流报刊纷纷发表相应的报道、专访或文章，它所彰显的不是奥兹本人，也不是社科院外文所一个单位，而是在推广外来文化、进而促进民族文化发展的一种崇高的事业。因此，无论对奥兹，还是对新闻界朋友，我都怀有由衷的敬重和谢意。

接下来是叙旧，奥兹夫妇开始询问我回国后的工作和生活情形，以及人生某一阶段的特殊经历与感受，我在回答时避重就轻，迅速把话题引向奥兹作品，大到对作品中某一社会现象的理解，小到对某个词汇的选择，引得奥兹兴味盎然，由此似乎确定了我们在未来十几天谈话的主体模式，让我领略到，与大师对话，确实能使你忘记疲倦，而进入某种纯化心灵的境界；使你怡情，博采，增智，产生近乎培根所描述的读书感觉。最初那几天，奥兹很喜欢问我记不记得书中有这样几句话，如何翻译成中文的；记不记得书中有这么一个人物，如何理解；记不记得书中有这样一个词，用希伯来语怎么说，等等。我不擅长幽默，但有时很乐于自嘲。我打趣说，在以色列本－古里安大学学习文学希伯来语时，老师喜欢引用奥兹《黑匣子》中的几个人物的不同语言，引导学生体味典雅、拗口、直白、粗嘎等语言风格特征，而我的希伯来语，在为希伯来文学注入了张力与活力的奥兹面前，就像布阿兹讲的希伯来语（指一个只有中学文化程度、不擅修辞的毛头小伙说的话），逗得奥兹哈哈大笑，连忙给我打气。

在以色列驻上海领馆举办的一次英语沙龙晚宴上，我坐在奥兹身边，他又考问起翻译中的问题，比如，如何把《爱与黑暗的故事》中两个传教士讲的圣经希伯来语翻译成中文，如何把俄语翻译成中文等等。我也谈到该作中某些长句子难于转化的问题。对面一位来自澳大利亚的绅士说，那你就要求奥兹在写下面一本书时，把句子写短点，让你容易翻译。奥兹又幽默起来了，说英文译者德朗士在翻译奥兹作品时，经常叫苦连天，为了翻译《一样的海》，专程到阿拉德住了三个星期，曾经向奥兹恳求，"你再写难句子时想想我"。

奥兹一向认为，了解一个民族最好的方式是读其文学作品，他也一向重视文学翻译工作者所起的桥梁作用。本次访华的亮点活动之一，即外文所举办的"阿摩司·奥兹作品研讨会"上，奥兹借助姚彬、杨卫东、乔修峰三位同传翻译的努力，对陈众议、莫言、高秋福、阎连科、徐坤、陆建德、傅浩、钟志清、希伯来文学翻译研究所的尼莉·科恩等学者和作家的发言（需要说明的是，作家邱华栋也提交了书面发言，并由外文所的同志翻译成英文）心领神会，而多数学者和作家主要借助中文译本阅读奥兹的作品，令奥兹不禁感叹："人类最伟大的一项发明就是有了翻译工作"。他虽然在会上没时间一一回应每位发言人的讲话，但私下不时对大家的发言啧啧称道，对大家在百忙中前来与之交流深表感激，说这次研讨会令他刻骨铭心。尤其是与莫言先生一对一的交谈，更令他珍爱备至，称分分秒秒都感到愉悦。

身为作家，奥兹当然非常重视和中国出版社的交往。译林出版社在二十世纪九十年代下半期一次性买下奥兹五部长篇小说的版权，使奥兹的作品得以从西亚的以色列到亚洲大陆另一端的中国旅行，使奥兹逐渐为中国读者所认知，所接受，令奥兹念念不忘。因此，奥兹值此次访华之际专门约见了译林出版社的编辑，并出席了译林出版社在涵芬楼主办的《爱与黑暗的故事》全国首发式暨读者见面会，用希伯来文朗诵自己的作品并进行新书签售。此外，奥兹还做客上海万语文化艺术有限公司，与出版过奥兹作品的上海万语文化艺术有限公司、译林出版社、上海译文出版社，以及王安忆、程乃珊、孙甘露等驻沪作家、文化界人士和媒体见面，并做了《身为以色列作家》的演讲。

奥兹在华期间，一共做了七八次演讲，尤其是8月27日在中国社会科学院外文研究所新闻发布会上，他坦言自己支持巴勒斯坦建国、支持巴以双方在同一块土地上和平共处的主张，令我一颗悬着的心安定下来。尽管此前，我也知道奥兹一贯追求和平，希望巴以两国，甚至阿以两个民族在妥协退让的基础上达成理解；但是鉴于中东形势越来越复杂，谁知道晚年奥兹手中写随笔的那支笔会写下什么。在所有的演讲中，奥兹最为推崇的是在社科院做的"以色列：在爱与黑暗之间"以及在北京大学做的"以色列：爱与黑暗的故事"，学者们和学生们满蕴着智慧的发问和反馈给他留下了深刻印象。而在上海外滩5号针对英文听众做的演讲中，奥兹支持巴勒斯坦建国的主张遭到来自德国和以色列人士的质疑，他们悲观地认为，在那么小的一块土地上难以让两个国家的百姓和睦相处。而奥兹则坚持说，尽管那片土地很小，但对两个愿意和平地居住在那里的民族来说已经足矣。就像把一个房子分成两个不同的单元。因为有两家人要居住在同套一房子里，就得合住。

奥兹此次访华，还游览了长城、故宫、天坛、颐和园、国子监等中国名胜古迹，并担任了社科院和本－古里安大学之间进行学术合作与交流的信使。用社科院副院长武寅教授在8月27日欢迎奥兹午宴上的话说，奥兹访问社科院犹如打开了金秋之门，我们将会看到硕果累累。

奥兹在社科院的演讲

2007 年 9 月 4 日，奥兹应中国社会科学院国际合作局和外文所邀请在社科院二楼学术报告厅做了题为"以色列：在爱与黑暗之间"的演讲。外文所所长陈众议研究员主持了演讲。我在奥兹的执意要求下，与陆建德副所长一起给他做同声翻译。

女士们，先生们早上好，

非常感谢陈众议教授为我做了如此优美的介绍。非常感谢中国社会科学院邀请我和我的夫人前来访问。我以前曾经多次来到中国，但都是在梦中。这是我们第一次到中国访问。在过去几天里，在中国的所见所闻让我深受感动，令我难以忘怀。中国读者对我的作品以及以色列文学所给予的不同凡响，所表现出的兴趣，也给我留下了深刻印象，令我感到震惊。正如大家所知，大约有 70 多部希伯来文学作品被翻译成了中文。大约有三四十部中国文学作品被翻译成了希伯来文。我相信书籍之间的对话乃是中国文学和以色列文学、中华民族和以色列民族的最好对话。两个民族之间的最好对话方式就是要阅读对方的文学作品。因为如果你购买一张机票，到另一个国家旅游，你会看到那里的著名纪念碑，你会看到宫殿、广场，你会看到村庄、桥梁和河流；要是你有运气，你可以跟那里的一些人交谈，这是你通过旅游所能获取的印象。但要是你读一个国家文学作品的话，那么你则被邀请到人家做客，看到的是起居室、厨房、孩子的房间，甚至看到他们的卧室，因此你会感觉到你与别人的交往非常密切。世界上最好的旅行方式是文学旅行。我现在要用一小时的时间给大家讲述现代希伯来文学及其起源。

现代希伯来文学可能令在座各位难以理解。众所周知，中国文化拥有四五千年的历史。犹太文化也有四千年的历史。我们之间一共有九千年的文化史，这是一种极其悠久深远的文化，我很难在这么短的时间里把整个现代希伯来文学面面俱到。

我想从影响现代希伯来文学的三个最重要因素谈起。首先，在过去的两千年间，犹太人没有家园，这一点对于中国人民来说确实难以想象。尽管在中国，大家也经历过艰难时世，遭遇外侮、反叛、内战、革命、战争和文革，经历过艰辛、苦难与饥馑，但是不管怎么说，你们永远居住在自己的家园，没有流亡异乡。即使有人移居海外，但中国就是中国，这一事实无法改变。而犹太人的经历非常独特，在过去的二千年里，犹太人流亡世界各地，到过 136 个国家，包括中国的上海——在上海有个重要的犹太社区，在中国得到很好的关照。犹太人的最切身体验就是没有家园。

自从以色列王国在公元 71 年遭到罗马帝国的毁灭后，犹太人便没有了自己的国家。结果造成失去了自己的语言，他们流亡到 136 个国家，讲述一百多个国家的语言。在欧洲，许多犹太人讲意第绪语，带有浓重的德文口音；在中东，许多犹太人讲拉迪诺语，带有浓重的西班牙文口音；犹太人从来没有自己的语言进行日常生活对话。因此，没有口头交流语言就成了现代希伯来文学的第二个因素。

第三个因素非常重要，要提请大家记住，即使到了 1948 年以色列再次建国，犹太人也不自信，不知道自己能否能永远拥有这个国家，以色列面临着新的威胁，狂热主义者总是想把以色列毁于一旦。这三方面因素成为现代犹太文化的重要特征，在现代希伯来文学中也得到深入的反应。

许多人对犹太人感到好奇，许多中国人问我这样一个问题，为什么犹太人会取得如此的成功？有众多成功的商人、企业家、科学家、文学家、诺贝尔文学奖得主，答案非常简单，并非因为我们犹太人有杰出的基因，我们的基因并不比中国人的基因强。我们的基因与其他民族的基因一样。原因是在漫长的岁月里，我们除了书之外一无所有。在其他国家，包括中国建造琼楼玉宇、桥梁、城市、村庄、万里长城以及其它恢弘建筑时，犹太人在写书；在其他国家打仗、征服、失败时，我们只有书。自古以来便有一句著名的犹太谚语：如果你想在一个冬天避雨，就造个茅屋；要是你想在许多冬天避雨，就造一所石屋；要是你想为子孙后代铭记在心，就建造一座石墙环绕的城市；要是你想流芳千古，就写一本书。犹太人是书的民族，他们是学者，因为他们没有机会成为战士、政治家和建造者，他们一无所有。尽管犹太人在许多方面取得了成功，但是书对他们来说是最为重要的。现在我们有了自己的国家，在那里建立了城市、乡村、宫殿、广场、桥梁、街道，但是我们也许有朝一日会失去犹太人特别珍贵的遗产，即著书立说的遗产。但现在预言有些为时过早。

以色列人读的书仍然比任何国家都多，以色列图书的平均销售与发行量比世界上任何一个国家都大，但是以色列人读书与其他国家的人不同，他们读书并非为了愉悦，而是为了与作家斗气，不同意作家的见解。我们这个民族喜欢争论，喜欢不一致，喜欢持有异议，在我们的传统中充满了争论，许多书中也充满了争论。鼓励个人与他人进行争论。国王这么说，老百姓那么说；先知这么说，但普通人那么说，不管他们尊重先知与否。普通人之间也会争论。在犹太传统中，甚至有人同上帝争论。据《圣经》记载，先父亚伯拉罕曾和上帝争论，指责上帝不公正。这种争论在其他文化传统中难以接受，甚至难以理解。但在犹太传统中具有普遍性，犹太传统的基础便是怀疑与争论。治理这样的国家，绝非易事。

以色列一共有 700 万人口，我想这就像北京的两个区，但是在 700万人里面，就有 700 万个总理，700 万个先知，700 万个救世主，人人都有一套治国设想。即使在以色列的小学里，老师也鼓励孩子们去争论。即使孩子的见解与老师的不同，老师也还是鼓励他们直抒己见。每个人都有自己的见解，都会提出新奇的主张，这一传统也许与中国传统迥然有别。我对中国传统了解得还不够。但是我知道争论与怀疑是犹太文化的精髓，这也是理解当今以色列和以色列文学的一个重要因素。人们读我们的书是为了和我们斗气。有时候，我在以色列乘坐出租车，出租车司机知道我是一个作家，就开始和我争论，说他不同意这样写作品中的人物，说要那样写。以色列的作家和老百姓都不断地和以色列的总理和政府进行争论。但即使你和政府争论，你也不会被送进监狱。若是你跟政府争论，总理很可能会邀请你到他的官邸里喝杯茶，甚至吃饭。前些天，我和夫人被邀请到总理奥尔默特官邸吃饭，席间讨论了许多问题。饭吃得很愉快。总理知道许多人不同意他的观点，他很愿意听取别人的意见，也很尊重其他人的见解，但他会对你的主张视而不见，所以不要指望作家会对政客有多大的影响。

下面我来讲述希伯来文学的特点。120 多年前，犹太人开始回到以色列地，当时犹太人在欧洲和世界其他地方面临无法承受的压力，有迫害，有各种歧视，甚至有屠杀，还有驱逐。在世界各地不受欢迎。他们只能回到 2000 年前即已离开的地中海家园。犹太人之所以遭到歧视，原因多种多样，既有宗教原因，也有对犹太人的偏见所致，如认为犹太人聪明，但与当地社会格格不入。犹太人在敌意加剧的情况下，回到了以色列地，并在那里定居。与此同时，他们在那里也创造了一种文学，即反映以色列人回归以色列地这一思想的文学。

现在世界上近一半犹太人居住在以色列。整个世界约有 1200 万犹太人，整个世界范围内的犹太人口比北京总人口要少。以色列目前共有 550 万犹太人，他们来自 136 个以上的国家，他们之所以到达以色列，并非因为理想主义，并非因为受犹太复国主义影响，在很大程度上是因为他们受到了压迫，受到了迫害。尤其是二战期间，德国纳粹屠杀了犹太人口的三分之一，在大屠杀之前，有 1800 万犹太人。但二战之后，只剩下 1200 万犹太人，600 万犹太人消失了，如同中国失去了 4 亿人口。试想这是怎样的一幅情景。犹太人终于回到了以色列，终于有了自己的家，在很大程度上，得到了一种安慰。

我还想强调的是，以色列居住的犹太人不光是像我父母那些从欧洲移居过去的犹太人，还有从阿拉伯国家移居过去的犹太人，差不多一半的犹太人口从摩洛哥、叙利亚、伊拉克、也门移居到了以色列。要建造一个家园，没有共同的语言，是非常困难的，所以必须要有共同的语言，这个语言就是希伯来语。希伯来语经历了一个从死亡到复兴的过程。它的复兴甚至比重建以色列家园还要独特。国家可以重建，但是创造一种语言非常困难。

希伯来语是犹太人非常古老的一门语言，已经有 3000 多年的历史，犹太人用希伯来语创造了希伯来语《圣经》，即《旧约》，对世界文明做出了杰出的贡献。希伯来语《圣经》中包括了诗歌、先知书、历史、散文、韵文，以及各种各样的文学体裁，囊括了圣经时代的整个犹太文化遗产。犹太人流亡世界各地后，只把希伯来语当成仪式语言，用于祈祷，用于宗教事务的对话与交流，但希伯来语在日常生活中已经失去了活力。像古老的拉丁语和希腊语一样已经死亡，如同一个睡美人在那里沉睡，等待王子有朝一日亲吻她，将其唤醒。即使到了 1800 年，希伯来语还不是一种口头用语，不在厨房使用，不在客厅使用，只在犹太会堂使用，但犹太人仍然用希伯来语进行创作。在中世纪阿拉伯统治下的西班牙，犹太人用希伯来语创造了大量的诗歌和哲学著述，达到了希伯来文学创作的黄金时代。所创作的大量希伯来语诗篇，非常具有感染力，当时的宗教主持人拉比也从事诗歌创作，甚至用希伯来语创作带有感官色彩的诗歌，甚至创作优美的同性恋诗歌，甚至大胆地创作色情诗歌，因此希伯来语成了一门用于写作交流与教育的语言，但主要是针对男人而言，而不是针对女人，女人在当时的受教育程度比较低，运用语言的能力也比较低。

希伯来语是如何复活的呢？此乃一个天才的个人神话。到 19 世纪末和 20 世纪初年，才华横溢的本－耶胡达，创作了一部希伯来文字典，创造了几千个现代希伯来语词汇，把一种古老的语言在现实生活中复活。这的确是个神话。在《圣经》时代，希伯来语只有 3000 个词汇，本－耶胡达是个语言天才，他把日常生活中的许多话语注入到希伯来语中。但是任何一个语言天才也不可能让一个民族去讲同一种语言，任何一个天才也不可能让中国人去讲挪威语。复活希伯来语的最好途径是要人们去讲这种语言。

当时许多犹太人从欧洲来到巴勒斯坦，在耶路撒冷相遇，没有一种共同的语言。东方犹太人讲拉迪诺语、阿拉伯语、土耳其语，有时甚至讲波斯语，但是不能讲欧洲犹太人的语言；欧洲犹太人讲意第绪语、波兰语、俄语、匈牙利语，有时讲德语，但是不能讲东方犹太人的语言。这两大人群是无法交流的。要进行交流，就必须有一种共同的语言，做生意，谈话，进行买卖，即便他们当时讲的是祈祷书中的希伯来语，但希伯来语作为东方犹太人与西方犹太人交流的语言，也开始在日常生活中恢复了生命。也有一些理想主义者，像创立希伯来语的本－耶胡达，教授希伯来语，给希伯来语词根加入前缀和后缀，创立新词。举例说来，圣经时代没有发明电（希伯来语称电为"哈什玛拉"），因此《圣经》中没有电这个词。但本－耶胡达在《圣经》中找到了"哈什玛拉"，没人知道它的含义，在《旧约·以西结书》中，根据上下文，"哈什玛拉"一词也许与宝石或珠宝有关，于是本－耶胡达决定用这个词代表电，由此派生出系列希伯来语新词，比如"带电的"、"发电"、"被发电"、"使发电"等等。

最初，约110年前，只有少数一些人为了交流在耶路撒冷讲希伯来语，只有几百人。我想我可以确切地指出希伯来语复活的一刻。在耶路撒冷，一个男孩在一个寂静的夏夜和一个文化背景不同的女孩相遇，轻轻地对女孩说，"我爱你"，从那时起，希伯来语就变成了一种活生生的语言，可以表情达意。我不知道男孩和女孩的名字，但是他们复活了希伯来语。只有通过他们之间的窃窃私语，通过他们之间亲密而深情的表达，现代希伯来语才复活了。

自18世纪中叶以来，已经形成了一个现代希伯来文学核心。欧洲的犹太人写小说，写诗歌，写戏剧——尽管当时还没有希伯来语戏剧，用希伯来语言创作各种各样的文学作品。他们虽然不讲希伯来语，但他们创造了整个希伯来文学实体，有现代意识，世俗意识，各种意识。这种文学为创造日常希伯来语做出了贡献，为口头希伯来文学作品提供了一个基础。后来，在耶路撒冷，在以色列地的其他地方，越来越多的年轻人把希伯来语当成工具，因为这是东西方交流的最好途径。试想如果在中国，在北京，大家说普通话，但在南方，大家讲述方言，我设想讲的是和普通话完全不同的语言，试想在这两种语言之上，中国有古代汉语，大家能够阅读，但是却说不了。这种古代汉语很可能成为南北方的交流工具，因为这是大家唯一使用的共同语言。这也是希伯来语复兴的秘密所在。

此后，年轻一代人成了说希伯来语的人，语言本身突飞猛进。今天，科学家要把卫星送上天，医生要动复杂的心脏手术，驾驶员驾着飞机在天空飞翔，所有这些人用的都是希伯来语，希伯来语实际上完全反映了当代生活的需要。而且还从欧洲国家的语言里借用了很多语言。借用外来语这是一个普遍的现象，我想在中文里也是一样的。四十年代，我在耶路撒冷还是个孩子。那时说希伯来语的人还不到 50 万，但 19 世纪末只有几百个人说希伯来语，增长的速度的确很快。到现在已经有 700 万人或 800 万人说希伯来语。巴勒斯坦阿拉伯人也说希伯来语，世界其他地方的以色列人也说希伯来语。如果和说挪威语的人相比，那么说希伯来语的人就更多了。说丹麦语和芬兰语的人没有说希伯来语的人多。莎士比亚时代大概只有 500 万人说英语。所以想想看，在 110 年间希伯来语发展极其迅速，伴随着这一态势，希伯来语文学的发展也极其迅速。

首先，有一大批文学大师从欧洲来到以色列，如阿格农、比阿里克、布伦纳、车尔尼霍夫斯基，他们用希伯来语进行创作，但是却带来了欧洲人的意识，因为他们都是土生土长的欧洲人，俄语、波兰语、德语，当然还有意地绪语，这些作家都懂许多语言，熟悉许多文学传统，熟悉俄语文学、波兰语文学、德语文学和其他文学。所有这些人均受过良好的教育，他们在自己的创作中表现出深厚的欧洲文学根基。即使来自阿拉伯国家的犹太作家，也把中东意识带到了以色列。因此以色列的希伯来语文学其实受到了多种文学传统的影响，能够海纳百川，把世界各地的文化容纳其中。正如我所说，以色列有来自 100 多个国家的移民，他们把居住国的语言文化带到了以色列，带来了他们在那里的渴望，甚至挫败，文学则表现出爱与黑暗，对希伯来语的热爱，对以色列的热爱，对新犹太生活的热爱；但是也有黑暗，比如说大屠杀的黑暗，恐怖的黑暗，犹太人遭受迫害的黑暗，苦难的黑暗，以及对未来没有安全感、不知道明天将要发生什么的黑暗。

当然，以色列文学表现出以色列人和巴勒斯坦人的冲突，以色列作家也试图在创作中寻找解决冲突的途径。百分之九十的以色列作家都是反政府的，总是和政府不一致。但以色列政府不会把这些作家和诗人送进监狱，顶多就是给他们扣上许多帽子。许多次，以色列的政客们就把我称做以色列的叛徒，前政府就曾经称我为"亲阿人士"。许多以色列作家均被视为"亲阿人士"。

实际上，许多以色列作家和诗人对待巴以冲突的态度非常注重实效。我们认为以色列和巴勒斯坦人之间的冲突是一个悲剧。是正确者与正确者之间的冲突，而不是正确者与错误者之间的冲突。这片土地是我们祖先居住过的土地，也是巴勒斯坦人世世代代在那里生存的土地。我们说那片土地是我们的，巴勒斯坦人说那片土地是他们的。我们离开了那里就无处可去，巴勒斯坦人离开那里也无家可归，这是两个民族所拥有的唯一一片土地。唯一的解决问题的方式就是要巴勒斯坦在那里建国，以色列与巴勒斯坦要进行一种历史的妥协，一种痛苦的妥协。妥协从来不会轻而易举，一般说来不会太愉快。我知道年轻人不喜欢妥协，年轻人会认为妥协意味着放弃，没有诚意，是机会主义者，在自己的词汇表里没有妥协。在我的词汇表里，妥协与生活是同义词，只要生活，就必须有妥协。不仅在民族之间需要有妥协，在个人之间也许要有妥协。婚姻要在丈夫和妻子之间达成妥协。养育子女要在孩子与父母之间达成妥协。兄弟姐妹之间也要有妥协，生活就是妥协。妥协并不意味着投降，我说妥协并不是说别人打了你的左脸，你把右脸也伸过去，我觉得妥协就是跨出一步，与对方在中间点相会。坐在我旁边的太太，我们已经一同生活了47年，我们之间也是有妥协的。我主张以色列和巴勒斯坦之间应该达成妥协，应该有两个国家，比邻而居，以色列和巴勒斯坦各拥有一部分土地。可以把一套房子分成两个单元，这并不是最理想的，但是这是最为可能的解决办法。最大的障碍就是狂热分子、原教旨主义者、恐怖分子，他们不要任何形式的妥协，他们要摧毁以色列。即使以色列的温和人士也不会同意要摧毁以色列，即使像我们这样的人也许要抵抗。但要是在以色列旁边建立一个巴勒斯坦国，那我是完全赞成的。

在过去的四五十年间，许多以色列小说家和诗人一直都主张建立一个巴勒斯坦国家。我们采取这样的立场与巴勒斯坦人说话。我们跟他们有对话、会议，在冲突的起源上我们的观点可能不会完全一致，我们对历史的看法不同，但是没有关系，只要我们妥协让步，能够达成结果上的一致，那就好。现在我们犹太人很容易理解巴勒斯坦的苦难。许多以色列犹太人过去曾经居住在难民营，而现在巴勒斯坦居住的地方几乎就成了一个破败的难民营，以色列和巴勒斯坦人都是受难者。以色列犹太人和巴勒斯坦人过去都是欧洲的受难者。欧洲用帝国主义、殖民主义、剥削和镇压等手段伤害、羞辱、压迫阿拉伯人；也是同一个欧洲，欺压和迫害犹太人，尤其是在大屠杀期间，欧洲人屠杀了三分之一的犹太人，所以以色列和巴勒斯坦之间的冲突就是两个受难者之间的冲突。我知道，两个同受到同一压迫者压迫的受难者应该团结起来，但是在现实生活中，情况却不是这样。两个同属于一个父亲的孩子相互之间没有爱，相互报以仇视，可以用这种比喻来形容以色列和巴勒斯坦之间的关系。以色列人把巴勒斯坦人当成欧洲纳粹的翻版。巴勒斯坦阿拉伯人并不认为我们是来自欧洲的难民，而是把我们视为欧洲殖民主义的另一个缩影，是曾经迫害过他们的欧洲殖民主义者的一个象征。

以色列和巴勒斯坦的争端由来已久，主要争端由土地引起。既不是宗教冲突，也不是文化冲突，而是一种国土争端。以色列和阿拉伯民族中的狂热主义者想把土地争端变成文化争端和文明争端。很难说这片土地究竟属于谁，哪个国家能够真正拥有这片土地。妥协的方式就是要把这片土地一分为二，一部分归以色列人所有，一部分归巴勒斯坦人所有。

正是因为以色列是个大熔炉，有来自不同文化背景下的作家，因而在文学上表现出一种多样性。在以色列文学中，你可以看到德国文学的影响，看到俄国文学的影响，看到阿拉伯文学的影响，看到伊朗波斯文学的影响，看到拉美文学的影响，还可以看到欧洲文学的影响。作家在创作中往往融入了几种不同的文化传统。因此，以色列文学在建国之后形成一道独特的风景线。当然，对作家来说，能在文学中把各种文学传统兼容并蓄也是一件好事。我父亲是个学者，他曾经对我说过，如果你剽窃一本书，人家会说你是文抄公；剽窃 20 本书，人家会说你是学者；剽窃 50 本书，人家会说你是大学者。同理，如果你只接受一种文学的影响，那是模仿；如果你在许多国家的文学中博取了影响，那么你则能够创造一种独创性。以色列文学中有城市文学和乡村文学，你可以看到约书亚·凯纳兹、哈努赫·列文、雅考夫·沙伯泰比较注重描写特拉维夫生活；你也可以看到约书亚、海姆·拜伊尔、大卫·格罗斯曼比较注重描写耶路撒冷生活；还有一些人，如伊扎克·本·奈尔擅长描写乡村生活。阿哈龙·阿佩费尔德，大卫·格罗斯曼擅长描写大屠杀生活。我想不用细数这些作家的创作特征，因为许多作家的作品已经被翻译成了中文，大家可以阅读文学作品，以了解这种文学的多样性。

有的作家写耶路撒冷文学，有的作家写特拉维夫文学，耶路撒冷和特拉维夫之间相距只有 70 公里，但这两所城市非常不同，就像北京和上海一样不同，气氛不同，传统不同，历史不同。特拉维夫是一座新型的城市，其历史不足百年，非常后现代，非常西方化，非常生气勃勃等；耶路撒冷比较传统，由许多沉重的石头建造而成，比较内向，比较含蓄，比较神秘。这种区别造就了耶路撒冷和特拉维夫两种文学，此外还有基布兹文学，乡土文学，以及其他多种文学。

在我们的文化传统中具有很强的幽默感，包括自嘲，开自己的玩笑。我们经常对自己说些笑话，我们经常嘲笑我们的弱点，我们的文学也在经常嘲弄我们集体的弱点，也经常拿自己开玩笑。我觉得幽默感是一方良药，是消灭狂热主义的最好的办法。狂热分子从来不会有幽默感的，具有幽默感的人从来不会成为狂热分子。如果你具有了幽默感，一直不住地笑话自己，怎么会成为狂热分子呢？幽默感是一种文化财富。因为采取幽默的方式看待自身，就是在用别人的视角看待自身，嘲笑自己，也是在用别人的方式看待自己。我认为，要用别人的视角看待世界，乃文学伟大秘诀之所在。任何一种伟大的文学均教给我们如何从不同视角、眼光、立场来看待世界。比如一条街，我们从不同的窗口会看到不同的风景。这也是任何一种文学，以色列文学，中国文学，以及其他各种文学妙处之所在。

奥兹作品研讨会

　　2007年9月3日，社科院外文所主办了阿摩司·奥兹作品研讨会，这是我国首次就单一以色列作家和希伯来语作家的作品举行专门的学术研讨。前来与会的有国际合作局领导李薇、外文所众学者、著名作家和文化界人士、出版社和媒体代表等百余人。

　　会议由外文所所长助理吴晓都主持。外文所所长陈众议率先做了《奥兹速写：含蓄与率直——在米海尔与费玛之间》的发言，认为奥兹身为以色列"新浪潮一代"的主将，居然以含蓄开场。在1968年《我的米海尔》一书中，就显得很含蓄。夫妻生活的细节被巧妙地掩盖起来，隐隐约约，藏而不露，一副点到为止的敛容正色。与此相仿，那些满可以大书一笔的事物，也往往被轻轻地点化、虚化、淡化了。而到了23年后发表的《费玛》中，奥兹风云突变。性被放大了。男女之间"不著一字，尽得风流"的苍苍茫茫之态、朦朦胧胧之感消失了，取而代之的是一种充满现代气息（或谓普世精神）的率直。而所谓第三种状态，在我看来，也许正是理想和现实、传统和现代、灵魂和肉体、东方和西方，以及男人与女人、个人与家庭、家庭与民族、民族与世界，当然还有含蓄和率直、严肃与通俗的关系。

　　著名作家阎连科和徐坤也对《我的米海尔》展开讨论。阎连科在《耶路撒冷焦虑的炊烟》中，提出《我的米海尔》真正了不得的是从它的表面看，是汉娜天生丽质而多愁善感，生活平静而无端焦虑，然在她的背后，在她和米海尔这对夫妻关系的背后，在这个三口之家的缭绕的炊烟之下，是耶路撒冷这座极富历史和宗教信仰的城市，是因为汉娜的性格，正是耶路撒冷这座历史过分悠久、文化过分积厚、信仰过分固守的城市的性格。《我的米海尔》其绝妙和不凡之处，正是奥兹先生的这种饱蘸情感和诗意叙述的背后，隐隐含含的这种对耶路撒冷焦虑的暗示和揭示。他让我们感受到了汉娜的性格与耶路撒冷的历史、文化、宗教、战争之下的人的灵魂的神秘的融洽和破裂。而中国文学，缺少《我的米海尔》中炊烟之后的文化与精神的思考与焦虑。

徐坤的发言题目为《一部关于爱的小说——〈我的米海尔〉》，指出如果有谁单纯将《我的米海尔》看做是一部爱情小说，那将是对奥兹才华的贬低和对公众审美判断力的无视。我们更愿意这样来理解：这是一部有关国家民族前途命运、与个人生命力压抑和抗争的小说。奥兹通过描写一个女人的平凡家庭婚姻生活，来书写他的国家民族的文化精神传统，书写宗教、历史与战争对人民内心造成的深刻影响。奥兹的深刻性在于，他把引起这种倾向的源头直接导向社会，将视野扩大到耶路撒冷的历史文化及其刻板严肃的现实气氛中，从广大纵深的文化宗教环境和历史背景中寻找人类精神苦闷的源头，并深刻挖掘人的内心，尤其是女性的内心世界。他的作品，从人性本身的角度来说，获得了普遍的世界意义。也是在今天仍然赢得我们喜爱的原因之一。

外文所副所长陆建德着重讨论的是奥兹的早期长篇小说《何去何从》。他认为，15 岁离家到基布兹并在那里生活多年的阿摩司·奥兹对基布兹怀有深厚的感情，在小说表现出一种包容性和爱，达到了一种"不怨不忿"的境界。《何去何从》这部作品，超越了一个家庭的方面，小说主人公、诗人鲁文的妻子与来自基布兹外面的一个访客私奔，鲁文自己带两个孩子生活，并与同事、一位女教师产生默契，而后上了床。作家在描写这些时没有任何简单的道德谴责，而是带着同情和理解来描写。在把握人物关系上非常老道，鲁文的女儿、16 岁的诺佳与布拉卡的丈夫在交往过程中，发生关系，并怀孕。诺佳的男友拉米逐渐对此事表现出理解，诗人也慢慢地与布拉卡中断了交往。小说结尾，预示着一个新家庭的产生，而基布兹表现出一种宽容的气度，能够接受这个家庭。奥兹在写这个故事时更多地从人性、理解、宽容的角度出发。基布兹不仅培养了奥兹对土地的感情，而且还培养出一种情怀，使之能够超越家庭。

作家莫言和外文所学者钟志清博士探讨的是在奥兹访华之际推出的中译本《爱与黑暗的故事》。莫言指出，在这部长达 500 多页的巨著中，奥兹先生不仅写了他的富有传奇色彩的家庭的日常生活和百年历史，而且始终把这个家庭——犹太民族社会的细胞——置于犹太民族和以色列国家的历史与现实之中，产生了"窥一斑而知全豹"的惊人效果。这种以小见大的写法，显示了奥兹先生作为小说家的卓越才华，也为世界文学的同行们提供了可资借鉴的光辉样本。奥兹先生不仅仅是个杰出的作家，也是一个优秀的社会问题专家，尽管他并没有刻意地表现自己小说之外的才华，但这部书还是让我们看到了他在民族问题上、语言科学上、国际政治方面的学养和眼光。巴勒斯坦问题大概是世界上最复杂的问题，以色列与阿拉伯诸国的关系大概是世界上最复杂的关系，犹太民族与欧洲各民族和阿拉伯民族的矛盾也大概是世界上最棘手的矛盾，要用文学的方式来展示，描绘这些问题、关系和矛盾，的确是个巨大的难题。这里的确是人类灵魂的演示场，这里也的确是人的光荣和人的耻辱表现得最充分的地方，这里毫无疑问是文学的富矿，这里应该产生伟大的文学，但写作的难度之大也是罕见的。阿摩司·奥兹先生担当了这个民族，这个国家的文学代言人，用他一系列作品，尤其是这部《爱与黑暗的故事》，完成了历史赋予文学的使命。

钟志清在题为《家族叙事与民族历史》的发言中说，《爱与黑暗的故事》向读者讲述了 20 世纪上半叶一个犹太家族叙事与民族历史。奥兹父母一代人从欧洲迁往以色列地固然不能排除受犹太复国主义影响的痕迹，但也是迫于政治与生活中的无奈。这些旧式犹太人心目中的应许之地，不是以色列土地，而是欧洲。他们在以色列土地承受了无法忍受的艰辛，只能把希望寄托在子辈——新希伯来人身上。旧式犹太人与新型新希伯来人之间的冲突不仅体现为父子冲突，而且体现为新希伯来人内在的心灵冲突。作为一部史诗性的作品，《爱与黑暗的故事》演绎出以色列建国前后犹太世界和阿拉伯世界的内部冲突和两个民族之间的冲突。再现了犹太民族与阿拉伯民族从相互尊崇、和平共处到相互仇视、敌对、兵刃相见、冤冤相报的错综复杂的关系，揭示出犹太复国主义者、阿拉伯民族主义者、超级大国等在以色列建国、巴以关系上扮演的不同角色。此外，作品还运用大量篇幅回忆作者自杀身亡的母亲，将埋藏在作家心灵深处多年的故事讲述出来，引领读者走进一个犹太人家庭。

新华社原副社长、中以文化交流的开拓者之一高秋福先生做了《认识与了解奥兹》的发言，回忆了他在中以建交前在开罗会晤奥兹的情形。指出，中以建交打开了两国包括文学在内的正常交流的大门，奥兹和其他以色列作家被介绍到中国来。"反叛"和"家庭"这两个词，对解读作为作家的奥兹，可能是两个非常重要的线索。建议重视作为社会活动家的奥兹的研究。奥兹积极参加社会活动，并出版有大量政论性著作，是以色列著名社会活动家。早在上个世纪的 70 年代，他就参与创建了"现在就实现和平"运动。他一直主张阿拉伯和犹太这两个民族不要冲突、不要战争，而是要民族和解、和平共处。实现这一目标的途径，就是反对任何形式的民族狂热与极端思想，建立以色列和巴勒斯坦两个主权国家。他这一主张，在以色列有广泛的民意基础，在阿拉伯世界受到广泛的好评。在阿以问题上持温和态度的埃及诺贝尔文学奖获得者马哈福兹，持强硬态度的巴勒斯坦著名诗人达尔维什，都曾说过，在以色列作家当中，奥兹"最具有良知"，"其政治眼光之远大超过任何政治家"。高先生认为，要全面研究与评价奥兹，对他的社会政治观点和活动也不能忽视。

外文所的傅浩研究员也回顾了自己自 80 年代末期开始从事以色列文学翻译的经历。在与以色列文学打交道的过程中，认识到中国对以色列从一无所知到通过文学作品了解其日常生活，与中以两国之间的文化与文学交流关系密切。在与以色列人的交往过程中，体会到以色列民族对文化对书籍的尊重程度，在整个世界范围内屈指可数。以色列经历数千年流亡后得以复活，这一点值得深思。以色列是善于记忆的民族，注重知识传承和文化传统延续。我们应该通过向世界文化学习，包括向以色列文化学习，来唤醒我们的记忆。

作家邱华栋提交了《阿摩司·奥兹的中国形象》的会议论文。以色列希伯来文学研究所所长尼莉·科恩女士向大家介绍了奥兹在世界范围内的接受与影响。奥兹本人对大家的发言予以呼应，称听了大家精彩的发言，感觉到自己笔下的人物通过文学远行，走入另一个民族的心灵。文学是和平与理解的伟大代言人，而翻译则是人类最伟大的发明，使得越富有地方色彩的东西变得越加国际化。

主持人吴晓都指出，此次研讨会的成功，一定会在中以文化交流史上留下光辉的一笔。

最后，谨向出席此次研讨会的全体学者、作家、新闻界朋友和工作人员表示谢意。

读奥兹《地下室中的黑豹》

　　《地下室中的黑豹》是奥兹的第9部长篇小说，其希伯来文版首发于1995年。这是一篇记忆小说。它以作家的童年经历为基础，又融进了丰富的文学想象。用作家本人的话说，故事本身来自黑暗，稍作徘徊，又归于黑暗。在记忆中融进了痛苦、欢笑、悔恨和惊奇。

　　小说的背景置于1947年夏天英国托管耶路撒冷时期。那是巴以历史上非同寻常的时期，因为数月后，即1947年11月，联合国大会将在纽约成功湖宣布巴勒斯坦分治协议，允许第二年在巴勒斯坦建立两个国家，一个阿拉伯国家，一个犹太国家，英国人很快就会结束在巴勒斯坦的委任统治，离开那片土地，以色列国将会建立，以色列与阿拉伯世界从此陷于无休止的冲突之中。在历史巨变的前夜，英国士兵、犹太地下武装、阿拉伯民族主义者纷纷行动起来：枪击、爆炸、宵禁、搜查、逮捕、迫在眉睫的战争与种种可怕的谣传给不但给人们的日常生活本身平添了许多不安定因素，也留下了许多令人匪夷所思的谜团。曾在《我的米海尔》、《恶意之山》（中译本名为《鬼使山庄》）和《爱与黑暗的故事》等作品中对这一历史进程做过不同程度触及与把握的奥兹，再次以这个特殊而复杂的历史时期为背景，借助奇巧的构思、睿智的分析、优美的行文，在《地下室中的黑豹》触及诸多发人深省的问题。

　　小说首先以成年人的口吻交代"在我一生中，有许多次被称作叛徒"，给读者留下了悬念，随之回忆起自己在12岁那年因为与当时犹太人的敌对方英国人交往、第一次被称作叛徒的情形。总体看来，小说的主要情节是在家、东宫和特里阿扎丛林三个主要场景中展开的。

　　大家知道，奥兹素以破解家庭生活之谜见长。他在《地下室中的黑豹》中，再次运用爸爸、妈妈、孩子三个人物构成了家这个场景中的核心：爸爸妈妈来自乌克兰，他们的亲人全死于希特勒手中，这一点显然与奥兹本人的经历有别。爸爸是学者，在爸爸的性格中，理性占了上风，他原则性强，为人热情，对正义忠贞不渝，具有强烈的仇欧情绪；而妈妈则喜欢追忆过去，故乡乌克兰的河湾、河面上星星点点的鸭群、缓缓漂流的蓝色百叶窗、河流和草地、森林和田野、茅草屋顶和薄雾中的悠扬钟声曾令她魂牵梦萦。熟悉奥兹的读者往往会觉得这一切似曾相识，但此次，作家的关注视点有所转移，我们在《爱与黑暗的故事》、《我的米海尔》和其他作品中看到的家庭悲剧和夫妻情感均被置放到了边缘地位，孩子则成了家中的中心人物，也成了整部作品的主人公。他在家中见证的不再是父母那痛苦而缺少生气的日常生活，而是他们颇有几分让人憧憬、甚至惊心动魄的地下活动（爸爸为地下组织编写标语，收藏违禁品，妈妈悄悄救助伤员），亲临了英国士兵前来搜查时的紧张局面。几乎所有的情节设置，都与孩子的所谓"背叛"行为具有直接或间接的关联。

这个孩子年仅 12 岁，他因酷爱语词而赢得普罗菲（教授一词的缩写）绰号、并喜欢写诗拿给女孩子看，继承了爸爸追求理性和妈妈耽于幻想的天性。由于在家中受参加地下活动的父母的影响，在学校和其他场合听成人进行英雄主义宣传："我们处在一个生命攸关的时期"、"希伯来民族要经受住考验"，他立志为民族的事业而战。他提议创办了"霍姆"（希伯来语音译，意为"自由还是死亡"）秘密组织，加盟这个组织的还有他的两个小伙伴本－胡尔和奇塔。他们想用旧冰箱营造火箭，打到白金汉宫或唐宁街 10 号，把英国人赶出他们心目中的犹太人领土。他们还喜欢看好莱坞影片，模仿里面的英雄人物，普罗菲本人更是为影片中的英雄着迷，经常把自己比作地下室中的黑豹，意思是等待时期猛扑出去，为自己所谓的信念而献身。

但是，他的英雄梦屡屡受挫。在一个宵禁的夜晚，他被一个英国警察所救，这个英国人来自坎特伯雷，讲圣经希伯来语，崇拜古老的犹太文化，热爱耶路撒冷，普罗菲深受吸引，答应与英国人换课，相互学习英文和希伯来文。甚至天真地想借此机会，向英国警察套取情报，完成他所谓的民族主义理想。但事与愿违，小伙伴把他称作叛徒，而他自己也无法确定自己与英国人的交往是否属于背叛行径，经常陷于灵魂的挣扎中。

围绕什么是"叛徒"问题的讨论首先是在家中进行的，那是在某天早晨家中墙壁上赫然出现了"普罗菲是个可耻的叛徒"几个黑体字之后。爸爸认为"叛徒"是"一个没有廉耻的人。一个偷偷地、为了某种值得怀疑的好处、暗地里帮助敌人、做有损自己民族的事，或伤害家人和朋友的人。他比杀人犯还要卑鄙。"而妈妈则认为"一个会爱的人不是叛徒。"父母的不同观点成为支撑普罗菲理解叛徒意义的两个支点，在我看来，前者是从理性角度给叛徒下定义，后者从情感角度对前者加以辩驳，体现着背叛本身所具有的悖论色彩，也透视出普罗菲的内心矛盾。他自己也试图通过翻阅百科全书，弄清楚叛徒的诸多字面含义。他甚至对着镜子盘问自己究竟长着一副叛徒的模样，还是地下室中黑豹的模样？

场景之二东宫，名曰东宫，实为摇摇欲坠的棚屋，掩映在西番莲中。这是普罗菲和英国警察邓洛普军士换课并且交谈的地方。普罗菲在和英国警察交往时内心矛盾重重。尽管他不断提醒自己，一刻没有忘记英国人是敌人，不告诉对方自己的姓名，像地下战士那样称自己是"以色列土地上的犹太人"，有时为赢得对方信任才喝下他买的柠檬汽水，有时却不由自主地告诉对方爸爸也懂拉丁语和希腊语，甚至对人家产生了某种"喜爱"的情感，随即又为自己的行为懊悔不已："我的心在胸膛里跳荡，犹如一只地下室中的黑豹，我以前从未做过如此杰出的益事，也许以后也不会了。然而几乎与此同时，我嘴里尝到了酸味，卑鄙叛徒的可耻滋味：如同粉笔刮蹭时的战栗"。

场景之三特里阿扎森林，是普罗菲和"霍姆"组织成员开会、请求批准他执行刺探任务的地方，也是他因犯有所谓的叛变罪而接受审判的地方。普罗菲的两个小伙伴本－胡尔和奇塔模仿美国影片对他进行了持续不到一刻钟的审判，既严肃，又滑稽，颇具黑色幽默的味道。一脸狐相的本－胡尔得出结论，"本庭相信叛徒所说他从敌人那里得到了一些情报。本庭甚至接受叛徒没有把我们泄露出去的说法。对叛徒所说他未从敌人那里得到任何报酬的错误证词，本庭表示愤慨并予以驳回：叛徒收了薄脆饼干、柠檬汽水、香肠肉卷、英语课、一本包括《新约》在内的《圣经》，《新约》攻击我们民族。"普罗菲找理由为自己辩解，但无济于事。他一气之下，宣布解散自己创建的地下组织，与朋友们彻底决裂。

表面看来，小说在写少年故事，实际则是把个人命运和共同体前途放在一起来探讨个体身份，显示出作品的道德深意和作家的矛盾心态。作为一个希伯来孩子，普罗菲也和当时的多数犹太人一样，把英国人当成敌人，其人生致力于驱逐外国压迫者，但其灵魂又受压迫者困扰，因为这个压迫者也来自拥有河流与森林的土地，那里钟楼骄傲地耸立，风标平静地在屋顶上旋转。在和英国警察交往时，他"很快便被他吸引了"，甚至"具有一种冲动，要跑过去给他拿杯水"。在某种程度上，审判他的伙伴对他的背叛指控并非子虚乌有："你普罗菲爱敌人。爱敌人嘛，普罗菲，比泄密还要糟糕。比出卖战斗者还要糟糕。比告发还要糟糕。比卖给他们武器还要糟糕。甚至比站到他们那一边、替他们打仗还要糟糕。爱敌人乃背叛之最，普罗菲。"从某种意义上，他已背叛了20世纪40年代晚期巴勒斯坦地区犹太人心目中约定俗成的价值标准。在他看来，世上有非自私、非精心策划的背叛，也有不卑鄙的叛徒。背叛者爱他正在背叛着的人，因为没有爱就没有背叛。

理智与情感、理想与现实、使命与道义、民族情感与人道主义准则等诸多充满悖论色彩的问题不但令小主人公费解，而且让已经成人的作家无法释怀："直至今天，我无法向自己解释那是怎么回事。"当然，当作家开始创作《地下室中的黑豹》的1994年，英国人已经不再是犹太人的敌人，传说中与犹太人具有血亲关系的以实马利的后裔成为他们的新敌。作品中写道：人们会为旧日生活在那里的迦南人，指阿拉伯人，感到难过。"犹太人会崛起，打败他们的敌人，石造村庄会毁于一旦，田野和花园将会成为胡狼与狐狸出没的地方，水井将会干枯，农夫、村民、拾橄榄的、修剪桑树的、牧羊人、放驴的都将会被赶进荒野。"英国警察这样说。即使犹太女孩雅德娜也这样说："即便真的是别无选择，你必须去战斗，地下工作者也是极有害的。那些英国人也许很快就会卷铺盖回家。我只希望他们走了以后，我们别后悔，痛悔。"雅德娜是小主人公偷偷暗恋的一个姑娘，比她大 8 岁，他曾经无意间在屋顶看到雅德娜换衣服，事后一直伺机想请对方原谅，但又羞于启齿，经常为此懊悔不已。由此引发出另一个层面的精神探索，即一个男孩在成长过程中的心理期待问题，这里不再赘言。雅德娜的话与英国警察的说法具有某种关联，就像作家所说，"这些话酷似邓洛普军士所说的阿拉伯人是弱方，很快他们就会变成新的犹太人（指受难者）"。这些讨论触及到了英国人走后巴勒斯坦如何处去的问题，预见到未来的潜在危险。普罗菲生雅德娜的气，认为雅德娜说出了最好秘而不宣的东西。也生自己的气，因为他没有看出这种关联。在某种程度上，雅德娜有点像他的精神导师，他把自己所有的问题与困惑对她倾囊而出，而她则告诉他从父母和老师那里均无法得到的答案。"你跟我说的那个军士，似乎真的很好，他竟然连孩子都喜欢，但是我认为你不会有什么危险。"喜欢孩子的人懂得爱，会爱的人不会背叛。也许，这种幼年时期的心灵触动是日后形成作家的人道主义情怀的一个诱因吧。

理想主义者希望犹太人与阿拉伯人和平相处，但两个世界中的极端主义人士对此竭力反对。1993 年，以色列总理拉宾和巴解主席阿拉法特在挪威签署了奥斯陆协议，天真的人们曾一度以为巴以和平在即，但两年后拉宾便倒在犹太极端主义者的枪下，巴以双方冲突再起，和平再度遥遥无期。一向主张巴以和平的奥兹因在 1994 年攻击犹太定居点的极端主义分子，也被右翼人士称作叛徒，这在某种程度上与小说的开头互相呼应。浮现在普罗菲脑海里的那幅画面：爸爸妈妈和邓洛普军士在安息日清茶一盏，共话双方感兴趣的话题，雅德娜在吹竖笛，而"我"躺在她脚边地毯上，地下室中一只幸福的黑豹，迄今依然可以说是作家心目中的一个美好梦想，只是里面的人物发生了变化。从这个意义上，《地下室中的黑豹》用形象的笔法表达了作家的人生理想，在历史与现实之间建构了一种象征性的联系，对本民族信仰深处某种极端性因素发出了危险信号。

当然，小说的动人之处不止在其意蕴，也在其行文、肌理与格调。英国警察离去后给主人公心灵深处留下的永远的痛，母亲故事中那不知漂向何方的蓝色百叶窗，声声竖笛中缓缓重现在记忆中的一个个故人，一件件旧事，使人会在掩卷时慨叹，这就是奥兹！

奥兹和他的《咏叹生死》

如果说在过去四十余年的创作生涯中，奥兹一直追寻文学技巧与文学类型的实践与更新，那么发表于 2007 年的中长篇小说《咏叹生死》则是其进行创新尝试的一个例证。

这篇在希伯来文首版问世时只有 102 页的小说不同于奥兹以往的任何作品。它不再以人物或情节为中心，不再将焦点置于家庭、社会与历史；而是将关注点转向人的内心世界，具体地说，转向作家的内在的或者想象中的世界，借披露动态中的想象世界来猜测"他者"的生活，展示创作的过程。

小说的背景不再是奥兹经常选取的耶路撒冷古城或者是风格独特的基布兹集体农庄，而是 20 世纪 80 年代的特拉维夫。主人公是一位四十多岁、功成名就的"作家"，奥兹没有交代这位"作家"的真实姓名，在希伯来文中只称其为"Ha-mehabber"。"mehabber"在希伯来文中意为"著作者"或"作家"，"Ha"的用法类似于英文中的定冠词"the"，用在名词前表示特定的人或事物。英文将其翻译成"the Author"。熟悉奥兹的读者不免揣算，该"作家"与出生于 1939 年的奥兹在当时年龄相仿，而以无名氏作家为主要描写对象的作品多带有自传性。对此，英国作家亚当·马尔斯－琼斯曾经在《观察家报》的一篇书评中提出异议。而在笔者看来，对于一向喜欢把自己的人生经历与体验融入到创作中的奥兹来说，虽然在《咏叹生死》中仍然流露出自己的人生与思想轨迹，但《咏叹生死》显然不同于《爱与黑暗的故事》，并非一部自传体小说。

小说集中描写不知名"作家"一天之中八小时的经历与想象。时值特拉维夫一个闷热而令人焦躁的夏季傍晚，即将前去好书俱乐部与读者见面的"作家",坐在一家咖啡馆里设计各种各样读者可能提出的问题：

> 你为什么写作？你为什么采用这种方式写作？你是否有意对你
> 的读者施加影响？如果有，你以什么方式影响他们？你的故事起到
> 什么作用？你是不断地涂抹修改，还是一下子写出头脑中之所想？
> 怎样才能成为名作家，成名对你的家庭有什么作用？你为什么几乎
> 只描述事情的负面？你怎样看待其他作家，谁对你有影响，谁令你
> 无法忍受？顺便说一句，你如何界定自己？你怎样对攻击你的人予
> 以回应，你对此有何感受？他们怎样攻击你？你是用笔写作，还是
> 用计算机写作？你每本书挣多少钱？你的故事是取材于想象，还是
> 直接取材于生活？你前妻怎样看待你作品中的女性人物？你为什么
> 离开你的第一任妻子，还有第二任妻子？你是在固定的时间里写作，
> 还是等缪斯女神光顾时写作？等等。

这些是创作中的基本问题，也是以色列作家在观众面前经常会被追问的问题，也许是所有作家在观众面前会被问及的问题。回答的方式多种多样，从中既蕴借着作家的人生与创作体验，也透露出作家本人的修养、智慧与才华。但是，我们的主人公尚未就这些问题准备好巧妙或者闪烁其词的答案时，注意力就被一位身穿短裙、乳峰高耸的年轻侍者吸引过去，于是情不自禁地把她当成自己笔下的人物，将她命名为莉吉，编织起她在少女时期的故事，以及她与一家著名足球队的候补守门员查理和水上选美比赛亚军露茜之间的三角恋情。随即又编织起邻桌两个五十多位中年男子的故事，以及从这两位中年男子口中听来的一位靠买彩票而发迹、而今却身患癌症的商人欧法迪亚·哈扎姆的故事。

作家身为"扒手"窃取周围人生活细节将其作为作品素材，曾经以片段形式见于奥兹的自传体长篇小说《爱与黑暗的故事》。据奥兹描写，年幼的他跟随父母到耶路撒冷那几家颇具欧式风格的咖啡馆里喝咖啡，父母与一些名人雅士无休无止地谈论政治、历史、哲学和文学，谈论教授们之间的权力斗争以及编辑、出版商内部的错综复杂时，他就学会做

"小间谍"，能从咖啡馆里的陌生人的衣着和手势上，从他们看的报纸或是点的饮料上，猜出他们是谁，他们是哪里人，他们是干什么的，他们来这里之前干了什么，之后他们会到哪里去。根据某种不确定的表面迹象，为他们编织出错综复杂但激动人心的生活。这种构思方式，我们可以借用《纽约时报书评》上一篇关于《咏叹生死》的书评中的术语"想象他者"来加以命名，它再度成为《咏叹生死》中布局谋篇的主要技巧。也可以说，写作，对于奥兹来说，是一种触摸他人而自己又不被他人触摸的方式。他把大量的讲故事的才能运用在构筑小说主人公对周围人的想象上。这种手法可以让读者了解作家的创作过程，又能让读者参与到创作过程之中。用奥兹的话说，读者希望菜肴已经备好，但实际上是我把他们请进了厨房。

小说主人公——"作家"从咖啡馆来到文化活动中心，当一位文学评论家尖声尖气地就"作家"近作与各种各样同代人的作品以及前辈作家进行比较，找出相似性、寻找影响、确定产生灵感的渊源、展示内在的肌理、指出各种层面与水平、强调让人意想不到的联系并深入故事的最深层时，"作家"则在凝视他的观众，从这儿窃取一副苦涩的表情，又从那儿窃取一副猥亵的表情。他把一个大约 16 岁的忧郁男孩命名为尤瓦尔·大汗，将一个貌似有文化的妇女命名为米丽亚姆·奈霍莱特，在她与男孩之间建立了一种脆弱的联系。"作家"任思绪信马由缰：也许采用第一人称，以某位邻居，比如说耶鲁哈姆·施德玛提的视角来讲述这个故事颇有味道，耶鲁哈姆·施德玛提便是那个邀请他前来做讲座的矮胖的文化管理员；也许能够从文学评论家（他现在正在阐述在创作中转换视角的悖论）那里拿来一两个特征放到经验丰富的文化管理员身上。大厅后排的一个六十多岁、消瘦干瘪的男人因为窃笑，便被他想象为丢了工作，与半身不遂的年迈母亲挤在一张床垫上。而轮到自己发言时，"作家"时而显得兴致极好，用自己也难辨真伪的话语，用不止用过一次的答案回答观众问题；时而摆出孤独、忧伤、又具有文化敏感性的一副表情，堆积着一个又一个谎言……

小说的主要故事之一是"作家"与在读者见面会上认识的女朗诵者

拉海尔·莱兹尼克的短暂交往。拉海尔·莱兹尼克是一位35岁的单身女子，羞怯而腼腆。在中年"作家"眼中，拉海尔近乎漂亮，但并不吸引人。作家则酷似猎艳老手，主动提出送拉海尔回家，伺机接近她，引诱她。拉海尔恐慌、尴尬到了极点，像"一只走投无路的松鼠"。但在惶恐中又隐含着期待。"作家"先是克制自己离开了拉海尔的公寓，在街上游荡，而后又返回到她的住处。"作家"与拉海尔之间的一夜情亦真亦幻，基本上是源自"作家"的想象。但却是奥兹所有小说中最细致绵长的性场景描写。"作家"与拉海尔在身体接触过程中的细微感受：尴尬、恐惧、欲望、骄傲、满足、失败……从无爱到无欲，也许是对人类生存境况的一种隐喻，喻示着人在最基本交往过程中的不安全感。现实与想象之间的界限逐渐模糊。

与奥兹的其他作品相比，《咏叹生死》更具有心理现实主义小说的特征，也有人将其称作后现代主义小说。它虽然远远不如《爱与黑暗的故事》那么厚重，但是批评家们一致认为，《咏叹生死》不愧出于大家之手，让人身不由己地沉浸在阅读过程之中。有时让人津津乐道，有时又不免由书中人物的遭际反观自身，对生与死这类带有永恒色彩的问题生发感悟。

小说的希伯来文标题取自希伯来语诗人茨法尼亚·贝特－哈拉哈米的同名作品。而诗人在《咏叹生死》中写下的"没有新郎就没有新娘"的诗句在作品中数次被引用，成为跳动着的隐喻，概括出生存本身带有辩证色彩的二元组合：生死相依，阴阳相济，有无相生。实际上，贝特－哈拉哈米是一个虚构的人物，他的韵文出自奥兹之手，在相当程度上歌咏的是奥兹之志。奥兹曾对笔者谈起，他借用"咏叹生死"这个题目是想展示大千世界中的生活琐事与情感，而作品中所描写的一切均与生死相关，可说是吟咏出小说的希伯来文题目中所明示的"生死之韵"（或"生死之歌"，Harozei Hahaim ve Hamavet）。

书中的20几个人物，基本是在艰难世事中求生的普通人。他们的欢乐与痛苦，忧郁与苦闷，思索与仿徨，爱与欲，生与死，构成生死之歌中的一个个音符。诸多人物的一世人生，犹如花开花落，云卷云舒，昼夜交替，四季更迭，蕴含着世间万物由盛及衰、草木从荣到枯的规律。人生悠忽兮如白驹之过隙，辉煌与欢乐总是过眼烟云，情缘与偶遇难免转瞬即逝。当主人公年幼时，诗人贝特－哈拉哈米的诗歌曾经在各种仪式、各种庆祝活动或公众集会上被引用，被歌唱，可是如今他的声名已经被人们遗忘，他诗歌的词语和旋律也几乎被遗忘，人们甚至长时间不知道他的生与死，直到作品末尾才交代他在睡觉时死于心力衰竭。在他笔下，物体与爱情，衣装与思想，家园与情感，一切变得破败与乏味，最后归于尘土。商人欧法迪亚·哈扎姆曾拥有蓝旗亚轿车，喜欢和金发碧眼的俄罗斯姑娘在城里兜风，或到土耳其赌场消遣，经常前呼后拥，风光无限，而今身患癌症躺在重症监护室，气息奄奄，昔日朋友不知去向，甚至无人来清理他的尿液管袋。文化管理员耶鲁哈姆·施德玛提虽然积极乐观，一脸阳光，但病魔缠身。莉吉与查理、查理与露茜虽然成就了露水姻缘，但最终分离。罗海尔与"作家"虽然拥有一席之欢，但永远不会有结果。数次丢掉饭碗的阿诺德·巴托克一边照顾年逾八旬、瘫痪在床的老母，一边探讨永生问题。结果发现：

> 成双成对来到世上的并非生与死，而是性欲与死亡。由于死出现在生之后，比生晚出现千万年，很有可能希望死有朝一日将会消失，生则不会再消失。因此永生便在逻辑上具有了可能性。我们只需想办法消灭性欲，便可以具有从世上消除痛苦，消除死亡之必然。

阿诺德在对永生问题进行探讨时，得出的显然是形而上的结论。而书中人物的生与死，沿袭的则是所谓"生之来不能却，其去不能止"的自然之道。也许，这正是奥兹本人对"生死之韵"的咏叹。

以色列文坛之音：奥兹访谈之一

采访时间：1997 年 4 月 1 日。地点：以色列本 - 古里安大学校园。

问：中国译林出版社计划出版你的五部长篇小说《何去何从》、《我的米海尔》、《沙海无澜》、《了解女人》、《费玛》，据我所知，这是我国翻译以色列作家作品的历史上规模最大的一次。此次，我想请你谈谈你个人、你的作品、你的创作经历与体验。

奥兹：中国和以色列地处亚洲大陆两极，我们的犹太民族和你们中华民族都有悠久的历史，我们应该而且能够进行交流。我很高兴我的作品能在中国出版，也非常愿意接受访谈，回答你的具体的问题。

问：你生于耶路撒冷，可你父母却来自乌克兰……

奥兹：对。我的父母 30 年代从乌克兰和波兰来到巴勒斯坦，在他们的心目中，巴勒斯坦是犹太人的独立土地。他们怀揣着复国主义梦想，讲希伯来语。我生于 1939 年，当时的耶路撒冷是英国托管区，我们所接受的教育就是要做一个英雄，建立一个独立的犹太人国家。我从小就目睹了那个悲剧性的历史时期，目睹了无家可归的犹太人争取独立的艰辛斗争。我还清楚地记得，当联合国宣布将巴勒斯坦一分为二这一决定后，犹太人说，好，我们接受这个决定，而阿拉伯人却说，不，我们不同意。双方于是大动干戈，当时我们正住在耶路撒冷，爆炸、宵禁、停电、缺水、缺粮。

问：就像你在《我的米海尔》中所描述的那样。

奥兹：是的，我在其他书中也写到了这种情形。也就是在那时，我清醒地意识到，任何争斗对于争斗双方都是一个悲剧。也许这正是我很小就想写作的一个原因。

问：你什么时候便开始进行创作？

奥兹：几乎在我父母刚教会我写"阿莱夫"、"贝特"时，我便开始把想法形诸笔端，上小学时便在校刊上发表诗歌，当然那不等于一个真正作家的创作。

问：你怎样看待你们的希伯来语？它在犹太人数千年的流亡中几近消失，而今又人为地得到了复兴。

奥兹：现代希伯来语正处在形成与发展过程中，因为它既古老又年轻。正如你所知，古代希伯来语正像古希腊文一样已经死亡，几个世纪后又开始复兴。用这样的语言进行创作无疑是一种巨大的挑战。因为作家的创作在相当程度上有助于促进语言的形成与推广，使之更加灵活，更加富有神采。不幸的是，我正是希伯来语复兴时期一代作家中的一员。

问：你曾告诉我，你的父亲是一位学者，能够讲十几门语言，向往做一名比较文学教授。所以我想你最初提笔写作、表达自我时，你一定读过许多东西，哪些作家对你的影响最大？

奥兹：这个问题很难回答。因为我在年轻时，读了许多书，从每个人那儿都学到了许多东西。但是在希伯来语作家中，阿格农、别尔季切夫斯基、布伦纳对我的影响最大。

问：还有俄国文学以及欧洲文学的影响……

奥兹：对。尤其是 19 世纪俄国最伟大的文学家，如果戈理、托尔斯泰、陀思妥耶夫斯基、契诃夫等。我看不懂俄文，读的均是译作。但作品本身给我留下了极其深刻的印象，在我心灵上打下了深深的烙印。我描写恐惧、负疚、罪与罚等诸多复杂的情感。

问：你早期创作的短篇小说以及第一个长篇《何去何从》均以基布兹为背景。据我所知，基布兹的生活在以色列建国之初虽然比较艰苦，但却极其丰富。你在那样一个集体主义色彩极其浓郁的地方，为什么却开始了创作这一孤独的活动？

奥兹：那时，我们白天在棉田劳动，夜晚能听到田野里传来的胡狼叫声，偶尔也听到枪声。我似乎听到了基布兹人的呻吟，这些人大多是来自不同国家的难民，许多人亲眼见过魔鬼，他们思旧，偏执，富于幻想，企盼救世主的来临。我情不自禁地想：我们为什么到此？我们一直希望在此寻找什么？又真正找到了什么？为什么不同时代不同地方的人都憎恨我们，希望我们死去。在基布兹这个一切公有的地方，除了经历与回忆，人什么也留不下。我写作是想归纳出什么能做，什么不能做。

基布兹是由理想主义者们建立起来的集体农庄，但理想主义者们必须面对理想与现实的冲突，处理好原始情感与伟大动机之间的矛盾。《何去何从》就是这样一部以描写基布兹生活为背景的长篇小说，我试图探讨人性在集体农庄中受到怎样的压抑。倘若在人的天性与理想追求及社会观念之间真的存有矛盾，我则设法寻找是否有能够使其谐调一致的方式。我对基布兹持批判态度。人不是神，人有其弱点，基布兹的生活应该灵活一些。

问：《我的米海尔》是你发表的第三部作品，第二部长篇小说，我觉得书中有你个人的影子，表现出你自己的性格。格肖姆·谢克德教授说这部小说带有自传色彩，你认为是这样吗？

奥兹：我不否认我的许多作品中留有我实际生活的痕迹，但我的任何一部作品都不是纯生活的自然反映，而是一个创造，是在讲故事。毋庸置疑，我的童年及青年时代经历过的许多东西被写进了《我的米海尔》中，但它不是我耶路撒冷生活的纯然反映。我创作《我的米海尔》是想去理解婚姻生活中的某些真谛，理解家庭生活中的某些真谛。我一直认为，家庭生活最玄妙莫测，富有神秘色彩。不同宗教习俗、不同文化传统、不同社会体制下的家庭生活具有许多相类似的成分，我非常想了解家庭生活的这种神秘性。当然，《我的米海尔》描写的是黎明后的时代，因为40年代，人们只是渴望建立一个独立的国家，而到了50年代，人们则应当开始独立的生活。就像人们经历了一个漫漫长夜后迎来黎明，黎明后则要开始一天的工作与奔波，我只是想集中探讨现代人怎样生活这一主题。两个普普通通年轻人的婚姻究竟错在了何处？造成这一悲剧的原因在于过于沉重的生活负担。

问：我觉得汉娜是一位情感丰富、个性极强的女性，不知以色列人如何看待这一形象？

奥兹：也许有许多人喜欢她，也许喜欢她的人寥寥无几。但是人们对这个人物的反响却很大。也许人们意识到梦想与实现梦想之间的差距。梦想本身也许更加完美。可以说汉娜实现了自己的梦想，她想嫁给学者就嫁给了学者，她想组建家庭就组建了家庭。但她也丢失了梦想中的某些东西，她自己并不真正知道丢失了何物。她丢失的是某种火花，某种内在的火花，某种灵魂的火花。也许这是人性的普遍弱点。但以色列人对此却极端愤慨，他们问：理想主义哪里去了？政治哪里去了？乐观主义哪里去了？国家信仰哪里去了？但我创作《我的米海尔》的初衷却不止于此，而是要探讨日常生活与理想之间的距离。

问：我想这也是一个带有普遍性的问题。我曾把汉娜的故事讲给一位离过婚的朋友听，她对我说，真不知道这位作家为何如此了解我？

奥兹：许多女读者跟我讲过类似的话。

问：有人说，你笔下的男主人公是文化，而你笔下的女主人公是人物。前者比较易于理解，因为犹太文化源远流长。但后者却让人不得不发问：你写作《我的米海尔》时只有二十几岁，为什么却有如此丰富的体验？对女性如此了解？

奥兹：这个问题我也一直在问自己。也许现在年近花甲的我再也没有勇气去描写像你这样的年轻女性，我可能并不了解你们。但当时，当我只有二十五六岁，开始创作《我的米海尔》一书时，我认为我非常了解女性，了解她们的喜怒哀乐。我所要表达的亦是日常生活中的真情实感，这种情感能够超越时空，具有普遍色彩。

问：你的另一本带有自传色彩的书是《费玛》，书中相当多的篇幅在描写父子关系。有人说费玛是你的负面，你对此有何想法？

奥兹：就像刚才所说，我把自己融进了我所创作的每本书中。但我的世界远远要大于费玛的世界。费玛是一个理想主义者，可在现实生活中却无能为力。其实，本书是以不同的方式探讨一个同样的问题，即崇高的理想与残缺现实生活的矛盾。

问：本书的希伯来文书名是《第三种状态》，按书中所述，"第三种状态"是指梦醒之间的状态，你能详细解释一下吗？另外，把书名从

"第三种状态"易为"费玛"是你的意思还是尼古拉斯·德朗士的意思？为什么？

奥兹：改书名是尼古拉斯·德朗士的意思，因为这是一部人物小说。"第三种状态"实际上具有哲学意义，指梦醒之间、理想与现实之间的折衷状态，这也正是喀巴拉哲学所追求的神秘境界。

问：我曾在其他访谈录中读到，你很偏爱《了解女人》这部作品，能够告诉我是什么原因吗？

奥兹：说实话，若是让我说我的哪部作品最好，就像是让我说出我哪个孩子最好一样困难。《我的米海尔》是部相当不错的作品，影响最大。《了解女人》也让我感到十分亲近。因为这部书写一个男人对自己内在世界进行深入探索的故事，写他对与之相依为命的几个女性了解认知的过程。这对一度是摩萨德特工的人来说绝非易事，但约珥意识到了这一点，他试图去了解母亲、岳母、女儿及故去的妻子。这是他自我意识萌醒过程中的一个飞跃。在这个世界上，男人的一半是女人，女人的一半也是男人。我把间谍从间谍背景中拉出来。通往自我认知过程的一个重要途径是死亡和孤独，这也是本书的一个重要特征。

问：此次一并译成中文的另一部作品是《沙海无澜》，这也是一部以基布兹生活为题材的作品。与早于它12年的《何去何从》相比，有何区别？

奥兹：我这部作品不仅仅是要写基布兹生活，而且是要描写新老一代人之间的代沟，爱与恨的矛盾。爱深而生恨。我想《沙海无澜》一书的秘密主题当是对人性的再一次探讨。

问：此次译成中文的五部作品的中心事件基本上发生在基布兹和耶路撒冷，这也是你全部创作中的两大背景……

奥兹：我写背景置于耶路撒冷、基布兹、中世纪十字军东征、希特勒统治的欧洲的长篇小说。写犹太难民，复国主义先驱以及新型的以色列。我也写文章呼唤和解。

问：记得我们第一次见面时，你说你在创作《我的米海尔》之前，脑海里便有了人物原型。这是否你创作构思上的一个特点？

奥兹：不仅是创作《我的米海尔》，我创作每部小说之前，脑子里便先出现了人物。他（或她）在我脑海里久久不去，令我非要讲出其故事、写出与其相关的人和事不可。例如在创作《我的米海尔》之前，我试图驱逐脑海中汉娜的影子，我对她说，离开我，去找一位女作家吧，也许她更了解你、更适合你，但无济于事。至于采取何种框架，要视人物关系的发展而定。就像音乐演奏，先有了旋律，再看哪种乐器更适合表达。

问：除阿格农、布伦纳等现代希伯来文学作家外，你的创作是否受到古代希伯来文学传统的影响？比如说《圣经》中的"圣著类"作品……

奥兹：《圣经》中的许多句子极为优美、简洁、凝练，具有很强的张力，我试图在创作中保留住这种传统。你正在译《我的米海尔》，这本书中的许多句子非常简明、短促，你读过《何去何从》，那本书具有很强的抒情色彩，这是我受希伯来古典文化影响的结果。用希伯来语创作，就像是在大理石上雕刻一种文化，石头的质料很坚硬，你需要殚精竭虑。

问：我深有同感。最初翻译此书时，我的希伯来文水平还很不够，不参照英译本则无法工作。但就在上月某一天，我突然意识到，如果光持英译本则让我不敢下笔。希伯来文很简洁，让人一目了然，但英文相对来说比较灵活。

奥兹：对。希伯来文和英文就像两种极为不同的乐器，希伯来文不像森林，不像迷宫，而像一片沙漠，你可看清楚一切。这大概与我们的文化传统有关。在传统这盏明灯的映衬下，一切都尽收眼底。所以你要是问我的风格，就请想想耶路撒冷的石头。

问：耶路撒冷的石头……每块石头都有一个故事，每块石头都有很多层面？

奥兹：完全正确。

以写作寻求心灵宁静：奥兹访谈之二

采访时间：2007 年 8 月 26 日晚。地点：北京长安大戏院夜上海。

问：在过去的十几年间，你曾经向我谈起过你自幼便梦想有朝一日走访中国，现在你已经梦想成真，脚踏中国的土地，你能告诉我你现在的感受吗？

奥兹：我首先告诉你我为什么对中国充满了向往。我曾经对你说过，我父亲懂十几门语言，但始终没有攻下中文这道难关，于是滋生起对坐落在亚洲大陆另一端的遥远中国和中国文化的神往。我自幼读了许多描写中国历史的书籍，那些书籍中充满着对那个遥远而陌生国度的描述与想象。尽管它们未能勾勒出一幅幅清晰的中国画面，但是在我的心目中形成这样一个印象，那是一片神奇而奇妙的土地。我清楚地记得，我开始学习英语时，是在 20 世纪 40 年代，当时巴勒斯坦由英国托管，第一篇课文中写的便是，有一个人住在非洲，去中国寻找神灯。对于一个小孩来说，中国则是神灯之邦，如果你想寻找神灯，就要去往中国。当然，从那时起，我也渴望了解认知中国，渴望有朝一日前往那个神奇的国度。而今，我终于第一次踏上中国的土地，我的梦想真正化作了现实。我现在还无法说出我对中国的感受，因为我刚到中国几个小时，回答这个问有些为时过早。但我仍然怀着强烈的好奇与愿望要去了解中国。

问：在 20 世纪 90 年代，你曾经把译林版五卷本奥兹作品集的问世比作"从亚洲西部的一个小国到同一大陆的东方大国旅行"。而今，你的九部作品已经翻译成中文，你自己也到中国旅行，你想对中国和中国读者说些什么吗？

奥兹：我只想重复在致中国读者中所说过的话，希望我的文学创作

177

能够为架设世界上两个最古老文明之间的心灵桥梁尽微薄之力，因为不同的民族互相阅读对方的文学或许是了解对方思想与灵魂的最佳途径。也希望我的来访能在这方面做点微薄的贡献。阅读文学确实是了解另一个民族的良好途径。我读过沈从文的作品，他写湘西地方风情，极其富有异国情调。我刚读过莫言的《红高粱家族》和《天堂蒜薹之歌》，结识了他笔下的乡村世界。

问：在你描写童年的作品中，曾提及为中国的苦力而吃饭，那就是你幼时对中国的想象吗？

奥兹：在我童年时代的想象世界里，中国到处是古老的宫殿，到处是琼楼玉宇，田野里稻菽滚滚，苦力们拖着一桶桶水。之所以出现苦力这一意象，是因为我父母从我很小时就不断地警告我，你必须把盘子里的东西吃干净，因为世界上有贫穷和困苦，中国的苦力根本没有饭吃，我们有责任不浪费，所以我必须为了中国的苦力把盘子里所有的东西都吃光。

问：与你想象中的欧洲完全不同？

奥兹：对，欧洲在我的生命轨迹中占据了重要的地位，尽管我本人出生在以色列，但我父母都是受教育程度很高的欧洲犹太人，热爱欧洲。他们在二十世纪二三十年代便从欧洲移居到以色列土地，但欧洲对他们来说是一片禁止入内的应许之地，是人们所向往的地方，有钟楼，有用古石板铺设的广场，有电车轨道，有桥梁，教堂尖顶，遥远的村庄，矿泉疗养地，一片片森林，皑皑白雪和牧场。在我整个童年时代，"农舍"、"牧场"、"养鹅女"等词语一直对我有着诱惑力，让我兴奋不已。我无数次喃喃自语"牧场"——我已经听到脖上挂着小铃铛的母牛们的哞哞叫声，听到小溪的汩汩流水。我闭上双眼，便可以看到打着赤脚的牧鹅女。而中国是个遥远的所在，一切都充满了神秘色彩。

问：因此欧洲文化在你幼时的教育中占据了重要地位。

奥兹：但是这种教育本身充满了矛盾。我父母崇尚欧洲文明，是热诚的亲欧人士，他们可以使用多种语言，倡导欧洲文化和遗产，推崇欧洲风光，欧洲艺术，文学和音乐。他们把自己视为欧洲人。但欧洲并未以爱来回报这些犹太人，并在 20 世纪 30 年代将其逐出欧洲，这对他们来说是件幸事——因为倘若他们没有在 20 世纪 30 年代被逐出欧洲，就有可能像成千上万的犹太人那样在 20 世纪 40 年代丧生。这种经历使之对欧洲的情感颇为矛盾，既思念欧洲，又怨恨欧洲，对欧洲充满失望的爱。

我父亲总是苦涩地打趣，三类人住在捷克斯洛伐克：捷克人、斯洛伐克人和捷克斯洛伐克人——后者就是我们，犹太人。在南斯拉夫有塞尔维亚人、克罗地亚人、波斯尼亚人，也有南斯拉夫人——我们，犹太人。许多年过去后，我才理解在妙语连珠的背后，隐藏着多少悲哀、痛苦、伤心和单恋。

问：那么以色列文化，我是说希伯来文化，在你的幼时教育中又占据了什么样的位置呢？

奥兹：我自己是以色列教育制度的产物。这是一种鱼水相依的关系。希伯来语是我的母语，希伯来文化融入到了我的血脉之中。我很小的时候，便听说在加利利等地云集着大量的拓荒者，他们皮肤黝黑，坚韧顽强，沉默寡言，与大流散中的犹太人截然不同，是一种新型的犹太英雄。我当时向往的便是像他们那样成为战斗的国民，要成为和父母完全不同的一代犹太人。但是，要想只用一代人就实现这种变革绝非易事，变革是几代人的事情，身为中国人，我想你非常了解这些。

问：是的，因此这两种文化传统在你的创作中就这样相互交织在了一起？

奥兹：是的。我从父母那里继承来的欧洲文化传统与我自己所成长的以色列文化环境在我的创作中你中有我，我中有你，密不可分。

问：《爱与黑暗的故事》在这方面颇富代表性。你曾经说过，若是问你哪部作品最好，就像让你说出哪个孩子最好一样困难。但是当《爱与黑暗的故事》发表后，许多文学批评家认为这是你最优秀的一部作品，对此，你有何评价？

奥兹：我现在还是难以回答我哪部作品写得最好。我不敢说这是我创作中的一个高峰。但是，显然这部作品卖得非常成功，仅次于多年前发表的迄今最为成功的《我的米海尔》。也许随着时光的推移，它卖的册数会超过《我的米海尔》。但是，若是让我根据个人品味进行判断的话，我非常喜欢《一样的海》，这是一部诗体小说，融入了我对人生的特殊感受与理解，在表达方式上也极其特别。我本人为这本书自豪，可它卖得却不太好。

问：你最早构思这本书是什么时候？为什么？

奥兹：我最早构思《爱与黑暗的故事》是在1995年，我写了几年之久。这是一部回忆录，写作的目的是为了追忆过去。

问：你为什么给这本书取名叫"爱与黑暗的故事"？

奥兹：因为"爱"与"黑暗"是这部书的两个主题。它囊括了我许多的爱，比如说，爱父母，爱祖父母，爱我的出生地耶路撒冷，爱书；也囊括了许多黑暗，包括因我母亲之死给我童年世界造成的黑暗，以及我父母对欧洲那种遭到拒绝的爱。

问：是否可以说这本书中的小主人公具有双重家园，或三重家园，即自己，父亲、母亲和家族，民族，以及个人的心灵世界？

奥兹：这是个相当好的描述。本书写的是一个立志要成为作家的孩子，他疯狂地阅读，观察世界，这就是他个人的童年。这本书也写了对语言的爱，孩子像自己的父母一样热爱学习语言，尤其是希伯来语。这本书还描写了耶路撒冷，耶路撒冷，当然还有胡尔达和以色列的其他地方，铸造了他。他爱耶路撒冷，在某种程度上，耶路撒冷成了犹太民族的一个象征。我希望中国读者通过读这部作品，能够对以色列人的生活和以色列人的心灵世界有更好的了解。

问：在以色列政治似乎成了个人生命中的一部分，身为以色列作家，你对此有何感受？

奥兹：对于我来说，从童年时代起，政治就成了个人内在生活的一部分。每天父母、亲人、街坊邻里谈论的就是时局与政治。甚至连小孩子也参与政治讨论。而今，政治不是出现在电视屏幕上，不是出现在另外一个世界，而是终日影响着每个人的日常生活。

问：那么你认为你童年时代的政治信仰是什么？后来是否发生了变化？而今的主张是什么？

奥兹：我很小的时候由于受父亲家族右翼人士的影响，是个小民族主义者，小爱国主义者，认为犹太人都是对的，而其他世界都是错的，非常简单化，一刀切。可是当我十二岁多的时候，我母亲突然自杀身亡，我开始反叛父亲的世界，也反叛他的政治信仰。从那以后，我开始从伦理道德角度开始思考巴以两个民族这一错综复杂的问题。也许最后这两个民族能够找到一种相互妥协的方式，达成和解。

问：你在《爱与黑暗的故事》中谈到，是舍伍德·安德森的作品启迪你走上文学创作之路，你的许多作品都以描写典型的以色列日常生活见长，作为作家，你意识到"你身在哪里，哪里就是世界中心"，对此，你希望对中国作家和读者做进一步的解释吗？

奥兹：作家应该描写他或她最为熟悉的世界，描写他的邻里、家人、国家以及所熟悉的人。我十六七岁的时候，认为自己当不了作家，因为我生活在偏僻的基布兹，而真正的世界在巴黎、马德里、纽约、蒙特卡洛、非洲沙漠、斯堪的纳维亚森林。也许可以在俄国写乡村小镇，甚至在加利西亚写犹太人村庄。但是，在基布兹，只有鸡圈，牛棚，儿童之家，委员会，轮流值班，小供销社。疲惫不堪的男男女女每天早早起来去干活，争论不休，洗澡，喝茶，在床上看点书，十点钟之前便筋疲力尽进入梦乡。我没有像第一代以色列作家那样拥有战争经历，生活中缺少激情。是舍伍德·安德森的《小镇畸人》让我改变了上述观念。在《小镇畸人》中，我认定有损于文学尊严、被拒之文学门外的日常生活中的人与事，占据了中心舞台。于是我意识到，自己身在哪里，哪里就是宇宙中心，即使你生活在一个小村庄，这个小村庄便是你的宇宙中心。如果年轻作家到我这里来询问怎样才能成为一个作家的话，我就会告诉他，"年轻人，请描写你身边的世界。你的家人，你的村庄，你自己的世界。"

问：正如中国小说家莫言在评论《爱与黑暗的故事》中所说："这里的确是人类灵魂的演示场，这里也的确是人的光荣和人的耻辱表现得最充分的地方，这里毫无疑问是文学的富矿，这里应该产生伟大的文学，但写作的难度之大也是罕见的。奥兹先生担当了这个民族，这个国家的文学代言人，用他的一系列作品，尤其是这部《爱与黑暗的故事》，完成了历史赋予文学的使命。"

奥兹：我非常感谢莫言先生这段优美的文字，我在读他的作品，他是位非常优秀的作家。我认为，每位作家都是一位代言人，但是任何作家都难以成为总体代言人。因为约书亚·凯纳兹描写的世界与阿摩司·奥兹的世界截然不同，我们代表的分别是民族文化的一部分。

问：但是，希伯来文学批评家施瓦茨教授也曾经说过，如果说是谁在创作中代表着"以色列民族意识"，是奥兹和约书亚。

奥兹：我并不觉得我个人能够成为代表，许多作家的创作组合在一起方可代表某种民族意识或某一国家。我不认为哪位作家可以代表着中国，个体作家只能代表着他的世界。莫言，出色地表现出他的故乡，他的村庄，但是我们只能说他在某一方面表现出中国社会生活。文学表达形式与内容多种多样。作家不像文化大使，中国只有一位驻以大使，以色列也只有一位驻华大使，但是作家们却不是这样，确实有很多作家都可以成为代表，为表现某个国家或者某个民族的文化而奉献着。

问：安德森之后，契诃夫的世界又将你深深地吸引，阿格农等希伯来语大家也使你获益，请对中国读者具体谈谈他们对你的影响：

奥兹：契诃夫让我认识到日常生活琐事的伟大意义，教会我如何含着微笑描写令人伤心的生活。我的祖母曾经说过，当你哭尽了眼泪之后，就不会再有眼泪了，那么就开始微笑吧。契诃夫就是这样的作家，含笑运笔，描写人生的悲怆。诺贝尔奖得主阿格农教给我如何运用反讽艺术手法，他是一位讽刺大师。当描写严肃的生活事件时，往往以某种戏谑的方式，妙趣横生，余味无穷。别尔季切夫斯基教我挖掘人性深处，包括人性中的黑暗面。

问：《爱与黑暗的故事》后半部分非常感人，曾经令我在翻译时忍不住落泪，我真难以想象你如何度过那段艰难的写作时光。在创作一部小说时，你的日常生活，包括家庭生活，情感生活等是否受到影响？

奥兹：我想在创作这部作品时，我是想和父母实现一种和平。大家都在实现中东和平进程，而我却在通过写作寻找与父母之间的和平，寻求心灵的一片宁静。在过去的五六十年间，我一直在心灵深处不肯原谅我那自杀身亡的母亲，不肯原谅她弃我而去，也不能原谅父亲任其离开我们。而在写作过程中我的情绪逐渐平静。

我写此书把死去的亲人请到家中做客。此次，我是主人，而他们，死者，则是客人。请坐。请喝杯咖啡。吃蛋糕吗？也许吃片水果？我们必须交谈。我们有许多话要说。我有许多问题要问你们。毕竟，在那些年，在我的童年时代，我们从来没有交谈。一次也没有。一个字也没有。没有谈论过你们的过去，也没有谈论过你们单恋欧洲而永远得不到回报的侮慢，没有谈论你们对新国家的幻灭之情，没有谈论过你们的梦想，梦想如何破灭，没有谈论过你们的感情，我的感情，我对世界的感情，没有谈论过性，记忆和痛苦。我们在家里只谈论怎样看待巴尔干战争。或当下耶路撒冷形势。或莎士比亚和荷马。或马克思和叔本华。或坏了的门把手、洗衣机和毛巾。

那么请坐下，亲爱的死者，跟我说说以前你们从未向我说起的东西，我也会讲述以前不敢向你们讲述的东西。之后，我将把你们介绍给我的夫人和孩子，他们从来也没有真正了解你们。如果他们和你们相互之间了解一些或许是件好事。而后你们结束来访，将会离去。你们不会和我们生活在一起。只是要常来看看坐上一会儿，而后离去。我不想让死人影响我当今的生活。

问：许多人，包括批评家，都想问你这样一个问题"身为男性作家你为什么如此了解女人"？

奥兹：我只能通过想象和猜测。我不是女人，但我可以想象并猜测女人；我不信教，但我可以想象并猜测信教人的心地；我三十岁时，也是这样想象并猜测老人。无论在喝咖啡，或者在沙漠中漫步时，我都在想象。就像你在我书中读到的那样，我自幼就形成了这种习惯。无论身处何处，都像做间谍。想探测别人的生活与心灵。

问：你的母亲对你整个思想和创作产生了至关重要的影响。

奥兹：对。我母亲对我的人生影响很大，她是个讲故事的高手，这些故事启迪我的奇思妙想。而她的自杀，给我留下了永远的痛。写作也是一种疗治心灵创伤的方式，我想很多作家会对此产生共鸣。

奥兹与莫言对谈

2007 年 8 月 31 日，奥兹在国子监街留贤馆会晤了我国当代著名作家莫言，席间，以色列驻华使馆新闻官艾思卡和文化官爱伟山前来与两位作家见面。奥兹和莫言之间坦诚而深入的交流令身为陪同翻译的我倍受感动。

莫言： 来和您会面之前，我选了我们家乡的嵌银红木筷子送给您，希望您能够更多地了解我们的文化。

奥兹： 谢谢。我和夫人也为您准备了礼物，但因为出来时匆匆忙忙，夫人忘记了携带。等下次见面时带给您。

莫言： 您的作品就是给我和中国读者最好的礼物。

奥兹： 我读过两本您的已经翻译成希伯来文的作品：《红高粱家族》和《天堂蒜苔之歌》。这两部作品向我和我的夫人展示了中国的乡村生活，也讲述了中国作家对战争的记忆。

莫言： 谢谢。昨天下午我刚从香港回来，随意翻了一下过去几天的报纸。几乎所有的报纸都发表了你们夫妇来中国访问的消息。有好几家报纸还发表了整版的关于您的访谈。我一方面为您感到高兴，一个外国作家在中国引起了这么广泛的注意，确实是件幸事；另一方面，又有些同情您，因为您的日程安排得很满，一直在工作。

奥兹： 我很喜欢这个紧凑的日程安排，我到中国是来工作的。我希望看到更多的东西。

莫言： （笑）既然您来中国是工作的，那么就希望您继续工作，请您

为您作品的中译本签个名字吧！

奥兹：我非常高兴地给您签名，但抱歉的是我不能用中文写字。

莫言：希伯来文是由左向右写吗？

奥兹：由右往左。能够给您签书是我的一种荣幸。

莫言：非常感谢。我在很多照片上看到过奥兹先生，把奥兹先生照老了。而生活中的奥兹比照片上显得年轻。

奥兹：我不相信照片，而是相信写下来的文字。您作品的希伯来文本，翻译得非常好。有震撼力，画面逼真，生动感人。

莫言：非常高兴听您这么说。

奥兹：读了您的《天堂蒜苔之歌》后，我仿佛真的到了中国农村，到那里生活。

莫言：您作品的中文译本也翻译得非常好，语言生动有个性，我相信译文基本上传达出了您作品原文的风貌。一个人不可能去许多地方，但通过阅读文学作品，却可以到达世界每个角落。我尽管没有去过以色列，没有去过耶路撒冷，但是读过奥兹先生的作品之后，我仿佛成了一个土生土长的耶路撒冷人。

奥兹：从一个国家到另一个国家旅行的最好方式不是买一张国际旅行机票，而是买一本书。因为你买一张机票到另一个国家旅行，看到了那个国家的纪念碑，博物馆，与那里的人们相遇；如果你买了一本书，那么等于邀请你走进一个家庭，看到这个家庭的客厅、厨房和卧室等很多细节。

莫言：是这样，进入一个家庭，成为他们的朋友。

奥兹：您在从事创作的时候一定做了大量的学术研究。

莫言：我做了一些关于地方历史的调查工作。研究分为两部分，一部分是阅读关于地方历史的书籍，另一部分就是倾听老人们口头讲述。我认为对于一个写作者来讲，老人们口头传说的历史故事更有意义。在《爱与黑暗的故事》里您讲述了祖父、祖母家族在敖德萨的故事，讲述了外祖父、外祖母一家在波兰的故事。这些遥远的故事和资料我想您也是通过老人们的口头讲述而获得的。

奥兹：我二人拥有一个共同之处，把死者请到家中，来理解他们。

莫言：您有一个观点我很赞同，您说自己在作品中写到爷爷奶奶父亲母亲等长辈时，是把他们当作自己的孩子来写。小说中描写长辈青年时期的生活，他们那时的年龄，比我们现在的年龄小。把自己的长辈当成自己的孩子来写，我想这不仅仅是一个年龄问题，也是一个心理问题，一个艺术问题，一个道德问题，这对于作家是很有意义的。

奥兹：我在读《红高粱》时，也意识到，您在写我爷爷、我奶奶、我爹等几代人的时候也是把他们当作自己的孩子来写。

莫言：有时我把他们当成我自己的孩子，但我更多的时候是把他们当成我自己来写。

奥兹：读了您的两部作品之后，确实感到老一代人已经复活了。

莫言：是用文学的方式使他们复活。从作家个人的体验说，他们既是我们的父亲母亲、爷爷奶奶，又是我们自己；但是从文学角度来说，他们是活生生的人，是艺术中的典型。

奥兹：我特别欣赏您笔下的自然风光，您笔下的农村风情，令人有一种身临其境的感觉。

莫言：因为我从小在那片土地上出生长大，对那个地方的一草一木，每个人物，每条街道，每条河流都具有一种很深厚的感情。其实，我从来没有有意识地进行风景描写，对于一个小说家来说，纯粹的风景描写是不应该存在的。

奥兹：对此我非常赞同。

莫言：小说里人物的思想感情和景物描写应该紧密地结合在一起。读过您的许多作品后，我逐渐感觉到，耶路撒冷不仅仅是一个城市，耶路撒冷是个有生命有情感的人物，耶路撒冷的每座建筑物就像人的一个器官，每一条街道就像人的一根血管。所以整体上说她是有生命的。

奥兹：你的这段描述非常优美。

莫言：您自己也说过，如果要问我的风格，请想想耶路撒冷的石头。我在《爱与黑暗的故事》中，看到你们一家人穿过整个耶路撒冷前去看望你的伯祖父约瑟夫·克劳斯纳，整个过程像一个非常长的电影镜头，我在阅读时的真正感受是跟随在你们一家人的背后走过了整个旅程。

　　奥兹：谢谢您恰到好处的描述。我在读您的长篇小说《天堂蒜苔之歌》时也产生了类似的感受，当时我正坐在书房里，我仿佛亲自来到了你笔下的小村庄，闻到了那个村庄的气味，目睹了那个村庄的风情。我的书房里仿佛飘起了蒜香。

　　莫言：在《爱与黑暗的故事》接近结尾之处，您描写了母亲两次雨中漫步。这也是非常优美的电影长镜头。这段景物描写与前面一家人前去探访亲友时的景物描写情感氛围截然不同，前者充满了欢乐的气氛，后者充满了沉重忧郁的气氛。

　　奥兹：我确实不知道母亲漫步这一场景是否真正发生过，它只出现在我的想象世界里。

　　莫言：我相信那是您的想象，但有"基因般的忠实"。

　　奥兹：莫言先生非常敏感，细腻。《爱与黑暗的故事》这部作品开始时格调比较欢快，而最后则以悲剧告终。

　　莫言：我想这一效果并非作家有意识地来营造的，是作家在无意识创作中实现了这一效果。

　　奥兹：我在创作《爱与黑暗的故事》时有一种感觉，就像在创作音乐乐章。有时是合奏，有时是双人演奏，有时是独奏。

　　莫言：对的。而且里面有高潮。中间的一个高潮就是1947年11月29日联合国公布巴以分治协议表决结果前的那个夜晚。几乎耶路撒冷的所有犹太人都走上了街头，仿佛一个乐队的全部乐器同时发出了震耳欲聋的声音。

　　奥兹：这一场景并非我想象世界的创造，而是确有其事，一直保存在记忆深处。尽管过去了六十年，那一切依然在脑海里历历在目。在以色列的一家读者俱乐部，我曾经向大家读过这段文字，许多人热泪盈眶。而在读您的《天堂蒜苔之歌》时，有时也让我感动得落泪。当农民们在店铺前排起长队，等待店铺收蒜，而忽然得知店铺关门的消息失望至极时，我不禁百感交集。

　　莫言：我刚才用多年前学的一句英文表述说，"您是我的老师"。从

小说创作的意义上说，我从您这本书里学到了很多。

奥兹：我们都从对方那里学到了东西。

莫言：我在写《红高粱家族》和《天堂蒜薹之歌》时，以及我以前的一些创作中，描写了悲剧和战争，不过，我在处理这些事件时剑拔弩张，慷慨激烈。奥兹先生在创作时也处理了许多重大历史事件，而采用的则是一种非常宽容舒缓的笔调，我觉得您这种手法比我要高明，所以我说您是我的老师。

奥兹：我们的创作技巧不尽相同，但我不能确定是不是我的创作手法就比您的高明。我在阅读莫言先生的作品时，有一点感触很深，即使您在描写特别残酷、特别血淋淋的场景时，依然透露出一种悲天悯人的情怀。这种把怜悯与残酷结合在一起的描写手法，从创作角度来说，也是很高明的。

莫言：既要描写残酷场景，揭示人物的悲惨命运，又要充满了悲悯的情怀，把握这个分寸很难。

奥兹：我们都曾经是军人，但是时至今日，我从来也没有一部作品描写战争，描写军旅生涯。而您却成功地描写了军旅生活，这一点确实令人羡慕。尽管我也多次尝试着描写军旅生活，但始终没有如愿以偿。

莫言：实际上我也没有描写自己的军营生活，我写的是历史上的战争。

奥兹：我意识到，您在《红高粱》中描写的小型战事，确实令人难以驾驭。

莫言：我写的是我想象中的战争。

奥兹：战争记忆具有某种与众不同之处。营造出战争气息并非一件轻而易举之事，我个人的词汇表里尚未储存有如此丰富的词汇。

莫言：我从军22年，但在军队里主要从事文职工作。我没有上过战场，我打靶时从来没有打中过靶子，投弹时却击落过班长的门牙。我不是个好兵，所以我写战争，只能写过去的战争，写想象中的战争。

奥兹：我虽然上过战场，但是我从来写不出战争。我也不是个好兵。在战场上诚惶诚恐。

莫言：我想，很难将一个作家同一个好兵联系在一起。托尔斯泰尽管写了《战争与和平》，可他要是当兵也不会是个好兵。威廉·福克纳也不是个好兵。海明威是不是个好兵我不知道，估计也不会是个好兵。

奥兹：区别就是他们目睹了战事。

莫言：尽管我不是一个好兵，但我对中东战争颇为关注。中国在80年代曾出版过许多描写中东战争的书籍，我读这些书时津津有味。我没有去过以色列，也没有去过任何一个阿拉伯国家，但是感情上却站在阿拉伯一边。我看到在一次次中东战争中，只要是阿拉伯人占据上风，我就非常高兴。每当阿拉伯国家惨败时，我心里就感到很难过。我不明白我为什么像小孩子看电影一样，先入为主地同情一方，同情阿拉伯世界，仔细想想可能和中国当时的宣传有关。当时我们是这样划分世界的：苏联美国是第一世界，超级大国；欧洲许多国家属于第二世界，中国、非洲和阿拉伯国家都是第三世界。当时即便一个没有文化的中国人，在思想感情上也是天然地偏向阿拉伯一方。到80年代中期，我听一个中东问题专家讲了两堂课，改变了我的观点。这个专家讲述了犹太人数千年来的悲惨遭遇。他们数千年来流亡异乡，没有安身立命之处。尤其是在第二次世界大战期间，希特勒屠杀他们，斯大林也屠杀他们，因此他们逃往当时的巴勒斯坦这小片土地上。我想犹太人希望建立自己的国家，希望有自己的祖国，是非常正义和正当的要求。奥兹先生在《爱与黑暗的故事》中关于联合国表决之夜那激动人心的场面描写之所以震撼人心，就在于写出了历史的真实和犹太人的真实心境。但反过来从另外一个角度来说，阿拉伯国家也很有道理。去年我看到一个电视场面，以色列重炮轰击贝鲁特时，轰炸刚刚结束，一个满身尘土的阿拉伯老太太就搬着纸箱出来卖蔬菜。面对着摄影机镜头，阿拉伯老太太庄严地说：我们世世代代生活在这片土地上，谁也不能把我们赶走。我们即便吃这里的沙土，也能活下去。从这两个角度来说，巴勒斯坦阿拉伯人和以色列犹太人都是受害者，都有自己正当的理由，难以简单做出究竟谁对谁错的判断。因此我尤为钦佩奥兹先生在《爱与黑暗的故事》中描写巴勒斯坦阿拉伯人和以色列犹太人时，能够站在一个很高的角度。尤其是描写你跟随着红脸膛的格里塔大妈到服装店，掉进了贮藏室，是一个棕色脸膛的有两个大眼袋的阿拉伯大叔把你救了出来；你也描写了和阿拉伯小姑娘阿爱莎的交往，你误伤了她的小弟弟，深感负疚。多年来您一直对他们念念不忘，担心着他们的命运，您发自内心地希望他们幸福。所以，从总体上说，阿拉伯人和犹太人似乎是势不两立的，是仇人。但是具体到每一个阿拉伯人和犹太人，情况就发生了变化。大家都是一样的人，都是人，都是好人，完全可以和平共处，可以成为朋友。我刚才说这么多就是要表达这样一个意思：我特别敬佩奥兹先生不是站在犹太人立场上来进行民族主义的描写，而是作为一个有良知的艺术家，站在了全人类的高度上，对巴勒斯坦和以色列问题，对阿拉伯人和犹太人的关系进行了包容性的、人性化的描写。因此，我在为您这本书写的一篇文章中说：不仅犹太人要读一下奥兹先生这本书，而且阿拉伯人也要读一下奥兹先生这本书。尤其是各个国家的政治家应该好好读读这本书。

奥兹：我非常感谢您刚才说过的话。我不能用某种黑白分明的方式来描写阿以关系。也希望世界上的犹太人和阿拉伯人不要以某种黑白分明的方式来对待对方。每场悲剧基本上都是正确者与正确者之间的冲突。许多中国人和世界上其他国家的许多人把以色列当成第一世界，把阿拉伯国家当成第三世界，这种观点有偏颇之处。称其偏颇，主要是因为居住在以色列的许多犹太人以前都曾经是被逐出欧洲的难民。从这个意义上说，以色列也应该属于第三世界。

莫言：犹太民族确实灾难深重，没有一个民族在历史上遭受过犹太人所经历的种种苦难。正因为此，犹太人在以色列建国后表现出的恒心与创造精神也令人惊奇。

奥兹：钟志清在博士论文《希伯来语大屠杀文学与中国抗日战争文学比较研究》追寻的就是以色列和中华人民共和国建立后两个民族记忆历史创伤的方式，我想这种文化记忆的比较，对增进我们两个民族的相互了解尤其重要。我在小时侯，也像莫言先生早年一样，把世界划分为好坏两个世界。现在我对世界有了更多的理解，也通过书籍阅读，慢慢地了解中国，也理解了中国人所经历的苦难。您的作品确实帮助我更好地了解了中国的悲剧。

莫言： 您的作品没有特别描写政治，但处处充满了政治；没有刻意直面描写宗教，但却处处洋溢着宗教气氛。这也是一种以小见大的艺术表现方式。从一个家庭出发，实际上描写一个民族的历史。

奥兹： 这种说法带有普遍意义，任何伟大的作家都能够管中窥豹。从描写家庭，延伸到一个民族，您的作品也是这样。描写一个农村小伙子爱上一个姑娘，但遭到家庭反对，描写一个农民去卖大蒜，但却让人看到了当时的社会生活场景。

莫言： 就像少年奥兹和阿爱莎一样，虽然说的是两个小孩子的小故事，但却表现出一种广大的背景。阿爱莎背后站的是阿拉伯民族，奥兹后面站的是犹太民族。历史、现实、友谊、仇恨、理解、误解、痛苦、负疚表现得淋漓尽致，因此我认为你是一个了不起的小说家。能用一个很小的细节，表现出非常重大的问题。

奥兹： 谢谢。我相信以色列和巴勒斯坦的冲突将来能够解决。希望巴勒斯坦建国，两个民族在一片土地上和平共处。

莫言： 这两个国家的关系就像中国一则童话中描写的两只黑山羊，试图跨越一个山涧。山涧上横着一座独木桥，两只羊就站在独木桥之间，顶住了，谁也不肯退后一步。

奥兹： 二者都可以跨过山涧，但不能同时通过。在任何情况下都需要一种妥协，但是狂热主义者们总是想把这种冲突转化为宗教战争。其实，应该把这片领土一分为二，让以色列人和巴勒斯坦人都有自己的居住地。尽管这片土地很小，但对两个愿意和平地居住在那里的民族来说已经足矣。就像把一个房子分成两个不同的单元。因为有两家人要居住在同一房子里，就得合住。

莫言： 合住的两家人会磕磕碰碰。

奥兹： 所以要把房子分为两部分。一部分给以色列，一部分给巴勒斯坦。

莫言： 这种理想的模式听来简单，但要执行起来就困难了。

奥兹： 两只黑山羊的比喻倒是贴切。如果一个先退回去，另一个先

跨越山涧则比较容易；但两只羊想同时过，就比较困难了。

莫言：中国有句古话：冤冤相报何时了。

奥兹：在希伯来语中也有类似的表达。

莫言：尽管文学不能改变社会，但文学应该能够发挥其作用。这就是我刚才说的，希望双方政治家和老百姓都要读读奥兹先生的作品。

奥兹：但是希望政治家对文学感兴趣。您知道吗，这部作品的阿拉伯文版将于明年出版，而出资赞助的则是一位阿拉伯富翁。

莫言：那太有意思了。这是小说的延续，阿拉伯文版的出版变成了小说的一章。

奥兹：我想给您讲一下这个故事。三年前，一个名叫乔治·胡里的阿拉伯小伙子在耶路撒冷郊外开车，被恐怖主义分子当成犹太人，头上中弹身亡。这个小伙子的家庭非常富有，他的父母在他死后，决定出资把《爱与黑暗的故事》翻译成阿拉伯文，以纪念他们被恐怖分子杀害的儿子。小说的阿拉伯文版献词上会写道："谨以此书纪念乔治·胡里，一个阿拉伯年轻人，被阿拉伯恐怖分子当成犹太人而遭到误杀。希望以此增进阿以两个民族之间的相互理解。"改善两个民族之间的关系。现在我和我的夫人和这个阿拉伯家庭成了好朋友。

莫言：可见在阿拉伯世界里，也有很多理智的人。但这理智，需要付出沉重的代价换取。您的小说中描写过类似的故事。我感觉《爱与黑暗的故事》的任何一个译本，都不如阿拉伯文本重要。

奥兹：我非常赞同。阿拉伯文版《爱与黑暗的故事》比任何版本都重要。某和平运动机构的主席决定购买1800册阿拉伯文《爱与黑暗的故事》，捐给约旦河西岸的阿拉伯读者。希望以这种方式增进两个民族之间的相互理解。

莫言：相信它会发挥很好的作用。因为文学所起的作用不是强制的，但一旦发挥作用，就是持久的。

奥兹：文学就是要读者想象。请你走进一个家庭，看到那里的一切。当你看到这一切后，你就不会对其产生敌意了。

莫言：相信阿拉伯读者读过您的作品后，意识到原来犹太人也是人。

他们也有喜怒哀乐，他们有和我们相同的客厅，厨房，他们欢乐和流眼泪的原因和我们一样，他们与我们是一样的人。

奥兹：我非常喜欢和您之间的这场谈话，分分秒秒都令我感到愉悦，非常感谢您。原来只喜欢您的书，现在也喜欢您的人。等您有机会来以色列，欢迎您到我家里做客。

莫言：好，请您一定要把我带到您生活过的基布兹看看，我在您的小说《何去何从》、《沙海无澜》中已经很熟悉这个地方。尽管我不是一个好兵，但从事农业生产，也许勉强及格。

关于奥兹在中国的经典化问题[①]

美国著名文学批评家、耶鲁大学英文系资深教授哈罗德·布鲁姆在他那部颇具影响力的《西方正典：伟大作家和不朽作品》附录中给我们开列了一份"经典书目"，称基于考虑到一部分梵语著作、经文（如《吉尔伽美什》、《王灵书》、《圣经》、《次经》、《阿伯特》、《摩诃婆罗多》、《罗摩衍那》、《古兰经》、《一千零一夜》等东方文献）对西方经典的影响，将其列入目录之中，同时也选入了当代文学中一些基本的文学文本。在这部分文本中，他遴选了 14 位希伯来语作家和诗人的作品，其中包括我们今天说到的以色列作家阿摩司·奥兹的长篇小说《完美的和平》（或译作《全然的安宁》）。[②]

《完美的和平》最初发表于 1982 年，目前已经有了中文译本，题名《沙海无澜》（译林出版社，1999 年版）。小说中的年轻主人公约拿单出生在基布兹，并在那里生活了 20 余年。其父约里克是前任内阁成员、工党领袖，现为基布兹书记，专横跋扈而热衷政治，沉醉于往昔拓荒者们建功立业的辉煌岁月，他对年轻一代所向往的自我实现鄙夷不屑；母亲哈瓦盛气凌人，年轻时代曾受到约里克之外的另一个来自乌克兰的青年男子的热烈追求，差点闹出人命，甚至连约拿单的身份也有几分存疑；妻子里蒙娜温柔漂亮，但头脑简单。夫妻生活平淡如水，缺乏交流与激情。加上基布兹人的生活单调，只强调集体主义价值观念，令约拿单备感压抑，萌生了离家出走的年头。就在这时，一个笃信斯宾诺莎哲学的

---

① 本文系收入《东方文学研究集刊》第 4 辑中的一篇论文，略有删节。
② 哈罗德·布罗姆，《西方正典》，江宁康译，译林出版社，2005 年，第 418，451 页。

俄罗斯青年阿扎赖亚来到基布兹。阿扎赖亚第一次到约拿单家做客便为里蒙娜的美色所倾倒。约拿单意识到此人可代替自己的位置，说不定能够唤醒里蒙娜这个"睡美人"。约拿单突然离去后，家里起了轩然大波，父母互相埋怨，里蒙娜默默地忍受着，阿扎赖亚则大肆传播自由思想。

约拿单冲向内盖夫沙漠，他想穿过边境，前往约旦的红石城佩特拉。他深知自己在越过边境之际便有被阿拉伯士兵俘虏的危险。抵达边境时，他同军营里的女兵有一夜之欢，堪称体验到了爱和危险，且又有了秘密奇遇。有的评论家认为："约拿单恐怖地发现，'真正的人生'原来就是通向死亡，通向地狱之路。"① 他所向往的佩特拉红石城也成了一座地狱，于是他决心重回基布兹，与妻子及阿扎赖亚和平共处。

约拿单虽然重新回到了基布兹，但并不意味着他同父亲之间的冲突得到了缓解。父亲是以色列第一任总理大卫·本－古里安的同代人，代表着建国者们追求的正义、和平的信仰与创造力。但与之相对的是，先驱者们的子女、土生土长的以色列人似乎缺乏上代人的精神支柱，即使在抵御外敌侵略的战斗中也是这样。父辈们是为了实现复国主义理想，而年轻一代则更多地追求个人的生存目标，两代人之间的冲突不可避免。从这个意义上，这部作品小说表现出当代以色列年轻人信仰的失落。由于终日生活在战争的隐患之中，许多以色列人的内心深处不免产生一种强烈的生存危机意识。

应该说，这部小说在以色列颇受赞誉，并在美国、英国、法国、德国、瑞典、荷兰、西班牙、芬兰等地出版。《华盛顿邮报》称之为奥兹"最为奇异、最为冒险、最为丰富的一部作品，"具有一种纤细而充满反讽的幽默感，声音准确无误，显示出卓越的才华。《纽约时报书评》认为，"奥兹一定是他的国家最有说服力的代言人，至少从文学方面来说是这样。"但是，当我就布鲁姆为何将《完美的和平》列为经典而向奥兹进行求证时，奥兹却持有异议，说那是布鲁姆自己的选择，奥兹本人在

---

① 引自亚伯拉罕·巴拉班《神兽间》，宾夕法尼亚州立大学，1993 年版，第 123－124 页，原文为英文，笔者自译。

其全部作品中，最推重发表于 1998 年的《一样的海》，以及 1968 年的《我的米海尔》。布鲁姆在遴选西方经典时，十分注重"崇高性和代表性"，以及作家为摆脱前代大师"影响的焦虑"而创造的"陌生化"。在他看来，"经典的原义是指我们的教育机构所遴选的书"。① 从这个意义上说，表现带有异域色彩的基布兹生活、反映犹太复国主义先驱者与本土以色列人冲突的《完美的和平》得到了他的肯定。而奥兹作为作家，则似乎更为重视作品在本民族文学传承链条上的独创性、读者效应、作家运思等问题，从这些角度出发，选择了以女性为主人公、以家庭生活为切入点、"一改希伯来文学风貌"的《我的米海尔》和大胆做文体尝试、把诗歌与散文融为一体的《一样的海》。笔者这里无意过多探讨并证实哈罗德·布鲁姆与奥兹在选择经典作品时的缘由与标准，而把侧重点置于奥兹作品在中国的经典化，或者准经典化这一现象上。

我国对奥兹的介绍，始于短篇小说。20 世纪 90 年代上半期，奥兹的三个短篇小说相继被翻译成中文，它们是《游牧人与蝰蛇》（王守仁译，见徐新主编《现代希伯来小说选》，漓江出版社，1992 年）；《风之路》（何大明译，见《以色列的瑰宝：神秘国度的人间奇迹："基布兹"短篇小说选》，以色列理查德·弗兰茨编，河南人民出版社，1993 年）；《胡狼嗥叫的地方》（汪义群译，见《世界文学》1994 年第 6 期）。

自 1996 年以来，南京译林出版社独具眼光，在没有任何外来资助的情况下，购买了奥兹五部作品的版权，相继出版了《何去何从》（姚永彩译，1998 年）、《我的米海尔》（钟志清译，1998 年）、《沙海无澜》（姚乃强、郭鸿寿译，1999 年）、《了解女人》（傅浩、柯彦玢译，1999 年）、《费玛》（范一泓、尉颖颖、徐惟礼译，2000 年），在中国学术界、创作界与普通读者当中引起反响。2004 年，台湾皇冠出版社又从译林购买了《我的米海尔》和《了解女人》的一部分版权，出版《我的米海尔》、《了解女人》中文繁体版；2004 年，上海译文出版社亦将《黑匣

---

① 哈罗德·布罗姆，《西方正典》，江宁康译，译林出版社，2005 年版，第 1 – 8 页，第 11 页。

子》（钟志清译）的中译本推向市场，在纯文学作品中卖的不错。2006年，中国社会科学院外文所和上海万语文化艺术有限公司共同策划出版了奥兹的《莫称之为夜晚》（庄焰译）、《鬼使山庄》（陈腾华译），译林出版社出版了短篇小说《风之路》的新译（钟志清译，见《爱的讲述》）。2007年译林出版社出版了奥兹最富影响力的长篇小说《爱与黑暗的故事》（钟志清译），并再版《我的米海尔》与《了解女人》。

《沙海无澜》在中国问世后，虽然得到一些好评，但似乎没有被推到经典作品的位置上。而在译林五卷本译林版的奥兹作品中，最受关注的应该是《我的米海尔》。作品发表后不久，池莉、徐坤以女作家特有的品味，对奥兹的《我的米海尔》表现出强烈认同，池莉甚至不止一次谈及奥兹简约而富有诗意的语言对她本人的震撼及对其创作所产生的影响。徐坤在《耶路撒冷，耶路撒冷》中，对《我的米海尔》进行了别具一格的解读。① 南京大学丁帆教授称《我的米海尔》"把距我们心灵老远的以色列人的现代生存境况，尤其是心灵的栖居状态呈现于眼前，使我们找到了了望其民族文化心理的一扇窗，同时也找到了与之进行心灵沟通的渠道。"② 1999年，《我的米海尔》获得中国第五届优秀外国文学图书奖。

《我的米海尔》是阿摩司·奥兹的成名作，也是迄今为止奥兹全部创作中最受欢迎的一部作品。自1968年发表至今40年来，已再版50余次，翻译成30余种文字。表面看来，这是一部爱情小说，写耶路撒冷希伯来大学文学系女大学生汉娜与地质系学生米海尔邂逅，不久便结成眷属。婚后，米海尔潜心学业，挣钱持家，却忽略了妻子的感情追求。往昔的一对恋人逐渐产生距离，漂亮而情绪化的汉娜不禁失望、痛苦，进而歇斯底里……

若单纯作为一部爱情小说，《我的米海尔》可能比较普通。但它不仅仅局限于对婚姻与家庭生活的描写，正如阿摩司·奥兹所说："若问我的风格，请想想耶路撒冷的石头。"③ 耶路撒冷的石头具有许多层面，负载

① 见1999年3月24日《中华读书报》。
② 丁帆，《突破文化沟通的屏障——读〈我的米海尔〉》，《中华读书报》，1999年3月24日。
③ 1997年4月1日笔者对奥兹的访谈，《译林》，1999年第1期。

着深厚的历史积淀。在犹太人的心目中，耶路撒冷是一座极富历史感的城市。3000 年来，迦南人、亚述人、巴比伦人、希腊人、罗马人、犹太人、穆斯林、十字军相继征服过这座城市。第一次世界大战后，耶路撒冷成了英辖巴勒斯坦的都城。巴勒斯坦分治后，耶路撒冷成为一座国际型的城市。直到 1967 年"六日战争"，老城才归犹太人所有。

作为犹太人，奥兹对耶路撒冷充满深情。他写道："我爱耶路撒冷是因为我出生于此。"① "这是我出生的城市，我梦幻中的城市，我的祖先和人民痴心向往的城市。"② 但在奥兹心目中，耶路撒冷"从未真正成为以色列国家的一部分"。③ 在《我的米海尔》中，奥兹不止一次地写到，耶路撒冷是一座让人伤心的城市，并借汉娜之口道出，"那不是一座城市，而是一个幻影。四面八方都是山。""我生于耶路撒冷，但我却不能说耶路撒冷是我的城市。"小说把耶路撒冷比作被人围观的"受伤女人"，暗示它处在阿拉伯世界的重重包围之中。汉娜到北方基布兹过逾越节时，为不再受耶路撒冷的困扰而感到轻松愉快，甚至对这座古老的城市心生恨意。将耶路撒冷置于否定的层面上进行抨击，这在当代犹太作家的作品中确属罕见，足见作家"爱深恨弥深"的情感。同时，作家又把笔端伸进耶路撒冷的神秘生活之中：冰冷的石墙，幽深的小巷，令人眩目的日光，喧嚣嘈杂的市场，黑漆漆的森林，灰沉沉的天空……婚礼上的踩玻璃杯仪式，希伯来大学校园内阴冷的建筑，街上神出鬼没的小贩，教会学校的孩童，悠扬的教堂钟声，独立日，西奈战争，住棚节，逾越节等等，这一切不仅为我们展现出 50 年代普通人的日常生活，同时也描绘出那个乱世之秋的社会场景。

《我的米海尔》确立了阿摩司·奥兹在以色列文坛上的重要位置。小说通过女主人公汉娜的视角来叙述故事，手法上匠心独运，行文流畅自然。汉娜的性格本身具有很多弱点，但是奥兹采用女性口吻展开情节，丰富地表达出女性意识，在现代希伯来文学史上堪称独创。

---

① 引自阿摩司·奥兹《在炽烈的阳光下》，尼·德朗士译，剑桥大学出版社，1995 年版。
② 1997 年 4 月 1 日笔者对奥兹的访谈，《译林》，1999 年第 1 期。
③ 同上。

作者在开篇便用女主人公的口吻写道："我之所以写下这些是因为我爱的人已经死了。我之所以写下这些是因为我在年轻时浑身充满着爱的力量，而今那爱的力量正在死去。我不想死。"这段极富抒情色彩的文字在文中几次出现，一唱三叹，动人心弦。也正是这一唱三叹、充满诗意的文字，深深打动了当初在以色列特拉维夫大学做访问学者的我，决定将其翻译成中文。在中国社会科学院外文所值 2007 年奥兹访华之际举办的研讨会上，著名作家阎连科在发言中指出："《我的米海尔》其绝妙和不凡之处，正是奥兹先生的这种饱蘸情感和诗意叙述的背后，隐含的这种对耶路撒冷焦虑的暗示和揭示。他让我们感受到了汉娜的性格与耶路撒冷的历史、文化、宗教、战争之下的人的灵魂的神秘的融洽和破裂。"①

阎连科认为，"离上帝最近的人，他们的灵魂必然被上帝所左右。离上帝最近的家庭，他们的炊烟必然和上帝的呼吸相联系。耶路撒冷是世界上有史以来最为焦虑也焦虑得时间最长的城市，直到今天，她都还是人类焦虑的中心，焦虑的心脏。《我的米海尔》，透过一个家庭焦虑的炊烟，让我们看到了耶路撒冷焦虑的心跳。所以，只要耶路撒冷的焦虑存在，《我的米海尔》就会有她生命不息的意义和不息的文学炊烟。"②

女作家徐坤则表示，"奥兹的深刻性在于，他把引起这种倾向的源头直接导向社会，将视野扩大到耶路撒冷的历史文化及其刻板严肃的现实气氛，从广大纵深的文化宗教环境和历史背景中寻找人类精神苦闷的源头，并深刻挖掘人的内心，尤其是女性的内心世界。他的作品，从人性本身的角度来说，获得了普遍的世界意义。也是在今天仍然赢得我们喜爱的原因之一。"③

中国的读者之所以接受《我的米海尔》，并逐渐将其列入经典之列，与我们所熟悉的世界大作家作品相提并论的重要原因之一还在于它本身的经典化特征。正如意大利作家卡尔维诺所说："经典作品是一些产生特殊影响的书，它们要么本身以难忘的方式给我们的想象力打下印记，要

---

① 阎连科，《耶路撒冷焦虑的炊烟》，《世界文学》，2008 年第 1 期。
② 1997 年 4 月 1 日笔者对奥兹的访谈，《译林》，1999 年第 1 期。
③ 徐坤，《一部关于爱的小说——〈我的米海尔〉》，《世界文学》，2008 年第 1 期。

么乔装成个人或集体的无意识隐藏在深层记忆中。"① "每次重读都像初读那样带来发现。"② "它们带着先前解释的气息走向我们，背后拖着它们经过文化或多种文化（或只是多种语言和风俗）时留下的足迹。"③《我的米海尔》无疑具备了这些特征，无愧于经典这一称谓。

阿摩司·奥兹另一部在中国引起强烈反响的作品便是 2007 年 8 月出版的长篇小说《爱与黑暗的故事》，这部作品虽然尚未经历时间的沉淀，但已经露出成为中国认定的希伯来文学经典的端倪。这部带有强烈自传色彩的长篇小说的希伯来文版发表于 2002 年，一向被学界视为奥兹最优秀的作品，在 2005 年一举夺得大名鼎鼎的"歌德文化奖"。评委会不仅赞赏奥兹的作品"主题多样，风格考究，居于当代最重要作家之列"，褒扬奥兹向读者传达出一种深远、超越一切的"人性感受""道德价值"和"协作精神"，也钦佩他敢于和原教旨主义和狂热主义争斗，执著地向往和平。当时的以色列总理沙龙专门给奥兹打电话道贺，奥兹则希望沙龙能帮助以色列作家翻译出版希伯来文学作品，让世界了解另外一个以色列。

小说背景也主要置于耶路撒冷，但比《我的米海尔》更为厚重，涉及到犹太历史、犹太身份、以色列建国、阿以冲突等重大问题。家庭与民族两条线索在《爱与黑暗的故事》相互交织，既带你进入一个犹太家庭，了解其喜怒哀乐；又使你走近一个民族，窥见其得失荣辱。④ 进而使作品具备了史诗之风。

奥兹在《爱与黑暗的故事》中，回顾了父母两大家族飘泊不定的欧洲经历。单恋欧洲的奥兹父母以及其他家人为逃避犹太人的不幸命运从欧洲来到以色列地，但是在他们的内心深处，耶路撒冷古城似乎永远也没有成为一座真正的城市，他们向往的真正城市"指城中央小河潺潺，

---

① 伊塔洛·卡尔维诺，《为什么读经典》，黄灿然、李桂蜜译，译林出版社，2006 年版，第 3 页。
② 同上。
③ 同上。第 4 页。
④ 关于《爱与黑暗的故事》这部作品的详解，参见《奥兹的三个世界》和《旧式犹太人与新型希伯来人》。

各式小桥横跨其上：巴洛克小桥，或哥特式小桥，或新古典小桥，或诺曼式的小桥或斯拉夫式的小桥。"实际上是欧洲城市的翻版。但在耶路撒冷，他们不得不从事接近底层的工作，经历着生活的种种艰辛和人生中的黑暗岁月。这在某种程度上概括出整个犹太民族的命运。奥兹在华期间直陈，在两千年的流亡过程当中，犹太人一直梦想着有朝一日回到以色列的土地上。他们回归的历史是爱与黑暗交织的历史。因为在许多国家，犹太人遭到仇恨，也遭到迫害。在许多国家，他们找不到家园。而今在以色列，他们找到了家园，但是找不到和平。而在犹太人所面临的各种冲突中，巴以冲突恐怕最令世人瞩目。

奥兹在作品中曾满怀深情，探讨巴以冲突的根源：

在个体与民族的生存中，最为恶劣的冲突经常发生在那些受迫害者之间。受迫害者与受压迫者会联合起来，团结一致，结成铁壁铜墙，反抗无情的压迫者，不过是种多愁善感满怀期待的神思。在现实生活中，遭到同一父亲虐待的两个儿子并不能真正组成同道会，让共同的命运把他们密切地联系在一起。他们不是把对方视为同命相连的伙伴，而是把对方视为压迫他二人的化身。

或许，这就是近百年来的阿犹冲突。

欧洲用帝国主义、殖民主义、剥削和镇压等手段伤害、羞辱、压迫阿拉伯人，也是同一个欧洲，欺压和迫害犹太人，最终听任甚至帮助德国人将犹太人从欧洲大陆的各个角落连根拔除。但是当阿拉伯人观察我们时，他们看到的不是一群近乎歇斯底里的幸存者，而是欧洲的又一新产物，拥有欧式殖民主义、尖端技术和剥削制度，此次披着犹太复国主义外衣，巧妙地回到中东——再次进行剥削、驱逐和压迫。而我们在观察他们时，看到的也不是休戚与共的受害者，共患难的弟兄，而是制造大屠杀的哥萨克，嗜血成性的反犹主义者，伪装起来的纳粹，仿佛欧洲迫害我们的人在以色列土地上再度出现，头戴阿拉伯头巾，蓄着胡子，可他们依旧是以前屠杀我们的人，只想掐断犹太人的喉管取乐。

类似的见解在《爱与黑暗的故事》里时而可见，令人回味与思考。中国作家莫言在与奥兹的对谈时，曾希望巴以两国的受难者，尤其是各国的政治家们好好读读奥兹的作品，因为文学所起的作用不是强制的，但一旦发挥作用，就是持久的。奥兹对此予以强烈认同。殊不知，把《爱与黑暗的故事》的翻译成阿拉伯文这一事情的背后，便隐藏着一个同样发人深省的凄美故事：三年前，一个名叫乔治·胡里的阿拉伯小伙子在耶路撒冷郊外开车，被恐怖主义分子当成犹太人，头上中弹身亡。这个小伙子的家庭非常富有，他的父母在他死后，决定出资把《爱与黑暗的故事》翻译成阿拉伯文，以纪念他们被恐怖分子杀害的儿子。小说的阿拉伯文版献词上会写道："谨以此书纪念乔治·胡里，一个阿拉伯年轻人，被阿拉伯恐怖分子当成犹太人而遭到误杀。希望以此增进阿以两个民族之间的相互理解。"也许，确如奥兹与莫言所说，在《爱与黑暗的故事》中的所有版本中，阿拉伯文版本最为重要，能在某种程度上促进两个民族之间的和解，进而揭开巴以历史的新页。

以色列学者伊格尔·施瓦茨教授将这部小说称作"膜拜之作"，在个体命运与集体身份之间建构了一座桥梁。中国作家莫言评论说，《爱与黑暗的故事》太厚重，难以从某个角度概括起主题，将其视为"一个人的《圣经》"。中国的数十家报刊、杂志纷纷以各种形式发表对本书的评介，这在文化交流史上也是一个罕见的现象。几乎所有报纸均无一例外将《爱与黑暗的故事》列为 2007 年年度推荐图书，《中华读书报》将其列为 2007 年度十佳图书。北京大学出版社的《外国文学基础》（2008）已经将其写入教材之中，并列为推荐书目。北京大学亚非系正在计划将其编入《东方文学作品选读》。也许随着时间的流逝，这部作品在华的影响力会超过《我的米海尔》，成为教育机构所遴选的经典图书。

问学与求真

问学犹如行路。在问学过程中不断充盈自己的审美眼光、政治敏感度和人文关怀意识，力求不断接近真实，寻找真谛（我不敢在此妄言真理），是我努力的目标。

"问学与求真"中的论文，除《阿摩司·奥兹〈直至死亡〉中的犹太意象》是在以色列本－古里安大学读博期间的课程论文外，其余均写自我归国后在外文所东方室工作的五年间。诚然，学术需要积累，关于大屠杀叙事与以色列民族记忆的两篇论文主要得益于我的博士论文。

阿摩司·奥兹《直至死亡》中的犹太意象

  阿摩司·奥兹（Amos Oz）曾经在 20 世纪 70 年代初发表过一部历史小说——《直至死亡》（*Ad Mavet*，1971 年；英文版 *Crusade*，1975 年），描写的是 11 世纪十字军东征时期法国盖伊劳姆伯爵响应教皇乌尔班二世远征解放耶路撒冷的号召，率领一群仆人、农奴和不法之徒东进，出于某种近乎变态的仇视，迫害沿途遭遇的犹太人，文笔非常优美，在国内外获得很高赞誉。以色列资深评论家、耶路撒冷希伯来大学希伯来文学系谢克德教授甚至认为这是奥兹创作的最好小说，历来是希伯来文学系学生的必读之作。但 30 年过去后，以色列希伯来文学系的学生对这本书的看法却同前辈发生了分歧，贝督因学生称其难懂，犹太学生说它沉重。于是乎，谢克德教授便提议来自遥远中国大陆的我来解读此书。

  也许是几年前为译林出版社翻译了奥兹的优秀长篇小说《我的米海尔》，我对这位作家有种特殊的钟爱；也许是谢克德的令箭悬在头顶，不容我懈怠；也许是多年在《世界文学》做编辑培养出我对好作品不忍释卷的工作习惯，我在一个星期内不仅读完了原作，而且读了关于它的 30 余篇英文书评和一篇 20 余页的希伯来文长论，的确感觉这是一篇令人回味的好小说。其中不断出现的主导意象，令我震撼，令我不禁对历史上欧洲犹太人的流亡和生存命运产生思考。适逢以色列驻华使馆文化官安吉道（Ran Gidor）先生为 ARIEL 约稿，我便征求了我的导师、以色列本－古里安大学犹太与希伯来文化文学研究中心主任、希伯来文学系施瓦茨教授的意见，作成此文。

一、《直至死亡》文本中的犹太"意象"

《直至死亡》的主人公虽然是伯爵和他的追随者，但主导意象却是犹太人。小说的背景置于第一次十字军东征时期的欧洲，适值 1095 年 11 月，教皇乌尔班二世在法国南部克勒芒召开宗教会议，号召基督徒参加圣战，从异教徒手中解放主的陵墓，第二年第一次十字军东征开始，出发地是法国。这场东征对犹太人的命运产生了重大影响。第一次十字军东征后不久，法国犹太社团便意识到这一风卷残云般的运动将会冲击并威胁他们的生活。由于他们对基督徒进行贿赂，才没有像在德国的同胞那样遭到直接袭击。① 阿摩司·奥兹正是抓住这一带有转折意义的历史时期，通过伯爵及其同行者的经历，通过他们路上的心理活动以及同犹太人的关联与争斗，反映出十字军东征时期犹太人的生存境况，采用象征手法表现出犹太人日后遭受憎恨、迫害、屠戮的命运已经不可避免。

小说开篇，叙说 11 世纪法国的穷困乡村里怪事连绵，险象穷生：星辰陨落，河流泛滥，谷仓失火，农民们妄自尊大，暴力事件迭起，盖伊劳姆伯爵的年轻夫人染病在床，村中不满情绪高涨。在一系列凶兆、罪恶、疾病、死亡之后，一个犹太代理人便成了人们发泄怨愤的牺牲品，他想为自己申辩，但被活活地烧死。

这是作品第一次正面描写处死犹太人的场景："焚烧犹太人的场面或许能够用来驱除自开春以来困扰人们的某些焦虑与抑郁之情，可没曾想犹太人在遭受焚烧之际，从柴堆里朝盖伊劳姆伯爵念了一条厉害的犹太人咒语，达到了扰乱一切的目的。而这一切是当着上至生病的女主人下至使唤丫头整个全家人的面发生的。显然，无法再因为咒语去惩罚这个可怜的人：这些犹太人理所当然只能处决一次。"

怀着通过受难洗清罪孽与从异教徒手里解放圣城的初衷，盖伊劳姆伯爵率人东赴耶路撒冷。衣衫褴褛的农民们站在村外，目不转睛地看着

---

① Eidelberg, S., *The Jews and the Crusaders*, Tr. & Ed., The University of Wisconsin Press, 1977, pp. 3 - 6.

这支队伍从眼前经过。而犹太人，仿佛预先得到过警告似的，在远征者到来之前便离开他们的陋室，消失在丛林之中。他们一路上奸淫、掠夺，间或与土著居民发生斗殴，并不断怀疑有一个伪装成基督徒的犹太人，与他们同行，诅咒他们。

第二个杀害犹太人的场面愈加触目惊心。那是一个偶然之际，伯爵及其一行在路边碰到一个犹太小贩，小贩轰赶着一群羊，背上背着一个背包。面对迎面而来的骑士，小贩没有躲藏。他脱帽致敬，竭力微笑，还鞠了三个躬，一个比另一个深。基督徒们沉默不语，犹太小贩更不敢出声，满脸堆笑地站在路旁，准备进行买卖交易。伯爵的远房亲戚、他未来的继承人克劳德问：

"犹太人。"

犹太人说：

"欢迎啊，旅行者。祝你们一路顺风。"随即他又改换成另一种语言和另一种口音，因为他不清楚这些人的母语是什么。

克劳德·克鲁克巴克说：

"犹太人，你上哪儿去？"

没等犹太人作出回答，他又柔声细气地低声说：

"背包，把背包打开。"

小贩把包打开，愉快地说：

"都挺便宜的。都是铜的。"……

后来，气氛逐渐紧张起来。犹太人狠狠地踢了一只羊，克劳德踢了犹太人。犹太人请骑士们收下他的羊和货物，还将钱包拱手相送。而后说：

"我把东西都给了你们了。现在可以高高兴兴地走我的路为你们祝福了。"

克劳德说：

"你现在不许走，不许你给我们祝福。"

小贩说：

"你们想杀我。"

说这话时他既没有恐惧也没有惊奇，就像徒劳寻求复杂问题的复杂解决方式的人，突然发现一个简单的解决方式。克劳德轻声地说：

"是你说的。"

阿摩司·奥兹继之详细描写了犹太小贩遭箭穿身的恐怖场面：

"箭射中他肩膀间的后背。他接下来停住脚步，把胳膊扭到背后，将身上的箭拔下来，摇摇晃晃地站在那里。他用双手将箭托到眼前，仿佛有人要求他做仔细的审视。他站在那里目光一动也不动，第二支箭射来，将他手中握着的第一支箭击落，并穿透他的额头。即便这样他也还是站在那里，脑袋上的箭探出头来，使他看上去像一头倔强的公羊，他的头朝箭柄的方向垂下去，双脚坚实地踏在地上。接着，这个犹太人发出一声叫喊，声音不长，也不算大。他仿佛终于决定放弃似的，一下子瘫倒在地，躺在那里一动不动。"

这群人马继续前进，从此再也没有人怀疑他们当中有犹太人了。但漫漫长路似乎没有尽头，耶路撒冷似乎不再被视为目的地，不再是座城市，而是那生机渐趋消逝的最后希望。于是他们又感觉每天祈祷呼唤耶稣时，当中有个声音不是基督徒的，而是耶稣的敌人所发出的。与此同时，他们也在向犹太人居民区迫近。

接下来展现在读者面前的是第三个屠杀犹太人的场面。盖伊劳姆伯爵率领他的一帮人马来到一个犹太人居住的小村庄。犹太代言人单独前来同这群所谓的骑士会面与谈判，一是想得到同情，二是希望不要将当地犹太人所保存的一屋子犹太圣书焚毁，因为有些书已经有千年之久了。在谈判中，伯爵问犹太人用什么可以作为交换条件。犹太人代言人表示可用其他一切财产交换，而且是现钱交易。伯爵脸上露出一丝罕见的残忍微笑，冷冷地说："用黄金。铜板在我要去的地方不流通。"他甚至许诺说："你，犹太人，站在你想从火中拯救的房子那里，火呢，承蒙天恩，将选择什么该烧什么不该烧。"并命令犹太人说出埋藏黄金的地点，犹太人以为伯爵答应了自己的请求，十分高兴，并要求伯爵起誓。伯爵略微抬高声音，将他的继承人叫来说：

"克劳德，把那座房子（指收藏书的房子）和所有的房子都烧光，务必不要将那个犹太人立即处死,而是慢慢地、耐住性子把他处死。"

这之后是一系列的细节描写:他们殴打犹太人,用火红的熨斗在他身上打下一个个烙印,将他浸泡在盐水里,按照克劳德儿时读过的一本书中所描写的那样用盐水灌他,挖出他的双眼,盘问他关于基督教的某些问题,追问他珠宝埋藏的地点,克劳德答应一旦他说出珠宝埋藏的地点,就停止对他的折磨,将他立即处死。继之,珠宝被挖了出来,事实证明犹太人没有说谎。伯爵让克劳德履行诺言,他们用长矛将受过酷刑的躯体从后背刺到前胸。可是,犹太人依然盲目地在地上乱爬,而且不住地哼哼,血流的到处都是。他们用斧子把儿敲他的头,然而,犹太人还是不死。他们再次扎他的胸口,但显然错过了心脏。有人已经开始惊慌,拒绝动手。最后还是他们当中一个管乐器吹奏者将犹太人代理人依然抖动的躯体扔进了浅水池……

二、从文本意象所引起的历史、文化思考

理论上说,意象"不仅是心理学上的题目,而且是文学研究的一个命题"。一个意象在作品中不断地反复重现,则成为象征,带有文化历史意义上的蕴涵。①

从前文基督徒屠杀犹太人的几个场面里我们可以看到:第一个犹太人在诸多灾难之后成为厄运的替罪羊,他想为自己申辩,但无济于事;第二个犹太小贩最初并没有意识到自己的危险处境,他一直试图取悦讨好,献上自己的全部家当和钱,以求与对方和睦相处,但没能如愿。他没有任何反抗,逆来顺受地面对死亡,这在某种意义上象征着在大规模的排犹主义时期到来之前在欧洲漂泊不定的犹太人的命运已经受到威胁。最后一个犹太人的死更加令人发指,他试图保护本民族文化遗产,但在饱尝痛苦与折磨后死去,则同日后的大屠杀事件与种族灭绝产生了某种象征性联系。② 这一系列带有象征与隐喻意义的场景表明以伯爵为代表的

---

① Wellek & Warren, *The Theory of Literature*, Jonathan Cape, 1966, pp. 186 – 189.

② 参见谢克德五卷本《现代希伯来文叙事》(1880 – 1980,希伯来文版)中的相关论述。

基督徒们对犹太人的仇恨已经根深蒂固，到了无法化解的地步。造成两种宗教与文明之间的敌意与冲突的原因之一是经济的，同时也是政治的，文化的。

按照我国史学家的观点，11 世纪西欧商品经济发展，城市普遍兴起，东方商品已经输入市场，分割了的封建主领地再也无法满足封建主阶层的需要，靠掠夺与冒险放纵为生的骑士阶层应运而生。因而对东方财富进行掠夺成了十字军东征的主要目的；其次，由于农民份地减少，饥荒严重，社会开始动荡不安，为转移农民愤的怒视线，教俗封建主引诱他们将目光投向遥远的东方，梦想到那里寻求出路。同时，朝拜耶路撒冷与基督圣幕、同异教徒进行斗争，也是以教皇为首的教廷煽动宗教信徒宗教狂热提高自己威信的重要手段。①

西方学者也对十字军东征前后的犹太人与基督徒之间的冲突进行过多方讨论。基督教在讨论十字军东征话题时着重强调十字军的虔敬、勇猛与征服圣城的英雄主义行为。尽管他们想解放的耶路撒冷当时正在穆斯林的控制之下，但基督教诞生之后，犹太教依然作为一种独立的宗教存在着，犹太人不承认耶稣为弥赛亚，故而基督教徒们极力诋毁犹太教，继之鄙夷犹太人。而此时，在教廷蛊惑下蒙生的强烈宗教狂热感使他们将仇恨与敌意集中在犹太人身上，认为他们是最早迫害耶稣的人，应该为耶稣的受难负责。根据记载：当基督徒们沿途来到居住有犹太人的小镇时，他们说，"我们进行漫长的旅行去寻找偶像崇拜者的神龛，向穆斯林们复仇。但在这里犹太人就居住在我们当中，犹太人的祖先杀了他（指耶稣），并毫无理由地将其钉上十字架。让我们先向他们复仇，把这个民族消灭；再也不许提以色列的名字。不然就让他们同我们一样承认圣灵受胎。"②

来自犹太世界的资料则详细记载了犹太人在遭受十字军袭击过程中丧生者的名单，为牺牲者吟唱挽歌，讨论迫害者与被迫害者的关系。宗

---

① 《中国大百科全书》光盘版，第一盘《外国历史》卷，中国大百科全书出版社，2000 年。
② Chazan, R., *European Jewry and the First Crusade*, University of California Press, 1987, p. 78.

教狂热历来被犹太世界视为基督徒憎恨犹太人的一个重要原因。同时，犹太人与基督徒的价值观念也迥然有别。基督教徒强烈谴责从借贷中获得利益，而放高利贷这一职业主要由犹太人来从事。这种直接的迫切的经济动机刺激了基督教徒对欧洲犹太人的敌意。① 更为重要的是，当时犹太人人口上升，犹太社团不断壮大，经济角色与社会身份上升，并在法律、《圣经》诠释与研究、文学创作等领域取得了很大成就，渐渐地对流散地的社会文化产生了不可估量的冲击，令许多基督徒感到惶恐不安。就像阿摩司·奥兹在小说中所描述的那样，在伯爵看来，犹太人优秀而难以捉摸，即使我们的语言，一经过他们的口说出，突然之间似乎化作了美酒令人陶醉。一想到犹太人，伯爵的内心深处便产生了强烈而阴暗的目的，充满冷酷的快感。感觉犹太人像水腐蚀铁一样在秘密地、一点点地吞噬他们。而且这种接触是带有抚慰性的，是看不见的渗透。他不禁发问：也许犹太人可能已经鬼鬼祟祟地潜入到我们的阶层中来了。小说还写道：有些牧师乃至主教甚至相信犹太人的力量，有些犹太人甚至在道德等方面感染着基督教教徒。简言之，犹太人在十字架的脚下投上了朱迪亚的阴影。正是这种政治、经济与文化的多重冲突奠定了欧洲排犹主义的基础，而伯爵则是当时欧洲基督教徒的形象化代表。

早在创作《直至死亡》之前，阿摩司·奥兹便发表了短篇小说集《胡狼嗥叫的地方》、描绘基布兹风情富有诗意的《何去何从》、从心理现实主义角度出发诉说婚恋、情感、与家庭生活的《我的米海尔》等长篇小说，均取材于当代以色列社会或家庭生活。其文本背景多置于富有历史感的古城耶路撒冷和风格独特的基布兹，展示出以色列人特有的社会风貌与世俗人情，形成典型而突出的以色列特色。而《直至死亡》似乎更偏重于犹太性，该作发表于1971年，"六日战争"已经结束，犹太人从此可以到在自己心目中富有特殊意义的、坐落在耶路撒冷老城的哭墙祈祷，巴以版图的地理坐标系发生了质的变化，犹太人相对说来加强

---

① Eidelberg, S., *The Jews and the Crusaders*, Tr. & Ed., The University of Wisconsin Press, 1977, pp. 3–6.

了安全感。但是，身为犹太作家的阿摩司·奥兹却同当代社会拉开距离创作历史小说，其初衷是想反映犹太人如何成为狂热基督教徒们狂热行动的牺牲品，[①] 揭示基督教与犹太教之间的宗教和文化冲突。小说中犹太人的遭遇带有普遍性，象征着历史上欧洲犹太人颠沛流离、饱经沧桑、无法主宰自己命运、经常沦为替罪羊的不幸身份。有些评论家试图在《直至死亡》与"六日战争"之间建构联系，而奥兹本人则强调自己写历史小说的目的并非要对社会现实做出评价，但是对读者挖掘作品内部意象的象征意蕴与现实社会建构联系表示认同。

即将收笔之际，只身置于以色列内盖夫沙漠、在本－古里安大学攻读希伯来文学的我忽然从内心深处涌起无限感慨。去国之际，应好友、中国当代著名女作家徐坤之约，与社科院文学所当代室的师长与同人小聚，偶遇著名文学评论家陈晓明教授，他谑称我"去往那烽火连天的地方"，而此话不幸言中。一年来，战争的风云的确在以色列上空若隐若现，盘旋不去，巴以冲突不断升级，双方都为此付出了惨痛的代价，犹太人再次面临着历史赋予他们的新的挑战与考验。大家都不是先知，不知明天会发生什么。就在今天，新学期的第一个早晨，我匆匆浏览了网上新闻，得知昨夜耶路撒冷、纳塔尼亚等地相继发生爆炸与枪击事件，十几条鲜活的生命顷刻间化为云烟鬼影。某种难以名状的抑郁之情将我攫住，我急忙穿过校园内的售货摊位冲向图书馆，耳边风铃声声随风飘荡，轻灵中夹杂着摇曳不定，悠远中裹胁着岑寂凄清，我的脑海里浮现出文天祥《过零丁洋》中的某些残句，诸如："辛苦遭逢"、"干戈寥落"、"山河破碎风飘絮"、"身世浮沉雨打萍"等，而后便是整首诗，我感到一阵凉意。这是我第二次到以色列求学，我已经同这里的人们一起度过了三百多个日日夜夜，了解他们的所思所想；我也曾跟同使馆齐前进参赞和新华社明大军、钟翠花、蒋国鹏几位记者朋友走访加沙，在马晓霖的导引下目睹了那里百姓的生存境况。我朦胧而深切地意识到，巴

---

① An Interview with Amos Oz, March 5, 2002.

以问题正像以色列左翼作家大卫·格罗斯曼所说不是"谁是谁非的问题",① 诸多历史、文化、宗教等问题纠结在一起,盘根错节,错综复杂,不能简单地归结为相逢一笑泯恩仇、退一步海阔天空。但我还是由衷地期冀历史的悲剧不要在现实中重演,希望同系亚伯拉罕子孙的巴以人民之间不要相煎太急,希望洪荒过后看到和平鸽在蓝天飞翔。我也想借风铃之声向远方牵挂着我的慈母与家人、亲朋和师长捎去一声平安,向关心我支持我攻读学业的国家基金管理委员会和社科院外文所领导、向分担我工作的《世界文学》同人带去真诚的谢意。

2002 年 3 月 10 日于以色列本 – 古里安大学
ARIEL, 2004.

---

① Grossman, D., *The Yellow Wind*, New York: Farrar, Straus, and Giroux, 1988, p. 215.

旧式犹太人与新型希伯来人

奥兹发表于 2002 年的自传体长篇小说《爱与黑暗的故事》一向被学界视为奥兹最优秀的作品。短短五年，《爱与黑暗的故事》便被翻译成二十多种文字，其中，最重要的无疑是其英文译本的推出。小说的英译由剑桥大学教授尼古拉斯·德朗士完成，在 2004 年出版，借由英译本，这部作品在世界范围内引起了更广泛的读者的兴趣，帮助奥兹一举夺得 2005 年"歌德文化奖"和 2007 年的"阿斯图里亚斯亲王奖"。

这部近 600 页的长篇小说，主要背景置于耶路撒冷，但牵连了百余年的犹太家族历史与民族叙事：流亡欧洲的动荡人生、英国托管时期耶路撒冷的生活习俗、以色列建国初期面临的各种挑战、形形色色犹太文化人的心态、学术界的勾心斗角、邻里阿拉伯人一落千丈的命运、大屠杀幸存者和移民的遭际、犹太复国主义先驱者和拓荒者的奋斗历程，等等，内容繁复，思想深邃，蕴积着一个犹太知识分子对历史、家园、民族、家庭、受难者命运（犹太人与阿拉伯人）等诸多问题的沉沉思考。

在 20 世纪二三十年代，当欧洲的墙壁上随处可见"犹太佬，滚回巴勒斯坦"的涂鸦时，奥兹（即作品中的小主人公"我"）的祖父母、外公外婆、父亲母亲分别从波兰的罗夫诺和乌克兰的敖德萨来到了贫瘠荒芜的巴勒斯坦。这种移居与迁徙，固然不排除传统上认定的受犹太复国主义思想影响的痕迹，但通过作品中人物的心灵轨迹，则不难看出，流亡者回归故乡的旅程有时是迫于政治、文化生活中的无奈。这些在大流散（Diaspora）中成长起来的犹太人，沐浴过文明的洗礼，他们心中的"应许之地"也许不是《圣经》中所说的"以色列地"（即巴勒斯坦古称），而是欧洲大陆。"尽管在亚历山大爷爷的诗歌中，跳动着犹太复国

214

主义激情，但是那片土地在他们眼里太亚洲化，太原始，太落后，缺乏起码的卫生保障和基本文化。于是他们从敖德萨去了立陶宛。"而在奥兹父母的心目中，"越西方的东西越有文化"，虽然托尔斯泰和陀思妥耶夫斯基非常贴近他们的俄国人心灵，但德国人——尽管有了希特勒——在他们看来比俄国人和波兰人更文化；法国人——比德国人文化。英国人在他们眼中占据了比法国人更高的位置。至于美国，他们说不准……他们所敬仰的耶路撒冷，不是在古老民族文明的象征——哭墙赫然、大卫塔高耸的老城，更不是自己所生活的贫寒阴郁的世界，而是在绿荫葱茏的热哈维亚，那里花团锦簇，琴声悠扬，灯红酒绿，歌舞升平，宽宏大度的英国人与阿拉伯、犹太文化人共进晚餐，文化生活丰富。他们可以大谈民族、历史、社会、哲学问题，但难以表达私人情感，而且面临着巨大的语词缺失，因为希伯来语不是他们的母语，难免在表述时似是而非，甚至造成滑稽可笑的错误。

就是在这种充满悖论的两难境地中，老一代犹太人，或者说历经过大流散的旧式犹太人（Old Jew）在巴勒斯坦生存下来，迫于生计，他们不得不放弃旧日的人生理想，从事图书管理员、银行出纳、店铺老板、邮局工作人员等职业，并把自己的人生希冀赋予到子辈的肩头。子辈，即作品中的"我"及其同龄人，出生在巴勒斯坦，首先从父母——旧式犹太人那里接受了欧洲文化传统的熏陶：布拉格大学文学系毕业的母亲经常给小主人公讲述充满神奇色彩的民间故事与传说，启迪了他丰富的文学想象力；父亲不断地教导他要延续家庭传承的链条，将来做学者或作家，因为奥兹的伯祖约瑟夫·克劳斯纳乃著名的犹太历史学家、文学批评家，父亲本人通晓十几门语言，一心要像伯父那样做大学教授。而小主人公本人向往的却是成为一名拓荒者，这是因为时代使然："在山那边，一种新型的犹太英雄正在涌现，他们皮肤黝黑，坚韧顽强，沉默寡言，与大流散中的犹太人截然不同，与凯里姆亚伯拉罕的犹太人也完全不一样。这些青年男女是拓荒者，英勇无畏，粗犷强健……我悄悄地梦见，他们有朝一日会把我带走，把我也铸造成战斗的国民。我的人生也变成新的篇章。"小主人公所向往的"战斗的国民"，便是以色列建国前期犹太复国主义先驱者们所标榜的希伯来新人（New Hebrew）。

根据近年来社会学家、文学家、史学家的研究成果，犹太复国主义被认作是以色列的内部宗教（civil religion）。犹太复国主义的目的不仅是要给犹太人建立一个家园和基地，还要建立一种从历史犹太教和现代西方文化的交互作用下发展起来的"民族文化"。不仅要从"隔都"的束缚中解放出来，而且要从"西方的没落"中解放出来。一些理想主义者断言宣称，以色列土地上的犹太人应该适应在当地占统治地位的中东文化的需要。因此，一切舶来的外来文化均要适应新的环境，只有那些在与本土文化的相互作用中生存下来的因素才可以生存下来。为实现这种理想，犹太复国主义先驱者从以色列还没有正式建国之日起便对新犹太国的国民提出了较高要求，希望把自己的国民塑造成以色列土地上的新人，代表着国家的希望。以色列建国前，这种新型的犹太人被称为"希伯来人"（实乃犹太复国主义者的同义语），以色列建国后，被称作"以色列人"。

在这样的一种文化语境下，"大流散"不光指犹太人散居在世界各地这一文化、历史现象，而且标志着与犹太复国主义理想相背离的一种价值观念。否定大流散（the negation of the Diaspora，希伯来语 shi'lilat hagola）文化的目的在于张扬拓荒者——犹太复国主义者文化。在否定大流散的社会背景下，本土以色列人把自己当作第三圣殿——以色列国的王子，在外表上崇尚巴勒斯坦土著贝督因人、阿拉伯人和俄国农民的雄性特征：身材魁梧、强健、粗犷、自信、英俊犹如少年大卫，与大流散时期犹太人苍白、文弱、怯懦、谦卑、颇有些阴柔之气的样子形成强烈反差。并且，具有顽强的意志力和坚忍不拔的精神，面对恶劣的自然环境英勇无畏，有时甚至不失为粗鲁，在战场上勇敢抗敌，不怕牺牲。相形之下，大流散时期的犹太人，尤其是大屠杀幸存者则被视作没有脊梁、没有骨气的"人类尘埃。"

要塑造一代新人，就要把当代以色列社会当成出产新型的犹太人——标准以色列人的一个大熔炉，对本土人的行为规范加以约束，尤其是要对刚刚从欧洲移居到以色列的新移民——多数是经历过大屠杀的难民进行重新塑造。熔炉理念不仅要求青年一代热爱自己的故乡，而且还要和土地建立起一种水乳交融的关系，足踏在大地。1949 年在讨论新的兵役法时，以色列总理本 – 古里安提出，所有的士兵，无论男女，有义务在基布兹或农业合作社服务一年，以增强自己的"拓荒者"意识。同时，还要求新移民割断同过去的联系。"新移民懂得，为了让希伯来文化接纳自己，就必须摒弃，或者说轻视他以前的流散地文化和信仰，使自己适应希伯来文化模式。"（参见 Oz Almog《本土人：新型犹太人的塑造》，2000。）适应希伯来文化模式的途径多种多样，包括要接受犹太复国主义信仰，讲希伯来语，热爱故乡，参军，到基布兹和农业集体农庄劳动，甚至取典型的希伯来名字等。

在希伯来教育模式中，即使教授《圣经》，也不是教授信仰，或者哲学，而是要大力渲染《圣经》中某些章节中的英雄主义思想，讴歌英雄人物，使学生熟悉以色列人祖先的辉煌和不畏强暴的品德。这样一来，犹太民族富有神奇色彩的过去与犹太复国主义先驱者推重的现在便奇异般地结合起来了。在当时的教育背景下，有的以色列年轻人甚至把整个人类历史理解成"令犹太人民感到骄傲的历史，犹太人民殉难的历史，以及以色列人民为争取生存永远斗争的历史。"

《爱与黑暗的故事》中就有这样一个红色教育之家，那里也教授《圣经》，但把它当成关于时事活页文选集。先知们为争取进步、社会正义和穷人的利益而斗争，而列王和祭司则代表着现存社会秩序的所有不公正。年轻的牧羊人大卫在把以色列人从腓力士人枷锁下解救出来的一系列民族运动中，是个勇敢的游击队斗士，但是在晚年他变成了一个殖民主义者 – 帝国主义者国王，征服其他国家，压迫自己的百姓，偷窃穷苦人的幼母羊，无情地榨取劳动人民的血汗。然而，在许多经历流亡的旧式犹太人眼中，尤其是一心想让儿子成为一名举世闻名学者、成为家族中第二个克劳斯纳教授的父亲，把红色教育视为一种无法摆脱的危险。决定在两种灾难中取其轻，把儿子送到一所宗教学校。他相信，把儿子变成一个具有宗教信仰的孩子并不可怕，因为无论如何，宗教的末日指日可待，进步很快就可以将其驱除，即使孩子在那里被变成一个小神职人员，但很快就会投身于广阔的世界中，而如果接受了红色教育，则会一去不返，甚至被送到基布兹。

生长在旧式犹太人家庭、又蒙受犹太复国主义新人教育的小主人公在某种程度上带有那个时代教育思想的烙印。即使在宗教学校，孩子们也开始学唱拓荒者们唱的歌，如同"西伯利亚出现了骆驼"。作家写道，我在小学读三四年级时是个富有强烈民族主义热情的孩子，"我一遍遍想象自己在战场上英勇捐躯"，"我总是能够从暂时的死亡中健康而坚实地崛起，沉浸在自我欣赏中，将自己提升为以色列军队的总司令，指挥我的军团在血与火中去解放敌人手中的一切，大流散中成长起来的缺乏阳刚之气、雅各似的可怜虫不敢将这一切夺回。"小说通过孩子的口吻，反映出普通以色列人对待欧洲难民，尤其是大屠杀幸存者的态度："我们"对待"他们"既怜悯，又有某种反感，这些不幸的可怜人，"他们"选择坐以待毙等候希特勒而不愿在时间允许之际来到此地，这难道是"我们"的过错吗？"他们"为什么甘像羔羊被送去屠宰却不组织起来奋起反抗呢？要是"他们"不再用意第绪语大发牢骚就好了，不再向"我们"讲述那边发生在"他们"身上的一切就好了，因为那边所发生的一切对"他们"对"我们"来说都不是什么荣耀之事。无论如何，"我们"在这里要面对未来，而不是面对过去，倘若"我们"重提过去的话，那么从圣经和哈斯蒙尼时代，"我们"肯定有足够的鼓舞人心的希伯来历史，不需要用令人沮丧的犹太历史去玷污它，犹太历史不过是堆沉重的负担。

否定流亡、否定历史的目的是为了重建现在，在祖辈的故乡建立家园，这，便触及到以色列犹太人永远无法回避的问题，即伴随着旧式犹太人的定居与新希伯来人的崛起，尤其是伴随着以色列的建国，众多巴勒斯坦人流离失所、踏上流亡之路，阿以双方从此干戈未断。借用美国学者吉姆拉丝－劳赫的观点，以色列犹太人具有深深的负疚感：为在两千年流亡和大屠杀时期听任自己遭受苦难负疚；为即使失去了古代信仰仍旧回到先祖的土地上负疚；为将穆斯林村民从他们的土地上赶走负疚。作为一部史诗性的作品，《爱与黑暗的故事》表达出犹太民族与阿拉伯民族从相互尊崇、和平共处到相互仇视、敌对、兵刃相见、冤冤相报的错综复杂的关系，揭示出犹太复国主义者、阿拉伯民族主义者、超级大国等在以色列建国、巴以关系上扮演的不同角色。小说运用形象化的表达，启迪读者联想翩跹。小主人公在三岁多曾经在一家服装店走失，长时间困在一间黑漆漆的储藏室里，是一名阿拉伯工友救了他，工友的和蔼与气味令其感到亲切与依恋，视如父亲。另一次是主人公八岁时，到阿拉伯富商希尔瓦尼庄园做客，遇到一个阿拉伯小姑娘，他可笑地以民族代言人的身份自居，试图向小姑娘宣传两个民族睦邻友好的道理，并爬树抡锤展示所谓新希伯来人的风采，结果误伤小姑娘的弟弟，造成后者终生残废。数十年过去，作家仍旧牵挂着令他铭心刻骨的阿拉伯人的命运：不知他们是流亡异乡，还是身陷某个破败的难民营。巴勒斯坦难民问题就这样在挑战着犹太复国主义话语与以色列人的良知。

希伯来教育模式的另一个特点，是倡导培养新人和土地的联系，奖励与表彰通过在田野里劳作而取得的成就，为很多中国读者所熟知的基布兹，则成为新人与土地之间的桥梁之一。早在 20 世纪 60 到 80 年代，奥兹的基布兹小说（《胡狼嗥叫的地方》、《何去何从》、《沙海无澜》等）中的许多人物，尤其是老一代拓荒者坚定不移，往往把给大地带来生命当做信仰，甚至反对年轻人追求学术，不鼓励他们读大学。与之相对应，受教育程度较高的欧洲犹太人，具有更为细致的精神追求，对以色列建国前后恶劣的生存环境和贫瘠的文化生活感到不适。奥兹的父亲虽然不反对基布兹理念，认为它在国家建设中很重要，然而，坚决反对儿子到那里生活，"基布兹是给那些头脑简单身强体壮的人建的，你既不简单，也不强壮。你是一个天资聪颖的孩子。一个个人主义者。你当然最好长大后用你的才华来建设我们亲爱的国家，而不是用你的肌肉。"而父亲的一个朋友，虽然对基布兹及新型农场有着坚定不移的信仰，主张政府把新移民统统送到那里，以此来彻底治愈大流散与受迫害情结，让新移民通过在田间劳作，把自己铸造成新希伯来人。然而却因自己"对阳光过敏"、妻子"对野生植物过敏"，而永远地离开了基布兹。理想与现实的矛盾不仅困扰着旧式犹太人，也在考验着新希伯来人。

作品中的小主人公后来违背父命，到基布兹生活，并把姓氏从克劳斯纳改为奥兹（希伯来语意为"力量"），表明与旧式家庭、耶路撒冷及其所代表的旧式犹太文化割断联系的决心，但是却难以像基布兹出生的孩子那样成为真正的新希伯来人，"因为我知道，摆脱耶路撒冷，并痛苦地渴望再生，这一进程本身理应承担苦痛。我认为这些日常活动中的恶作剧和屈辱是正义的，这并非因为我受到自卑情结的困扰，而是因为我本来就低人一等。他们，这些经历尘土与烈日洗礼、身强体壮的男孩，还有那些昂首挺胸的女孩，是大地之盐，大地的主人。宛如半人半神一样美丽，宛如迦南之夜一样美丽。"而我，"即使我的皮肤最后晒成了深褐色，但内心依然苍白。"从这个意义上说，小主人公始终在旧式犹太人与新型希伯来人之间徘徊，也许正因为这种强烈的心灵冲突，令之"肠一日而九回"，不断反省自身，如饥似渴读书，进而促使他成为一个伟大的作家。

　　正如书中所言，奥兹弃家去往基布兹，在20世纪50年代可被视作耶路撒冷孩子反对家庭的极致。造成他彻底反叛家庭的另一个重要原因，是母亲自杀，父子反目。母亲是《爱与黑暗的故事》中着墨最多的人物，奥兹通过对母亲悲剧命运的细腻描写与分析，再次展现旧式犹太人在巴勒斯坦的生存艰辛。

　　奥兹的母亲生于波兰，是个家道殷实的磨坊主的女儿，住在林荫大街的宅邸，那里有果园，有厨师，有女佣。她美丽优雅，才华横溢，多愁善感，在欧洲读书时虽然受到犹太复国主义思想的影响，向往圣地，但算不上真正的犹太复国主义者。母亲，以及与她年龄相仿的女生抵达耶路撒冷后，竟然发现自己处在无法忍受的黑暗人生边缘。那里有尿布，丈夫，偏头疼，排队，散发着樟脑球和厨房渗水槽的气味，与欧洲大陆形成强烈反差，更与自己的青春梦想相去甚远。用奥兹的话说，母亲在带有朦胧美的纯洁精神氛围里长大，但是在热浪袭人、贫穷、充满恶毒流言的耶路撒冷，"其护翼在石头铺就的又热又脏的人行道上撞碎"。母亲在奥兹生命里占据着至关重要的位置，她的猝然消逝，给当时只有十二岁的主人公幼小的心灵上造成难以愈合的创伤。尽管在过去的数十年间，作家从未向任何人提起过她，但"经常一幅画面接一幅画面，构筑她人生的最后岁月"。书中大量篇幅描写母亲在自杀前几年，每逢秋日将至之时，身体状况逐渐恶化的情状，令人不禁联想到中国传统文学中的"悲秋"主题。"悲落叶于劲秋"，小主人公透过泪眼，注视着母亲的生命之花在抑郁中一片片凋零，并隐约暗示父亲出门"采摘新蕊"，其间夹杂着幼子永远无法化解的痛与悔，不解与追问，令人不胜唏嘘。

《读书》，2007 年第 7 期。

"艾赫曼审判"与以色列人对大屠杀的记忆

——读阿伦特《艾赫曼在耶路撒冷》

Hannah Arendt. *Eichmann in Jerusalem*, revised and enlarged edition, Viking Compass Press, 1965（汉娜·阿伦特《艾赫曼在耶路撒冷》〈修订扩大版〉，维京，1965）；中文版《耶路撒冷的艾希曼》（结语·后记）见《〈耶路撒冷的艾希曼〉：伦理的现代困境》，孙传钊译，吉林人民出版社，2003。

20 世纪 60 年代初，以色列在耶路撒冷对纳粹主要头目之一艾赫曼（Adolf Eichmann）进行为期数月的公开审判，执行了以色列立法机构确立以来的唯一一例死刑。艾赫曼在二战期间是负责组织把犹太人遣送到集中营的中心人物，也是和欧洲犹太人领袖有直接联系的最高级别纳粹官员。二战结束时逃到阿根廷，从此更名换姓，在布宜诺斯艾利斯郊外靠做工为生。1960 年 5 月，以色列特工人员悄悄将艾赫曼秘密逮捕并押解到以色列；1961 年 4 月以色列耶路撒冷地方法院对艾赫曼进行公开审判，1961 年 8 月审判告一段落，同年 12 月三位法官将艾赫曼定罪，1962 年 5 月 31 日艾赫曼被送上绞架。

纽约知识分子的代表人物之一、著名历史学家、哲学家汉娜·阿伦特以《纽约客》记者的身份见证了整个艾赫曼审判，完成《艾赫曼在耶路撒冷：一份关于平庸之罪的报告》（下称阿伦特《艾赫曼》）一书，从政治、法律、意识形态等层面，对以色列政府下令秘密逮捕（或称绑架）、审判艾赫曼的整个过程进行批判，并重新解说谁是战时造成犹太人悲剧命运的责任者，引起轩然大波，尤其招致犹太知识界阶层的强烈攻击。数十年过去后，中国学界已对阿伦特《艾赫曼》以及由此导致的争论予以关注（详见孙传钊译本），笔者则想从审判对塑造以色列人关于大屠杀记忆的角度出发，对阅读阿伦特做适当补充。

阿伦特在《艾赫曼》一书结语中强调审判的法律目的，即"评价对被告所提出的起诉事实，分清黑白，进行法律之内的量刑的工作"；把本－古里安和总检察长列举的必须审判的几个目的，说成是"在法学的或审判的程序来看都是次要的目的"。阿伦特的主张委实捍卫了法律的正义性，如果是在普通的刑事诉讼审判中，这一说法将无懈可击。但是，艾赫曼并不等同于普通的刑事罪犯。第三帝国时期所充当的特殊使命，使其成为犹太人心目中对犹太种族灭绝负有无法推卸责任的一名要犯。艾赫曼1906年生于德国，在奥地利长大。1932年希特勒上台不久加入纳粹党，后成为党卫军的一员。第三帝国时期，艾赫曼回到德国，后开始在盖世太保司令部管理犹太事务，并得到晋升。他阅读犹太复国主义历史，把同他接触过的犹太复国主义思想家称为"理想主义者"，并初步掌握了希伯来语和意第绪语，被阿伦特称做"犹太问题专家"。战争期间，艾赫曼参与输送、驱逐和毁灭犹太人的行动。1942年1月，艾赫曼参加了柏林郊外著名的万湖会议，讨论解决犹太人问题的方案。艾赫曼本人不是政策的制定者，但却是政策的忠实执行者。他负责组织把犹太人运往死亡营，和犹太社区领袖有直接接触。因此，在1945年到1946年的纽伦堡审判中（当时艾赫曼已经逃匿），每当涉猎迫害犹太人话题时，艾赫曼的名字便屡屡被人提起。

当以色列总理本－古里安刚刚正式向以色列议会宣布艾赫曼已被捕、身在以色列并即将在以色列接受审判时，整个国家都震惊了。杰出希伯来语诗人纳坦·阿尔特曼在《国土报》上记录了那个时刻："整个特拉维夫的街道都陷入了沉寂，每个人都急匆匆地抢过报纸来阅读，就像宣战时一样"。一个犹太妇女在街上边走边读，她"颤抖着晕倒了"。艾赫曼这个名字，在经历酷似那位不知名妇女的大屠杀幸存者的心头，唤起了对恐怖过去的痛苦回忆以及强烈的耻辱和负疚感。

就意识形态而言，"艾赫曼审判"确实具有阿伦特所说的政治目的，对以色列政府具有重要的历史意义。一方面，总理本－古里安试图通过这一审判使整个世界感到有责任支持地球上唯一一个犹太国的建立，确立以色列作为主权国家的合法性。早在审判开始之前，本－古里安就曾经多次解释以色列政府绑架艾赫曼的原因，他经常强调，他对艾赫曼本人没有兴趣，他感兴趣的是审判本身的历史意义。试图通过审判向整个世界昭示："数百万人，因为他们碰巧是犹太人，以及一百万儿童，因为他们碰巧是犹太儿童，被纳粹杀害。"试图说明，只有在一个主权国家内，犹太人才有能力逮捕艾赫曼，把他从地球一端带到另一端，根据法律程序把他置于以色列的审判台上，并在执行了所有的法定程序后将其处死。另一方面，希望以色列人能够了解大屠杀真相，尤其是要教育年轻一代，意在让他们了解，犹太人只有在自己的主权国家内，才有可能拥有真正的安全。

造成本－古安此动机的部分原因在于，由于犹太人分散在世界各地，新建的以色列国家处于阿拉伯世界的重重围困之中，以色列国家缺乏统治力和安全感，以色列国的未来无法得到保障。尤其是，由于以色列建国以后，本－古里安政府为了国家的生存需要、激励积极向上的民族精神，把犹太复国主义思想教育放到了至关重要的地位，并倡导按照犹太复国主义理想模式塑造新型的以色列人。注重强调以"华沙起义"、"游击队反抗"为代表的大屠杀中的英雄主义精神，因而忽略了欧洲犹太人在手无寸铁的情况下面对强权所遭受的苦难。本土以色列人非但未对大屠杀幸存者的不幸遭际予以足够同情，反而对数百万欧洲犹太人"像羔羊一样走向屠场"的软弱举动表示不理解，甚至对幸存者如何活下来的经历表示怀疑。在这种政治话语的影响下，对战争期间像"屠宰羔羊"一样死去的数百万人的纪念也不免会成为新兴国家铸造立国精神的不利因素。以色列的年轻人认为，在大屠杀中犹太人并非是遭屠戮的羔羊，而是像在"独立战争"中一样有能力捍卫自身。而且，他们逐渐失去老一辈先驱者兴邦立国的报复，追求个人生活的安逸和舒适。由于大屠杀发生在欧洲，只有欧洲犹太人对这段惨痛的历史铭心刻骨，而一批从亚洲、非洲等国家移居到以色列的东方犹太人对大屠杀知之甚少。

如何让历史的悲剧不再重演，如何把历史创伤转换成进行爱国主义思想教育的政治话语，也成为当时以色列政府颇为重视的一个问题。本－古里安曾有过这样的名言，"灾难就是力量"。意思是要充分将历史上的恐怖和灾难转变为一种力量，以保证新的犹太国家今后能够存活下去。1953 年，以色列议会通过有关法令，要建立犹太人大屠杀纪念馆。1959 年，又规定将大屠杀纪念日定为"大屠杀与英雄主义"，历史创伤就这样被铸造成了带有英雄主义色彩的神话，以适应新的社会与政治需要。在这种情况下，大屠杀幸存者的痛苦即使不会被从以色列人的日常生活中全部驱走，但也要同主流的政治话语拉开距离，在公共场合没有立足之地。

诚然，以色列建国与大屠杀有着某种程度的关联，但是，幸存者希望在新的土地上获得新生，他们并不为过去的苦难经历感到骄傲，对过去梦魇般的岁月具有本能的心理抗拒。多数幸存者为了新的生存需要，不得不把对梦魇的记忆尘封在心灵的坟墓里。2002 年 4 月，我跟随以色列教育部组织的学生代表团赴奥斯维辛的途中，认识了出生在匈牙利、现住在特拉维夫的大屠杀幸存者爱莉谢娃。她告诉我，在以色列建国之初不可能将自己在集中营的痛苦讲给别人，如果你这么做，人家会认为你是疯子，最好的办法就是保持沉默。幸存者作家阿佩费尔德曾经说过，战后抵达以色列的最初岁月让人感到压抑，整个国家否定你的过去，在铸造你的个性特征时不考虑你曾经经历了什么，你是谁……"人的内在世界仿佛不存在。它缩成一团，沉浸在睡眠之中……存活下来并来到这里的人也带来了沉默。缄默无语地接受这样的现实：对有些事不要提起。对某些创伤不要触及。"

但在审判中，多数证人并不是隔都战士或游击队员，而仅仅是在日复一日的承受恐惧和屈辱中幸存下来的普通犹太人。作家卡－蔡特尼克是证人之一，他在被问及为何他的书不署真名而用卡－蔡特尼克 155633（卡－蔡特尼克乃德文"集中营"一词的缩写，135633 是集中营编号。）时，虚弱地昏倒在地。这一引人注目的事件标志着以色列集体记忆史上一个引人注目的转折点。"艾赫曼审判"向以色列人揭示了集体屠杀的全部恐怖。作为其结果，以色列年轻一代意识到，犹太人在大屠杀中并没有像在以色列"独立战争"中那样取得以少胜多的胜利，而是"像送去屠宰的羔羊"那样一步步被送进焚尸炉。

以色列是否有权利审判艾赫曼，是当时一个争论不休的问题。世界犹太复国主义组织主席纳胡姆·格尔德曼通过几家报纸提出，不应该由以色列法院对艾赫曼进行审判，而是要由一个特别的国际法庭对他进行公审。原因在于，艾赫曼和纳粹不仅屠杀的是犹太人，也杀害了许多其他国家的人，那些国家也应该派法官来参加审判。希伯来大学教授、著名哲学家马丁·布伯则认为受难者没有必要去做审判官。本－古里安对此大光其火，认为格尔德曼有意无意地伤害了以色列人的感情和犹太国家的尊严，强调希特勒对犹太人发动的大屠杀不同于对其他国家所施暴行，是针对整个犹太民族发动的种族灭绝。而以色列作为世界上唯一的犹太人主权国家，有责任去记述人类历史上这场独一无二的灾难。美国犹太委员会主席约瑟夫·普罗斯考尔则攻击本－古里安以整个犹太世界的名义恣意夸大以色列所拥有的权利，质问以色列犹太人的生活是否比其他国家犹太人的身份完整？认为对艾赫曼的审判将会有损于以色列在美国人心目中的形象。要求本－古里安把艾赫曼移交给西德或其他国际团体。

在以色列是否拥有审判权问题上，阿伦特持坚决的反对态度。认为以色列没有充当法官的权利，只能作为控诉者采取行动。即使是像格尔德曼所建议的在耶路撒冷组成一个国际法庭，在阿伦特看来也没有充分理由，也不过是纽伦堡以来的"继承审判"的延伸而已。

本－古里安只承认以色列没有用生活在其他国家的犹太人的名义说话，但却是在为大屠杀受难者说话。主张以色列国家的建立与600万犹太同胞的丧生具有无法否认的联系，而以色列政府有责任代表这些冤魂去惩治迫害他们的凶手。本－古里安甚至认为，倘若600万犹太人依然健在，多数人会移居到以色列，进而把犹太复国主义扩大化。而事实上，许多受难者之所以被害，是因为他们在条件允许的情况下没有移居当时的巴勒斯坦，他们并不一定是犹太复国主义理想的追随者。从这个意义上说，本－古里安的强辩未免有些牵强，凸现出强烈的政治色彩。但有一个不争的事实，以色列在建国之后的第一个十年接纳了近50万大屠杀幸存者。如何把这些"受损的灵魂"铸造成新兴犹太国家的中坚力量，是国家总理不容忽视的一个问题。以色列总理尽管遭到以色列之外的犹太首领的攻击，但得到了以色列公众的支持，他们将艾赫曼称作"撒旦"、"恶魔"和"魔鬼"，以色列媒体称艾赫曼必死无疑。

1961年4月11日，以色列耶路撒冷地方法院开庭对艾赫曼进行公审。总检查长哈乌斯纳宣称，"与我站在一起的是600万名控告者。但他们并不能用手指着这名坐在玻璃亭里的人高喊：'我控告'。因为他们的骨灰在奥斯威辛和特雷布林卡集中营中堆积如山，或被波兰的河水冲刷干净，他们的坟墓遍布欧洲大地。他们的鲜血在控诉，但你却永远听不到他们的声音。"艾赫曼被指控犯有反犹罪、反人类罪和在纳粹统治时期，尤其是第二次世界大战期间犯下了战争罪行（见阿伦特《艾赫曼》21页）。按照以色列在1950颁布的纳粹与纳粹协从惩治法，只要其中一项指控成立，罪可及诛。这种控告显然与阿伦特所主张的"平庸之罪"，具有不可调和的矛盾。在阿伦特看来，艾赫曼"不是魔鬼"，他从来没有对犹太人深恶痛绝，他从来没有渴望杀害人类。其罪行来自他对纳粹体制的绝对服从，他是受害者，是个微不足道的小人物，遭到指控的应该是第三帝国的纳粹头领。

尽管当今的历史学家对阿伦特《艾赫曼》一书的史学价值已提出多方质疑，但是承认它在20世纪60年代的里程碑作用。那一代人由此见证了大屠杀如何渗入到学术殿堂与公共话语当中，见证了围绕奥斯威辛和纳粹主义而展开的历史论争。对阿伦特一书最早的反馈，不是集中在她对"平庸之罪"的阐释上，而是她提出犹太人在"最终解决"问题上作了纳粹的同谋和帮凶。

阿伦特在书中多次提到欧洲犹太人评议会中的犹太领袖在大屠杀中所起到的作用。在她看来，倘若这些犹太领袖不与纳粹占领者合作，纳粹就不会轻而易举地执行灭绝计划。她没有哀叹犹太人像羔羊一样走向屠宰场的悲剧命运，但是却攻击哈乌斯纳法官喋喋不休地向每个证人询问为何不做抵抗。阿伦特并没有希望欧洲犹太人起来反对纳粹；认为欧洲所有的民族、集团都处在暴利的直接压迫下，但没有作出不同的反应。但她提出了在"最终解决"问题上犹太人领袖所起的协助作用：

检查公诉一方，除了抵抗运动的斗士，对每个证人必定要问，"你为什么不反抗"这个问题。这种提问对于这审判的事实背景什么也不知道的人来说当然是必要的，但是实际上是起了对不追问（犹太人评议会的问题）放出的烟幕弹的作用……确实，整个犹太民族尚未被组织起来，没有领土，也没有政府、军队，而且，当他们最需要的时候，就连在联合国中代表他们的流亡政府也没有……隐藏在武器场所、接受军事训练的青年都没有。但事实上，从地域的水平也好，从国际的水平也好，是有犹太人社会组织和犹太人政党和福利机构的。犹太人所住的地方，无论在哪里都有公认的犹太人领袖，这些领袖，几乎无一例外地用某种方法、某种理由和纳粹合作。事实是：如果犹太民族真的没有组织，也没有领袖的话，那么就会出现混乱和大量的悲惨。但是，牺牲者的总数不会达到450万到600万吧！……（参见孙传钊译本，88－89页）

阿伦特论证的基点，与前文所述以色列人在建国之初对发生大屠杀和种族灭绝悲剧、以及犹太人为何在大屠杀中不抵抗、犹太首领为何与纳粹合作的系列困惑有某种相似之处。换句话说，总检查长向证人提出的"为何不抵抗"问题表面看来与"艾赫曼审判"无关，但是从第一批大屠杀幸存者抵达以色列后，这问题便萦绕在本土以色列人的心头，从某种意义说，哈乌斯纳是代表以色列普通民众在发问，使之更为深切地体验到大屠杀期间的犹太人的特殊处境（参见 Hanna Yablonka "The Development of Holocaust Consciousness in Israel", *Israel Studies*, 2003, 3）。

著名诗人海姆·古里在以记者身份参加了"艾赫曼审判"之后，出版了著名的《面对玻璃亭》。在书中他表达了一个本土以色列人的负疚感：为什么对二战中遭屠杀的同胞无动于衷，为什么对回到以色列的生还者是如何幸存下来的经历表示怀疑。"我们应该向那些我们以己之心忖度过的无数的人们乞求宽恕，我们是在他们的圈子之外。我们没有问自己是否有这个权利就给他们下了断言……有人敢把手放在胸口发誓说这个国家的犹太社区尽其所能地去改变世界、揭露真相、去挑战、去营救吗？有人敢真诚地说我们的营救努力同遭到屠杀者的巨大数字成比例吗？"古里本人曾在1947年被派往欧洲，帮助二战后欧洲的犹太幸存者偷渡往巴勒斯坦。他指出，正是同欧洲纳粹集中营幸存者的接触改变了他对于幸存者的态度，唤起了他对犹太历史的认同。《面对玻璃亭》中对遇难者和幸存者的道德反省和清醒认识向大屠杀犹太英雄主义单调的陈词滥调做出了挑战，并改变了由以色列本土作家开创的文学叙事传统。

以色列右翼多年来也一直在指责犹太评议会，包括犹太复国主义者在二战期间和纳粹的合作。"艾赫曼审判"中的三位主审法官之一哈列维曾亲自参加过50年代名噪一时的"卡斯纳审判"。卡斯纳是一匈牙利犹太人，曾在以帮助犹太难民为宗旨的救助委员会中担任领导职位，到1944年，委员会的责任不再是救助难民，而是试图设法拯救犹太人的性命。卡斯纳相信，他可以通过和纳粹官员，包括艾赫曼的谈判来挽救匈牙利犹太人，但收效甚微。在他的努力下，一千六百多名犹太人（多数为知识界精英，但包括卡斯纳亲属）乘火车安全逃离匈牙利，另一万五千名被成功送往维也纳附近，得以保全性命，然而与此同时，近五十万匈牙利犹太人被送进了死亡营。战后，许多匈牙利犹太人指责卡斯纳滥用自己和纳粹的关系择人逃亡，而置多数同胞的生死于不顾。1946年，犹太复国主义大会对卡斯纳进行审查，无果而终。

卡斯纳在1947年移居以色列，迅速成为公共人物，并走向政坛。1953年再次遭到一叫格林瓦尔德的原匈牙利犹太人的指控。按照控方辩护、本土以色列人塔米尔的说法，战争年代欧洲犹太人面临两种不同的抉择，一是像犹太评议会那样与纳粹合作，推行"最终解决"方案，另一则是进行主动反抗。对卡斯纳的审判从1954年1月一直延续到10月。1955年7月法官哈列维宣布，当卡斯纳决定和艾赫曼继续谈判的那一刻，就"把灵魂出卖给了魔鬼"。1958年1月，以色列高级法院推翻了哈列维的判决，多数法官认定，并非所有和纳粹有联系、并为之提供帮助的人均被视为"协从"，只可惜，卡斯纳本人在1957年便被极端右翼人士暗杀，未能亲耳听到以色列高级法院为他昭雪。当然，围绕卡斯纳所发生的一系列事件，不单纯是当事人为澄清历史事实而采取的行动，也代表着五十年代以色列政坛的争斗。控告方无疑也是想利用指控，来抨击与卡斯纳过从甚密的以本－古里安为首的马帕伊党和犹太复国主义运动。判决结果的变化，曲折地反映出以色列人对大屠杀历史的认知态度在不断调整，显示出本土以色列人正在开始对流散地的文化情势表现出一种理解，也标志着一个年轻的国家正在政治和意识形态上走向成熟。

以色列历史学家汉娜·亚布朗卡认为，在如何对待欧洲犹太人反抗纳粹的问题上，本土以色列人和亲自经历过大屠杀的幸存者持有两种截然不同的见解，对大屠杀幸存者来说，能够在纳粹恐怖中保持人的尊严、勇敢地生存下来就是一种被动的英雄主义反抗。至于卡斯纳，以及阿伦特所提到的犹太领袖们在战争期间与狼共舞，的确是战争时期一种特殊的、充满悖论的文化历史现象，既可以视作一种英雄主义举动，又可以视为极度绝望的表现。阿伦特在《艾赫曼》一书正文里，数次提到卡斯纳与艾赫曼等谈判，商议用100万犹太人的性命交换1万辆卡车。阿伦特在批判这种合作方式之际，显然也意识到战争期间犹太领袖身份的复杂性，因此怀疑他们是否参加了使自己毁灭的行动，协助杀害难友同胞。并且感叹"我自己的民族所犯的罪行，自然比其他民族犯的罪行，给我带来更大的悲伤。"这一说法无疑让许多犹太历史学家无法接受，著名学者格尔肖姆·肖莱姆指责阿伦特模糊了执行者（迫害者）和受害者的界限，"是典型的逻辑错误"。

从以色列方面看，"艾赫曼审判"不仅使以色列人更为深刻地意识到了历史创伤，同时也使他们改变了源于建国期间以色列根据国家利益创造的英雄主义幻象。进而向把英雄主义理解为"武装游击战"和"其他形式的武装反抗"的传统意识进行挑战，对当时提出的"待宰羔羊"观念进行反驳，对大屠杀期间"所有形式的反抗"均是英雄行为的说法表示认同。描写大屠杀及其后果的叙事文学也表现出这一民族意识形态的转变，对待幸存者和流亡经历的态度亦开始更新。根据希伯来大学谢克德教授的说法，文学社团和个体作家一样被此次审判所吸引，并对种族灭绝的经历反响强烈。从此以后，文学主人公不光是在犹太复国主义叙事模式中反复重现的英勇战士，受迫害者现在被认为应该给予同战士一样的合法地位和同情。而阿伦特似乎没有重视这一变化。

至于前文提到的"平庸之罪"说，更多地体现出阿伦特思想深处的矛盾与困惑。且不说作为哲学家的阿伦特把观点从《极权主义的起源》中所阐释的"绝对的恶"转变为《艾赫曼在耶路撒冷》中的"恶的平庸"，中间进行了多少痛苦的精神炼狱；仅从她自动请缨到耶路撒冷"看活生生的艾赫曼"到判断玻璃亭中的罪犯"一点也不粗野，也不是非人类的，也不是难以理解的"，再到为在犹太人种族灭绝负有重大责任的艾赫曼进行行为辩解，足见她独立的学术思想和独立的人格，也表现出她对审判本身感到失望至极。阿伦特在书中曾经多次批判以色列总检察长在盘问时被告时避重就轻，忽略重大问题。富有反讽意味的是，艾赫曼自己在法庭上一遍遍地重复没有亲手杀人，没有下达过杀人的命令，他只不过在毁灭犹太人的行动中起到"协助与帮衬"作用，并宣称对犹太人采取的行动"是人类历史上最大的罪行之一"。但是起诉人对于艾赫曼在开脱自己时承认纳粹对犹太人的犯罪事实（即便今天也可以用作批驳大屠杀否定说的论据）没有留意，反而试图证实艾赫曼曾经亲手杀死过一个犹太男孩，曾经下命令"开枪杀人"（阿伦特《艾赫曼》22－23页）。

在对待艾赫曼的最终判决上，阿伦特从"平庸之说"出发，称判处艾赫曼死刑是个错误，故而在正文最后一章引证以马丁·布伯为首的以色列知识界阶层和国际人士在最终判决上所持有的异议。阿伦特认为，布伯教授从一开始就反对在以色列对艾赫曼进行审判，判决后又力劝本－古里安总理在量刑上予以考虑。据阿伦特记载，布伯称实施判决是"一个历史性的错误"，有可能减轻德国年轻人所产生的心理负疚感。有趣的是，布伯教授的睿智说法与艾赫曼的窃窃期冀不谋而合。后者愿意当众被绞死，以使德国的年轻人不再为父辈的罪行感到内疚。也正是由于听说德国年轻人在承担着心理负担，艾赫曼才感到自己无权隐遁他乡，当得知以色列特工人员一步步向他靠近时，选择了不再逃亡，在阿根廷束手待毙（见阿伦特《艾赫曼》，242－243 页）。

以色列总统伊兹哈克·本－兹维曾接到来自世界各地的数百封书信和电报，请求对艾赫曼从轻发落，1962 年 5 月 29 日，又接到艾赫曼及其家人请求赦免的书信。本－兹维驳回赦免请求，艾赫曼被处以绞刑。在阿伦特眼中，艾赫曼带着尊严死去，而以色列法庭所审判的案件，则"是没有可依据的法典的犯罪，至少在纽伦堡法庭审判前在其他任何法庭没有见到过这种犯人。"

一切历史都是思想史。"艾赫曼审判"确实在以色列建国初期为塑造民族集体记忆意识起到了不可估量的作用，强化了以色列人的主权意识和民族自豪感，对他们了解二战期间犹太人的状况产生了决定性影响，达到了执政府领袖的预期期待。在强调民族统一与自豪感的同时，此次审判还激励幸存者们克服羞耻感，公开自己"在另一个世界"所经历的苦难过去。此次审判标志着 50 万以色列幸存者融入以色列社会，反映出以色列社会对幸存者们表达"你们的经历是我们文化的内在组成部分"的方式。对于以色列人来说，审判本身所昭示出的犹太国家的生存权利至关重要。至于从伦理和正义角度去思考，是把艾赫曼送上绞架，还是"让其在干旱贫瘠的内盖夫沙漠从事繁重的体力劳动，了却残生，用汗水开垦犹太人的故乡"，进而表现出一个曾受难民族"可理解的、法律、政治、甚至人道方面的考虑"，似乎尚未提到议事日程，进而没有"克服在欧洲大屠杀问题上总体上产生的民族困惑感"，为人们留下了永不休止的争论话题。

《中国图书评论》，2006 年第 4 期。

身份与记忆：论希伯来语大屠杀
文学中的英雄主义

内容提要：1948 年建国的以色列一直重视对大屠杀英雄主义的界定与阐释，并将其视为塑造民族身份和大屠杀集体记忆过程中的一个重要环节。本文通过讨论 20 世纪 50 年代本土以色列作家和幸存者作家创作的两个代表性文本，探讨希伯来语大屠杀文学中的英雄主义特征，以及这种英雄主义在塑造民族身份与重建民族记忆的过程中的作用。

关键词：大屠杀　身份　记忆　武装反抗的英雄主义　争取生存的英雄主义

尽管国际学界对于希伯来语大屠杀文学是否与总体大屠杀文学一样存在着"沉默"与"打破沉默"的问题争论不休，① 但是对大屠杀文学在塑造以色列人的民族身份和集体记忆过程中所承担的重要角色均表示认可，由此便引发了与文学表现和文学阐释相关的一些基本问题：即究竟是拥有哪种身份的作家在从事希伯来语大屠杀文学创作；希伯来语大屠杀文学究竟以何种文化形象、模式和手段来描述、反映刚刚发生过的历史灾难，它在塑造民族身份与重建民族记忆的过程中又如何发挥作用，

---

① 多数批评家认为，以色列的希伯来语大屠杀文学由于受到以色列建国后国家话语霸权的影响，在建国初期的声音微乎其微，且文学表现手法单一，直到 60 年代初期"艾赫曼审判"才发生转机，从此作家对历史的解释逐渐走向多元，到 80 年代末期全面冲破禁忌，创作出世界文学中一流的经典作品，等等。持这一观点的代表人物有美国学者阿兰·民茨、吉拉德·莫拉格，以色列学者格尔绍姆·谢克德等；而历史学家汉娜·亚布朗卡、文学批评家丹·拉奥等学者却认为，大屠杀一直是困扰以色列作家的一个话题，即使从二战尚未结束之日起，作家们便开始以大屠杀为题材进行创作。

233

等等。本文试图通过分析 20 世纪 50 年代希伯来语大屠杀文学的英雄主义特征，来探讨这些问题。

一、"官方记忆"与"边缘记忆"：大屠杀英雄主义的双重意义

在以色列刚刚建国之后的 20 世纪 50 年代，不同身份的以色列人对于大屠杀英雄主义有着不同的理解。对于那些出生在以色列土地（巴勒斯坦地区）、或自幼移居到以色列土地并在其教育体制下成长起来的本土以色列人来说，大屠杀英雄主义指的是大屠杀期间欧洲犹太人所发动的反对纳粹的武装反抗；但是，一些大屠杀的幸存者则把自己在苦难与屈辱中争取生存下来当成英雄主义行动，当成另一种形式的反抗。[①] 武装反抗的英雄主义在以色列建国初期塑造大屠杀集体意识的过程中占据着重要地位，成为国家推重的"官方记忆"的基础。而争取生存的英雄主义则处于"官方记忆"有意忽视了的边缘地带，可称之为"边缘记忆"。[②]

以色列在建国初年对大屠杀的记忆具有选择性，尤其注重强调以"华沙隔都起义"、[③]"游击队反抗"为代表的大屠杀中的英勇抗争。当时以色列在 20 世纪 50 年代既担心遭到周围阿拉伯世界的毁灭性回击，又要设法接纳并重新安置从欧洲涌入的数十万身心俱损的犹太难民，并通过教育、在田野中劳作等手段将其塑造成新型的以色列人，以适应犹太

---

① Hanna Yablonka, *Survivors of the Holocaust*：*Israel after the War*，Basingstoke：Macmillan Press，1999，p. 55.

② "官方记忆"这一术语，出自本尼迪克特·安德森《想象的共同体：民族主义的起源与散布》，吴叡人译，上海世纪出版集团，2006 年版，第 191 页。

③ 隔都（ghetto）原指犹太人在欧洲的居住区。二战期间，德国人下令在波兰等地建立一批隔都，并对其进行封锁与看管。建于 1941 年的华沙隔都是当时欧洲最大的隔都。1943 年1 月，华沙隔都里的犹太人用走私来的武器朝德国人开火，试图阻止德国人把隔都里的犹太人运进死亡营。德国士兵退却了。这一小小的胜利鼓舞着隔都犹太人酝酿着进一步的反抗。1943 年 4 月，当德国士兵和警察准备运走那里的犹太人时，700 多名犹太战士奋起反抗，这便是犹太历史上所称的华沙隔都起义，起义持续了近一月，最后被德国人镇压。5 万多犹太人被俘虏，数千人被杀，余者被送往死亡营或劳动营。

国家建设的需要。① 在这种情况下，以色列第一任总理大卫·本－古里安确信，犹太历史上所发生的可怕悲剧可以被当作力量之源，激励一个新兴国家奋发向上，以保证新的犹太国家今后能够在阿拉伯世界的重重围困中取得生存。② 1953 年，以色列议会通过了有关法令，要建立大屠杀纪念馆，作为纪念大屠杀的国家机构。大屠杀纪念馆坐落在赫茨尔山国家公墓旁边，公墓里埋葬着民族领袖、犹太复国主义先驱者和为以色列国家捐躯的士兵，其中包括我们后面将要讨论的大屠杀期间为民族利益献身的女英雄汉娜·塞纳士。这一地理位置的确立表明了以色列人在 20 世纪 50 年代在对待大屠杀问题上的价值取向，即试图在大屠杀记忆与武装反抗的英雄主义之间建立联系。③ 1959 年，以色列又规定将大屠杀纪念日定为"大屠杀与英雄主义日"（Yom Hashoah ve Hagevurah）。

由于国家记忆过于强调大屠杀期间的英雄主义反抗，本土以色列人因此非但未对大屠杀幸存者的不幸遭际予以足够同情，反而对数百万欧洲犹太人"像羔羊一样走向屠场"的软弱举动表示不理解，甚至怀疑大屠杀幸存者在战争期间的受难者身份，对幸存者如何活下来的经历表示怀疑。幸存者推重的争取生存的英雄主义，同主流的政治话语产生了距离，在公共场合没有立足之地。多数幸存者为了新的生存需要，不得不有意遗忘过去。身为幸存者的作家阿佩费尔德（Aharon Appelfeld）曾经回忆说，战后抵达以色列的最初岁月让人感到压抑，否定你的过去，在铸造你的个性特征时不考虑你曾经经历了什么，你是谁……"人的内在世界仿佛不存在。它缩成一团，沉浸在睡眠之中……存活下来并来到这里的人也带来了沉默。缄默无语地接受这样的现实：对有些事不要提起。

---

① 这一问题涉及到近年来学术界探讨的以色列文化与大流散文化的冲突问题。本土以色列人一向认为自己是迦南之子，大地之盐，有别于大流散时期逆来顺受、软弱无力的犹太人。笔者在《读书》2007 年第 7 期《旧式犹太人与新型希伯来人》中曾经就此问题进行了专门探讨。

② 关于本－古里安对大屠杀的态度，参见 Shabtai Teveth, *Ben－Gurion and the Holocaust*, New York：Harcourt Brace and Company, 1996, p. xli。

③ 关于大屠杀纪念馆地理位置确立方面的资料，可以参见 James Young, *Texture of Memory*, New Haven and London：Yale University Press, 1993, p. 250。

对某些创伤不要触及。"①

　　但1961年的"艾赫曼审判"② 在很大程度上颠覆了以色列大屠杀"官方记忆"形态的基础。在审判中出庭的100多名证人，多数并不是隔都战士或游击队员，而是在日复一日地承受恐惧和屈辱中幸存下来的普通犹太人。审判揭示了集体屠杀的恐怖，促使以色列年轻一代意识到，犹太人在大屠杀中并没有像以色列在"独立战争"③ 中那样取得以少胜多的胜利，而是大量地被送进焚尸炉。审判不仅使以色列人更为深刻地意识到了历史创伤，同时也使他们重新思考建国期间以色列根据国家利益创造的英雄主义幻象，开始对大屠杀期间"所有形式的反抗"均是英雄行为的说法开始表示认同。④

　　"边缘记忆"真正转化为"官方记忆"是在1973年的"赎罪日战争"⑤ 爆发之后，"赎罪日战争"的灾难对犹太世界和阿拉伯世界均产生了巨大的心理冲击，以色列人虽然在战争中转败为胜，但深刻的身份危机意识让他们开始认同犹太人在大屠杀年代无力反抗的遭际。以色列教育官员、大屠杀纪念馆负责人伊扎克·阿拉德将大屠杀中的英雄主义重新作出解释：英雄主义并不仅指在隔都和死亡营里的反抗，不仅指东欧和巴尔干山脉的犹太游击队员和整个欧洲犹太地下战士的反击，而且也包括普通犹太人，在隔都和死亡营的艰苦环境中，保持自己做人的形象，

① Gulie Ne'eman Arad, "The Shoah as Israeli's Political Trope", In *Divergent Jewish Cultures*, eds. Deborah Dash Moore & S. Ilan Troen, New Haven: Yale University Press, 2001, p. 194.

② 艾赫曼在二战期间是负责组织把犹太人送进集中营的中心人物之一，二战结束时逃到阿根廷，从此更名换姓，在布宜诺斯艾利斯郊外靠做工为生。1960年，以色列特工人员将艾赫曼逮捕（亦称"绑架"）并悄悄押解到以色列。1961年2月以色列法院对艾赫曼进行公开审判，同年12月判处艾赫曼死刑，1962年5月31日艾赫曼被执行绞刑。

③ 以色列所说的"独立战争"即第一次中东战争，1948年5月，阿拉伯联盟在以色列建国后的第二天对以宣战，战争历时15个月。阿拉伯联盟初战告捷，但以色列取得了最后胜利并占领了巴勒斯坦地区的大部分领土，数十万巴勒斯坦人流离失所，沦为难民。

④ 参见：*Israel Studies*, Fall, 2003, p. 4.

⑤ "赎罪日战争"指第四次中东战争，1973年10月6日，埃及、叙利亚等国家在犹太人斋戒日那天向以色列发动战争，试图收复在1967年"六日战争"中丧失的领土。埃及、叙利亚赢得了整个阿拉伯世界的支持，赢得了战争初期的胜利，但以色列最终在美国的支持下反败为胜。这场战争给阿以双方均带来惨重的损失。

日复一日地争取生存，为整个犹太人民族的生存而斗争。① 这样一来，英雄主义的双重意义在民族意识构成中均具有了合法性。

希伯来文学作为犹太集体意识的载体，早在 20 世纪 50 年代便表现了大屠杀英雄主义的双重含义。但这个时期的文学表现及其接受显然凸现出以色列国家在建国初年对大屠杀记忆的有意塑造。本土以色列作家并未亲历大屠杀，无法写出类似埃里·维塞尔的《夜》和普里默·列维的《生存在奥斯维辛》等那样经典性的回忆录；他们的创作以及一些出自前隔都起义领袖或游击队抵抗者之手的作品，都在有意接近以色列的"官方记忆"与集体期待，讴歌武装反抗的英雄主义；但是少数在纳粹集中营或战后临时难民营中受尽煎熬的受难者虽然在作品中讴歌幸存者争取生存的卓绝努力，但因为国家推崇抵抗的英雄主义，他们不仅成为本土以色列人眼中的"异物"，其作品所表现出的悲伤、对残暴与非人道的描写却难以在幸存者之外找到广泛的社会支持，甚至遭到误读。两种英雄主义遭受了不同的命运。本文拟选择当时两个具有代表性的文本，即本土作家阿哈龙·麦吉德（Aharon Megged）的剧本《汉娜·塞内士》（*Hanah Seneshi*，1958）② 和幸存者作家卡–蔡特尼克（Ka-Tzetnik135633）的长篇小说《玩偶屋》（*Beit Ha-Bubots*，1959）③ 加以讨论，对上述问题做进一步阐述。

二、《汉娜·塞耐士》：集体期待的积极英雄主义

《汉娜·塞耐士》以大屠杀期间为拯救欧洲犹太人而献身年轻生命的女英雄汉娜·塞内士的真实故事为原型创作写成。塞耐士是一位匈牙利籍犹太人，但由于接受了犹太复国主义思想的影响，她移居到了巴勒斯坦，先就学于农业学校，而后到基布兹劳动，不久被基布兹选为青年先

---

① 参见 Yizhak Arad, "Dedication of the Pillar of Heroism on Harzikaron", In *Yad Vashem News* 5 (1974): p. 19。

② Aharon Megged, *Hanna Senesh*, Trans. Michael Taub, In *Israeli Holocaust Drama*, ed. Syracuse University Press, 1996. 希伯来文首版问世于 1958 年。

③ Ka–Tzetnik 135633, *Beit Ha–Bubot* (House of Dolls), Dvir, 1953.

锋队成员，受到英军的特殊培训。40 年代，巴勒斯坦的犹太人能够在英国军队里从事营救犹太人的特殊服务工作。塞耐士请命到欧洲为英国军队搜集情报，以营救欧洲犹太人。不幸的是，她和另外几个伞兵刚刚在匈牙利着陆便被俘虏。塞耐士在严刑逼供面前宁死不屈，被判处死刑，牺牲时年仅 23 岁。

将塞耐士这一现实生活中的人物转化为文学作品中的形象，无疑带有以色列建国初年有意塑造积极英雄主义集体意识的痕迹。从历史上看，犹太复国主义运动，以及在巴勒斯坦建立犹太国的理念出现在 19 世纪末期。从此，犹太人对“应许之地”的向往，逐渐从“明年在耶路撒冷”这一精神宣言转化为身体力行的移民行动。塞耐士从欧洲移居巴勒斯坦的经历，在某种程度上可被视为 20 世纪初期东欧犹太青年共同经历的缩影。这些青年狂热追求犹太复国主义理想，相信只有在祖辈居住过的土地上才可以找到未来。剧本中的塞耐士，认为自己身为犹太人，在匈牙利属于二等公民，而在巴勒斯坦却可以“高昂着头”，“自由自在地呼吸”，“无忧无虑地生活”。[①] 塞耐士执著于犹太复国主义思想，并敢于为这种信仰献身，无疑代表着以本－古里安为首的以色列犹太复国主义领袖们的政治理想。树立塞耐士这个英雄形象，有助于教育国民，培养其为国家利益而献身的意识。对于一个内外交困的新建犹太国家来说，这种意识是一笔宝贵的精神财富。

早在 20 世纪 40 年代，塞耐士曾经生活过的萨多特亚姆基布兹便举行集体仪式纪念这位女英雄，朗诵她的诗，歌唱她创作的词曲。1950 年，塞耐士的遗骨被运回以色列，以色列为她举行了国葬。此后，许多作家和剧作家便把塞耐士的英雄事迹当作素材进行加工创作剧本，并在业余剧场、学校和青年运动中公演。以色列国家剧院哈比马更是专门在 1957 年举行创作塞耐士英雄戏剧的招标活动，以便在 1958 年以色列建国十周年之际举行纪念演出，目的有两个：既要凸显塞耐士在大屠杀期间的反抗精神，又要表明巴勒斯坦的犹太社区在战争期间参与支持反对纳粹的

---

① Aharon Megged, *Hanna Senesh*, p. 120.

斗争。① 出自小说家兼剧作家麦吉德之手的《汉娜·塞耐士》在竞赛中胜出，被搬上了舞台。麦吉德尽管 1920 年出生在波兰，但六岁时便随家人移居巴勒斯坦，其思想意识是在犹太复国主义教育体制下形成的，并参加过 1948 年以色列的"独立战争"，理论上说属于第一代本土以色列作家。麦吉德曾与塞耐士同住在一个基布兹，深为塞耐士的英雄事迹感到自豪。他希望通过塑造"坚强的犹太反抗者的形象"，"表现犹太人在大屠杀期间进行过反抗的英雄主义精神"，"表达新一代犹太人的理想"。②

麦吉德把《汉娜·塞耐士》的戏剧场景主要置于 1944 年夏天布达佩斯的一座匈牙利监狱，集中描写塞耐士人生中的最后几天：执行营救任务失败并遭到逮捕的塞耐士被指控为英国搜集情报，背叛了她的匈牙利祖国，因而遭刑讯逼供，母亲的生命安全也遭到了威胁，但她毫不屈服，拒绝接受劝降，在军事法庭慷慨陈词，痛斥纳粹无故屠杀犹太人、匈牙利政府助纣为虐的行径，最后凛然赴死。虽然剧本是应时之作，但麦吉德作为一个成熟的作家，比较注重展示塞耐士性格中的多层面特点，他在剧本中穿插进塞耐士童年时代在匈牙利的生活片段与在巴勒斯坦的活动。从艺术角度看，加进这些早期体验更凸显了剧本的文献记录特征，交代了塞耐士从一个酷爱文学的少女成长为犹太复国主义思想的追随者、以色列土地上的拓荒者和先锋队战士的历程，也展示出塞耐士比较丰富的内心世界。尽管在审讯者面前表现得非常坚强，但是面对母亲、面对战友，塞耐士却流露出"我想活下去"的强烈愿望。

从执著于信仰到为信仰献身的过程，这一带有英雄仪式牺牲色彩的叙事模式，可以在希伯来语圣经文本中著名的"Aqedah"传统中找到原型。"Aqedah"传统即"以撒受缚"模式，指以色列先人亚伯拉罕（绑缚者）遵从上帝（命令者）之命，绑缚自己的爱子以撒（受缚者），将

---

① Dan Laor, "Theatrical Interpretation of the Shoah: Image and Counter - image", In *Staging the Holocaust: Shoah in Drama and Performance*, eds. Claude Schumacher, London: Cambridge University Press, 1998, pp. 96 – 97.

② 笔者在 2004 年 6 月对麦吉德的访谈。

其送上祭坛、又蒙神恩（终极牺牲者）代子献祭的过程。在传统犹太思想中，以撒走向祭坛往往被视作犹太人朝殉难目标朝觐的过程。这一牺牲仪式的叙事模式几乎贯穿整个希伯来文学的发展过程。不过，到 20 世纪 20 年代，当希伯来文学中心从欧洲转移到巴勒斯坦后，上帝考验的角色渐趋弱化，其作用逐渐被历史责任感和犹太复国主义使命感代替。①

如果根据"以撒受缚"模式来考察剧中塞耐士为犹太复国主义使命献身的过程，则不难看出，塞耐士在这一仪式牺牲模式中承担着受缚者－牺牲者（以撒与献祭羔羊）的双重身份。但与"Aqeda"原型中角色的区别在于，塞耐士的献身是一种自我选择，她说服埃利亚胡等基布兹领导（20 世纪 40 年代犹太复国主义者的化身，"Aqeda"模式中最高命令者的化身）批准她与其他男性伞兵一起去营救欧洲的犹太人，最后慷慨赴死，进而使古代纯粹的受缚－牺牲模式充斥着一层当代英雄主义光环，为当代以色列人所崇尚，激发他们不断地拓写这一模式。当然，塞耐士在走向祭坛的过程中也表现出强烈的求生愿望，这不免为仪式－牺牲模式本身蒙上了一层悲悯的色调。

作为本土以色列作家，麦吉德则借助塞耐士这种热爱生命但选择死亡的举动来突出其英雄主义品性，突出其自我牺牲的伟大，表现出一种集体期待中的以色列土地上新希伯来人的英雄主义。塞耐士遭受审判时，匈牙利已经被德国占领，那里的犹太人被一批批运送进集中营。尽管塞耐士本人是匈牙利裔犹太人，但是她所担当的犹太复国主义使命淡化、甚至抹去了她的外国身份，富有反讽意味地将其变成本土以色列人勇气的象征。② 在塞耐士看来，肉体死亡并非悲剧的结束，而是壮烈的牺牲。只要她能感动一些人，并使之奋起反抗，那么她就履行了使命。与之相反，她所要拯救的同胞，即匈牙利犹太人，则通过她的律师建议她采取权宜之计，交出敌方索要的密码，以保全她自己的生命，也使另外几百

① Ruth Kartun – Blum, *Profane Scriptures：Reflections on the Dialogue with the Bible in Modern Hebrew Poetry*, Cincinnati（Ohio）：Hebrew Union College, 1999, pp. 19 – 21.

② Gulie Ne'eman Arad, "The Shoah as Israel's Political Trope", In *Divergent Jewish Cultures*, eds. Deborah Dash Moore & S. Ilan Troen, New Haven：Yale University Press, 2001, p. 194.

犹太人免遭死亡的厄运。对生与死的不同态度，表明了大流散犹太人和以色列新希伯来人迥然有别的价值观念。前者以英勇反抗为宗旨，后者以争取生存为目的，前者为戏剧主人公及其所代表的新一代以色列人首肯，后者则遭到他们的蔑视。从这个意义上说，《汉娜·塞耐士》是在用符合20世纪50年代以色列社会特质的话语来解释大屠杀英雄主义中的反抗含义，它无疑强化了犹太复国主义理念，有益于一个新国家争取新的生存，但是忽略了受难者的苦难及其在强权面前争取生存的艰辛。

三、《玩偶屋》：争取生存的英雄主义

正如前文所示，以色列在1973年"赎罪日战争"后逐渐承认：在隔都与集中营等极端环境里保持做人尊严，日复一日挣扎着生存下来，也不失为一种英雄主义。不过，在20世纪50年代，出自大流散幸存者之手的一些文学作品已经触及这一主题，当未被当时的社会认可，甚至还遭到了误读。

卡－蔡特尼克135633是大屠杀幸存者之一，他的创作动机并非是要塑造英雄人物，而是要记录个人经历，悼念在大屠杀期间丧生的父母、弟弟妹妹和第一任妻子。卡－蔡特尼克135633这个看似怪异的名字，暗示出作家具有传奇性的人生和集中营见证人身份。卡－蔡特尼克135633原名耶海厄勒·芬纳，1917年出生在波兰。在德国占领波兰期间，他先生活在隔都，后被送进奥斯维辛集中营，1945年获救后移居巴勒斯坦。与当时许多以色列人一样，他也更改了自己的姓名，把芬纳改为"迪努"，意思是"烈火的"。他从恢复体力的那一刻起，便开始书写自己、家人和民族的战时遭遇，创造了"萨拉芒德拉"（意为"火蛇"）长篇小说系列，反映二战之前欧洲犹太人的生活、战时的隔都和集中营生活，以及幸存者在巴勒斯坦和以色列疗治心理创伤、塑造新身份的经历，在犹太世界里有"犹太家族编年史"之称。在他本人看来，写下"萨拉芒德拉"的是那些叫卡－蔡特尼克的、"被送进焚尸炉的人"，卡－蔡特尼克来自德文"集中营"（Konzentrationslager）一词的缩写KZ，135633是作家自己臂上的集中营编号。他使用笔名是有意回避个人身份，而为曾

经在集中营里集体匿名的整个受难者族群做代言人，为他们的苦难经历做见证笔录，并且通过展示普通人在集中营和隔都里保持做人尊严与争取生存的抗争，从文学角度对大屠杀期间的英雄主义含义贡献一种新的理解。

《玩偶屋》是"萨拉芒德拉"系列的第二部作品。在这部小说中，卡－蔡特尼克通过对隔都尤其是奥斯维辛集中营日常生活的细微描写，包括纳粹对犯人的性侵害，勾勒出犹太人在大屠杀期间所遭受的非人道待遇，同时也表现了身陷囹圄的犹太人以各种可能的方式反抗迫害者的暴行，揭示生存和信仰的意义。这部小说的主人公丹尼埃拉是个 14 岁的犹太少女，她在战争爆发之际不慎与一起郊游的同学走失，遭遇德国士兵，先被送进隔都的工厂，后被送进奥斯维辛集中营，最后被迫进了玩偶屋。根据卡－蔡特尼克的描述，玩偶屋是奥斯维辛里的一个特殊营房，被强行做了绝育手术的犹太女子被迫在那里"接待"从前线来的德国士兵。[①] 在玩偶屋，姑娘们尽管能够吃上饱饭，不必像劳动部的女子那样忍饥挨饿、从事体力劳作，但忍受着更为令人发指的肉体与精神摧残；如果有德国士兵对她们提供的性服务表示不满，姑娘们就会收到一份罪责报告，收到三份罪责报告后就要被处死。

令人窒息的非人道环境不可能给丹尼埃拉这个柔弱的花季少女提供机会，使之像塞耐士或其他抵抗战士那样手持武器与敌人交锋。即便如此，她仍然幻想持刀捅入侮辱自己的德国兵的身体，这种朦胧的复仇意识也曾导致她在玩偶屋进行被动的反抗。比如，尽管她深知要想满足德国人，就得吃东西，但她拒绝进食，在精神上保持对上帝的忠诚与坚贞。当发现让德国人"以血还血"的期待纯属无望时，她选择了逃跑这一带有象征意义的反抗方式，最后被德国卫兵打死。

---

① 尽管近年来许多犹太历史学家并不否认集中营里发生过多起性侵犯行为，但认为玩偶屋实际上并不存在，因为这在逻辑上不符合希特勒施行的种族纯化政策；但是奥斯维辛集中营里如今确实保留着一排营房，窗户用黑布紧紧遮盖着，不公开对外开放，那里曾经是德国医生用犹太女子做妇科医疗试验的地方，战时的一些德国医生已经就此写过证词。笔者在此无意过多谈论玩偶屋是否一种历史存在以及大屠杀和文学想象的关系，而是把关注点放在弱者在强势逼压下所负载的精神与道德冲突，探讨大屠杀幸存者所表现的生存英雄主义。

丹尼埃拉在受难中进行微弱反抗、最后丧生，代表着大屠杀期间生活在隔都与集中营的众多犹太人的命运。正如哲学家阿多诺所说，奥斯维辛集中营"证实了死亡是一种纯然的哲学身份"（the philosopheme of pure identity as death）。[1] 在那里，反抗没有意义，很少看到友谊，只有宗教信仰才能赋予生与死以意义。因此，奥斯维辛的反抗是精神性的。对于犹太人而言，这种以宗教信仰为基础的精神性反抗，第一层含义就是要争取生存，坚持活下去，因为生命属于上帝，如果人们自愿走进德国人的火焰中，就是刽子手的帮凶。[2] 通过争取个人生存，来繁衍整个民族，以挫败希特勒企图消灭整个犹太民族的目的，这在某种程度上等同于为争取整个民族的生存而抗争，也是一种为近年来的犹太思想家、教育家、政治家所认可了的英雄主义。不过，战争期间的犹太人或许难以把个人生存理解为争取民族生存的斗争，更多的则是在维护传统的宗教信仰。正统犹太传统不主张犹太人主动自杀，编纂于 16 世纪、今天仍为正统派犹太教人士视为法典的《布就筵席》（Shulchan Aruch）在 21 章中曾经明确指出，"自杀乃罪恶之首"，即使公元前 1 世纪犹太人在反抗罗马人起义失败后退到马萨达、因不愿受辱而集体自杀的常人眼中的英雄主义壮举，也在犹太思想史上引起了无休止的争论。正因为如此，《玩偶屋》中主人公们在无法想象的恐怖与超常的虐待中咬牙活下去才具有了某种特殊的含义，与二十世纪五十年代以色列人普遍接受的反抗英雄主义理念形成反差。

不过，在大屠杀期间争取生存是一个非常复杂的问题，并非所有形式的保全性命都可被视为争取生存的英雄主义。"一个真正的犹太人会像任何人那样想活下来，但不是不惜一切代价；并非以牺牲人生意义为代价"，[3] 这便涉及到争取生存的英雄主义中另一个重要因素，即保持做人

---

[1] Theodor W. Adorno, *Notes to Literature*, Trans. Shierry Weber Nocholsen, New York: Columbia University Press, 1991, Vol. 2, pp. 76 – 94.

[2] 卡·蔡特尼克曾经在自己的另一部小说描写儿童性侵害的小说《暴行》（Kar'u Lo Piepel, 1961）中有过类似的表述。

[3] Eliezer Berkovits, *With God in Hell: Judaism in the Ghettos and Deathcamps*, New York, London: Sanhedrin Press, 1979, p. 96.

形象与维护人的尊严。而在隔都和集中营等极端状态下，犹太人所谓的维护做人尊严又与恪守传统的宗教信仰密切地联系在了一起。作为奥斯维辛集中营的幸存者，卡－蔡特尼克在《玩偶屋》中没有像有些大屠杀作家那样把信仰讨论和人文主义思辨带入文本，而是通过丹尼埃拉等诸多人物的心理活动与行为方式来传达价值与意义，表达作家对传统信仰的理解。《玩偶屋》中的丹尼埃拉在奥斯维辛始终珍藏着家人的照片，把对亲人的美好回忆当成活下去的精神支柱；她关心别人，在劳动营里，当其他人为争抢食品而争先恐后时，她把口粮送给饥饿难耐的难友。丹尼埃拉的哥哥哈里利用自己在劳动营里做医生的身份之便，偷偷给其他囚犯送食品，甚至敢于抗上，来保护一个受伤的犹太工人。传统的犹太信仰主张家庭是犹太社会生活的基础，[1] 主张要爱人如己，[2] 主张热切渴望为孤立无援的人提供帮助，[3] 因此，在极端状态下，父母之爱、兄妹之情、朋友互助这些平时看来十分普通的人类体验都具有了新的含义，像主人公这样保持善良、诚实、乐观、博爱、笃信上帝、珍惜生命等犹太信仰中所提倡的美德则是在维护人类的道德准则与尊严。

但是，在集中营等极端环境下，坚守宗教信仰、带着尊严生存本身就是一个充满悖论的话题。维护信仰还是背弃信仰、体面死去与苟且偷生，令许多犹太作家和思想家包括卡－蔡特尼克本人都难以释解，结果造成他在处理人物命运时陷于重重矛盾。他在作品中设定丹尼埃拉在身体遭受凌辱、精神饱经摧残的走投无路之际逃跑，并死于纳粹卫兵的枪口下，无疑是在信仰与现实之间的矛盾中寻找一种调和方式，在某种程度上是为主人公寻找到彻底逃离了现实苦难、摆脱非人道境况的一种方式。相反，丹尼埃拉的哥哥哈里则不堪巨大的外在恐怖与内在冲突，成为精神上束手待毙的行尸走肉（Mussulman）。也就是说，哈里在生存中

---

① 亚伯拉罕·柯恩，《大众塔木德》，盖逊译，傅有德校，山东大学出版社，1998 年版，第 180 页。
② 《圣经·利未记》19：18。
③ 亚伯拉罕·柯恩，《大众塔木德》，盖逊译，傅有德校，山东大学出版社，1998 年版，第 250 页。

失去的尊严，让丹尼埃拉通过死亡而保存下来。

带着尊严而死，源于中世纪以来欧洲犹太人的忠诚理念"为了上帝之名"（Kiddush ha-shem）。在宗教领域里，"为了上帝之名""往往是对犹太人殉难而做出的最常见阐释：殉难是听从和笃信上帝的终极行为；是对信仰的检验与呼应，是宗教英雄主义的极致。"① 以色列大屠杀纪念馆曾根据中世纪犹太思想家麦蒙尼德"一个犹太人并非因为拒绝改宗、而仅仅因为身为犹太人而被杀，那么他就是烈士"的主张，把在大屠杀期间被杀的犹太人称为烈士。② 由此可见，《玩偶屋》中所体现的大屠杀期间被动英雄主义的核心在于在争取生存并保持做人尊严，一旦尊严丧失，肉体的生存便失去了意义，接受死亡则在某种程度上成为徒然付出所有努力之后而维护信仰的宗教英雄主义。

四、英雄主义文学的接受与修正

从以上对《汉娜·塞耐士》和《玩偶屋》的论述中可以看出，出自经历了 1948 年以色列"独立战争"的新希伯来人和经历了大屠杀的大流散犹太人之手的文本，反映了 20 世纪 50 年代本土以色列人和大屠杀幸存者对大屠杀英雄主义的不同界定，由此展示出本土以色列人和大屠杀幸存者两个社会群体记忆过去的方式。

正如前文所讨论的，以色列建国初年，"官方记忆"只注重强调大屠杀期间的英雄主义反抗，反映这类主题的英雄主义文学，有意强化了民族的过去的辉煌，并将之与时下在国家建设语境中确立新型的民族身份建立了某种象征性的联系，也因此成为符合国家兴趣的"合法文学"。麦吉德的《汉娜·塞耐士》采用完全适合以色列社会精神特质和政治需要的方式，塑造了一个犹太女英雄形象，这个人物所代表的英雄过去和集

---

① Steven T. Katz, *Post – Holocaust Dialogue*: *Critical Studies in Modern Jewish Thought*, New York & London: New York University Press, 1985, p. 164.

② Tom Segev, *The Seventh Million*: *The Israelis and the Holocaust*, Trans. Haim Watzman, New York: Hanry Holt and Company, 1991, p. 424.

体荣誉显然成为支撑以色列国家观念的社会资本。从这个意义上，麦吉德的《汉娜·塞耐士》是一个"在正确的时间里上演的正确剧本"，[①] 故而得到以色列观众毫无保留的接受。仅在 1958 年和 1959 年之交就上演了 100 多次，是其他同期剧本上演量的两倍，并且在后来的大屠杀纪念日前夜所有剧院关门之际可以破例公演，直到 80 年代才逐渐淡出以色列人的集体记忆舞台。

接受武装反抗的英雄主义文学，从某种程度上进一步强化了以色列人在反大流散教育背景下形成的价值观念，即怀疑幸存者的受难者身份，将其视为新建国家的耻辱。其结果使得本土以色列人难以认同大屠杀期间争取生存的英雄主义对延续犹太民族的意义，甚至连阅读卡–蔡特尼克等创作的大屠杀文学的目也与官方的教育期待大相径庭。在 1950 年代和 1960 年代，以色列年轻人阅读卡–蔡特尼克，尤其是以《玩偶屋》为代表的反映集中营生活的早期几部作品时，多出于某种有问题的动机。并非是要了解所谓的历史悲剧或者创伤，而是从被布朗大学欧麦尔·巴托夫教授命名为"性系列"（sexset）的集中营小说中享受到某种感官的刺激与快感。[②] 此类集中营小说具备了以色列当时悄悄流行的所谓战俘小说（Stalags），即由匿名作家创作的反映看守与囚犯性关系的色情文学的某些特征。对于出生在 1940 年代至 1950 年代的以色列人来说，在一个依然纯净和封闭的社会里，卡–蔡特尼克是唯一反映性兴奋和施虐内容的合法源泉，结果，他们脑海里的大屠杀不知怎么变成了既令人生厌又引人入胜的色情形象。[③]

造成误读的原因之一首先来自经历大屠杀的幸存者和具有优越感的本土以色列人之间的价值差异与心理距离，身为大屠杀幸存者，卡–蔡特尼克对暴行和受难者的描述容易使拥有类似经历的幸存者产生共鸣；

---

① Dan Laor, "Theatrical Interpretation of the Shoah: Image and Counter – image", p. 100.

② Omer Bartov, "Kitsch and Sadism in Ka – Tzetnik's Other Planet: Israeli Youth Imagine the Holocaust", In *Jewish Social Studies* 3, 2 (1997), p. 42.

③ Omer Bartov, "Kitsch and Sadism in Ka – Tzetnik's Other Planet: Israeli Youth Imagine the Holocaust", pp, 49 – 59.

而对于刚刚在 1948 年"独立战争"中取得胜利的本土以色列人来言，大屠杀期间数百万人羔羊般走向屠宰场始终是难以理解的耻辱，这使得他们不可能带着同情和理解去阅读幸存者描写集中营生活的作品。其次，误读的原因来自用编年史、小说或个人传记等文学类型对大屠杀进行文学表现的手段和读者期待之间的落差。1985 年诺贝尔和平奖得主、美国作家维塞尔曾经说过："描写玛伊达奈克的小说，既不是小说，写的也不是玛伊达奈克。"① 显然，维塞尔作为大屠杀幸存者，对见证叙事之外的虚构文类能否陈述事实表示怀疑，也表现出作家在表达难以想象的历史体验时所面临的挑战。每一位作家如何深入挖掘人物并使其达到象征水准，确实会影响到读者的接受程度。卡－蔡特尼克几乎没有采取任何奇巧的构思与创作设计，而是以平铺直叙的叙事方式将读者带到恐怖与非人道世界的中央，通过描述人物之间的关系与日常生活来表现普通犹太人怎样在日常苦难中生存，令读者沉浸在阅读故事的真实感受之中，并难免对一些离奇或引发色情联想的内容更感兴趣，而难以像阅读格罗斯曼《参见：爱》（*See Under：Love*）等用象征、荒诞手法描写集中营情状、用密集意象来想象集体受难环境的作品那样与历史拉开距离并"看到日常生活里看不到的东西"，更无法站在一个高点上去深入反思已经发生的历史了。

文学既是历史过程中的一个产品，又是历史进程中的促成因素，这是因为文学具有强大的感染与知性吁求作用，并在国家发展过程中发挥着作用。② 以色列建国后，教育部把大屠杀小说列为青年人的必读书目，辅助青年一代了解历史创伤。加上，希伯来文学一直具有载道色彩，大屠杀文学具有介入意识形态论争并教育读者的功能，③ 阅读大屠杀文学作

---

① Elie Wiesel, "Does the Holocaust Lie Beyond the Reach of Art"？ In *Against Silence：The Voice and Vision of Elie Wiesel*, ed. Irving Abrahamson, New York：Holocaust Library, 1985, vol. 2, p. 126.

② Pericles Lewis, *Modernism, Nationalism, and the Novel*, Cambridge University Press, 2000, p. 11.

③ Yael Zerubavel, *Recovered Roots：Collective Memory and the Making of Israeli National Tradition*, The University of Chicago Press, 1995, p. 83.

品已经不单是单纯的文学欣赏活动，而且也是以色列读者了解和认知大屠杀历史的重要途径。以色列读者在接受英雄主义文学时出现的偏差，会在相当程度上造成对大屠杀历史的误解与歪曲。

卡－蔡特尼克在1961年艾赫曼审判的见证席上被问及为何他的书不署真名时，昏倒在地，披露了自己大屠杀幸存者的真实身份。这一引人注目的事件标志着以色列记忆历史上一个引人注目的转折点。对大屠杀恐怖的认知，尤其是当本土以色列人在1973年"赎罪日战争"后意识到犹太民族再次面临着毁灭的危险时，才开始认同大屠杀幸存者的遭遇，并把大屠杀当成以色列历史的组成部分，把大屠杀幸存者创造的争取生存的叙述，当成主流民族叙事的组成部分，在大流散与以色列国家建设之间建立了关联。之后，以色列读者对《玩偶屋》的接受，开始关注受难者的不幸和自身强大的重要。1967年"六日战争"① 之后出版的《玩偶屋》，便在结尾处加进了一位以色列士兵在牺牲前不久写给女友的一段话："我刚刚读完卡－蔡特尼克的《玩偶屋》"，"我感到从恐怖与无助中，涌起一股想强大起来的巨大力量……我们要是强大起来了！强大而自豪的犹太人！就将永远不会再次被送去屠宰……"。从这个意义上看，文学只是在反映历史，而真正的读者则通过阅读文学作品在重新解析与建构历史。

从对希伯来语大屠杀英雄主义的含义和英雄主义文学的探讨中可以看出，以色列人对大屠杀的记忆随民族身份的演变而表现出一种不确定，在塑造大屠杀记忆过程中的理解、认知、公众化、政治化、再现、误现、再理解、再认知等一系列活动，也折射出以色列人自建国以来身份的不确定。正如著名犹太历史学家汤姆·萨吉夫所说，"以色列人对大屠杀的痛苦面对，就像卡－蔡特尼克的故事一样，是不确定的身份的故事。对

---

① "六日战争"：指第三次中东战争，又称"六·五战争"，1967年6月5日，以色列为削弱阿拉伯联盟的力量，解除边境危机，相继空袭埃及、约旦和叙利亚，而后又发起地面攻击，阿拉伯国家奋起反击。战争共持续6天，以色列占领了埃及的西奈半岛，约旦河西岸，耶路撒冷老城和叙利亚的戈兰高地，数十万阿拉伯平民逃离家园而沦为难民。

大屠杀和大屠杀意义的理解随以色列人自我意识的改变而发生变迁。"[1]
对民族身份的塑造始终会受到时下国家意识形态的影响，反之要求对民族过去的记忆符合时下的需要，服务于时下的民族建设进程。出自本土以色列人和大屠杀幸存者之手的希伯来语大屠杀英雄主义文学既折射出这曲折而复杂的过程，又在某种程度上强化、改善并修复这个过程中的某个环节。读者在接受这些作品中所表现出的认同、误读与再理解，也反映出以色列国家的集体记忆与民族身份处在不断的更新之中。

《外国文学评论》，2008 年第 4 期。

---

[1] Tom Segev, *The Seventh Million：The Israelis and the Holocaust*, Trans. Haim Watzman, New York：Hanry Holt and Company, 1991, p. 11.

黛沃拉·巴伦：把情感和细腻带入
干巴巴的希伯来语

The First Day and Other Stories. Berkerly：CalifoniaPress，2001.

希伯来语文学批评家一般把 20 世纪初期登上文坛、直至 20 世纪 50 年代依旧进行创作的希伯来语女作家黛沃拉·巴伦（Dvorah Baron，1887 –1956）视为第一位现代希伯来文学女作家，甚至是第一位希伯来语女权主义作家，认为巴伦虽然不是现代希伯来文学史上的中心人物，但在希伯来文学传统中占据着重要位置，是 20 世纪初期真正以小说家身份步入希伯来文学经典作家之列的唯一女性。2001 年，美国加利福尼亚大学出版了英文版的巴伦短篇小说选《第一日和其他短篇》（*The First Day and Other Stories.* Berkerly：CalifoniaPress，2001），被遴选为年度"现代犹太文学巨著"。

在考察巴伦及其创作之前，我先简要谈及现代希伯来女性文学的起源问题。从希伯来文化史角度看，犹太女子自 19 世纪犹太启蒙运动下半叶开始跻身于文学创作之列，无异于一场革命。这是因为，古代希伯来文化传统是以男性为主导、男性占中心地位的文化传统。从《圣经》时代开始，犹太女子基本承担的是养儿育女、掌管家务的角色，在家从父，出嫁从夫，除没有男性子嗣的家庭外，女子一般没有财产继承权。《圣经》本身就是以男子为中心的一部书，从男性角度出发来观察犹太人生命体验的世界。《圣经》中虽然也有个别比较强悍的女子乃至女武士的出现，但从总体上无法改变父权制社会里那种男性中心论的基本特征。在这样的父权制社会里，只鼓励犹太男子致力于宗教学习，而把犹太女子排斥在接受智力教育的大门之外。

古代拉比文献①不主张女子学习祈祷文，甚至反对她们学习《摩西五经》。以研习《圣经》、《塔木德》和犹太律法为主要职责的犹太男子害怕女性可能污染膜拜仪式，或者会使他们分心，不能专心致志地进奉上帝，结果，女子不得在犹太会堂、学堂或者司法部门承担要职。这种传统一连延续了十几个世纪。② 在这期间，只有一些拉比鼓励一些出身富有或者学者家庭、富有天赋的犹太女子学习并教授犹太律法，这些犹太女子因此能够接受良好的教育，对犹太宗教、智力与文学生活做出了贡献。但在整个犹太文明历史的发展进程中，这样学识渊博的犹太女子在数量上微乎其微。

犹太人的民族语言——希伯来语的发展过程本身，也在某种程度上体现着犹太社会中社会性别体制的不平等。希伯来语是一门男性语言，或者是犹太学者所说的一门"父语"，不单纯指希伯来语在语法学上有阴性阳性之分；而且指从公元 135 年巴尔·科赫巴领导的反对罗马人的起义被最后镇压下去犹太人开始散居世界各地到 19 世纪中后期的近两千年间，伴随着希伯来语逐渐失去了口语交际功能这一文化进程，希伯来语成了男人们进行祈祷和学习宗教圣典的语言，为男人们所特有。在这一传统中，不具备学习犹太宗教圣典权利的犹太女性也逐渐丧失了使用希伯来语的能力。特拉维夫大学的女性文学研究者托娃·罗森教授在考察中世纪希伯来文学中的性格属性时发现，整个中世纪只留下公元 10 世纪下半期西班牙犹太文化黄金时期诗歌学校创办者达努什·本·拉伯拉特夫人创作的一首伤怀诗。③

在始于 18 世纪的犹太启蒙运动中，尽管以门德尔松为首的启蒙思想家倡导新的教育模式，鼓励用希伯来语进行世俗创作，鼓励把用其他语

---

① 古代拉比文献包括《密西拿》、《托塞弗塔》、《塔木德》、《密德拉希》汇编。

② Judith Romney Wagner, "The Image and Status of Women in Classical Rabbinic Judaism", In *Jewish Women in Historical Perspective*, ed. Judith R. Baskin, Detroit：Wayne State University Press, 1991, p. 71.

③ Tova Rosen, *Unveiling Eve：Reading Gender in Medieval Hebrew Literature*, Philadelphia：University of Pennsylvania Press, 2003, p. 1.

言撰写的著作翻译成希伯来语，甚至出版希伯来语刊物，但是在对待女性的态度上，早期的犹太启蒙主义者仍然维护着传统的社会模式，他们不但禁止女子学习《摩西五经》或其他犹太宗教经典，甚至阻止女子学习在男性启蒙教育中占重要作用的希伯来语。因此，犹太女子只能接受世俗教育，通过意第绪语或其他欧洲语言阅读文学。在这种教育氛围里，许多犹太女性缺乏基本的希伯来语知识，甚至在教堂里跟不上阅读祈祷文，就更谈不上用希伯来语进行阅读，乃至创作了。

按照伊里丝·帕鲁什的说法，即便到了19世纪60年代之前，启蒙思想家在听到希伯来女性读者接触希伯来语及其创作时，也仍然怀着不屑。他们并未提倡建立女子学校，而是鼓励女子采用非正式的方式学习，对这样的女子并不予以赞赏，而且在为女子写作作品时，采用所谓女子的阅读语言，即意第绪语。因此，当时掌握希伯来语的女子寥寥无几。只有到了19世纪80年代，犹太启蒙思想家才逐渐意识到有必要教女子希伯来语，使其参与到民族复兴的运动中。① 与此同时，一些犹太启蒙思想家如犹大·莱夫·戈登和大卫·弗里西曼希望在希伯来文学创作中听到女性的声音，在他们看来，女作家与大自然的关系更为密切，天生具有情感和审美品味。戈登本人还身体力行，注重培养希伯来女读者和作家。②

值得注意的是，希伯来女性文学创作实际上始于19世纪80年代之前。出生于著名的意大利犹太启蒙主义作家卢扎托之家的拉海尔·卢扎托·莫泊格（1790－1871）一般被学界视为第一位现代希伯来女诗人。拉海尔自幼接受了良好的犹太学教育，熟悉《塔木德》和《光辉之书》传统，作有希伯来语诗歌，描写婚姻、出生和死亡主题。俄国的撒拉·费格·梅因金·福纳（1854－1936）在26岁时撰写的小说《正当之爱或受迫害的家庭》（1881）是希伯来文学史上第一部女性长篇小说。小说的

---

① Iris Parush, *Reading Jewish Women*, *Marginality and Modernization in Nineteenth – Century East-ern European Jewish Society*, Lebanon, NH: Brandeis University Press, 2004, p. 221.

② Wendy I. Zierler, *And Rachel Stole the Idols*, Detroit: Wayne State University Press, 2004, p. 29.

背景置于意大利，写的是一个漂亮并受过良好教育的法国裔犹太姑娘与一个意大利犹太小伙子相爱，但是他们的恋情却遭到来自家庭和其他追求者的威胁。近年来也有学者把福纳说成第一位现代希伯来语女小说家。的确，福纳确实在上文提到的巴伦之前就发表过小说，但是她的作品不但在人物塑造、情节设置上比较粗糙，而且出现了许多语法错误，遭到了当时一些男性评论家的无情批评，甚至完全否定。这里涉及到希伯来文学的评判标准问题：首先，在19世纪末期到20世纪初期，从事文学创作的先决条件是通晓文化经典和希伯来语，即拉托克所说的男性文本，福纳虽然自幼也接触了一些古代希伯来文本，但其功力显然不能符合文学批评家的要求。其次，尽管现代希伯来文学创作始于18世纪末犹太启蒙运动期间，但严格地说，从18世纪末到19世纪80年代的近百年间应该说是现代希伯来文学的启蒙阶段。1881年俄国发生的集体屠杀事件、犹太启蒙思想家同化理想的幻灭、欧洲犹太社会内部的社会习俗和冲突、犹太复国主义运动的兴起、希伯来口语的复兴等诸多历史因素导致了希伯来文学本身从思想内容到审美类型和语言风格的革新，现代希伯来文学从此才真正进入成熟时期。从这个意义上看，福纳的早期小说尚属犹太启蒙时期的浪漫文学。

第一位得到男性主宰的现代希伯来文坛认同的女作家便是黛沃拉·巴伦。巴伦在1887年生于白俄罗斯，当时的犹太启蒙运动已经开始了百年之久，传统犹太世界中的某些陈规已经被打破。早在巴伦出生之前，俄国就出现了女子学校，但是在学习犹太传统方面这些女子学校无法与犹太男子学校或经学院相匹敌。俄国社会中的犹太教育仍然充满着高度的性别色彩。重视知识的家庭把男孩送进犹太宗教小学或者经学院，但主要让女孩通过各种方式接受世俗教育，结果造成这些年轻的知识女性越来越鄙夷传统的犹太社会，甚至蔑视自己的婚配对象——那些按照传统犹太文化标准培养出来的所谓精英，离犹太世界越来越远。在这种背景下，无论是犹太复国主义者还是正统派犹太教领袖达成共识，一向捍卫传统犹太律法的拉比建议犹太女子接受传统文化教育，而犹太复国主义者和犹太民族主义者则主张建立犹太学校，在那里教她们的女儿希伯来语和犹太历史，同时要让这些未来以色列国的妈妈们拥有民族主义意识。①

巴伦就是在这样的社会文化氛围中相继接受了犹太传统教育和世俗教育。她没有像传统的犹太女子那样被排斥在犹太民族文化传统的大门之外，而是像犹太男子一样自幼有机会学习希伯来语和犹太文化经典。巴伦是一个拉比的女儿，自幼天资聪颖，深蒙父亲喜爱，并跟随父亲学习希伯来语和犹太传统文化，甚至到父亲任教的犹太会堂听课，隔着布帘，与年轻的犹太男子一起学习《圣经》、《塔木德》、《密德拉希》和其他一些犹太律法经卷。与此同时，巴伦还在哥哥本雅明的指导下阅读犹太启蒙运动时期创作的希伯来文学作品，接触到了当时的进步思想。这样的教育不仅能使之能够精通希伯来语，熟悉自己的民族文化传统，而且也在一定程度上使之受到了当时已经兴起的犹太民族主义和犹太复国主义思潮的浸染。

1903 年，巴伦到明斯克和科夫诺接受世俗教育，像犹太男子那样自己资助自己，这对一个年轻女子来说显然具有很大的挑战性，后来她到一个叫做玛利亚姆波尔的小镇上读中学，边做家庭教师，边用希伯来语和意第绪语写作，并在一个小镇上指导一批怀揣犹太复国主义理想的犹太青年，有意无意地承担起传播犹太启蒙运动以来的新文化思想的角色，逐渐萌生了到巴勒斯坦教书的想法。1910 年，巴伦的父亲去世，她那位身为作家的未婚夫认为她作品中所描写的爱情和性爱有伤风化，甚至怀疑她本人的贞节，提出解除婚约，而她所居住的犹太村庄也在集体屠杀中毁于一旦，巴伦决定移居巴勒斯坦。因此，她的移居既可说是她接受犹太复国主义观念后的合理结局，也是她摆脱个人不幸命运的一种途径。

巴伦是希伯来文学史上第一位职业女作家，她从 1902 年 14 岁时便开始在杂志上发表作品，一些从事希伯来女性研究的学者往往把这一年当成现代希伯来女性小说的一个起点。1910 年移居巴勒斯坦后，精通希伯来语、并在创作上小有名气的她很快便得到当时著名的希伯来语作家

---

① Paola E. Hyman, "Two Models of Modernization: Jewish Women in the German and the Russian Empires", In *Jews and Gender: The Challenge to Hierarchy*, ed. Jonathan Frankel, New York: Oxford University Press, 2000, p. 47.

布伦纳的举荐，在文学杂志《青年工作者》从事编辑生涯，任用女编辑，这在文学大家辈出、文学标准苛刻、女作家寥寥无几、许多女诗人得不到承认的 20 世纪初年的巴勒斯坦，可以说是一件卓尔不凡的事，标志着巴伦的创作才能和成绩得到了男性同行们的认可。

应该说，巴伦抵达巴勒斯坦时期，女性希伯来语文学已经具备了生存的土壤。致力于希伯来语复兴运动的本－耶胡达已经公开倡导女子参与文学创作，认为只有女性才能把情感、温柔、顺从、微妙之处带入已经死亡的、古老的、被人遗忘、硬梆梆、干巴巴的希伯来语中，使之简明准确。[①] 更为难能可贵的是，本－耶胡达鼓励女性作家在她所办的报刊上发表作品。当时已经有尼哈马·普克哈切夫斯基（Nehama Pukhachewsky）以及哈姆达·本－耶胡达（Hemdah Ben-Yehuda）等第一代移民时期重要的希伯来语女作家活跃在了文坛上。这些女作家，描写她们的移民故事、特殊的人生经历、精神复兴、争取权益的斗争、日常生活体验，以某种特别的方式来延续自己的民族历史，在一定程度上弥补了早期拓荒者时期女性叙事话语在历史文献中的缺失。同时，她们也通过自己的创作，或者宣传，或者抗议，反映出女定居者的身份低人一等的社会现实，并且希望这种现状可以改变。

但是，需要指出的是，由于这些女作家处于一个历史发展时期的特殊阶段，她们所致力开掘的主题仍然和民族命运休戚相关，而女权，或者说妇女的特殊权益，则被放到了从属地位上。就像复兴希伯来语运动的先驱者、本－耶胡达之妻哈姆达·本－耶胡达所说，"当我们的同胞在世界各地受奴役、屈辱、迫害，甚至在自己的土地上遭受外国统治者的暴虐时，我们如何解放自己的女性？"她们首先要唤起的是女性的民族主义意识，其后才唤醒其女性意识。随着民族的复兴，女性问题才可以得到解决。[②] 因此，这些女性作家的创作往往更注重文学的载道功用，这样

---

① Wendy I. Zierler, *And Rachel Stole the Idols*, Detroit: Wayne State University Press, 2004, p. 36.

② Yaffa Berlovitz, "Literature by Women of the First Aliyah: The Aspiration for Women's Renaissance in Eretz Israel", In *Pioneers and Homemakers*, ed. Deborah S. Bernstein, Albany: State University of New York Press, 1992, p. 55.

一来便会影响到作品的审美价值。

在现实生活中，早在1911年，移居到巴勒斯坦地区的一些女性民族主义者和理想主义者便发起了妇女劳动者运动，当时正值第二次移民浪潮时期（1904－1913），这些新移民主要是来自俄国的青年女子。后来到了第三次移民浪潮时期（1919－1923），又有一些来自波兰、立陶宛和苏维埃俄国的青年女性投身到这场运动之中。她们声明，"我们，妇女劳动者，与男人一样，首先渴望通过在田野中在自然中劳动训练我们的精神和肉体，这样便可以摆脱我们从大流散中带来的习惯、生活方式，乃至思维方式。"① 女人相信，尽管由于历史原因，男人们一直在社会中居于统治地位，但女子拥有和男人一样的潜能，通过体力训练，可以克服被动、依赖的个性。通过自身的改变，来证明女性在犹太复国主义运动中建立独立的组织，并举行相应的活动具有合法性。

但是，以拓荒者和作家身份来到巴勒斯坦的黛沃拉·巴伦却没有能成为这样的新希伯来女性，也没有去描写这些女性的生活。巴伦在巴勒斯坦生活期间，始终无法忘却她早已远离了的象征着犹太传统文化的东欧犹太村落，她试图通过创作保留下那个正在消失的世界。巴伦在《青年工作者》杂志工作期间，结识了著名的犹太复国主义者、杂志的主编约瑟夫·阿哈龙诺维茨，与之结婚。第一次世界大战期间，这对年轻夫妇带着他们的女儿流亡埃及。四年后他们才回到巴勒斯坦，又重操旧业，继续从事编辑和创作。1922年，丈夫不再舞文弄墨，而是做起了工人银行的行长。巴伦本人也辞去了报纸的工作，开始了漫长的隐居生活。从一个活跃而富有创造性的作家和拓荒者，变成逃避社会的人，同时也被社会遗弃了。在她人生的最后30年里，巴伦几乎中断了所有的社会联系，几乎没有出过家门，甚至没去参加丈夫的葬礼。终日凭窗而坐，或倚床而卧，构思着一个个精致小巧的文本世界。

至于巴伦在巴勒斯坦选择了离群索居的生活却始终没有放弃艺术创

---

① Deborah S. Bernstein, *Pioneers and Homemakers: Jewish Women in Pre - State Israel*, ed. New York: State University of New York Press, 1992, p. 187.

作的原因，人们曾做出种种猜测，但未果而终。但隐居本身在逻辑上造成了两个后果：其一，巴伦虽然身在以色列地，但是却始终没有能够融入到当地的现实生活中，进而形成了别具一格的创作视角。与当时立志反映巴勒斯坦新生活的多数希伯来语作家不同，她没有关注怀揣各种梦想来到巴勒斯坦土地上的各式犹太人的欢乐、痛苦、忧伤、矛盾、失望等诸多情感，"几乎完全忽略了以色列地的新现实"，[①] 而是把笔锋伸向了过去，伸向了东欧犹太村庄，以此为依托，来构筑自己的文本世界，不知疲倦地描摹那里的人与事、生与死。而当时，活跃并主宰巴勒斯坦文坛的男性作家，包括来自流散地的大批作家，如诺贝尔文学奖得主阿格农等都在创作反映现实生活场景的小说。从这个意义上说，巴伦始终与她那个时代的希伯来主流文学，或者说希伯来男性文学处于一种对抗状态之中。[②] 与同时代的希伯来女作家和诗人也显得有些格格不入。

其二，根据拉托克的观点，只有摆脱了尘世的困扰，巴伦才能创造出一种非传统的现实世界，并且在这个世界里发号施令。丈夫在1937年去世后，巴伦一直跟女儿和女仆住在一起，她所生存的世界是个地地道道的女性世界。这种反常的生活方式与生存空间有助于形成她独特的创作焦点。尽管同样写东欧生活，但她没有像诺贝尔文学奖得主、希伯来语作家阿格农那样反映年轻的知识分子与传统犹太社区的疏离，也没有反映东欧社会的巨变；而是在创作中多以东欧犹太社区中的女性为中心，展现女性生活的各个层面，包括出生、成长、婚姻、家庭等。她用与男作家不同的细腻笔法来解释笔下女主人公的人生境遇，表现出犹太女性在男权社会里所受到的压抑，描绘了她们的边缘化身份。在她看来，女性的不幸不是因为"他者"的身份所致，更多的则是受到环境逼仄使然，被评论家视为"希伯来文学中第一位女权主义作家"。

在巴伦的许多作品中，均表现了在以男性为中心的犹太律法的制约

---

① Nurit Govrin, *Alienation and Regeneration*, Tel Aviv: MOD Books, 1989, p. 130.

② Nurit Govrin 在谈到巴伦没有任何把以色列为背景的作品时指出，也许巴伦自己认为有能力描写某种永恒而固定的生活方式，而在以色列地一切都处在变化之中，不适宜创作与这种更新的生活相关的真正文学。

下女子的不幸与悲苦。这一主题在加利福尼亚大学版《第一日》中反映家庭与婚姻的《休书》（1943 年）、《家》（1933 年）等小说中体现得非常明显。《休书》（根据加利福尼亚大学版《第一日》中该作品的标题译出，希伯来文标题"Kritut"的原意为"根除"、"剪除"。）在开篇中写道：在所有来到父亲的拉比法院的人中，那些将被送出丈夫家门的女子显得最为痛苦。而这些即将遭到丈夫弃绝的女子有两类：第一类女子本身并没有过错，她们在家里操持家务，尽心竭力地侍奉丈夫，但是却得不到丈夫应有的关爱，所得到的唯一回报便是丈夫透过热气腾腾的饭碗，朝她的方向瞥一眼，流露出满足或感谢。但有朝一日，或许受到某位憎恨女性的家人的影响，或者遇到了更为适合自己的女子，丈夫就会发生改变，甚至通过殴打子女的方式令她痛苦。而女子一旦不能取悦丈夫，丈夫就有权给她一封休书。

第二类是那些不育的女子。她们和丈夫一起生活十年，却没有给丈夫生下一男半女。小说中写了一个小贩，她曾经多年苦苦追求自己的邻居，一个失业的装订工，后来做了他的妻子。婚后，她一边买卖蔬菜和水果，一边在河边给人洗衣服，夜晚，她在面包房揉捏面团，挣几个铜板和一个小面包，与丈夫一起分享。这种生活赢得了周围邻里的羡慕。十年婚期已满，他们的婚姻便走到了尽头。丈夫的家人前来把他带回家，天真的她依然在安息日给丈夫送去他爱吃的食品。但终有一天，丈夫在两个哥哥的陪同下前来向她宣布离婚。在拉比法庭上，她的样子就像被送往屠宰场的公牛。丈夫很快便娶了另一个年轻的姑娘，而在犹太会堂里，刚刚生产后的新人光彩照人地出现在众人面前，而角落里却传出旧人的啜泣，继之便是恸哭。人们开始还安慰她，帮她找工作，但因为她没有答应，人们便离她而去。而她则在一个夏日的早晨，孤独地离开了人世。

小说篇幅虽短，但是揭示了女子父权制婚姻生活中的悲剧命运，造成这种悲剧的原因当然不乏丈夫喜新厌旧的因素，即由丈夫不忠而造成的个体悲剧。但丈夫对妻子的冷漠，乃至最终将其弃绝的做法，可以在犹太律法中找到依据。《大众塔木德》中曾经有过这样的说法，妻子不育，就不能履行养育家庭的婚姻目的，因此说"如果一个人娶了一位妻子，等待了10年之后她仍未生育，则不能允许丈夫继续不履行（生子传宗）的义务。"① 从这个意义上说，男子抛弃不能多年生育的妻子在犹太传统中具有其合理性。

女作家，包括女作家的母亲显然对女小贩这类遭到休弃的女子怀有深深的同情，母亲每每在法庭上看到这些女子的凄楚表情，都不禁背过身去，不然就是借故离开。女作家在作品的结尾，借用另一个女子之口发出质问："为什么不在那时就把她杀了，为什么让她承受漫长、缓慢的毁灭痛苦？"在这种愤慨的质问中，当然蕴涵了巴伦对男权社会中某种成规的不满，带有早期女权主义的味道。

在另一个短篇小说《家》中，对传统成规的不满则更加剧烈。小说女主人公迪纳是个穷教师的女儿，由继母抚养长大。经媒婆介绍，她和巴拉克结婚。十年过去了，迪纳与巴拉克仍旧没有孩子，离婚的日期逐渐迫近。作家以局外见证人的身份，主要通过父亲对离婚事件本身的反映，对被迫离婚的主人公寄予了同情。巴伦的父亲是个拉比，按理说应该毫不踟蹰地维系宗教律法，可他却把离婚视为"把一个灵魂与另一个灵魂分割开来"，在出庭判决那天，他一点也不快乐，终日不吃东西；在出庭的头天则彻夜难眠，在经卷中查询并思考与离婚有关的律法条目。而在女儿眼中，父亲则像塔木德圣哲埃里泽拉比及其追随者那样不主张夫妻分离。但是又无法解决婚姻生活中没有子嗣这一矛盾。信仰与情感就这样处于不可调和的冲突之中。

与《休书》不同的是，作家尽管没大肆渲染迪纳与巴拉克之间的爱，但透过字里行间，读者可以意识到，迪纳和巴拉克之间可以说是情意初通。迪纳在被迫走上法庭之前含悲忍痛，把她心目中认定的巴拉克未来要娶的一个孤儿女孩叫来，告诉她丈夫的饮食爱好，如何做食品。而当姑娘离去后，她自己发出酷似"荒野里野兽的悲吟"。丈夫巴拉克在拉比

① 亚伯拉罕·柯恩，《大众塔木德》，盖逊、傅有德等译，山东大学出版社，1998年版，第190－191页。

法庭上几乎说不出话，分明表现出不愿意接受宗教律法，抛弃迪纳，另娶他人。巴拉克的姐姐伤心恸哭。如果说造成《休书》中男女主人公的分离的原因，一方面来自宗教律法，另一方面来自家庭压力的话，那么造成《家》中迪纳与巴拉克分离的原因则完全在于在父权制社会里人们被迫奉行某种宗教律法成规。作为自幼跟随父亲学犹太传统文化与法典的巴伦来说，她把打破的途径寄托在上帝辅佐或奇迹的出现上：正当抄写员撰写休书时，出现了意外，休书不合规格，离婚判决无效。这对经历情感波折的夫妻回到家里，不到一年，迪纳奇迹般地生下一个男孩。作家把法庭上出现的奇迹解释为神佑，在她看来，之所以出现奇迹，是因为当人的痛苦超出了极限时，就会降临怜悯。

作家在描述迪纳和巴拉克这对没有子嗣的夫妻被迫接受离婚裁决的命运时，曾经联想到犹太先祖亚伯拉罕在那个远古的夜晚、向上帝做出撕心裂肺的发问："我将死而无子，你还赐我什么呢？"（《第一日》，第85页）令今天的读者不免思考文本与作家自幼所学习的希伯来叙事传统之间的关系。"不育女子"蒙上帝眷顾后生下奇子的母题曾经在犹太传统文献中反复出现。《创世记》中亚伯拉罕的妻子撒拉多年不育，但上帝却许诺亚伯拉罕的"后裔如同地上的尘沙"（《创》13：14）、如同天上"众星"那样繁多。这个承诺直到撒拉和亚伯拉罕年迈，在生理上不具备生育能力之际才得以兑现，于是便有了亚伯拉罕百年得子以撒之说（《创》21）。以撒的妻子利百加不育，以撒祈求上帝。耶和华应允，利百加怀孕，在以撒60岁时为他生雅各和以扫（《创》25：20－25）。雅各的爱妻拉结不能生育，后来得到神的顾念，怀孕生约瑟（《创》30：23－24）。后来的不育女子又有玛挪亚之妻、以利加拿之妻哈拿等，均在祈求上帝后蒙上帝顾念后生子。女子不育母题在《圣经》中的反复重现，强调的是上帝具有创造与主宰力量。后来研究圣经与拉比文学中不育母题的学者则试图在不育女子与犹太民族之间建立一种关联。如果说在以男性话语为主宰的圣经文学中，对不孕女子的顾念象征着上帝对以色列民族的救赎，那么到了二十世纪初年，女作家对这种主题的展现，则典型地代表着非经典书目之外的文学表现形式。① 在这种表现形式下，女主人公不再是民族的象征，而是成了个体人。上帝也不像在神话传说里那样以父权制的最高象征直接出现在作品中，而是存在于女作家的意念中，并且以艺术化的形式，即安排所谓奇迹的出现，使受难女子得到拯救，其命运也随之发生根本的转折。巴伦在作品的结尾，安排了女主人公迪纳怀孕生子的细节。这一大团圆式的结局，当然符合读者的审美期待，也显示出父权制社会中的犹太女子对生活寄予的美好愿望。但是不难看出巴伦这位熟谙犹太传统的女作家，尽管同情不育女子的命运，反对把女子当成履行家庭义务的牺牲品，可是却把传统的成规当成一种参照系，当成某种永恒的不可逾越的界碑，而不是从根本上打破父权制的戒律。

巴伦精通多种语言，曾把契诃夫、杰克·伦敦等作家的短篇小说和福楼拜的《包法利夫人》翻译成希伯来语。她在风格上受到契诃夫和莫泊桑的影响，在确立主题和运用讽刺手法等方面受到福楼拜的影响。在世之际，巴伦就发表了十多个短篇小说集。加大版的《第一日》中共收入了巴伦的 18 个短篇小说。从艺术角度看，巴伦经常在自己的作品中使用圣经典故，在过去与现在之间建构起一种类比关系。这些圣经比喻与对立陶宛一个犹太村庄所展开的叙述结合起来，给反英雄本身赋予了一种神秘的深意。它们扩展了乡省背景，同时复活了古老的文本，在当今产生一种超越生活的历史叙事或原型维度，达到了相当高的艺术水准，故而代表着 20 世纪初期希伯来女性文学的最高成就。

《中国图书评论》，2009 年第 4 期。

① Wendy I. Zierler, *And Rachel Stole the Idols*, Detroit: Wayne State university Press, 2004, p. 191.

希伯来语复兴与犹太民族国家建立

摘要：自公元 2 世纪始，希伯来语从流亡异乡的犹太人的日常生活中消逝了近两千年后，终于在 20 世纪上半叶复兴，成就了一部语言复兴与民族重生的双重神话。然而揆诸史实，却发现：选择哪种语言作为民族语言不是一个单纯的文化现象，而是某一特定历史时期思想启蒙与民族意识崛起的产物，体现为语言复兴和民族国家创建思想上的碰撞和交锋，期间的反复和曲折导致 18 世纪犹太启蒙运动与希伯来语书面语率先复兴、19 世纪下半叶希伯来语口语才在犹太民族主义与复国主义的纠结下缓慢复兴、20 世纪上半叶希伯来语在现代民族国家创建的推动下全面复兴。

关键词：希伯来语　犹太复兴　启蒙民族主义

希伯来语作为古代以色列人（犹太民族的祖先）的通用语，曾为世人奉献了被视为西方文明源头之一的《圣经》。但随着犹太人漂泊异乡，希伯来语逐渐丧失了口头交际功能。与某些在现实生活中失去生命力的古典语言如拉丁语不同的是，希伯来语尽管在近两千年当中不再用于口头交流，可又在现代社会里得以复兴，并成为当今以色列人的母语，此乃人类语言文化史上的一个独特现象。国外学者对这一现象的研究大体上可分为两类。一、从语言史角度考察犹太民族在走向现代化和世俗化的历史进程中如何复兴希伯来语，并把它当成接近西方世界的一门工具，阐释不同时期希伯来语的构词特点，以及俄裔犹太人本－耶胡达

（Eliezer Ben-Yehuda，1858－1922）在复兴希伯来语过程中所起的独特作用。① 二、从语言学、历史学、文化学角度，通过分析希伯来语语言学家与历史学家所承担的角色，探讨希伯来语如何成为以色列官方语言的进程，以及它在塑造新型犹太民族身份中的作用。② 国内学者或从语言学角度出发，讨论希伯来语本身的发展变化和复兴手段，③ 或从政治、民族认同、宗教、历史等角度探讨希伯来语成为以色列民族通用语的成因，④ 但在考察希伯来语复兴过程时尚未关注希伯来语复兴与犹太启蒙运动及犹太现代化进程之间的因果关系，也未涉猎希伯来语复兴在犹太民族国家建立进程中的关键作用。本文把希伯来语的复兴放到 18 世纪犹太启蒙运动与 19 世纪以来犹太民族主义兴起与犹太民族国家创建的过程中加以考察，探讨希伯来语书面语和口语的复兴过程，以期说明选择哪种语言作为民族语言不是一个单纯的文化现象，希伯来语复兴创立的也不只是民族语言复兴的神话，而是更为复杂且具体的社会历史发展的产物。

一、希伯来语是否死去？

"希伯来语是否死去"为犹太历史学家和语言学家历来颇为关注的问

---

① Eduard Yechezkel Kutscher, *A History of the Hebrew Language*, ed. , Raphael Kutscher , Jerusa-lem：The Magnes Press, 1982；Joel M. Hoffman, *In the Beginning：A Short History of the Hebrew Language*, New York and London：New York University Press, 2004；Jack Fellman, *The Revival of a Classical Tongue：Eliezer Ben Yehuda and the Modern Language*, 1973；The Hague：Moton, Joseph Shimon, *Reading Hebrew：The Language and the Psychology of Reading It*, Mahwah, N. J. ：Lawrence Erlbaum Associates, 2006.

② John Myhill, *Language in Jewish Society：Towards a New Understanding*, Clevedon, Buffalo, Toronto：MULTILINGUAL MATTERS LTD. , 2004；Alain Diecknoff, *The Invention of A Nation ：Zionist Thought and the Making of Modern Israel*, Trans. Jonathan Derick, London：Hurst & Company, 2003；Ron Kuzar, *Hebrew and Zionism：A Discourse Analytic Cultural Study*, Berlin, New York：Mouton de Gruyte, 2001；Benjamin Harshav, Language in Time of Revolution, Berke-ley, Los Angeles：University of California Press, 1993.

③ 张荣建，《论希伯来语复兴过程中的词汇现代化》，《重庆师范大学学报》，2008 年第 6 期；张荣建，《学校教育在希伯来语复兴中的重要作用》，《重庆师范大学学报》，2009 年第 4 期；王帆，《从语言学角度看希伯来语的复兴》，《考试周刊》，2009 年第 30 期。

④ 林书武，《希伯来语成为以色列民族共同语的原因》，《外语研究》，2001 年第 1 期；王跃平，《希伯来语的复兴》，《黑龙江科技信息》，2008 年第 27 期。

题。从语言学角度看，希伯来语属于闪米特语的一支，[①] 只有 22 个辅音字母，是古代希伯来人，即犹太民族的祖先，约在 3000 多年前征服巴勒斯坦地区后从居住在同一地区的腓尼基人（该部落约于公元前 1550 年至公元前 300 年居住在美索不达米亚地区）那里继承下来的书写体系和辅音体系，[②] 自公元 6 世纪才开始创立一套元音标音符号，书写方式从右到左。希伯来语通常使用三个辅音字母构成词根来表达某种核心意义，并用改变元音和其他辅音的办法衍生不同的词汇。[③] 最早的希伯来语见于《圣经》诗歌（包括《摩西五经》和早期先知书）中所使用的古体圣经希伯来语。《士师记》第五篇的《底波拉之歌》被考证为最早的希伯来语文本，约成书于公元前 12 世纪。成书于公元前 10 世纪至公元前 6 世纪（第一圣殿时期到"巴比伦之囚"时期）的《圣经》经文一般被界定为标准的圣经希伯来语。[④] 圣经希伯来语也是古代犹太民族在公元前 12 世纪到公元前 1 世纪所讲的语言。约成书于公元前 500 年至公元前 150 年（第二圣殿时期）的《历代志》及其后来的著述一般被当作后期希伯来语。[⑤] 在这一时期，阿拉米语逐渐取代希伯来语，成为古代犹太民族的交流用语。

古代希伯来语从犹太民族的通用语到面临改进、流失、甚至消亡的压力，无疑与古代犹太历史密切相关。发生在公元前 586 年的"巴比伦之囚"事件使犹太人第一次失去了独立的国家，开始流落异乡，尽管此次流亡只持续了半个世纪，犹太人便得到波斯国王居鲁士的特许，回到

---

① 闪米特语是古代居住在美索不达米亚（今伊拉克）、叙利亚、巴勒斯坦、阿拉伯半岛和埃塞俄比亚的人们所使用的语言。闪米特语根据地理分布划分为东北闪米特语、西北闪米特语、西南闪米特语。在古代，主要是叙利亚－巴勒斯坦地区讲西北闪米特语。这一支系的语言包括亚摩利语、乌加里特语、迦南语、摩押语、希伯来语和阿拉米语。东北闪米特语包括阿卡德语（亚述语和巴比伦语）。西南闪米特语包括古代阿拉伯语（《古兰经》语言）、南部阿拉伯语以及埃塞俄比亚语。参见 Eduard Yechezkel Kutscher, *A History of the Hebrew Language*, pp. 3 – 4。

② Cf. Joel M. Hoffman, *In the Beginning: A Short History of the Hebrew language*, p. 3.

③ 参见徐新等主编《犹太百科全书》，上海人民出版社，1992 年版，第 328 页。

④ 这两个时期的希伯来语一般称做圣经希伯来语的"黄金时期"。

⑤ 这一阶段的圣经希伯来语被称做圣经希伯来语的"白银时期"。

耶路撒冷，重建家园，但自"巴比伦之囚"开始的被征服与流亡命运改变了犹太人的语言发展进程，希伯来语从此不断吸收外来语。尤其随着公元前332年马其顿国王亚历山大东征，中东地区沦为希腊人的统治辖区；公元前63年，罗马将军进兵耶路撒冷，犹太人的家园沦为罗马行省的组成部分，公元66年第一次犹太战争爆发，公元70年第二圣殿被毁，公元135年巴尔·科赫巴起义失败，犹太人再度踏上流亡之路等。经过这一系列历史性的变迁，犹太人不得不接受并使用其他民族语言，先是当时在中东占主导地位的阿拉米语，而后是希腊语和拉丁语。① 从此，希伯来语的语言交际属性逐渐弱化，仪式目的不断增强。

在中世纪，希伯来语已经不再用于口头交流，但是吸收了希腊语、波斯语、西班牙语和阿拉伯语中的许多词汇。② 生活在使用拉丁语的基督教国家的犹太人，多把希伯来语作为唯一的书面语言；生活在阿拉伯世界的犹太人，往往因为希伯来语与阿拉伯语在语言体系上十分接近，喜欢使用阿拉伯语进行创作。由于受到阿拉伯文学，尤其是阿拉伯诗歌的影响，③ 一些犹太拉比和学者也用古代希伯来语开始进行诗歌创作。在公元3到5世纪，甚至出现了一种新型的宗教诗歌形式——赞美诗。此类诗歌主要采用圣经希伯来语，并且加进了密西拿希伯来语和阿拉米语的表达方式。到公元10到13世纪，希伯来语诗歌创作在西班牙和意大利达到了繁荣阶段。伊本－加比罗尔（Ibn Gobirol，1021－1058）、犹大－哈列维（Judah Halevi，1075－1141）等诗人甚至用希伯来语反映世俗生

---

① 从公元1世纪到4世纪（圣殿被毁后耶路撒冷由罗马统治时期）在耶路撒冷所讲的语言被学术界称为密西拿希伯来语。使用密西拿语的文献，除《密西拿》著述之外，还有系列《密德拉希》著述（指拉比们对《圣经》的评注）、《托塞夫塔》（犹太教口传律法的口传评注汇编）等。密西拿希伯来语与圣经希伯来语的区别之一在于它借鉴了阿拉米语和希腊语，这也是后来人们为什么认为圣经希伯来语是最为纯化的希伯来语的原因之一。同圣经希伯来语相比，密西拿的希伯来语词汇量扩大了许多，加进了商业、手工业方面的词汇，比圣经希伯来语更具有实用性。而在犹地亚沙漠发现的《死海古卷》（约成书于公元前3世纪至公元1世纪）可以被视为连接圣经希伯来语和后来密西拿希伯来语的一个纽带，《死海古卷》所采用的语言形式包括圣经希伯来语、阿拉米语和密西拿希伯来语。
② 学术界通称这一时期的希伯来语为"中古希伯来语"或"中世纪希伯来语"。
③ Cf. Joseph Shimon, *Reading Hebrew: The Language and the Psychology of Reading It*, p. 118.

活，在诗歌主题与诗歌形式上受到阿拉伯诗歌的影响。他们主要使用的依然是圣经希伯来语，并且试图在创作中颂扬圣经希伯来语的美感，在这方面有些类似阿拉伯语诗人对《古兰经》的赞美。① 与此同时，一些宗教领袖使用希伯来语创作赞美诗，或者用希伯来语对《圣经》、《塔木德》和《密德拉希》进行宗教诠释。

同时，用希伯来语阅读却是一代代犹太人延续下来的传统。出于宗教信仰的需要，犹太人依旧希望用希伯来语阅读和唱颂《圣经》和《塔木德》，用希伯来语进行祈祷，在犹太会堂用希伯来语举行各种宗教仪式。在犹太民族教育中希伯来语也仍旧占据着重要位置，即使普通的犹太男子，也要用希伯来语诵经，背诵和信仰有关的文献。对于散居世界各地没有一门共同语言的犹太人来说，希伯来语还可有助于必要的交流。这样一来，希伯来语在犹太人漫长的流亡过程中便成为了标识和维系犹太人民族身份的重要手段。

可见，称希伯来语已经死去，是一种相对的说法，这实际上指希伯来语已经不再是一门口头用语，并且逐渐失去了以希伯来语为母语的人群。尤其是在漫长的流亡过程中，犹太人日渐采用居住国的语言进行交流，并从 10 世纪开始，创立了以希伯来语、德语、法语和斯拉夫语为基础的意第绪语，用于犹太人之间的日常生活交流，希伯来语的生存与延续面临着严峻的挑战。

二、犹太启蒙运动与希伯来语书面语的复兴

率先复兴的是希伯来语书面语，这与 18 世纪中后期犹太启蒙运动直接推动密切相关。复兴希伯来语书面语为的是实践犹太启蒙思想家提出的犹太人要接触西方社会、融入现代化进程的主张。18 世纪中后期，欧洲的犹太知识分子马斯基里姆（Maskilim）由于受到欧洲启蒙运动的影

---

① Joseph Shimon, *Reading Hebrew*：*The Language and the Psychology of Reading It*, p. 118.

响，响应德国思想家摩西·门德尔松（Moses Mendelssohn，1729－1786）及其门生的倡导，首先在德国发起了犹太启蒙运动，即希伯来语所说的"哈斯卡拉"（Haskala，希伯来语意为"启蒙"），亦被称为希伯来启蒙运动。其宗旨在于建立一种适应现代文明需要的犹太世俗文化，包括让"隔都"（Ghetto，指犹太人居住的隔离区）的犹太学生在研习宗教文化之际，在思想视野受到《塔木德》的禁锢与压抑之时，接受一些世俗文化与科学教育，甚至学一些欧洲语言，以便使犹太人走出"隔都"，融入现代文明社会。

应该承认，这场思想文化运动受到德国现代思想，尤其是其"教化"（Bildung）范畴的影响。门德尔松在参加1873年《柏林月刊》举办"何谓启蒙"的辩论时，强调启蒙必须在教化之下进行。① 在犹太启蒙者马斯基里姆看来，教育的目的在于启蒙思想：用知识战胜愚昧，用理性战胜迷信，用现代文明之光驱走中世纪的黑暗。② 但是，究竟用何种语言向犹太人进行启蒙教育，确实是个非常严峻的问题。因为对一部分早期犹太启蒙运动倡导者来说，他们所追求的双重目标是矛盾的：一方面要把犹太人改造为真正的欧洲人，实现同化；另一方面，又希望犹太人继续保持自己的民族特性。③ 在他们看来，意第绪语虽然是当时犹太人的口头交流语言，但那不过是德语的一种"方言"，丝毫也不雅驯，与圣经希伯来语相形见绌。况且，意第绪语也不是所有犹太人的语言，只用于德国和东欧的犹太社区。巴尔干半岛、土耳其以及西班牙裔犹太人讲拉迪诺语。德语虽然是通往现代文明的中介，但它毕竟不是犹太民族的语言，更何况，当时许多犹太人根本不懂德语。而希伯来语则是能够体现古代

---

① 关于《柏林月刊》举办的"何谓启蒙"的辩论，参见曹卫东《"犹太人的路德"：门德尔松与启蒙思想》，《中国图书评论》2006年第4期。关于门德尔松的教育思想，国内文献参见张倩红《困顿与再生——犹太文化的现代化》，江苏人民出版社，2003年版，第49－64页。鉴于本文讨论的重点在于希伯来语的复兴，故不对此问题进行详细阐述。

② David Patterson, *A Phoenix in Fetters: Studies in Nineteenth and Early Twentieth Century Hebrew Fiction*, Maryland: Rowman & Littlefield Publishers, INC, 1990, p. 4.

③ 大卫·鲁达夫斯基，《近现代犹太宗教运动：解放与调整的历史》，傅有德等译，山东大学出版社，1996年版，第68页。

民族辉煌的语言，富有德国哲学家赫尔德所说的"神性"，① 是神圣的语言，能够与古代先祖所居住的土地建立起一种关联，也是犹太人唯一可以支配的语言。

犹太启蒙思想家所倡导的是圣经希伯来语，并有意识地避免使用密德拉希希伯来语和中世纪希伯来语。之所以如此，除上文所分析的希伯来语《圣经》与古代希伯来历史和家园具有关联，圣经希伯来语纯粹、神圣之外，也在某种程度上顺应了当时欧洲非犹太世界尊重圣经时期的犹太人但蔑视其后裔的思想。门德尔松身体力行，把希伯来语的《摩西五经》、《诗篇》、《雅歌》、《传道书》等翻译成德文，并撰写了希伯来语注释，以此为大批犹太人架设了一条通往德国文化的桥梁，逐步融入世俗文化、文学、哲学和科学的广阔天地。② 塞西尔·罗斯对门德尔松翻译的《摩西五经》给予了高度评价，称这一译作开创了德国犹太人的乡土文学，各种评注也突破了《塔木德》研究的学术圈子，为现代希伯来文学提供了发展动力。③

圣经希伯来语尽管优美典雅，简约纯正，但它毕竟是一门古老的语言，词汇量小，表意范围有限，只适用于与圣经相关的内容，大量出现在哲学、科学、地理、历史等书籍中的现代词汇根本无法在圣经语言里找到相应的表达方式。正如第一位希伯来语小说家亚伯拉罕·玛普（Abraham Mapu，1808－1867）所说，希伯来语可以用来创作以圣经时代为背景的长篇小说《锡安之恋》，但是无法描写反映当代生活的小说。④

随着启蒙运动由德国向加利西亚和俄国的东进，俄国作家门德勒·莫凯尔·塞弗里姆（Mendele Mokher Sofirim，1835－1917，即阿布拉莫维

---

① J. G. Herder, *Against Pure Reason*：*Writings on Religion*，*Language and History*，Minneapolis：Fortress Press，1993，pp. 158－174. See also Moshe Pelli, *In Search of Genre*：*Hebrew Enlightenment and Modernity*，Lanham：University Press of America，2005，p. 21.

② 大卫·鲁达夫斯基，《近现代犹太宗教运动：解放与调整的历史》，傅有德等译，山东大学出版社，1996 年版，第 64 页。

③ 塞西尔·罗斯，《简明犹太民族史》，黄福武等译，山东大学出版社，1997 年版，第 405 页。

④ Eduard Yechezkel Kutscher, *A History of the Hebrew Language*，p. 186.

茨）对启蒙时期以来的希伯来语加以改良，他把圣经希伯来语和密西拿希伯来语结合起来，并借用了阿拉米语、祈祷书、中世纪希伯来语文学和民间文学的表达方式，以及意第绪语文学的口语特征，创立了一种鲜活的希伯来语文体。尽管门德勒创立新的语言文体只是出于文学创作和文学表达的需要，他本人对复兴希伯来语根本不感兴趣，也不奢望希伯来语有朝一日会成为犹太民族的通用语，甚至在作品中嘲弄那些一门心思要讲希伯来语的人；但他所创立的希伯来语却通过文学创作影响了几代人，奠定了犹太复国主义的文化基础。

显然，早期的犹太启蒙思想家是把希伯来语当成媒介，借此接触欧洲，向犹太人传播欧洲文化价值，进而达到同化的目的，这也是犹太人渴望步入现代化进程初期的手段。也许，启蒙运动的倡导者鼓励其追随者学习当代语言，精通之后就可以抛弃希伯来语，进而选择一门更适应现代文明需要的语言；[1] 但他们提倡把圣经希伯来语用作文学语言反映世俗主题，客观上也为后来的民族语言复兴做了重要铺垫。

三、犹太民族主义者的语言观与希伯来语口语的复兴

与书面语改良形成鲜明对照的是，复兴希伯来口语的理念是随着犹太民族主义与犹太复国主义思想的崛起而萌芽、成型，又在散居世界各地的犹太人移民巴勒斯坦建立现代犹太民族国家以色列国的历史进程中逐步得以实施。希伯来语口语的复兴与犹太民族主义和犹太复国主义纠结在一起，因而也显示了与两者类似的反复、曲折的历程。

19世纪的欧洲，民族自治、民族统一、民族认同等观念已经深入人心。西班牙、俄罗斯和德国反抗拿破仑，塞尔维亚和希腊反抗奥斯曼帝国，波兰反抗沙皇帝国，比利时独立，拉丁美洲各地区成功地脱离西班牙帝国，建立系列拉美独立国家。即使当时的这些反抗和起义在多大程度上具有民族主义的成分是有争议的，但无疑对19世纪的犹太思想家产

---

① Joseph Shimon, *Reading Hebrew: The Language and the Psychology of Reading It*, p. 120.

生了很大的影响，可以说犹太民族主义是在欧洲民族主义的背景下应运而生的。最早的犹太民族主义理念出现在 19 世纪下半叶的欧洲，当时以西奥多·赫茨尔（Theodor Herzl，1860－1904）为代表的从政治上复兴犹太民族的主张尚未面世。也就是说，在这之前，犹太人并没有把自己视为一个民族。①

犹太民族主义与犹太复国主义在某种程度上相辅相成。身为犹太民族主义复兴者的摩西·赫斯（Moses Hess，1812－1875）又是犹太复国主义先驱，在《罗马和耶路撒冷—最后的民族问题》中，摩西·赫斯主张犹太人应当为争取民族的生存而斗争。认为犹太人"不是一个宗教团体，而是一个独立的民族，一个特别的种族"，提出返回故土，即巴勒斯坦的犹太国的主张，但在 19 世纪 60 年代，赫斯的民族主义思想并未在犹太人当中找到市场，而是遭到一些犹太知识分子的猛烈攻击。只有数十年后，当"犹太复国主义之父"赫茨尔首次读到赫斯的作品，不免写下"我们力图要做的一切，都已经在他的书中"，情形才有所改观。②

著名的希伯来语作家佩雷茨·斯摩伦斯金（Peretz Smolenskin，1842－1885）曾经反复强调，犹太人是一个民族，即使在失去家园之后仍然是一个精神的民族，他指出 18 世纪启蒙运动试图借助希伯来语引导犹太人走出"隔都"，融入欧洲文明，实际上是借民族现代化之名，在精神上瓦解犹太人，会危害整个犹太民族的生存。

斯摩伦斯金在犹太民族主义尚未得到广泛认同之际，便以他所供职的当时最有影响的一份希伯来语报纸《黎明》（Hashakhar）为阵地，大量宣传民族主义思想。他强调希伯来语言的重要性，相信没有希伯来语就没有《托拉》（即《摩西五经》），而没有《托拉》就没有犹太民族。斯摩伦斯金的言行确实反映了犹太启蒙运动中的一个悖论现象，即在启

---

① 这里所说的"民族"为现代民族，目前犹太学界可以接受这种说法。但也有学者把古代犹太人在公元 66 年反对罗马人的起义当成古代犹太民族主义的范例。Cf. David Goodblatt, *Elements of Ancient Jewish Nationalism*, Cambridge: Cambridge University Press, 2006.

② 沃尔特·拉克，《犹太复国主义史》，徐方、阎瑞松译，上海人民出版社，1992 年版，第 57－68 页。

蒙运动中，某些融入世俗文化的犹太人放弃了对希伯来语的兴趣，对历史、科学、德文比较热衷，并想通过改宗等手段为德国文化所接受。门德尔松去世时，德国犹太人与德国文化已经有较大程度的融合，可以说了却了门德尔松的一个心愿；但他试图保持本民族文化的愿望却付诸东流。在不到一个世纪的时间里，他所有的直系亲属纷纷改宗。但是，这些改宗者又没有被他所痴心向往的欧洲文化所接受，一旦具备了某种政治、社会、文化条件，他们会在反犹声浪中遭到欧洲社会的无情抛弃。说到底，斯摩伦斯金与门德勒一样毕竟是文人，而不是政治家，他的建议虽然给人以深刻印象，但论据不充分。他倡导年轻一代学习希伯来语，但目的在于强化犹太民族意识，而不是想，或者说不敢奢望，把希伯来语恢复为口语，用于民族内部的交流。

就连以赫茨尔为代表的犹太复国主义先驱，最初也未曾憧憬将希伯来语定为梦想建立的新型犹太国的语言，甚至想借鉴瑞士等国家的经验保持多语共生的局面。赫茨尔在《犹太国》一书中指出，"我们想要有一种共同的语言会有不少困难。我们互相之间无法用希伯来语交谈。我们当中有谁掌握了足够的希伯来语，能靠说这种语言去买一张火车票？这样的事情是做不到的。然而，困难却是很容易被克服的。每个人都能保持他可以自由思考的语言。瑞士为多种语言共存的可能性提供了一个具有说服力的证明。我们在新国家中将保持我们现在这里的这种情况，我们将永远保持对我们被驱赶离开的诞生之地的深切怀念。"[1] 在早期犹太复国主义者看来，将犹太人团结在一起的是信仰，而不是语言，因此不会强制推行一种民族语言。

如果说启蒙思想家或斯摩伦斯金那些早期民族主义者注重的是语言的文化意义及交流价值，那么犹太复国主义先驱则更多地是因为立国和意识形态的需求，才在日后推广希伯来语。他们来自讲意第绪语的东欧世界，在他们眼中，意第绪语虽然具有交流价值，但它代表着犹太人在欧洲的流亡体验，是德语与希伯来语杂交后的产物，不能用作巴勒斯坦

---

[1]　西奥多·赫茨尔，《犹太国》，肖宪译，商务印书馆，1993年版，第81—82页。

犹太人的国语。选择希伯来语有强调犹太人集体身份的意义。①

希伯来语口语化的过程是在犹太民族主义与犹太复国主义的语境之下由俄裔犹太人本-耶胡达及其追随者倡导、实施并实现的。在相当一段时间内，本-耶胡达被视为单枪匹马复兴希伯来口语的天才，其作用有些被夸大。② 不过，本-耶胡达在创造这一奇迹的过程中发挥了无法取代的关键作用。并非本-耶胡达首次提出把希伯来语重新用于犹太人口头交流的语言，也不是他初次提出通过教育普及希伯来语的主张，但是，是他首次提出在以色列地，即巴勒斯坦发展希伯来口语的建议，并身体力行，把梦想化作现实。

构成本-耶胡达思想的基础是犹太民族主义。本-耶胡达在自己的回忆录中指出，他一生中有两大遗憾：一是没有出生在耶路撒冷，甚至没有出生在以色列地；二是自己来到这个世界上最初讲的语言不是希伯来语。③ 但他早年就怀揣着到祖先生存过的土地上定居并讲希伯来语的梦想。④ 在本-耶胡达幼年时代，犹太启蒙运动已经从德国东渐到加利西亚地区⑤和俄国，有三位犹太启蒙思想家和一位非犹太人对本-耶胡达确立并表达自己的民族主义思想产生了重要影响。第一位犹太启蒙思想家是故乡的拉比约瑟夫·布鲁卡（Joseph Blucker）。他通过布鲁卡拉比开始接触犹太启蒙思想，并逐渐得知原来希伯来语可以用来表达世俗思想，于是阅读玛普的长篇小说《锡安之恋》、《撒玛利亚之罪》等新文学作品，以及用希伯来语翻译的鲁滨逊的故事，对希伯来语产生了强烈的热情，

① Alain Dieckhoff, *The Invention of a Nation：Zionist Thought and the Making of Modern Israel*, p. 102.

② John Myhill, *Language in Jewish Society：Towards a New Understanding*, p. 78.

③ 本-耶胡达于1858年出生在立陶宛的一个村庄，幼年丧父。与同龄的犹太孩子一样，他从小便开始学习希伯来语言和《托拉》，后学习《密西拿》和《塔木德》，十三岁后就读于附近一所犹太经学院。

④ Eliezer Ben-Yehuda, *A Dream Come True*, trans. T. Muraoka, Boulder, Oxford：Westview Press, Inc, 1993, pp. 16–17.

⑤ 加利西亚，旧时地区名。在今波兰东南境，属维斯瓦河上游谷地。居民西部为波兰人，东部为路得尼亚人，历史上长期为俄、奥争夺目标。1795年第三次瓜分波兰时，西加利西亚被奥地利占据，1867年东部亦被占据。第一次世界大战后，奥匈帝国瓦解，加利西亚归还波兰。

甚至用希伯来语和同学交谈。舅舅得知他对犹太启蒙运动发生兴趣后，很不愉快，便让他转学到自己居住的格鲁博基一所经学院。但是本－耶胡达暗地里继续学习希伯来语语法，阅读世俗文学。第二位犹太启蒙主义者是他的岳父——施罗莫·约拿斯（Shlomo Yonas）。当时舅舅已经决定不再做本－耶胡达的监护人，本－耶胡达只好留宿犹太会堂。当约拿斯意识到这个孤独的年轻人有望成为启蒙者之后，便把他请到家中，让女儿德沃拉（本－耶胡达的第一任夫人）教他俄语、法语和德语等多种语言。从此，他经常阅读宣传民族主义思想、在东欧犹太启蒙运动中影响深远的希伯来文期刊《黎明》。①

　　1874 年，本－耶胡达又到德国都纳贝克（Dunaberg）求学，在年轻的犹太启蒙主义者维汀斯基的引领下，接触到俄国的革命运动，维汀斯基被视为他的又一位精神导师。在那一阶段，本－耶胡达的思想一度陷入虚无。但是，斯摩伦斯金等人编写的《黎明》杂志，重新唤起了他对希伯来语的热情。对他来说，斯摩伦斯金的创作固然比车尔尼雪夫斯基的《怎么办》离他要遥远，但是这些小说中所反映的人生与时代却让他乐于阅读。尽管他赞同斯摩伦斯金对门德尔松等启蒙思想家的批判，但不肯接受斯摩伦斯金关于没有土地的犹太人可以实现文化复兴的主张。②

　　直接唤起本－耶胡达的民族主义情绪并把追求犹太国家的想法付诸行动的原因有二：1877 年和 1878 年之间爆发的俄土战争，乔治·艾略特的小说《丹尼尔·德龙达》（1876）。在他看来，如果巴尔干的斯拉夫人借助俄国摆脱奥斯曼帝国统治的民族解放运动是正义的，那么犹太民族主义也是正义的。而艾略特小说中的犹太主人公德龙达试图在政治上恢复同胞的生存权利并使之成为一个民族的思想启迪了本－耶胡达用行动

---

① 本－耶胡达在自己的回忆录中，曾经把岳父之外的三位犹太启蒙思想家称作他的精神导师。Eliezer Ben－Yehuda, *A Dream Come True*, pp. 17－35.

② Ben－Yehuda, *A Dream Come True*, pp. 25, 43; Ron Kuzar, *Hebrew and Zionism：A Discourse Analytic Cultural Study*, pp. 58－59, 65.

来实现梦想。① 也正是在 1877 年，本－耶胡达到了他心目中的政治生活中心巴黎，② 他在那里结识了第四位对自己的思想产生深远影响的人，即俄国贵族、记者查斯尼考夫，此人虽然不是犹太人，但引导本－耶胡达接触巴黎的政治文化生活并鼓励他阐发自己的思想。

1879 年，本－耶胡达在《黎明》杂志上发表了自己的第一篇希伯来语文章《一个举足轻重的问题》（"She'ela hikhbada"，"A Weighty Question"），他在文章中追述了欧洲民族主义的起源，认为 19 世纪下半叶欧洲的重要标志就是民族主义，而民族主义的真正起因在于被压迫民族的奋起反抗，主张犹太人和希腊人、匈牙利人、罗马尼亚人、意大利人一样，有权捍卫自己的民族身份。但在这篇文章里，他维护更多的是民族的政治属性，而不是民族的语言和文化价值，并没有清晰地提出复兴希伯来语的主张。研究者们认为当时本－耶胡达并不认定讲一门共同的语言对于一个民族是至关重要的。启蒙思想家路德维格·菲利普森说："真正的民族生活必须与一门共同的语言结合在一起，可是犹太人并没有。"本－耶胡达回应道："一个民族没有必要只使用一种语言。比利时、瑞士、法国都有人讲少数民族的语言，但是依然是这些国家的成员。'我们，希伯来人，甚至比他们有优势，因为我们有一门语言，我们可以用这门语言写我们之所想，如果愿意，我们甚至可以讲这门语言。'"③ 在笔者看来，本－耶胡达与菲利普森论辩的焦点不在于一个民族是否应该有统一的语言，而在于犹太人是否有条件可以成为一个民族，本－耶胡达不仅指出犹太人比其他民族具备语言优势，而且意味着这门语言还具有潜在的复兴可能性。这也就是为什么两年后本－耶胡达前往巴勒斯坦，不遗余力地普及希伯来语的原因。④

一个国家应该有一门共同语是本－耶胡达时代欧洲国家的共同特征，

---

① Ron Kuzar, *Hebrew and Zionism：A Discourse Analytic Cultural Study*, p. 60.

② Ben－Yehuda, *A Dream Come True*, p. 27

③ Ron Kuzar, *Hebrew and Zionism：A Discourse Analytic Cultural Study*, p. 79；John Myhill, *Language in Jewish Society：Towards a New Understanding*, p. 80.

④ Ben－Yehuda, *A Dream Come True*, p. 25.

德国浪漫派，尤其是赫尔德的著述对斯拉夫人的民族主义思想的形成产生了巨大影响，这种影响显然触动了本－耶胡达。① 而且赫尔德的"语言民族主义"学说，以及赫尔德关于希伯来人应该回到巴勒斯坦再度发展为一个民族的主张，对本－耶胡达产生了强大的吸引力。② 本－耶胡达意识到现代的民族思想里融进了新的内容与形式，也就是说一个民族要得以生存与延续，就需要保存特有的民族精神，保存特有的民族语言和性格。语言是把一个民族凝聚在一起的重要手段。因此，犹太人不仅要拥有土地，而且要有一门民族语言。显然，这片土地便是巴勒斯坦，这门语言便是希伯来语。③ 而如果希伯来语只是一门书面语，就无法长期存活下去。因此，有必要将其恢复为口语，用于学校教育。④

四、在犹太民族国家建立过程中复兴与改良希伯来语

正如前文所示，启蒙思想家试图在流散地复兴希伯来语只是在现代社会里保持犹太人民族身份的权宜之计，无法改变犹太人被同化的命运。而在即将建立于巴勒斯坦的犹太民族国家内把希伯来语作为书面与口头用语加以使用与改良，不仅使一门古老的语言在现实生活中恢复生机，从而延续了古代圣经时期犹太民族的辉煌历史，保存民族文化；而且可以淡化犹太人在大流散期间的耻辱过去，有助于犹太人塑造一种新的身份。选择希伯来语、摒弃意第绪语就等于支持犹太复国主义，换句话说，如果犹太复国主义者讲摩西的语言，那么在某种程度上则为他们在巴勒斯坦建立犹太民族国家的主张提供了某种合法依据。从这个意义上，一度服务于上帝的希伯来语在当时可以服务于建国需要，成为创立安德森所说的"想象的共同体"的理想载体。⑤

---

① Alain Dieckhoff, *The Invention of a Nation：Zionist Thought and the Making of Modern Israel*, p. 116.

② 同上。p. 117.

③ Ron Kuzar, *Hebrew and Zionism：A Discourse Analytic Cultural Study*, p. 73, p. 81.

④ John Myhill, *Language in Jewish Society：Towards a New Understanding*, p. 81.

⑤ 关于复兴希伯来语与犹太复国主义的关系问题，可参见 Alain Dieckhoff, *The Invention of a Nation：Zionist Thought and the Making of Modern Israel*, pp. 104–105.

20 世纪初期，巴勒斯坦已经初步具备了复兴希伯来语的某些条件。首先，来到巴勒斯坦的犹太人都在不同程度上具有古代希伯来语的教育背景，具备了使用这门语言的必要能力。其次，生活在巴勒斯坦的犹太人需要有一门共同语言进行交流。由于犹太复国主义理念的影响，加上欧洲尤其是俄国反犹浪潮加剧，大批犹太移民从东欧移居到巴勒斯坦的犹太人居住区，他们之间以及他们与当地的犹太人之间没有一门统一的现代语言，无法进行交流和贸易往来，希伯来语即使古老，但至少可以帮助他们实现相互沟通的目的。阿摩司·奥兹描述了当时的具体情形，"120 年前，许多犹太人从欧洲来到巴勒斯坦，在耶路撒冷相遇，没有一种共同语言。东方犹太人讲拉迪诺语、阿拉伯语、土耳其语，有时甚至讲波斯语，但是不能讲欧洲犹太人的语言；欧洲犹太人讲意第绪语、波兰语、俄语、匈牙利语，有时讲德语，但是不能讲东方犹太人的语言。这两大人群是无法交流的。要进行交流，就必须有一种共同的语言，来做生意，来谈话，进行买卖，即便他们当时讲的是祈祷书中的希伯来语，但希伯来语作为东方犹太人与西方犹太人交流的语言，开始在日常生活中恢复了生命。"① 再次，早在 19 世纪 80 年代巴勒斯坦就已经成立了希伯来语学校，来到巴勒斯坦的犹太移民不再怀揣为欧洲文明同化的目的，不会对学习希伯来语持抵触态度。尤其是到了第二次移民时期浪潮（1904 - 1913），新移民拓荒者当中有许多作家和文化人，他们创办希伯来语报纸、刊物，使用希伯来语进行日常交流，普及希伯来语可以说进入了一个自觉时期。

这样一来，复兴希伯来语的运动在巴勒斯坦便由少数精英的自发活动，越来越变得组织化，渐趋纳入即将建立的以色列国家框架中的一部分。1911 年，在巴塞尔举行的第十届犹太复国主义大会上，代表们不再像赫茨尔在 1897 年那样对使用希伯来语持怀疑态度，而是把希伯来语作为会议语言，显示此时的犹太复国主义者已经开始认同把希伯来语作为

---

① 阿摩司·奥兹 2007 年 9 月 3 日在中国社会科学院的演讲《以色列：在爱与黑暗之间》，钟志清译。

日后的犹太国家语言。1913 年的第十一届犹太复国主义大会，明确提出了把希伯来语作为犹太民族语言并且要创建希伯来大学的主张。[1] 1913 年至 1914 年，海法工学院就使用德语还是希伯来语问题上展开争论。其结果，希伯来语战胜德语，成为以色列第一所国家级大学的教学语言。1922 年，英国当局决定把希伯来语和阿拉伯语、英语一同定为官方语言。

在复兴希伯来语的过程中，教育家、出版家和文学家的作用同样不可忽视。早在本－耶胡达抵达巴勒斯坦之前的 1863 年，耶路撒冷便有希伯来语文学期刊问世。编辑们使用蹩脚的希伯来语词汇，模仿法文、德文和俄文来表达现代意义。19 世纪 80 年代末 90 年代初，巴勒斯坦成立了希伯来语言委员会，即 20 世纪 50 年代以色列建国后经议会立法更名的希伯来语言学院，意在推广使用日常生活用语，并对语言现代化进行裁定。希伯来语言委员会的成员主要是教育家，他们不仅从圣经希伯来语中寻找词汇，也从密德拉希希伯来语、赞美诗当中寻找适用的词，创造新词，借用外来语，扩大了希伯来语的源头。最初，最初委员会只提倡借用闪米特语中的词汇，如阿拉米语、阿拉伯语，而反对借用印欧语系中的词汇。[2] 这种通过创造混合语来复兴民族语言的做法在犹太世界里争议很大。一部分人认为这种由语言学家集体创造语言的方式是错误的，而另一部分人，包括著名的犹太历史学家约瑟夫·克劳斯纳都认为这是民族语言复兴运动中的新倾向，应该加以维护。而今以色列人使用的希伯来语便是以古代希伯来语为主体并吸收了其他闪米特语言乃至印欧语系中某些词汇和句法方式的混合语言。在词汇选择上，圣经希伯来语比较受人青睐，但在语法和句法上，当今以色列的希伯来语则更接近密德拉希希伯来语。[3]

希伯来语之所以战胜德语和意第绪语，成为英国托管巴勒斯坦地区的官方语言，当然还与德国在第一次世界大战中战败、欧洲犹太意第绪

① Norman Berdichevsky, *Nations*, *Languages and Citizenship*, North Corolina: Mcfarland & Company, Inc, Publishers, 2004, p. 16.

② Eduard Yechezkel Kutscher, *A History of the Hebrew Language*, p. 194.

③ Joseph Shimon, *Reading Hebrew*: *The Language and the Psychology of Reading It*, p. 123.

语世界在第二次世界大战中崩溃的历史进程有关。正是在这种国际环境下，巴勒斯坦新移民数量不断增加，19 世纪末，巴勒斯坦已经有大约 50，000 犹太人，而到了 1930 年，已经有大约 165，000 犹太人居住在巴勒斯坦。这些移民多来自东欧和俄国，而讲希伯来语则是摆脱过去的流亡体验、做一个希伯来人的一个重要标识。在讲希伯来语时，他们必须努力改掉自己在流散地形成的希伯来语口音，向本土人学习地道的希伯来语口音和希伯来语习惯用法。[①]

最为彻底的趋新之举是将语言与"新人"的产生联系在一起。从事希伯来语基础教育的工作者，[②] 以及希伯来语作家和艺术家将犹太复国主义思想与以色列本土新文化的创造直接对应。许多作品被教育家们放到民族主义的语境下阅读，强调作家与民族复兴的联系，强调拓荒者精神，同时否认大流散时期的价值。否定大流散文化的目的在于张扬拓荒者即犹太复国主义的文化。新移民逐渐懂得，为了让希伯来文化接纳自己，就必须摒弃，或者说鄙视他以前的流散地文化和信仰，使自己适应新的希伯来文化模式，适应未来国家建设的需要。与此同时，在巴勒斯坦出生的犹太孩子，即本土以色列人，他们幼时便以希伯来语为母语进行交流，读书，接受犹太复国主义教育，不仅学会爱希伯来语，而且把希伯来语当成唯一的民族语言，当作巴勒斯坦新型犹太人（即新希伯来人）身份中一个重要的组成部分。[③] 希伯来语就是在这样的语境下全面复兴的。

语言是民族传统链条上一个鲜活的环节，正是通过语言，个人意识到自我的存在，并且意识到自己是整个集体文化中的一分子。[④] 对于民族

---

①　Oz Almog, *The Sabra：The Creation of the New Jew.* Berkeley, Los Angeles , London：University of California Press, 2000, pp. 95 – 96.

②　Yael Zerubavel, *Recovered Roots：Collective Memory and the Making of Israeli National Tradition*, The University of Chicago Press, 1994, p. 81.

③　关于"新希伯来人"的论证，参见钟志清《旧式犹太人与新型希伯来人》，《读书》，2007 年第 7 期。

④　F. M. Barnard, *Herder on Nationality, Humanity, and History*, Montreal & Kinston, London, Ithaca：McGill – Queen' s University Press, 2003, p. 151.

主义理论家来说，讲外语过的是一种非自然的生活，也就是说会疏远其个性自发的、本能的源泉。就像德国思想家赫尔德所强调的那样，每个民族都应该"有它的民族文化，例如他的语言。"① 这一说法在19世纪的欧洲具有广泛的影响力。② 另一位德国思想家费希特在《对德意志民族的演讲》中指出，"语言塑造人胜于人塑造语言"，③ 强调了一个民族如果继续沿用本源语言则等于保留着本民族的固有传统，反之亦然。欧洲的芬兰、挪威等国家的民族主义者也开始复兴民族语言，以图强化民族意识。近代以来的犹太知识分子也在不同程度上意识到保留自己民族用语的重要性。前文提到的18世纪的犹太启蒙思想家倡导用圣经希伯来语语言来传播现代科学、哲学思想并反映世俗生活，他们的努力"不自觉地为犹太民族主义的发展做出了决定性贡献"，甚至可以说为犹太民族主义的产生创造了可能性。④ 但关注犹太民族问题的一些犹太知识分子对犹太启蒙思想家试图借助民族语言实现与居住国民族同化极其不满，它们试图通过民族语言的传习在民族认同上走得更远。

总之，古老的希伯来语从犹太人日常生活中消逝了近两千年后，又在18世纪的欧洲犹太启蒙运动时期开始恢复生机，一度成为犹太启蒙思想家试图保持民族传统并走向现代化进程所采取的重要手段。19世纪下半叶以来，希伯来口语又在犹太民族主义和犹太复国主义的语境中恢复了生机，20世纪初期逐渐成为巴勒斯坦犹太人的口头交流语言、文学创作语言、教书育人的语言，后成为犹太民族国家以色列的国语。使用希伯来语不仅是新移民与本土以色列人的身份象征，也符合大众需要，与民众的利益紧密联系在一起。这应该是希伯来语得以成功复兴的关键所在。经常被语言学家论及的与希伯来语复兴相提并论的爱尔兰语（或说盖尔语）复兴发轫于19世纪80年代，几乎在本－耶胡达在巴勒斯坦倡

---

① 转引自本尼迪克特·安德森《想象的共同体：民族主义的起源与散布》，吴睿人译，上海世纪出版集团，2005年版，第66页。

② 本尼迪克特·安德森，《想象的共同体：民族主义的起源与散布》，第66页。

③ 《费希特著作选集》第5卷，梁志学主编，商务印书馆，2006年版，第301页。

④ 参见 Alain Diecknoff, *The Invention of A Nation：Zionist Thought and the Making of Modern Israel*, pp. 106 – 107。

导希伯来语口语的同时，爱尔兰作家道格拉斯·海德（Douglas Hyde，1860－1949）在 1893 年号召成立了"爱尔兰语联盟"（Gaelic League），主张把爱尔兰语作为民族语言，并使之成为日常语言。其做法与希伯来语复兴运动中的某些做法相似，如创办爱尔兰语期刊杂志，出版爱尔兰语文学作品，将其用于教育体系并定为爱尔兰的国语，等等。但时至今日，爱尔兰语并没有成为爱尔兰人的第一语言，因此一些语言学家把爱尔兰语复兴看作母语复兴运动中的失败例证，原因正在于爱尔兰语既没有成为爱尔兰人身份中的重要组成部分，也没在他们的职业生涯中拥有重要的实用价值。①

复兴后的现代希伯来语，尽管上承古希伯来语遗绪，中接犹太启蒙运动时期的希伯来语书面语，同时也一直在吸纳外来语的过程中力图发展口语；但从最终的结果来看，它是在欧洲勃兴、发展并在西亚巴勒斯坦地区完善起来的现代犹太民族的世俗语言。希伯来语在现代社会中的复兴轨迹，在相当程度上折射出犹太民族的兴衰历程。

《历史研究》，2010 年第 2 期。

---

① Norman Berdichevsky, *Nations*, *Languages and Citizenship*, p. 48.

解构犹太复国主义神话：阅读伊兹哈尔
富有争议的两个短篇

内容提要：第一代以色列本土作家在反映以色列 1948 年"独立战争"时，既再现了犹太人的英雄主义精神，又没有回避参战者－英雄内心的孤寂、冲突与矛盾，在很大程度上，怀疑甚至解构着正统的犹太复国主义叙事话语。这种文学，尽管在"独立战争"文学中显得边缘，但对日后以色列主流文学中反犹太复国主义意识与道德意识的形成，尤其是塑造新建以色列国的集体记忆方式产生了深远的影响。本文中试图通过对此类作品中的经典之作，即伊兹哈尔的《俘虏》和《赫伯特黑扎》的解读，向国内学界展示以色列文学的多元化特征。

关键词：犹太复国主义　解构　本土作家　伊兹哈尔

若是思考现代希伯来文学作品，就不能忽略撒迈赫·伊兹哈尔（S. Yizhar, 1921－2004）。伊兹哈尔原名伊兹哈尔·斯米兰斯基，生于雷霍沃特，家人在 1882 年至 1903 年第一次移民浪潮中来到以色列。其父边经营农场，边撰写带有犹太复国主义色彩的文章，伯伯即是著名作家摩西·斯米兰斯基。伊兹哈尔曾经系统接受高等教育，并在希伯来大学获得博士学位，做过大学教授和国会议员。他从 20 世纪 30 年代便开始了文学创作，是第一位率先登上文坛的本土作家，也被奥兹等人视为"最为重要的以色列作家"。他描写 1948 年以色列"独立战争"为背景的短篇小说《俘虏》、①《赫伯特黑扎》② 是以色列建国以来最富有争议的

---

① 伊兹哈尔，《俘虏》，见徐新主编《现代希伯来小说选》，漓江出版社，1992 年。

② S. Yizhar, *Sipur Khirbet Khizeh ve' aod Shlosha Sipuri Milahama*, Tel Aviv：Zmora, Bitan－Motsiyim Laor, 1989.

希伯来文学作品之一，可以说在相当程度上解构了犹太复国主义的叙事话语。

一、关于本土作家的界定问题

在考察伊兹哈尔的两个短篇小说之前，有必要澄清何谓本土作家的概念。本土作家实际上就是第一代以色列希伯来语作家，指出生在巴勒斯坦，或虽然出生在流散地、但自幼随家人或独自来到巴勒斯坦在犹太复国主义教育体制下成长起来的作家。这批作家多数出生在 20 世纪 20 年代前后的巴勒斯坦，是早期移民浪潮中犹太移民的子女，这些人与很小便来到巴勒斯坦的移民儿童一起在伊舒夫或基布兹中以各种方式接受犹太复国主义思想的教育，经历了犹太人与巴勒斯坦阿拉伯人的冲突（主要是 1929 年 9 月的西墙冲突，以及 1936 – 1939 年之间阿拉伯人与犹太人之间的流血冲突），以及犹太人英国当局之间矛盾重重的关系。① 许多人曾经是英国托管时期犹太人自我防卫组织"哈加纳"中的先锋力量"帕尔马赫"的一员，并亲身经历了 1948 年的以色列"独立战争"，因此又被称作"帕尔马赫"作家、"独立战争"一代作家或"1948 年一代作家"。

第一代希伯来语本土作家人生经历中的共同标志是大屠杀、1948 年以色列国家的建立和以色列宣布建国后即刻发生的以色列"独立战争"。本土作家当中的许多人，其母语便是希伯来语，至少是从幼年时代接受的是希伯来语教育，可以自如地运用希伯来语进行日常生活交流与会话。他们使用的希伯来语与流散地时期的希伯来语有着本质的不同，融进了大量的俚语和日常生活用语，具有典型的以色列口语特征。由于犹太人在近两千年的流亡中，已经失去了以希伯来语为母语的人群，希伯来语本土作家参与文学创作这一现象本身，就标志着希伯来文学发展进入了

---

① Gershon Shaked, "First Personal Plural: Literature of the 1948 Generation", In *The Shadows within: Essays on Modern Jewish Writers*, Philadelphia, New York, Jerusalem: The Jewish Publication Society, 1987, p. 145.

新的历史时期。

在创作上，这些作家深受欧洲现实主义文学，尤其是俄苏现实主义文学的影响，展现出了某个特定历史时期内的价值取向与时代精神。他们注重模仿早期犹太复国主义作家的创作，在很大程度上成为那代人的思想代言人。绝大多数本土作家的作品成为表达本土人思想观念的重要载体。就像以色列文学批评家戈尔茨教授在谈到以色列文学创作的目的时所指出的那样，文学要有社会作用，应该涉及时下相关的话题，要阐释犹太复国主义，用民族价值观念教育百姓等。但是，具体到每位作家，他们所发出的声音并不单一，有的作家在执著地阐释犹太复国主义理念，而有的作家又表现出带有普遍意义的人道主义思想与人文关怀，并对犹太复国主义理念进行批评。

二、以弱抗强：大卫与歌利亚的传说

犹太复国主义文化中的重理念之一便是把犹太人与阿拉伯人的冲突描绘成"以少对多"（或以弱抗强）的战争。少数（或弱者）指那些仿效争取自由的古代以色列斗士的人，多数（强者）则指古代各种迫害者在现代世界中的具体显现。[①] 这一原型可以追溯到《圣经·撒母耳记》中对大卫和歌利亚之争的描写。故事叙述的是古代非利士人招具军旅和人马前来征讨以色列人，当时的以色列王扫罗率部下摆阵准备迎敌。但是双方力量相差悬殊。非利士人中的讨战者歌利亚身材高大，力大无比，装备精良，按照《圣经》的记载，他"身高六肘零一虎口；头戴铜盔，身穿铠甲，甲重五千舍克勒；腿上有铜护膝，两肩之中背负铜戟；枪杆粗如织布的机轴，铁枪头重六百舍克勒。"以色列众人闻风丧胆，四处逃窜，只有牧羊人大卫自告奋勇，誓将与歌利亚较量。大卫年轻，面色红光，容貌俊美。他手中拿杖，囊中装着石子，手中拿着甩石的机弦。非利士人藐视大卫，"来吧！我将你的肉给空中的飞鸟、田野的走兽吃。"

---

① Nurit Gertz, *Myths in Israeli Culture: Captives of a Dream*, London, Portland: Vallentine Michell, 2000, p. 1.

大卫则说，"你来攻击我，是靠着刀枪和铜戟；我来攻击你，是靠着万军耶和华之名。"大卫用机弦甩石击中歌利亚的额头，歌利亚扑到，面伏于地。手中连刀也没有的大卫把歌利亚的刀从鞘里拔出来，杀死他，割了他的头。

这一故事中孕育着以少对多、以弱抗强的思想，古代以色列人之所以战胜强敌，依靠的是胆识、谋略、信仰、意志与想象中上帝耶和华的协助。而现代的犹太复国主义文化把宗教信仰转变为世俗理念，并根据现实需要，用犹太历史上以少胜多的模式来解释古代各个历史时期犹太人与异族人的冲突，如哈斯蒙尼王朝反抗希腊人的起义（即犹大·马加比起义）、犹太人反抗罗马人最终以马萨达殉难而终的战争、同样以失败而结束的巴尔·科赫巴起义，乃至后来的犹太人与英国人的对抗，以及犹太人同阿拉伯人之间的战争。他们注意到这些战争中蕴含的以少抗多的道理，将其作为放之四海而皆准的准则，但是没有顾及到交战的双方是谁，交战的初衷与结果如何。在这种语境下，对历史事实的阐释也要符合犹太人在巴勒斯坦重建家园的话语需要，用戈尔茨的话说，"失败变成了英勇就义，而英勇就义在子孙、敌人或是上帝眼中成了胜利。"①

这一理念在 20 世纪二三十年代巴勒斯坦地区伊舒夫的教育思想与犹太作家创作中均得到不同程度的反复展现，在某种程度上对当时正处于成长过程中的本土以色列作家产生了影响。

三、"独立战争"与以弱抗强的神话

早在 1947 年 11 月 29 日，联合国大会便在美国纽约宣布巴勒斯坦分治决议，即联合国的 181 号决议，决议规定英国必须在 1948 年 8 月 1 日前结束在巴勒斯坦地区的委任统治，在巴勒斯坦地区建立一个阿拉伯国家和一个犹太国家。这一决议虽然得到了以美苏为首的 33 个国家的赞成，但遭到了阿拉伯国家等 13 国的反对，英国等国投了弃权票。消息传

---

① Gertz, 2000, p. 6.

284

来，巴勒斯坦地区的犹太人在激动与欣喜中载歌载舞，而阿拉伯世界在数小时之后便动起了游行示威和武装抗议活动，犹太人急忙聚集力量予以还击，阿犹冲突日趋白热化，到 1948 年 5 月，约 7 万阿拉伯社会与经济精英离开了巴勒斯坦。1948 年 5 月 15 日，在英国最后一批官员离开巴勒斯坦、以色列宣布建国的第二天，埃及、外约旦、叙利亚、伊拉克、黎巴嫩五国便联兵进入巴勒斯坦地区，向以色列开战，这便是以色列方面所说的"独立战争"，巴勒斯坦人称之为"大灾难"。这场战争一直持续到 1949 年 1 月，所有参战的阿拉伯军队与新建的犹太国家签订了停战协议。最初，阿拉伯联军在人数和武器装备上都优于以色列，又是主动出击，先发制人，以色列面临的局面非常危险；但后来以本－古里安为首的临时政府一边补充军士武装，一边向散居世界的犹太人和国际组织求援，并从 5 月末开始积极组建以色列国防军，利用 6 月和 7 月的两次短期停火机会补充军需和武装。阿拉伯军团由于种种原因失去了战机，最后以色列险胜。

从交战结果上看，阿以双方均伤亡惨重。以色列的阵亡人数约六千人，约占当时以色列国家人口的百分之一；阿拉伯方面的阵亡人数约为以色列的二点五倍。在战争期间，有几十个阿拉伯村庄的村民遭到以色列士兵的驱逐，背井离乡，数十万巴勒斯坦人沦为难民，近一半的阿拉伯村庄遭到毁坏。根据统计，在联合国分派给犹太国的领地上，曾经有大约 85 万阿拉伯人；但是到了战争结束后，只剩下约 16 万人口，这些阿拉伯人成为新建犹太国家内的少数民族，而被毁坏的阿拉伯村庄有的成为以色列的耕地，有的成为犹太人定居点。[①]

如今，以色列的政治话语与集体记忆已经把 1948 年战争演绎为以少胜多、以弱胜强的神话，与古代的大卫对歌利亚、犹太·马加比家族抗击罗马人统治的精神特质相提并论。但在战争爆发期间，究竟谁能获胜的局势并不明朗，以色列的新闻报道并没有经常体现这种思想。老一辈

---

① Ilan Pappe, *The History of Modern Palestinian：One Land，Two Peoples*, New York：Cambridge U. Press, 2004, p. 138.

新闻记者多会描写以色列孤立的同周边敌对势力抗衡。[1] 希伯来文学作品即使在全民皆兵的情势下，一方面反映出一种激励民族精神的英雄主义，一方面又充满矛盾地表达出对未来的怀疑色彩。[2] 停火之后，报告文学和纯文学创作中的许多作品表现出民族英雄主义的思想，歌颂战争的奇迹色彩。许多作品重新构筑民族记忆，以"马萨达不会再沦陷"这个犹太文化史上带有悖论色彩的英雄主义口号作结，发誓苦斗到最后一刻，不屈不挠。[3] "以少抗多"的神话虽然流行，但并非官方的神话，本－古里安在战争期间和战争结束之后的很长一段时间内就否认这种说法。按照犹太历史学家约阿夫·吉尔伯的考证，阿拉伯联军在围攻巴勒斯坦的最初 30 天里，其装备优于犹太人；但后来犹太人得到海外的援助，在兵力和装备上均占据了上风。然而，"以少抗多"神话的流行反映出了犹太社区内的真正焦虑。[4]

但是，取得胜利后的以色列人内心深处产生的不是喜悦，而是忧虑与自责。可以这样说，以色列人，即古代神话模式中的大卫，赢得了抵抗阿拉伯世界战争的胜利，但没有得到真正的和平。特别是在近年的以色列和巴勒斯坦冲突中，古代英雄神话中的角色模式已经发生了变化，在许多人眼中，以色列人的角色又转变成神话模式中的歌利亚。由于犹太复国主义历史极其复杂，以色列"独立战争"文学再现了犹太人英雄主义神话的同时，又在解构着那个神话。在证实本土以色列人作为战士的新身份的同时，又没有回避战士－英雄内心的孤寂、悲凉与冲突，揭示其内在的矛盾。在很大程度上，怀疑并解构着正统的犹太复国主义叙事话语。这种文学，尽管在"独立战争"文学中显得边缘，但对日后以色列主流文学中的反犹太复国主义霸权与道德意识的形成，尤其是塑造

---

① Nurit Gertz, 2000, p. 28.

② 同上。p. 42。

③ Yael Zerubavel, *Recovered Roots：Collective Memory and the Making of Israeli National Tradition*, The University of Chicago Press, 1994, p. 70.

④ Yoav Gelbe, "The Israeli－Arab War of 1948；History versus Narratives", In *A Never－Ending Conflict：A Guide to Israeli Military History*, ed. Mordechai Bar－On, Westport, Ct：Praeger Publishers, 2004, p. 54.

新建以色列国家的集体记忆产生了深远的影响。本土以色列作家伊兹哈尔发表于"独立战争"后的两个短篇小说《俘虏》和《赫伯特黑扎》便是这类文学作品中的经典之作。

四、阅读《俘虏》和《赫伯特黑扎》

《俘虏》写于1948年11月，最初发表于马帕伊党资助的《莫莱德》（Molad）月刊杂志上，1949年又与《赫伯特黑扎》结集出版。这两篇作品均把视角集中在探讨以色列"独立战争"的消极影响上，在评论界一向被视为1948年以来极富有争议的两个短篇小说。犹太复国主义先驱者们曾天真地幻想巴勒斯坦的阿拉伯人能够接受犹太人的存在，但"独立战争"的爆发有力地证明：阿拉伯人坚决反对犹太人的建国主张。在"独立战争"期间及其后，以色列士兵曾大量驱逐巴勒斯坦阿拉伯居民，甚至杀害具有颠覆意识的阿拉伯俘虏。实现犹太民族主义理想与四海之内皆兄弟的和平主张发生了剧烈冲突。《俘虏》所反映的正是这样一种社会背景下以色列人的道德危机。

《俘虏》写的是一群以色列士兵在一位中士的带领下，前去执行抓捕阿拉伯俘虏的计划。中士带着他手下的人四处搜寻，终于在一块刚刚收割过的谷地里，看到"一个牧人正领着羊群在一棵小栎树下歇息。"于是便包抄过去，将牧人俘虏。在对俘虏进行轮番轰炸式的审讯中，有的士兵甚至用棍棒殴打他。后来，上面命令将俘虏转到另一个营地接受审讯，而奉命执行转移俘虏任务的以色列士兵却动了恻隐之心，想将俘虏放走，让他回去同家人团聚，但始终没有下最后的决心。

作为一篇以战争为背景的小说，《俘虏》在展现战争残酷性时没有凭借描写战争场面，而是刻意创造出与犹太复国主义话语格格不入的叙述方式：犹太复国主义理念强调与土地的联系，但与大流散犹太人不同的是，犹太复国主义者并非表示对先祖生存土地的渴望，而是要把土地作为创造一种新的民族身份的方式，借助于回归土地而回归历史。早期的犹太定居者把作家和诗人当作代言人表达他们对土地的依恋。这些作家和诗人歌咏土地的美丽，把以色列风光当成其中心主题，仿佛那是童话般的土地，或者圣经时期的土地，有着橄榄树、骆驼、沙丘和石块的土地。这既是一种观念形态的选择，又是一种艺术上的选择。①

小说开篇，作家为我们勾勒出一幅静谧淳朴的贝督因人生活画面，贝督因人作为一支游牧民族，与宁静自然水乳交融，浑然一体：

> 夏日里，四周嗡嗡作响，就像金色的蜂巢不时传来蜂蜜的嗡嗡声。依山开出的溅流般的山地，种满橄榄树的山丘，沉寂广袤的天空，是那么明亮刺眼，令人一时眼花缭乱。我们满心渴望能听到一句欢声笑语，以重振士气。然而，田野、山脉却是如此安谧恬静。远处的田间，人们正静静地牧着羊群，就像生活在没有邪恶，没有罪孽的美好往昔，看上去那么无忧无虑，悠闲自得。羊群在远处默默地啃着草，与亚伯拉罕、以撒和雅各时代的羊群一模一样。

作品中的"俘虏"仿佛生活在一个古老的世界，与自然浑然一体，如同动物，人们甚至误把他当作"抖动的兔子"。而以色列士兵作为"外来者"，打碎了贝督因人的宁静世界，贝督因人成为无辜的牺牲者。通过对贝督因人无忧无虑、闲然自得的生活描述，伊兹哈尔抒发了对圣经时代充满宁和平静的田园世界的怀恋："人们内心渴望回到这一沃土良田，哪怕是弯腰曲背，面朝灰土，头顶烈日，而决不是为了参加中士的小分队，执行他的计划，去破坏这片宁静。"但是在作家笔下，战争破坏了宁静的田园生活，具体表现为执行巡逻任务的以色列士兵首先破坏了这种宁静而和谐的生活，其次将阿拉伯人从带有田园牧歌色彩的土地上带走，割断了阿拉伯人同土地的联系，违背了犹太复国主义理念追求独立、和平与阿拉伯人和平共处的初衷，进而客观上造成了对犹太复国主义者在实现自己的政治理想时造成的负面影响予以嘲讽的效果。

---

① Oz Almog, *The Sabra: The Creation of the New Jew.* Berkeley: University of California Press, 2000, Trans. Haim Watzman, Berkeley: University of California Press, 2000, pp. 160 - 161.

在以色列人的心目中，尽管贝督因人和巴勒斯坦阿拉伯人的概念不同，但对建国后的以色列士兵来说均属于"他者"，增加了以色列人心理上的不安全感。小说借以色列叙述人之口，表达出以色列人强烈的生存危机感："审问官们开始问起村里有没有机关枪的事，这可是个至关重要的问题。这时你得留心提问，否则便一无所获。如果你不这么做，犹太人就会流血，那就意味着我们的孩子要流血牺牲。"可以不无夸张地说，以色列建国初期的现实主义文学负载着对以色列现实社会进行解说的功用，观念意义大于审美意义。在以色列"独立战争"的语境下，阿拉伯俘虏和以色列士兵分别代表着他们的民族。这两个世界的格格不入，则象征着犹太人和阿拉伯人在巴勒斯坦地区冲突的不可调和。以色列犹太人痛苦地意识到本民族的不足之处，这一理念不仅成为短篇小说《俘虏》的主导思想，而且成为日后当代以色列文学的角柱之一。

《俘虏》的中心人物、阿拉伯牧羊人在放牧休息时无缘无故地被以色列士兵抓获，被带到以色列哨所接受盘问，遭受虐待。而以色列士兵抓他的动因无非是想发动一个"了不起的行动，"满足自己的虚荣心理。这些士兵的形象塑造虽然不够完整，但显然是伊兹哈尔一代年轻以色列人的具体体现：他们在理想的犹太复国主义话语中成长起来，突然发现自己置身于暴力中心，需要为新建的国家杀人，或者被杀，需要成为迫害手无寸铁的弱者的迫害对象。他们所接受的许多价值面临着严峻的考验。[①] 何为正义，何为良知？谁是敌人？谁是俘虏？敌人与俘虏和以色列的关系何在？伊兹哈尔笔下的主人公，或者确切地说，1948 年一代年轻的以色列人，成为深受这些问题困扰的囚徒。

小说虽然出自犹太作家之手，但没有像同时期的许多长篇小说那样正面讴歌以色列士兵的英雄主义精神。相反，它比较关注以色列士兵在英雄主义思想感召下做出的狂热举动及其后果。以色列士兵的个性特征不甚明显，不过是隐藏在集体衣装之下的个体人，相形之下，作者对阿拉伯俘虏倒着墨较多。面对以色列士兵的盘问，阿拉伯俘虏竟然没有任

---

① Robert Alter, ed. *Modern Hebrew Literature*, Springfield: Behrman House, INC, 1975, p. 292.

何畏惧感，甚至"诚恳"地回答以色列人的问话，声称自己的村子里没有犹太人，只有阿拉伯人，有埃及人。对于士兵突如其来的殴打，他只感到吃惊，没有丝毫的愤怒，面对以色列士兵的怀疑与敌对，他表现得比较愚钝，试图用敲头等动作来消除别人的疑心。"他嘴边流露出的表情像是个迷路的盲人。"在审讯没有结果的情况下，以色列士兵接受上级命令，得将阿拉伯俘虏转移到另一个营地。"该营地是专门用来审讯俘虏的，并且量刑判决。"显然，这里隐含着倘若"蠢笨"的阿拉伯人再也做不出新的交代则有被"干掉"的可能性。尽管小说没有写阿拉伯俘虏的被杀，但无论如何，俘虏"再也回不到他的牧群中间，回到他的土地上，与家人团聚，或者恢复他在战争之前的生活。"①

战争使以色列文学中的个人道德意识得到强化，如同布伦纳等人一样，1948年一代的以色列作家也在寻找正义的支点，不断进行自我反省，思考敌我关系，考虑个人信仰与民族需要的冲突问题。具体到《俘虏》这篇小说中，如何处置阿拉伯俘虏问题引起了以色列士兵强烈的内心冲突，在道义上陷入二难境地。以色列士兵在押送阿拉伯俘虏的途中萌生了将俘虏释放之念：

> 我们就把车停在溪谷这儿。先让他下车，揭掉蒙眼布，然后让他面朝山冈，指着前方告诉他：回家吧，伙计，往那条路一直走，注意那道山脊，可能有犹太人。千万别让他们再抓到你。听完他便会拔腿往回跑，一直跑回到家。事情就是这么容易。想想看，期待亲人的滋味该多么难熬，多么令人痛苦！一个女人（一个阿拉伯女人）和他的孩子们的命运又会怎样？他会不会回来？我又会怎么样——最终一切都会好的，人们可以自由地呼吸。这样的判决就会使人复活。行动吧，年轻人，去放了他！

---

① Ehud Ben – Ezer, ed. *Sleepwalkers and Other Stories*: *the Arab in Hebrew Fiction*, Lynne Rienner Publishers, 1999, p. 10.

这种哈姆雷特式的抉择恰如其分地展现出道义与民族责任冲突的不可调和性。押送俘虏的以色列士兵一方面出于人性和良知，同情阿拉伯俘虏和他的家人；但作为军人，他要执行命令；作为以色列军人，他得忠于自己的国家，忠于犹太复国主义信仰：

> 　　不行啊，我不过是个听差的。何况眼下正在打仗，这家伙又是那边的人。兴许他是自己人施展诡计的受害者。我毕竟军命在身，无权释放他。倘若我们把俘虏都释放了，那还了得？天知道，也许他真的知道一些重要情况，只是在装蒜罢了。

　　道义与理想、个人与集体冲突的不可谐调使得主人公到作品最终结束之际也没有采取任何行动。命运将会怎样？这是私下里一种孤独的茫然，而我们所有的人则怀有另一种茫然心理，它一直弥漫在我们的心际。太阳已经落山了，可我们仍找不到答案。希伯来文使用的是"logamur"（notfinished），意思是没有结束。尤其是在巴以问题一直悬而未决的今天，这样的表述颇为意味深长。

　　《赫伯特黑扎》同样是一篇反映"独立战争"期间虐待阿拉伯人并挑战以色列良知的作品。这篇作品发表于1949年5月，其情节围绕以色列人在战争期间驱赶阿拉伯村民展开。在结构上，《赫伯特黑扎》比《俘虏》略显复杂，《俘虏》只是采用顺序的写法描写以色列士兵抓住一个贝督因牧羊人并对其进行审讯这样一个中心事件，而《赫伯特黑扎》开篇首先交代即将描写的事件长时间萦绕在他的记忆之中，无论作家做何种努力这件事情都在记忆中挥之不去，他只有打破沉默，讲述那个故事。至于事件发生的时间，作家虽未做明确交代，但根据后文推断迄今有数月之久，即从事件发生的1948年冬天到撰写小说的1949年5月。那是一个以色列士兵在一天之内经历的一场占领并侵占阿拉伯村庄的一个军事行动与感受。其中，作为个体人的负疚、无力改变国家强权的无奈以及集体意识中的非人道构成支持小说的一种张力。按照顺序，故事可以划分为准备（用作品中的话说为等待）、行动以及满怀痛苦的自我赞扬与反思三个部分。

准备（或说等待）指捣毁村庄尚未出现之前的系列事件与活动，其行动主体是一群麻木不仁的以色列士兵：那是一个明朗的冬天早晨，虽然并未表明年代，但读者显然可以是 1948 年冬天第一次中东战争进入交战的最后时期。以色列士兵在微风中上路，开向一个阿拉伯村庄。作品并没有渲染这些士兵在即将前去作战之际的紧张氛围与心理，也没有写他们对战争的厌倦，而是用喜悦、歌唱、兴高采烈等表示欢快情感的词语，用今天不用打仗、权当一次郊游的猜测，来表明他们对平静生活的向往，也暗示出以色列军队已经摆脱了战争初期的困境，从弱势转为强势。

小说描写的中心事件便是征服、毁坏阿拉伯村庄并驱逐其村民的军事行动。伊兹哈尔通过叙述人，一个年轻以色列士兵的眼睛详细地描述了以色列军队如何在命令到达之际朝赫伯特黑扎展开攻势，清洗其已经不见人影、空空荡荡的街巷，把尚未逃亡的一些村民带上卡车运走。与村子里阿拉伯老人、女人的正面接触成为推动情节并展开以色列士兵心灵冲突的一个途径。以色列士兵碰到的第一个阿拉伯人是一个长着白色短胡子的老人，他毕恭毕敬，摆出一副顺民的架势，希望以色列士兵允许他与自己托着家居日用品的骆驼一起离去，但一个以色列军官却让他在生命与骆驼之间做出抉择，并承诺不会把阿拉伯人杀掉。

"我们走了——走了，"
老人说。
"我们什么都没有了，
我们把所有的东西都扔了。"
他指着周围的地皮或者指着某一幢具体的房子，
"只有几件衣服和铺盖，"
他的舌头转动很快，因此可以把许多解释压缩在很短的时间里，他摊开双手，就像人在上帝面前。

这一场景使我们不禁会联想到阿摩司·奥兹在背景置于十字军东征时期的中篇小说《直至死亡》中的犹太人与基督徒的对话。一个弱势民族面对着来势汹汹的强权者往往不是反抗，而是表现出一种顺从。不同的是，奥兹笔下的犹太人最终死在了基督徒之手。而与以色列士兵相遇的阿拉伯人虽然险些遭到杀害（一个名叫阿里耶的鲁莽士兵扬言要结果这个阿拉伯人），最终得以保全了性命。以色列士兵在是否放走阿拉伯老人这件事情上意见不一，有些人从人道主义角度出发，认为对一个老人来说这种做法足矣；但以阿里耶为代表的另一些人则称如果双方角色发生对换，那么自己肯定为真正的阿拉伯人所害，竭力主张要置阿拉伯人于死地。这样的争论今天看来似乎在以色列政治话语中延续了数十年。在某种程度上暗示出，在阿以问题上，许多人依然坚信非黑即白，你死我活，表现出一种纯然的二元对立。而中和或者左翼人士的主张尽管人道，理性，却往往在残酷的现实面前不堪一击。

如果说《赫伯特黑扎》在描写以色列士兵与阿拉伯村民的正面面对时触及了阿以冲突中巴勒斯坦阿拉伯人与以色列人、巴勒斯坦阿拉伯人与阿拉伯世界关系中的某些实质性问题，在展示以色列人面对手无寸铁毫无反抗能力的阿拉伯村民而产生的心灵冲突时更多地折射出过去数十年间以色列犹太人一直无法摆脱的自我意识与集体主义、良知与责任、个人信仰与国家利益的矛盾；那么在围绕着究竟是否把阿拉伯村民驱逐他们生存多年的村庄、运送到其他地方、使之永远不能回归的这样一个放逐行动的争论、反省与类比中，这些矛盾达到了高潮，可以说触及到了战争中的行为极限问题。

具体地说，作家首先描写以色列士兵的心灵冲突，其次将这种冲突置于战争的背景之下，透视出战争的残酷性，以及作为具有道德意识的个体人在国家利益与道德规范面前陷入举步为艰的两难境地。被迫参加驱逐行动的以色列士兵首先把驱逐阿拉伯村民之举视为"肮脏的工作"，随即向自己的指挥官发出抗议："为什么要驱逐他们？这些人还能做些什么？他们能伤害谁？年轻人已经……有什么意义呢……"指挥官回答说，"行动命令中就是那么说的。"军人的天职就是服从命令，这在战争期间似乎成为颠仆不灭的真理。但是它与犹太人在成长过程中接受的"爱邻如己"的宗教理念、与一厢情愿地同阿拉伯人在一块土地上和平相处的复国理念、与作为普通人的人道主义本能发生抵触，因此对己方的行为发出谴责，"这确实不对。""我们没有权利把他们从这里赶走。"

一些以色列作家在阅读这篇作品时，强调的是叙述人本身的人道主义敏感性，而不是驱逐阿拉伯难民的行动本身。阿摩司·奥兹指出，这篇作品的主旨是叙述人剧烈的心理冲突，相形之下，阿拉伯人及其命运则退居到了从属地位。主人公所认同的人道主义与民族主义价值体系在这种冲突中面临着断裂。奥兹认为，其经验并非将两个体系中的一个予以抛弃，而是要反对战争本身。[1]

战争挑战着人类良知与人类道德底线。难民问题是任何战争无法避免的问题。《赫伯特黑扎》涉猎的只是冰山一角。以色列历史学家本尼·莫里斯在他那部关于中东历史的经典之作《巴勒斯坦难民之产生的再思考》中，曾经详尽地阐述了从联合国 1947 年分治协议开始到 1948 年战争结束后的一年多时间里便产生了 700，000 阿拉伯难民的全过程。在他看来，难民问题表面看来是巴勒斯坦阿拉伯人反对联合国巴勒斯坦分治决议、意在阻止以色列建国而发动的 1948 年战争所致，而实际上把阿拉伯人从巴勒斯坦或者即将变成犹太国家的巴勒斯坦地区驱走本来就存在于犹太复国主义的理念之中，但是在战争之前犹太复国主义者并没有把阿拉伯人从即将出现的犹太国家赶走的计划。[2] 战争把难民问题白热化，阻止难民回归的政策也便应运而生。这便是战争的悲剧所在。失去土地和家园无疑导致了巴勒斯坦阿拉伯人对犹太人的刻骨仇恨，也埋下了日后巴以冲突的祸根。小说通过对一个阿拉伯女子及其手中领着的一个七岁孩童的描写，典型地再现了被驱逐的阿拉伯百姓的悲伤、愤怒和潜在的仇恨。按照作家的描述，这位女子坚定，自制，脸上挂满泪珠，"似乎是唯一知道真正发生了什么的人。"孩子也在似乎哭诉"你们对我们究竟做

---

① Amos Oz, "Hirbet Hizah ve sakanat nefashot", *Davar*, Feb 17, 1978.

② Benny Morris, *The Birth of the Palestine Refugee Problem Revisited*, Cambridge: Cambridge University Press, 2004, pp. 39 – 64.

了些什么。"他们的步态中似乎有一种呐喊，某种阴郁的指责。女子用勇气忍受痛苦，即使她的世界现在已经变成废墟，可她不愿意在我们面前崩溃。而孩子的心中仿佛蕴涵着某种东西，某种待他长大之后可以化作他体内毒蛇的东西。

参加驱逐行动的以色列士兵虽然是在军事力量上的强者，是胜利者，但他们不仅要经历良知与道义的拷问与困扰，而且会从眼前阿拉伯受难者的命运，联想到本民族近两千年来颠沛流离的流亡命运：

"有些东西像闪电一样冲击着我。立刻一切似乎意味着某种截然不同的东西，准确地说：流亡。这是流亡。流亡就是这个样子。"

我从来没有经历过大流散——我对自己说——我从不知道大流散是什么样子……但是人们已经从各个角度，在书上，报纸上，在所有的地方和我说起，讲起，教授起，一遍遍地重复：流亡。他们影响到我的每根神经。我们民族对世界的抗议：流亡！它显然同母亲的乳汁一道注入我的体内。啊，我们今天在这里干了些什么?! 我们犹太人，把其他民族送去流亡。

把眼下以色列人驱逐一个弱势群体的行动与犹太人的过去建构起类比关系，触及了阿以关系问题上一个长期被阿拉伯世界、甚至欧洲世界提及的问题，欧洲用帝国主义、殖民主义、剥削和镇压等手段伤害、羞辱、欺压和迫害犹太人，最终听任甚至帮助德国人将犹太人从欧洲大陆的各个角落连根拔除。而这些受迫害的犹太人试图在巴勒斯坦地区建立家园，却无情地损害了另一个无辜民族的利益，那就是巴勒斯坦阿拉伯人的利益。他们的阿拉伯兄弟试图伸手相救，但是未能贯穿始终，巴勒斯坦犹太人又成为阿拉伯人与犹太人交战的牺牲品。第一次中东战争非但没有消灭新建的犹太国家，反而使巴勒斯坦阿拉伯人失去了分治决议中划归在其名下的"阿拉伯"土地，而这部分土地被以色列、埃及和约旦三国瓜分，巴勒斯坦的阿拉伯百姓从此流离失所，成为新的难民。巴勒斯坦人心目中的阿拉伯朋友与以色列敌人几乎是联手将其推向祭坛。

就像萨伊德这样的巴勒斯坦公共知识分子所说，"今天，每当巴勒斯坦人聚在一起的时候，人们总是在讨论一个越来越重要的主题：阿拉伯朋友和以色列敌人是如何对待我们的。有时候，很难说是谁在哪里对我们更糟糕。"①

倘若说1948年的战争将以色列犹太人的身份从受难者、或者是殖民者转为拥有独立国家主权的社会存在物，那么，与之相反，巴勒斯坦阿拉伯人的身份则从自己土地上的社会存在物转化为难民，即新的受难者。这样的结局无疑挑战着伊兹哈尔和1948年一代作家的道德极限。就像伊兹哈尔在一次访谈中所提到的，他并非正言反对"独立战争"，战争中也有许多美好的时光。但是，战争最后阶段目睹的对阿拉伯人采取的非正义行为促使他提笔写作。作为在雷霍沃特长大的一个犹太人，他曾相信阿拉伯人和犹太人之间没有根本的冲突。两个民族可以共同居住在一片土地上。因此，他在写作时并非"作为与阿拉伯人对立的犹太人"，而是作为一个被伤害的人，发生的某些事情令他整个意识无法接受，与他的整个世界观发生了矛盾。②

结　语

《俘虏》与《赫伯特黑扎》不仅是希伯来文学作品中少见的反映以色列"独立战争"历史的小说，而且成为以色列历史、至少是以色列集体记忆中一篇重要的文献。③ 如果说20世纪50年代，《俘虏》与《赫伯特黑扎》在参加过独立战争的人们中间引发的是一场道义的争论，那么到了20世纪六七十年代，以色列经历了"六日战争"和"赎罪日战争"，政治现实又发生了变化，曾经伴随独立战争结束而淡出人们观察视

---

① 爱德华·萨伊德《最后的天空之后：巴勒斯坦人的生活》，金玥珏译，新星出版社，2006年版，第5页。

② Gila Ramras - Rauch, *The Arab in Israeli Literature*, Bloomington：Indiana University Press, 1989, p. 69.

③ Todd Hasak - lowy, "Sixty Years Late and Timely all the Same", Provided by the Institute for the Translation of Hebrew Literature.

野的诸多问题此时又浮出地表，以色列人更为关注的则是由道义延伸开来的国家政治形象问题，以及对巴勒斯坦的政策问题。战争历史本身虽然已经成为过去，但是历史学家、文学家、公共知识分子和普通大众对战争的解析并没有完成。

《犹太研究》，2010 年第 9 辑。

图书在版编目(CIP)数据

"把手指放在伤口上":阅读希伯来文学与文化/钟志清著.
—北京:中央编译出版社,2010.10
ISBN 978 - 7 - 5117 - 0570 - 9

Ⅰ.①把…

Ⅱ.①钟…

Ⅲ.①犹太人 - 民族历史 - 文集

Ⅳ.①K18 - 53

中国版本图书馆 CIP 数据核字(2010)第 191905 号

"把手指放在伤口上":阅读希伯来文学与文化

出 版 人　　和　龑
责任编辑　　邓　彤
责任印制　　尹　珺
出版发行　　中央编译出版社
地　　址　　北京西单西斜街 36 号(100032)
电　　话　　(010)66509360(总编室)　　(010)66509353(编辑室)
　　　　　　(010)66161011(团购部)　　(010)66130345(网络销售)
　　　　　　(010)66509364(发行部)　　(010)66509618(读者服务部)
网　　址　　www.cctpbook.com
经　　销　　全国新华书店
印　　刷　　北京佳信达欣艺术印刷有限公司
开　　本　　787 毫米 ×960 毫米　 1/16
字　　数　　275 千字
印　　张　　19.5
版　　次　　2010 年 10 月第 1 版第 1 次印刷
定　　价　　58.00 元

本社常年法律顾问:北京大成律师事务所首席顾问律师　　鲁哈达
凡有印装质量问题,本社负责调换。电话:(010)66509618